HEYNE
BÜCHER

HEATHER GRAHAM

DAS LIEBESPFAND

Roman

Aus dem Amerikanischen
von Eva Malsch

WILHELM HEYNE VERLAG
MÜNCHEN

HEYNE ROMANE FÜR ›SIE‹
Nr. 04/377

Titel der Originalausgabe:
CONQUER THE NIGHT

Deutsche Erstausgabe 11/2001

Published by Arrangement with Kensington Publishing Corp.
Dieses Werk wurde vermittelt durch die Literarische Agentur
Thomas Schlück GmbH, 30827 Garbsen
Printed in France 2001
http://www.heyne.de
Umschlagillustration: Pino Daeni/Agentur Schlück
Umschlaggestaltung: Nele Schütz Design, München
Satz: Prechtl, Passau
Druck und Bindung: Brodard & Taupin, La Flèche Cedex

ISBN 3-453-19426-8

Prolog – Der Abgrund

18. März 1286

Sturmwolken jagten über den Himmel. Mit der Zeit änderte sich ihre Farbe, ging von wütendem, düsterem Blau in Grau und schließlich in ein seltsames nebliges Rot über. Die Farbe des Blutes. Und tatsächlich – einige Höflinge, die Edinburgh verließen, meinten besorgt, Alexander solle an diesem Abend nicht auf Reisen gehen. Den ganzen Tag hatte der Himmel wie die Palette eines Malers in den verschiedensten Rottönen geschimmert und die Farbe des Todes erlosch nicht einmal in der nächtlichen Finsternis.

Das Unwetter, das sich tagsüber angekündigt hatte, brach los, und wirbelnder Schnee erhellte das düstere Rot, erfüllte die Luft und verhüllte das Land, behinderte die Sicht von Mensch und Tier gleichermaßen. Nach der Ratssitzung beobachteten die Männer des Königs die tosenden Elemente. Zu Alexanders Rat zählten kluge, gebildete Köpfe. Er regierte ein Königreich, das sich im Lauf vieler Jahrhunderte gebildet hatte. Jetzt betrachteten sich alle Bewohner trotz ihrer unterschiedlichen Herkunft als Schotten. Allerdings fühlten sich die reichen Freiherren, die Ländereien in England besaßen, *zwei* Königen verpflichtet. Nicht zuletzt wegen des normannischen Einflusses, unter dem sie standen, waren sie gut informiert und belesen.

Doch in ihren Adern floss auch das Blut der alten Pikten, Skoten, Britannier, Gälen und Kelten – und das genügte, um in einer solchen Nacht ihren Aberglauben zu wecken.

Bischof Wishart, vom König hoch geschätzt und ihm in inniger Verbundenheit zugetan, drängte ihn, die Reise zu verschieben. »Bleibt in Edinburgh, Sire! Ein Sturm braut sich zusammen. Ein roter Sturm, er ist finster, wild und gefährlich.«

Beruhigend klopfte Alexander dem Bischof auf die Schulter. »Ach, teurer Freund, meine junge Gemahlin wartet. Welcher Mann würde nicht Wind und Wetter trotzen, um eine Schönheit wie Yolande zu umarmen?«

Wishart musterte ihn seufzend. Mit seinen vierundvierzig Jahren befand sich Alexander III. von Schottland – ein attraktiver, kräftig gebauter Mann – in der Blüte seines Lebens. Seine erste Frau, die Schwester des englischen Königs Edward I., hatte den Tod gefunden, ebenso wie ihre jungen Söhne und die Tochter, die norwegische Königin. Nun war die Enkelin Margaret, die Tochter Eriks von Norwegen, Alexanders Erbin. Von den Freiherren hatte er sich schriftlich bestätigen lassen, sie würden Margaret im Fall seines Todes als schottische Königin anerkennen. Ein sechsköpfiger Regentschaftsrat würde ihr zur Seite stehen, sollte sie den Thron in ihrer Kindheit besteigen müssen. Keiner dieser sechs Männer durfte den Thron für sich beanspruchen.

Aber nun hatte der König wieder geheiratet – die schöne junge Yolande. Und er fühlte sich rüstig genug, um erneut Vater zu werden. Er liebte seine Gattin, die jetzt im Ehebett wartete, und er wünschte sich Söhne – stark und klug genug, um das Königreich gegen größere Mächte zu verteidigen. Zweifellos war es eine angenehme Pflicht, solche Söhne zu zeugen. Im Augenblick kannte er nur diesen einen Gedanken und schlug die Stimme der Vernunft in den Wind.

»Glaubt mir, Sire, Eure Frau wird Euch auch an einem anderen Tag erwarten«, beschwor ihn der Bischof.

»Gewiss, ein Unwetter kommt auf uns zu, so wild wie ein Schotte. Ich liebe dieses Land mit seinen Mooren, Bergen und Schluchten – die herrlichen Farben im Frühling und Sommer, die gewaltigen Stürme im Winter. Es muss immer ein Schottland geben, Wishart.« Zu seinen tapferen Rittern gewandt, fuhr Alexander fort: »Meine Freunde, wir galoppieren zur Fähre von Queensferry, dann weiter nach Kinghorn – und ich werde an der Seite meiner Frau schlafen!«

»Aye, Sire!«, antwortete die Eskorte.

Nur einer der Männer schwieg – der blutjunge, eben erst zum Ritter geschlagene Sir Arryn Graham. Er saß bereits im Sattel seines Schlachtrosses, das Alexander ihm geschenkt hatte, und blickte forschend zum Himmel auf.

Hastig führte ein Page das Pferd des Königs heran. Nachdem Alexander aufgestiegen war, beobachtete er Graham. Noch nicht großjährig, aber hoch gewachsen und im Kampf erprobt, wirkte er in diesem Augenblick ebenso bedrückt wie Wishart.

»Meinst du, ich sollte nicht reiten, Arryn?«, fragte der König. Eine so ernsthafte Besorgnis zeigten junge Menschen nur selten.

»Ja, Sire, das meine ich.«

»Warum?«

»Den ganzen Tag hat uns der Himmel gewarnt und jetzt ...«

»Sprich weiter!«

»Meine Mutter stammt aus dem Hochland, Sire. Dort kennen die Oberhäupter der Clans den Himmel ebenso gut wie die Schäfer. Sie wissen, wann er dem Land Gefahr bringt. Heute Nacht bedroht er uns.«

»Aye, die Hochländer erteilen uns stets kluge Ratschläge. Aber wir Schotten sind eine eigenartige Mischung aus Kälte und Wind, ausgedehnten Mooren und hohen Klippen, Pikten und Skoten und Britanniern. Sogar die Normannen und Wikinger schlugen in unserer Erde neue Wurzeln. Diese Vielfalt gibt uns Kraft. Verstehst du, mein Junge? Deshalb muss ich in dieser Nacht reiten.« Lächelnd winkte der König dem Bischof zu und sprengte vor seiner Eskorte einen Hang hinauf.

Fröstelnd schaute Wishart der kleinen Schar hinterher.

Er war ein Mann Gottes, kein Hochländer. In seinem Herzen fühlte er den alten Aberglauben nicht. Trotzdem wuchs sein Unbehagen. Der Winterwind kreischte wie ein altes Weib, Schneeflocken wirbelten wild umher und der Nachthimmel schimmerte blutrot. Beklommen kehrte der Bischof ins Schloss zurück.

Der König ritt an der Spitze seiner Männer und kannte keine Bedenken. Noch nie hatten sich Pflicht und Freude so süß vereint wie in seiner Ehe mit Yolande, der Tochter des Conte of Dreux. Nach der Trauer um seine Frau und seine Kinder genoss Alexander das Geschenk dieser neuen Liebe.

Mochten die Lehnsherren seine Enkelin Margaret auch anerkennen, er wollte ihnen einen männlichen Erben hinterlassen, einen geborenen Anführer, der wie der Teufel reiten und das Schwert schwingen würde. Obwohl schon lange kein Krieg mehr in Schottland getobt hatte – das Volk nannte seine Regentschaft ein goldenes Zeitalter, was ihn mit Stolz erfüllte –, kannte er doch die Launen des Schicksals wie der Menschen. Als elfjähriger Junge, soeben mit der zehnjährigen Margaret von England verheiratet, war er vom alten englischen König Henry und dann von schottischen Wachen entführt worden. Mit Edward verstand er sich gut. Aber in dieser Welt durfte man auf nichts bauen.

Ja, für Schottlands Zukunft brauchte er einen Sohn. Deshalb galoppierte er jetzt durch die Sturmnacht.

»Sire, das Schneetreiben wird stärker.«

Er wandte sich zu Sir Arryn, der an seiner Seite blieb, während die anderen zurückgefallen waren. »Wie alt bist du, mein Junge?«

»Sechzehn, Sire.«

»Für deine Jugend erscheinst du mir sehr klug. Eins musst du stets bedenken – Schottland wird niemals aus einem einzigen Mann bestehen. Es ist das Herz und der Puls und die Seele aller, die es mit dem Recht ihres Blutes beanspruchen. Nur aus den Launen edler Geburten gehen Könige hervor. Aber im Boden Schottlands vereinen wir uns alle.« Er spornte sein Pferd an und wirbelte Flocken und Erdklumpen auf. Nun ließ er auch den jungen Arryn hinter sich zurück, dem die weißen Wolken die Sicht nahmen.

Vermutlich hielten ihn die fünf Burschen, die ihn begleiteten und alle noch nicht trocken hinter den Ohren waren, für einen alten Mann. Aber er fühlte sich jung und stark, er war ein ausgezeichneter Reiter. Und neben dem Mut, den er seinen körperlichen Fähigkeiten verdankte, beflügelte zudem eine romantische Anwandlung seinen Entschluss, seine Gemahlin wieder zu sehen. Bei Gott, um in ihre Arme zu sinken, würde er allen Elementen trotzen.

Angstvoll und atemlos folgten ihm die jungen Ritter nach Queensferry. Der Fährmann hatte sich bereits in seine Hütte zurückgezogen, weil er annahm, bei diesem Wetter würde niemand den Firth of Forth überqueren. Aber Alexander hämmerte gegen die Tür. »Kommt heraus! Tut Eure Pflicht!«

Zunächst öffnete der breitschultrige, muskulöse Mann die Tür nur einen Spaltbreit, dann erkannte er den König und riss sie weit auf. Alexanders Begleiter drängten sich um ihn und suchten Schutz vor dem heulenden Wind, so gut es ging.

»Sire, heute Nacht ist die Überfahrt unmöglich …«, begann der Fährmann und sank auf ein Knie nieder.

»Für mich ist nichts unmöglich«, erwiderte der König und der Mann musste sich geschlagen geben.

Beklommen richtete er sich auf, ergriff seinen schweren Mantel und eilte zur Fähre. Inzwischen tobte der Sturm so heftig, dass die jungen Ritter ihm helfen mussten, die Taue zu lösen. »Der Allmächtige steh uns bei«, wandte er sich mit gedämpfter Stimme zu dem Burschen an seiner Seite, »wenn wir unvernünftigen Königen dienen müssen.«

»Werden wir die Überfahrt schaffen?«

»Nur mit der Gnade Gottes ... Tut mir Leid, junger Herr, verzeiht einem alten Mann, der am Leben hängt. Könnt Ihr schwimmen?«

»Gewiss.«

»Dann wird Euch nichts zustoßen.«

»Um mich selbst ist mir nicht bange.«

Der Fährmann warf dem Ritter einen kurzen Blick zu. »Aye, Sir, bleibt in der Nähe dieses Verrückten, der sich König nennt.«

Was sie besprachen, konnte als Hochverrat ausgelegt werden, und so verstummten sie, als die anderen näher kamen und mit den Tauen kämpften. Schäumend stiegen die Wellen empor, schlugen donnernd gegen das Holz der Fähre, und die Burschen, die einander Anweisungen erteilten, mussten schreien, um den Lärm und das Tosen des Sturms zu übertönen.

Endlich führten die Männer ihre Pferde an Bord. Mit ihrem ganzen Gewicht legten sie sich in die Taue, die das Schiff steuerten, und bekämpften den Wind. Inzwischen waren sie vom Schneetreiben bis auf die Haut durchnässt. Die Gesichter brannten vor Kälte. Nach einer halben Ewigkeit erreichten sie das andere Ufer. Erleichtert jubelte die Eskorte ihrem König zu und er freute sich über seinen Erfolg. Er hatte bewiesen, dass er auf Reisen gehen konnte, wann immer er wollte – ein unbesiegbarer Anführer.

»Da sind wir, Sire!«, rief der Fährmann. Dankbar fing er die Münze mit dem Bild des Königs auf, die Alexander ihm zuwarf, und verneigte sich. Vor Anstrengung keuchte er. Trotz der eisigen Luft perlte Schweiß auf seiner Oberlippe.

»Aye, da sind wir, so wie ich's vorausgesagt habe«, betonte Alexander gut gelaunt. Dann drängte er seine Männer zur Eile.

Sie stiegen auf ihre Pferde und winkten dem Fährmann zu, der ebenfalls eine Hand hob. In seinem Gesicht zeigte sich ein sonderbarer Ausdruck, der Sir Arryn bewog, seinem König hastig zu folgen. Aye, auch Könige können Narren sein, dachte er. Sein Herz schlug wie rasend.

Wie üblich galoppierte Alexander voraus, doch seine Männer hatten Mühe, ihm auf den Fersen zu bleiben.

»Großer Gott, Finn, siehst du ihn?«, rief Arryn dem Mann zu, der hinter seinem Hengst dahinsprengte.

»Reitet schneller!«, schrie Finn of Perth ungeduldig. »Wir müssen ihn einholen!«

»Aber ich sehe ihn nicht mehr!«, klagte John of Selkirk.

Von bösen Ahnungen erfasst, spähten sie durch den blendenden Flockenwirbel, der ihnen wie ein undurchdringlicher weißer Wall erschien. Angstvoll zügelten sie ihre Pferde, die rastlos im Schnee scharrten, und riefen nach ihrem König.

»Heiliger Himmel, wir haben ihn verloren!«, überschrie Finn den Wind.

»Nein, das darf nicht geschehen!«, protestierte John. »Suchen wir ihn, schlagen wir verschiedene Richtungen ein. Wenn wir den König verlieren ...«

»... verlieren wir Schottland«, ergänzte Arryn und gab seinem Hengst die Sporen.

Alexander achtete nicht auf die tobenden Elemente. Stattdessen dachte er an ein warmes Feuer, Glühwein und die weiche Haut seiner jungen Frau. Er glaubte den Weg zu kennen und dachte, sein Pferd wäre sicheren Fußes. Inzwischen war die rote Glut am Himmel erloschen, die Nacht nur mehr weiß und schwarz.

Plötzlich strauchelte das Pferd und stürzte; fluchend fiel der König aus dem Sattel. Jeder wackere Mann weigert sich, dem Tod ins Auge zu blicken. Selbst wenn sein Pferd ihn über eine Klippe in die Tiefe schleudert. Und so sträubte sich auch Alexander gegen die Tatsache, dass er dort unten sterben würde – nachdem ihn nicht einmal das blutrote Unwetter in Gefahr gebracht hatte.

Aber das Rot schimmerte nicht mehr …

Schmerzhaft schlug er auf den Felsen auf – höllische Qualen – Dunkel … Sein zerschmetterter Körper rollte noch weiter hinab. Und die Farbe des Blutes war ein Vorbote des Unheils gewesen, das dem Land drohte.

So wie die Leiche des Königs lag die Zukunft Schottlands in einem schwarzen Abgrund, den nur das Rot vergossenen Blutes erhellen würde.

1

Seacairn Castle, nahe dem Wald von Selkirk, im Jahr des Herrn 1297

Kyra stand vor dem Feuer in der großen Halle des alten steinernen Turms von Seacairn. Rötlich und golden tanzten die Flammen nach Lust und Laune der Zugluft, die unentwegt durch die Festung fegte.

Nein. Nein. Niemals.

Diese schlichten Worte erfüllten ihre ganze Seele. Am liebsten hätte sie laut genug geschrien, um die Deckenbalken und Mauern zu erschüttern. Sie rannte die gewundene Treppe zur Kapelle hinauf.

Eine Zeit lang starrte sie den Altar an. Dann wandte sie sich ab, eilte nach rechts zum Schrein der Heiligen Jungfrau und sank in ihren üppig gebauschten Röcken auf die Knie. »Nein, nein, nein! Lass es nicht zu, Mutter Gottes! Hilf mir, gib mir Kraft. Verzeih mir – aber ich würde sogar mit dem Teufel einen Pakt schließen, um diesem Schicksal zu entrinnen. O Gott, eher sterbe ich …«

Verwirrt verstummte sie, als ein Rammbock donnernd gegen das Haupttor des Schlosses prallte. Es war eine mächtige Festung, von jedem ihrer Bewohner verstärkt und vergrößert, denn sie lag im umstrittenen Grenzland, wo anscheinend jedes in Schottland bekannte Geschlecht schon einmal regiert hatte. Jetzt, unter der entschlossenen Herrschaft Edwards I., befand sich Seacairn in englischer Hand. Und in Schottland – wo seit dem Tod der Maid von Norwegen Aufruhr herrschte – konnten jeder Zeit wilde Kämpfe ausbrechen. Dem Mann, der die Festung eroberte, würde sie gehören – gleichgültig, welchem Volk er entstammte.

»Mylady!«

Kyra drehte sich zu ihrer Zofe Ingrid um, die in die Kapelle stürmte. »Was gibt's?«

»Da sind sie – Mörder und Plünderer, lauter Wilde! Die heidnischen Hochländer!« In einem Kloster erzogen, glaubte das vollbusige, kräftig gebaute Mädchen, die meisten Männer seien Barbaren und die Schotten die schlimmsten Bestien.

Kyra lief zu einer Schießscharte. Tatsächlich – mehrere Reiter, teils in Kettenhemden und Plattenpanzern, teils in Leder, stürmten das Schloss mit gellendem Kriegsgeschrei, mit Pfählen oder Sicheln bewaffnet. Sie waren bereits in den Hof vorgedrungen und bekämpften die unzulänglichen Streitkräfte, die Lord Kinsey Darrow zurückgelassen hatte. Nachdem Kyras Vater gestorben war, hatte König Edward diesem Engländer die Festung anvertraut.

Entsetzt beobachtete sie die Nahkämpfe, hörte das Geschrei der Sterbenden, sah Blut von Schwertern und Äxten tropfen. Irgendjemand verkündete, wer sich ergebe, werde Gnade finden und dürfe eine bessere Behandlung erwarten als die Schotten in englischer Gewalt.

»Gott helfe mir«, flüsterte Kyra und wich von der Schießscharte zurück.

»Mylady, sie wollen Euch holen, weil Lord Darrow …«, begann die Zofe.

»Genug, Ingrid«, erklang eine energische Männerstimme. »Sagt nichts mehr zu Eurer Herrin.«

Kyra wandte sich zu Pater Corrigan um. Lautlos hatte er die Kapelle betreten. Die Kapuze seiner Kutte überschattete sein Gesicht. Schon seit langer Zeit vermutete Kyra, dass die Sympathien und Gebete des Iren den Schotten galten. Mühsam zwang sie sich zur Ruhe. »Was haben Ingrids Worte schon zu bedeuten? Sie haben uns besiegt, Lord Darrows Männer sind gefallen oder kapitulieren. Jede Minute wird der Feind hereinkommen und wir alle werden von heidnischen Händen sterben …«

»Sicher sind sie nicht hier, um uns zu ermorden.«

»Seht Ihr denn nicht, was dort unten geschieht, Pater?«

»Gewiss, Mylady, sie überfallen uns voller Rachsucht, denn sie wollen das Schloss für sich gewinnen, das gälischen Ursprungs ist. Und – falls ich mir die Bemerkung erlauben darf – sie sind auch hinter Euch her.«

Obwohl die Kapuze sein Gesicht verhüllte, wusste sie, dass er sie beobachtete. Erfüllte sein Herz der gleiche Groll wie die Seelen der Feinde im Hof? Oder wartete er einfach nur ab, ob sie in Tränen ausbrechen und sich verzweifelt von den Zinnen stürzen würde?

»Unsere Soldaten werden für Euch sterben«, fuhr er fort. Bewunderte er die Tapferkeit der Männer? Oder überlegte er höhnisch, ob Kyra deren Leben wert war?

Würdevoll hob sie ihr Kinn. »Nicht nötig. Wenn uns die Barbaren verschonen …«

»Darrow hat Krieger und Bauern gleichermaßen in einen Stall getrieben, den er in Brand stecken ließ, Lady Kyra. Da dürfte es schwer sein, im Gegenzug Barmherzigkeit zu erflehen.«

»Um Gnade zu bitten ist niemals schwierig, Pater. Es ist nur fraglich, ob der Feind zur Milde fähig ist.«

»Lady Kyra!« Sie wandte sich zu Captain Tyler Miller, der vor ihr auf die Knie fiel. »So wahr mir Gott helfe, Lady, wir würden gern für Euch sterben. Aber ich fürchte, es nützt nichts. Vielleicht könnt Ihr fliehen …«

»Bitte, erhebt Euch, Captain Tyler. Unterwerft Euch mit Euren Männern, wenn Hoffnung auf Gnade besteht.«

»Möglicherweise gewinnen wir Zeit für Eure Rettung, Lady, wenn wir unser Leben hingeben …«

»Ein solches Opfer nehme ich nicht an. Niemals würde ich meine Seele mit so schweren Schuldgefühlen belasten. Verteidigt die Festung gegen die Barbaren, so gut es geht, und sobald alles verloren ist, befehle ich Euch in Lord Darrows Namen die Kapitulation.«

Tyler verneigte sich und verließ die Kapelle.

»Bald werden seine Soldaten besiegt sein«, prophezeite Pater Corrigan.

»Möge der Allmächtige mir beistehen!«, stieß Kyra hervor. Hatte sie die Heilige Jungfrau vergeblich angefleht? Um Himmels willen, was sollte sie nur tun? »Möge der Allmächtige mir beistehen«, wiederholte sie flüsternd.

Aber der Geistliche vernahm die Worte, selbst wenn Gott nicht zuhörte, und er lächelte.

»Bedenkt, mein Kind – der Herr hilft jenen, die sich selbst helfen.«

»Tatsächlich, Pater? Dann will ich mit seinem Beistand versuchen, mir selbst zu helfen.«

»Legt Eure Waffe nieder!«, rief Arryn. Sobald sie die Außenmauer durchbrochen und den Schlosshof erreicht hatten, war ein großer, kräftiger, erfahrener Krieger sein erster Gegner gewesen. Aber jetzt stand er einem Jungen gegenüber, der viel zu unbeholfen mit seinem Schwert umging.

»Nein, das kann ich nicht!« Wieder hob der Bursche seine Waffe, nur eine wackere Geste, denn sie verfehlte ihr Ziel – den Bauch des Feindes.

Arryn saß auf seinem rotbraunen Schlachtross, das er vor Jahren von einem gefallenen englischen Kavalleristen übernommen hatte. Und es wäre ihm nicht schwergefallen, den Jungen mit seinem eigenen Schwert niederzustrecken. »Gebt auf, Ihr seid geschlagen.«

»Aye, ich bin besiegt. Aber aufgeben? In Flammen sterben? In der Schlinge des Henkers? Oder auf dem Scheiterhaufen?«

»Legt endlich Eure Waffe nieder, junger Narr! Kinder bestrafe ich nicht für das Unglück ihrer Geburt!«

Zögernd ließ der Bursche sein Schwert fallen. In diesem Augenblick hörte Arryn, wie nach ihm gerufen wurde, und schwang seinen schönen Fuchs herum.

Jay MacDonald, der den Kampftrupp seines Clans befehligte, rannte durch den Hof zu ihm. »Lord Darrow ist nicht hier! Soeben teilte man mir mit, er habe erfahren, ein Barbarenheer plane ihn anzugreifen, und da sei er davongeritten.«

»Also ist die Ratte aus der Falle geflohen«, meinte Arryn verächtlich und spuckte in den Staub. Seine Wut und Enttäuschung bereiteten ihm fast körperliche Qualen. Sein Herz schmerzte, seine Seele litt. Was Kinsey Darrow getan hatte, war unverzeihlich und unvergesslich. Und das alles mit dem Segen des englischen Königs! Wenn solche Gräueltaten dem Gesetz entsprachen, musste man das Gesetz brechen. In einem Land, wo keine Gerechtigkeit herrschte, blieb einem Mann nichts anderes übrig, als Rache zu üben. Und bei Gott, wenn nicht an diesem Tag – irgendwann würde er seine Vergeltung genießen. Kinsey Darrow würde von seiner Hand fallen. Oder Arryn würde im Kampf sein Leben opfern. Allzu lange vermochte er seine Albträume nicht mehr zu ertragen. Nacht für Nacht hörte er *ihr* Geschrei, und es würde ihn bis zu seinem letzten Atemzug verfolgen, vielleicht sogar bis in alle Ewigkeit.

»Hast du nicht gehört, Arryn?«, fragte Jay. »König Edwards elender, feiger Lakai ist nicht hier.«

»Bist du sicher?«

Jay zeigte in eine Ecke des Hofs, wo die Palastwachen standen. Ihre Waffen lagen vor ihnen am Boden. Nervös beobachteten sie die schottischen Feinde. »Frag diesen Jungen, Arryn. Heute Morgen ist Lord Darrow aus dem Schloss geritten.«

»Stimmt das?«

Das Gesicht des Burschen sah Arryn nicht, denn Kinsey Darrow war ein reicher Ritter, der große Ländereien besaß und seine Soldaten erstklassig ausstatten konnte. Der Junge trug einen Helm mit Visier und ein engmaschiges Kettenhemd. Auf dem Überwurf in Darrows Farben prangte das Wappen.

Der Soldat nahm den Helm ab. Wie Arryn vermutet hatte, war der Engländer blutjung. Trotz seiner offensichtlichen Angst stand er hoch aufgerichtet da. »Aye, Sir, es ist wahr. Lord Darrow kam hierher, um seine Lady zu sehen. Bald danach erhielt er eine Nachricht vom Earl of Harringford und verließ Seacairn mit der Hälfte seiner Streitkräfte.«

»Seine Lady?« Arryn hob die Brauen und beugte sich über den Hals seines Schlachtrosses, um das sommersprossige Gesicht des Jungen genauer zu betrachten.

»Aye, Sir.«

»Und hat er sie gesehen?«

»Aye, Sir.«

»Ist sie mit ihm geritten?«

»Nein, Sir.«

»Ist sie hier geblieben?« Arryn warf Jay einen kurzen Blick zu.

»Aye, Sir.«

»Sprechen wir von Lady Kyra?«

»Gewiss, Sir, von Lady Kyra.« Der Junge seufzte unglücklich. »Seacairn gehörte einst ihrem Vater, unter Alexander und später unter Edward. Da unser König schon lange tot ist und Baliol gedemütigt und ein Gefangener … nun, jedenfalls blieb das Schloss in englischen Händen.«

»Ja, ich kenne die Geschichte des Schlosses. Doch jetzt interessiere ich mich nur für Lady Kyra.«

»Aber – Sir …«, protestierte der Junge angstvoll. Verständlicherweise sorgte er sich um seine Herrin. Darrows Sünden konnten nicht vergeben werden. Und manche Leute behaupteten, er habe mit Lady Kyras Billigung gemordet und geplündert.

»Geh zur Mauer, mein Junge!«, befahl Arryn. »Dann wird dir kein Leid geschehen.«

»Sir, ich glaube, Ihr versteht nicht …«

»Geh!«, mahnte Arryn.

Den Kopf immer noch stolz erhoben, gesellte sich der Bursche zu den anderen Gefangenen.

»Vermutlich willst du jetzt Darrows Lady aufsuchen, Arryn«, bemerkte Jay.

»Aye.«

»Du denkst nur an Rache, mit gutem Grund …«

»Allerdings.«

»Was ihm gehört, willst du dir nehmen. Aber ich flehe dich an, bedenk – du bist kein niederträchtiger Schurke, so wie Kinsey Darrow.«

Ungeduldig hob Arryn eine Hand. »Ich nehme mir das Schloss und die Frau. Was würdest du an meiner Stelle tun?«

»Ach, Arryn!« Plötzlich grinste Jay. »Wir haben das Schloss erobert. Bald wirst du Darrows Braut gewinnen. Und wenn sie hässlich wie die Sünde ist?«

»Nun, das wäre möglich.«

»Nicht immer wird der Reichtum von Jugend oder Schönheit begleitet.«

Seufzend musterte Arryn seinen Freund, dessen Humor er nicht teilen konnte. »Mag sie hässlich wie die Sünde und runzlig wie eine Dörrpflaume sein – das spielt keine Rolle. Sie ist Darrows Verlobte. Nur das zählt. Diesen halben Kindern, die hier bleiben und Seacairn verteidigen mussten, werde ich Gnade erweisen. Aber …«

»Aye?«, fragte Jay.

»Darauf darf *sie* nicht hoffen«, entgegnete Arryn bitter.

»Gnade!« Den Helm in der Hand, strich Jay seufzend über sein dichtes braunes Haar. »Dieses Wort scheint man auch in Schottland nicht mehr zu kennen.«

»Soll ich eine Frau schonen, die Darrow zu seinen blutrünstigen Verbrechen ermutigt hat?«

»Arryn, vielleicht …«

»Großer Gott!« Arryn schlug mit einer behandschuhten Faust gegen seine Brust. »Was geschehen ist, kann ich weder vergessen noch verzeihen. Und wenn sie hässlich ist, werde ich ihr eben im Dunkeln begegnen und ihr einen Sack über den Kopf ziehen. Komm, im Schlosshof haben wir gesiegt. Jetzt müssen die Türme fallen!«

Als er seinen Fuchs anspornte, rannte Jay zu seinem eigenen Pferd.

Wütend und rastlos, immer noch von seinen inneren Dämonen verfolgt, sprengte Arryn zum Hauptturm und befahl seinen Männern, das Tor mit einem Rammbock aufzubrechen. Über ihren Köpfen drohten die Verteidiger, sie würden siedendes Öl und flammende Pfeile hinabsenden, und einer der Burschen schrie, alle Feinde würden in der Hölle schmoren.

»Nehmt den großen Eichenschild und brecht das Tor auf!«, rief Arryn. Hastig verschanzten sich seine Leute hinter dem Schild aus massivem Eichenholz, einem wirksamen Schutz vor den Pfeilen, die aus den Schießscharten herabflogen.

Das Tor erzitterte, die Flammen der Pfeile erloschen, das Öl rann am Schild hinab. Krachend prallte der Rammbock ein zweites Mal gegen das Tor.

»Halt! Um Gottes willen, wir ergeben uns!«

Arryn hob sein Visier und schaute nach oben. Mit bebender Stimme bot der Mann, der ihm eben noch das ewige Höllenfeuer angedroht hatte, die Kapitulation an.

»Seid Ihr nicht beauftragt, Lord Darrows Lady zu schützen, Sir?«, fragte Arryn spöttisch. »Gebt Ihr Euch so leicht geschlagen?«

»Im Hof habt Ihr den Soldaten Gnade gewährt. Ich bin Tyler Miller, der Kommandant der Schlosswache. Wie ich höre, pflegt Ihr Euer Wort zu halten, Sir Arryn. Wenn Ihr schwört, uns zu schonen, öffne ich das Tor. Dann erobert Ihr ein unbeschadetes Schloss.«

»Aye, ich schwöre, Euch Gnade zu erweisen. Aber was wird aus Eurer Lady?«

»Auf ihren Befehl hin kapituliere ich. Auch sie muss sich Euch ausliefern, auf Gnade und Ungnade. Wir haben zu wenige Soldaten, kein Öl mehr, keine Pfeile, und wir sind schlecht bewaffnet ...« Bevor Captain Tyler weitersprach, zögerte er kurz. »Sir Arryn, wir wissen, welches Schicksal so viele Eurer Leute ereilt hat. Aber ich schwöre Euch, wir gehörten nicht zu den Männern, die Eure Stellungen angriffen. Hier sind wir im Tiefland und – aye, in unseren Adern fließt auch englisches Blut. Andererseits leben viele Schotten in unserer Mitte, die dem alten Lord Treue geschworen haben – dem guten Vater unserer Lady. Gewiss, er war ein Engländer, und doch – in unseren Reihen werdet Ihr nicht *nur* bösartige Bestien finden.«

»Dann öffnet das Tor!«, befahl Arryn.

»Euer Wort?«

»Das habe ich Euch bereits gegeben.«

Knarrend schwangen die beiden großen Torflügel auf. Arryn lenkte sein Schlachtross hindurch, gefolgt von Jay, der ihn ermahnte: »Nimm dich in Acht! Vielleicht stellen sie uns eine Falle.«

»Wie auch immer, ich muss hineinreiten.« Das Schwert gezückt, spornte Arryn seinen Fuchs an. Aber die bedrohliche Geste war überflüssig. Die fünf Soldaten im inneren Hof hatten ihre Waffen gesenkt und einer trat vor. Den Helm in der Hand, hielt er dem Eroberer sein Schwert hin. Arryn stieg ab und nahm die Waffe entgegen. Von Nathan Fitzhugh und Patrick MacCullough begleitet, trat Jay hinter ihn. Auch die anderen Wachen übergaben dem Bezwinger ihre Schwerter.

»Wo ist Lady Kyra?«, fragte Arryn, immer noch in seiner gälischen Muttersprache.

»In der Kapelle«, antwortete Tyler widerstrebend. Als Arryn an ihm vorbeigehen wollte, rief der Captain: »Sir, Ihr habt versprochen, uns Gnade zu erweisen!«

»Nur *Euch*.«

»Aber ...«

»Jay, bring diese fünf Soldaten zu den anderen hinaus!«, befahl Arryn.

»Aye, Arryn«, stimmte Jay zu und blickte seinem Freund nach, der zur Treppe ging. »Pass auf, Arryn! Womöglich begibst du dich in Gefahr.«

»Dieser Gefahr trete ich allein entgegen. Sichere die Festung!« Von einem heftigen inneren Aufruhr bewegt, eilte Arryn die Stufen zur Kapelle hinauf. Ein kurzer Flur führte ihn zum Eingang. Vor dem Altar kniete eine Frau, den Kopf gesenkt, ins Gebet vertieft. Aber sie hörte seine Schritte. Er sah, wie sie den Rücken straffte – einen breiten Rücken. »Lady Kyra!«

Langsam stand sie auf. Noch langsamer wandte sie sich zu ihm. Hässlich war sie nicht – das wäre übertrieben ausgedrückt. Irgendwie erinnerte sie ihn an einen brauchbaren Ackergaul. Die kräftigen Schultern, die ausgeprägten Wangenknochen und das kantige Kinn passten zu ihrem breiten Rücken. Nein, abstoßend war sie nicht – eher so reizvoll wie eine fette Kuh.

Sei nicht so herzlos, ermahnte er sich. Sie hatte auch ihre ansehnlichen Seiten – weißblondes Haar, hellblaue Augen und einen bebenden kleinen Mund. Wie eine kluge, gebieterische Frau, die an einen Mann wie Darrow Forderungen zu stellen wagte, sah sie nicht aus. Würde sie ihn zu grausamen Taten zwingen, um unter englischer Herrschaft noch größeren Reichtum zu erlangen? Wohl kaum.

Er war hierher gekommen, um Rache zu üben. Und diese Frau trug eine Mitschuld an zahlreichen Tragödien. Auf dieser Welt hatte alles seinen Preis. Mitsamt ihren Ländereien gehörte sie zu Darrow. Und Arryn wollte verhindern, dass ihr Eigentum dem schurkischen Lord zu noch größerer Macht verhalf – eine Macht, die es ihm gestatten würde, die Schotten nach Belieben zu morden und zu foltern. Er nahm seinen Helm und die Halsberge ab und legte beides auf eine Kirchenbank. Dann steckte er sein Schwert in die Scheide und ging zu der Frau. »Ihr seid also Lady Kyra.«

Reglos und schweigend schaute sie ihn an. Vermutlich

verstand sie sein Gälisch nicht. Er trat noch näher zu ihr, doch er fühlte sich elend. Darrows Braut!, sagte er sich, misshandle sie, schneid in Darrows Fleisch und seine Seele, so wie diese beiden dich gepeinigt haben … Wäre er dazu fähig? Auf dem Schlachtfeld hatte er oft genug getötet. Doch der Mord an einer Frau, selbst wenn er ihr die Mitschuld an unmenschlichen Verbrechen anlasten musste, schien seine Fähigkeiten zu übersteigen.

»Jetzt gibt es niemanden mehr, der Euch beschützt«, fügte er hinzu und starrte in ihr ausdrucksloses, grobschlächtiges Gesicht. »Ihr müsst mich begleiten.« Als er nach ihr griff, sah er einen Schemen auf sich zurasen – wie einen Schatten aus dem Dunkel. Gerade noch rechtzeitig fuhr er herum, um eine Gestalt in einem schwarzen Umhang abzuwehren, die ein Messer hochschwang. »Ah, endlich ein Verteidiger!«

Mit Hilfe seiner Geistesgegenwart hatte er dem ersten Angriff standgehalten. Doch der vermummte Gegner stürzte sich sofort wieder auf ihn, blitzschnell und behände in dem Bemühen, das Messer in seinen Hals zu stoßen. Diesmal packte Arryn den Umhang und schleuderte den Widersacher von sich. Danach fand er Zeit genug, sein Schwert zu ziehen.

Unter der Kapuze konnte er kein Gesicht erkennen, denn der Mann trug einen Helm mit geschlossenem Visier.

»Ergebt Euch!«, befahl Arryn und hob seine Klinge.

Da riss der Mann sein eigenes Schwert unter dem Umhang hervor. Offenbar war er nicht zur Kapitulation bereit. Gut, dachte Arryn. Also soll er sterben. Wütend sprang er vor, beflügelt von dem Gedanken an die grausigen Dinge, die er mit angesehen hatte. Jene ungeheuren Verbrechen gegen die Menschlichkeit hatten ihn immer wieder zu der Frage bewogen, wieso der Allmächtige im Himmel dergleichen zulassen konnte. Jede Nacht hörte er die Schreie der Sterbenden in seinen Albträumen …

Alesandra!

Diesmal würde er siegen, sein Feind musste sich unterwerfen. Oder er würde sterben.

Entschlossen stürzte er sich in den Kampf, wehrte jeden Schwertstreich seines Gegners ab. Der Bursche war tapfer und ein hervorragender Fechter. Mühelos stieg er über eine Kirchenbank hinweg, kämpfte sogar auf der Brüstung des Altars. Und die ganze Zeit wimmerte und stotterte Lady Kyra, murmelte seltsame Warnungen und stöhnte angstvoll.

Aber Arryn beachtete sie nicht. Geschmeidig sprang sein Gegner von der Brüstung des Altars und schwang seine Waffe. In letzter Sekunde wich Arryn einem Schwerthieb aus, nachdem der Kerl wieder am Boden gelandet war.

Dann wirbelte Arryn herum und ging zum Angriff über. Der Mann war klein und schlank, aber ein ausgezeichneter Kämpfer. Wie auch immer, letzten Endes wird mir meine Kraft zum Sieg verhelfen, entschied Arryn. Und mein Entschluss, Kinsey Darrow zu vernichten.

Schritt für Schritt trieb er seinen Widersacher immer weiter zurück. Doch der Bursche parierte jeden Schwertstreich. Das beunruhigte Arryn nicht. Wie tüchtig der Unbekannte auch focht – mit jedem Hieb, den er abwehren musste, ließ die Kraft seines Arms nach. Schließlich stand er mit dem Rücken zur Wand und senkte die Waffe.

»Also ergebt Ihr Euch?«, flüsterte Arryn heiser.

Sofort hob der Bursche wieder sein Schwert und schnitt ihm beinahe ins Kinn. In letzter Sekunde zuckte Arryn zurück.

Eine Kapitulation? Keineswegs ... Der Feind stürmte an ihm vorbei, zum Ausgang der Kapelle.

»Nein, die Flucht wird Euch nicht gelingen!«, rief Arryn und sprang ihm nach, ergriff den Umhang und zerrte so kraftvoll daran, dass der Mann das Gleichgewicht verlor und auf den kalten Steinboden fiel – direkt vor die kunstvoll geschnitzte Statue der Heiligen Jungfrau. Das Schwert entglitt seinen Fingern.

»Ergebt Ihr Euch?«

Die vermummte Gestalt schüttelte den Kopf. Schützend hielt sie einen Arm vor den Helm. Doch sie trug keinen Panzer. Arryn zückte sein Schwert und die Stahlspitze zeigte direkt auf das Herz seines Gegners.

»Wollt Ihr endlich sprechen? Auch wenn Ihr zu kämpfen versteht, so bin ich mit meiner Geduld am Ende. Unvorstellbare Gräueltaten haben mich in dieses Schloss geführt und nichts wird mich an meiner Rache hindern.«

»Stecht doch zu, schottischer Bastard!«, zischte der Kämpfer.

Verwirrt hob Arryn die Brauen. »Ah – zieht Ihr eine Klinge in Eurem Herzen dem Henkerstrick vor? Oder soll ich Euren Bauch aufschlitzen – oder Euch kastrieren? Das sind nur einige der Qualen, die Darrow seinen gefangenen Feinden so genüsslich zugefügt hat.«

»Tut's doch!«

»Nein!«, kreischte Lady Kyra.

Ohne die Schwertspitze von der Brust seines Gegners zu nehmen, wandte sich Arryn ihr erstaunt zu. »Ich soll diesen Schurken verschonen? Ist er zufällig Euer Liebhaber, Mylady? Sorgt er sich um Euer Wohl, nachdem Euch Lord Darrow so schmählich im Stich ließ?«

Sichtlich beklommen senkte die Lady den Kopf. Aber als Arryn das Schwert ein wenig hob und den Eindruck erweckte, er wolle die Spitze in die Brust seines wehrlosen Gegners stoßen, schrie sie erneut: »Nein!«

»Wer ist er? Lasst mich sehen.« Er kniete nieder, riss dem Burschen den Helm vom Kopf – und erstarrte.

Denn es war kein Mann, der seinen Blick erwiderte, sondern eine Frau. Aus ihren großen Smaragdaugen schienen Funken zu sprühen; zerzaustes rotgoldenes Haar rahmte ein schönes Gesicht ein.

Verwirrt hielt er den Atem an. Dann erinnerte er sich an seine Position und stieß hervor: »Ah, der einzige Mann unter diesen feigen Engländern ist eine Frau.« Er neigte sich zu ihr hinab. »Und wer seid Ihr?«

Sie antwortete nicht. Ihr Schwert hatte sie verloren. Aber sie besaß immer noch das Messer. Angespannt lag sie am Boden – bereit, aufzuspringen und die Klinge in seine Kehle zu rammen.

Gnadenlos umklammerte er ihr Handgelenk und entwand ihr die Waffe. »Ich bin Sir Arryn Graham. Kennt Ihr mich, Madam?«

Immer noch schweigend, starrte sie ihn an. Er lächelte, im Augenblick nicht bereit, von der gälischen zur englischen Sprache überzuwechseln. »Verratet mir, wer Ihr seid, oder ich schneide Euch die Ohren ab. Dann die Nase. Ein kleiner Trick, den ich von Lord Darrow gelernt habe.«

Halsstarrig presste sie die Lippen zusammen. Als er das Messer hob, schrie die stämmige blonde Frau: *Sie* ist Lady Kyra!«

Ah … Stimmte das? Eindeutig. Das las er in den leuchtenden Smaragdaugen der rothaarigen Schönheit, die vor ihm lag. Trotz seines Zorns, seines Hasses und seiner Rachsucht spürte er, wie sein Blut schneller durch die Adern floss. »Lady Kyra«, wiederholte er leise. Nein, hässlich war sie nicht. Und mutiger als die Männer, die sie hätten verteidigen sollen.

Über den Kopf *dieser* Lady musste er keinen Sack ziehen.

»In der Tat!«, fauchte sie, stieß das Messer in seiner Hand beiseite und richtete sich auf. Wütend strich sie sich das wirre rotblonde Haar aus dem Gesicht. »Ich bin Lady Kyra. Aber *Euch* kenne ich nicht, Sir.«

Ihr Stolz und ihr herausfordernder Blick belustigten ihn. Aber nur für Sekunden. »Bald werdet Ihr mich kennen lernen, Lady«, erwiderte er, dann erhob er sich, ergriff ihre Hand und zog sie auf die Beine. »Von heute an werdet Ihr keinen kennen außer mir. Um für das Blut der Menschen zu zahlen, die Euretwegen qualvoll sterben mussten, werdet Ihr mich *sehr gut* kennen lernen.«

2

Kannte sie ihn? Natürlich. Sie hatte gelogen. Viel zu viel wusste sie über ihn – mehr, als sie wissen wollte.

Nun stand sie ihm gegenüber, einem hoch gewachsenen, breitschultrigen Mann in einem grobmaschigen, abgenutzten Kettenhemd, unter dem er einen ledernen Panzer trug. Sein Überwurf war während des Kampfs zu Boden gefallen. Den Helm hatte er schon vorher abgelegt, und Kyra konnte sein Gesicht mit den klar geschnittenen Zügen betrachten – ein markantes Kinn und weit auseinander stehende tiefblaue Augen. Das lockige blauschwarze Haar reichte bis zu seinen Schultern. Da er glatt rasiert war, zeigten sich der durchdringende Blick und das eigenwillige Kinn umso deutlicher. Ein Grobian, dachte sie, ein ungehobelter Barbar, ein Berserker wie seine Wikinger-Ahnen – oder brutal wie die Pikten, die bemalten Männer aus dem Norden, deren Blut ebenfalls in den Adern seines Clans floss. Lauter Stammesmitglieder, unzivilisiert und wild wie die Pferde, die in grauer Vorzeit über das Land gesprengt waren. Nicht einmal die Römer hatten sich mit diesen Leuten abgegeben, die Tieren glichen, nicht der Mühe wert.

Ja, zweifellos war auch dieser Mann …

Ein Tier?

So hatte Kinsey ihn beschrieben – so beschrieb er alle Schotten. Vor allem die Hochländer aus dem südlichen Landesteil, die endlich die Kultur der Engländer annehmen müssten. Aber sie sprachen lieber Gälisch, trotzten

Gott und dem Gesetz und verhielten sich wie die schlimmsten Barbaren.

Das soll also meine Rettung sein, dachte Kyra. Neue Panik stieg in ihr auf. Inbrünstig hatte sie um ein Ereignis gebetet, das ihr Leben ändern würde. Aber *das?* Trieb der Allmächtige einen schlechten Scherz mit ihr? Andererseits – hatte sie nicht angekündigt, sie würde sich sogar mit dem Teufel einlassen?

Was man ihr über Graham erzählt hatte, erschreckte sie nicht so sehr – vielmehr das, was ihm angetan worden war. Alles im Namen der Gerechtigkeit und des Königs, hatte Kinsey Darrow behauptet. Kein Wunder – er hielt Edward die Treue, den die wütenden, verzweifelten Schotten erbittert bekämpften. Schotten wie dieser hier. Narren, hatte Kinsey gespottet, denn der englische König würde Schottland in die Knie zwingen, auf diese oder jene Weise.

»Wenn man Schotten umbringt, tötet man keine Menschen«, hatte Lord Darrow in der großen Halle dieses Schlosses geprahlt. Daran müsse Kyra stets denken, hatte er betont. Sie seien Tiere. Also würde man nur Tiere abschlachten. Alle sollten mit aufgeschlitzten Hälsen verbluten, kastriert, gevierteilt, verbrannt werden ... Und daran hatte er sich gehalten.

Während sie Graham musterte, rann ein Schauer über ihren Rücken, wie der Strahl einer eisigen Sonne. Nur mühsam hielt sie dem prüfenden Blick seiner Kobaltaugen stand und biss die Zähne zusammen, um gegen ihre Angst anzukämpfen. Plötzlich erkannte sie, wie sehr sie das Leben liebte – wenn sie sich auch keine Todesangst eingestand.

Falls ihr die Hinrichtung drohte, würde sie ihr Schicksal mit Würde ertragen, so wie sie es ihrer Stellung schuldete, und hoch erhobenen Hauptes ins Jenseits hinübergehen.

O Gott, warum fürchtete sie sich so sehr? Wenn man dem Tod nicht ins Auge blickte, war es viel leichter, tapfer zu sein. Oder erwartete sie ein anderes Schrecknis? Würde sie eine Folter schweigend verkraften? Wahrscheinlich nicht.

Was würde Graham beschließen, nachdem man ihm so schweres Leid zugefügt hatte – im Namen Edwards I., der sich den Hammer der Schotten nannte? Und natürlich in Kyras Namen, denn sie hatte einen englischen Lord beerbt. Obwohl sie von einer schottischen Mutter abstammte, zählte sie zu den Untertanen des englischen Königs.

Wie wollte sich Graham an ihr rächen? Würde er sie hängen, strecken und vierteilen lassen? Oder – aus Rücksicht auf ihr Geschlecht – wegen Hexerei auf dem Scheiterhaufen verbrennen?

Um Himmels willen, keine Flammen, nicht dieser langsame Tod ... Ein barmherziger Henker würde die Schlinge um ihren Hals möglichst schnell zuziehen ... »Was habt Ihr vor? Wollt Ihr mich in der Halle an einem Deckenbalken hängen sehen?«

»Einfach nur hängen, Lady?«, entgegnete Arryn of Graham. »Wenn wir auch Barbaren sind – ein wenig Fantasie solltet Ihr uns schon zutrauen.«

»Sicher besitzt Ihr eine sehr rege Fantasie. Und das Schloss gehört Euch. Aber bedenkt bitte – die Männer hier hatten nichts zu tun mit ...« Unwillkürlich unterbrach sie sich und wich seinem Blick aus. »... mit den jüngsten Ereignissen auf Euren Ländereien.« Weil sie nicht feige erscheinen wollte, zwang sie sich, ihn wieder anzuschauen.

»Doch *Ihr* hattet natürlich schon damit zu tun.«

War es eine Frage oder eine Feststellung? Grahams Worte, im normannischen Französisch des Londoner Hofs ausgesprochen, verwirrten Kyra noch mehr als das raue Gälisch, das er bisher bevorzugt hatte. Weil es sanfter klang – und trotzdem viel bedrohlicher? Sie zögerte, spürte seinen Zorn und noch viel mehr – den Schmerz des Verlusts, den er erlitten hatte, sein verletztes Ehrgefühl. Beinahe hätte sie ihren eigenen Kummer gestanden und sich vor seine Füße geworfen. »Mein Name wurde benutzt, aber ...«

»Kein Pardon«, fiel er ihr leise ins Wort.

»Was?«

»Kein Pardon, Lady. Diese Worte gebrauchte Euer guter König Edward in Berwick am Karfreitag, dem 30. März 1296. Sicher habt Ihr davon gehört. Er griff die Stadt an und metzelte ihre Bewohner gnadenlos nieder. Schätzungsweise an die vierzigtausend Menschen starben in jener Nacht. Edward tobte vor Zorn, weil sein Vetter von einem Pfeil getötet worden war. Sogar seine eigenen Priester flehten ihn an, das Massaker zu beenden. Dazu zeigte er sich erst bereit, als er die Geburt eines Kindes beobachtete, dessen Mutter gerade zerstückelt wurde.«

»Ja, ich weiß ...« Kyra ballte ihre zitternden Hände zu Fäusten. »Ein grauenhaftes Blutbad ... Aber die Menschen hier haben nichts verbrochen. Gehört auch der Mord an Unschuldigen zu Eurem Rachefeldzug, Sir?«

»Wie kann jemand unschuldig sein, wenn er einem Herrn wie Kinsey Darrow dient?«

»Nur die ehemaligen Gefolgsmänner meines Vaters und ihre Familien sind im Schloss geblieben. Diese Menschen sind niemals an Kinseys Seite geritten, und ich schwöre Euch, sie sind unschuldig am ...« Bestürzt verstummte sie, als sie mit einem Mal Wut und Verzweiflung in seinen Augen aufflammen sah.

»Am Tod meiner Frau und meines Kindes?«

Nun konnte sie seinem Blick nicht länger standhalten. Sie war Kinsey von König Edward versprochen worden. Doch die Hochzeit hatte noch nicht stattgefunden. Zu der Zeit, als sie großjährig geworden war, hatte der englische König ohne jeden Skrupel Wales vernichtet und sich trotz der Kontroverse mit Frankreich gegen Schottland gewandt. Jahrhundertelang hatten England und Schottland um die Grenzgebiete gekämpft. Aber noch nie so verbissen. Kyra wusste Bescheid über die grausame Zerstörung von Hawk's Cairn, Arryn Grahams Zuhause und Landbesitz. In einem Stall eingesperrt, waren seine Krieger bei lebendigem Leib verbrannt. Dann hatten die Engländer sein Haus angezündet.

Kinsey behauptete, er habe nicht gewusst, dass sich Arryn Grahams schwangere Gemahlin in jenen Mauern aufgehalten habe. Trotzdem … War sie am Rauch erstickt oder in lodernden Flammen gestorben?

»Daran sind die Bewohner dieser Festung nicht schuld.«

»Vielleicht nicht. Und möglicherweise hofft Ihr, sie würden den Mut aufbringen, gegen mich zu rebellieren, während ich glaube, sie wären besiegt.«

Verblüfft runzelte sie die Stirn. »Was soll das? *Ich* bin es, an der Ihr Euch rächen wollt. Also vollbringt dieses Werk und macht Euch meine Leute untertan – was Euch nicht schwerfallen dürfte, denn in ihrem Herzen sind sie eher Schotten als Engländer. Sicher werden Sie Euch die Gnade danken und Euch getreulich dienen. Wenn sie sterben, können sie Euch nichts nützen. Übt Eure Rache an *mir!*«

»Gewiss, Lady«, versicherte er und eilte mit langen Schritten zum Tor der Kapelle.

In diesem Augenblick stürmte ein dunkelhaariger Krieger herein, seinen Helm unter dem Arm. »Arryn, hast du sie …« Bei Kyras Anblick verstummte er.

»Ja, ich habe sie gefunden«, verkündete Arryn und drehte sich zu Kyra um.

Der Neuankömmling starrte sie an, dann räusperte er sich. »Nun ja …«

»Bring sie in den Ostturm«, befahl Arryn und musterte sie wieder mit leidenschaftslosen blauen Augen.

»Jetzt?«

»Aye, jetzt. Sie hat vorgeschlagen, wir sollten sie hängen. Worauf ich erwiderte, wir seien zwar Barbaren, hätten aber etwas mehr Fantasie.«

»Bitte, Arryn …«

»Bring sie ins Zimmer an der Spitze des Ostturms, Jay. Dort wird sie mich erwarten.«

Aufgeregt rannte Ingrid zu ihrer Herrin. »Mylady, ich begleite Euch …«

»Ihr geht in die Halle hinunter«, entschied Arryn.

»Nein!«, rief Kyra und klammerte sich an ihre Zofe. »Tut ihr nichts an, sie ist schuldlos …«

»Bei Euch kann sie nicht bleiben.« Arryn wandte sich wieder dem verängstigten blonden Mädchen zu. »Wie heißt Ihr?«

»In… In… In…«

»Großer Gott«, stöhnte er, »ich frage doch nur nach Eurem Namen!«

»Das ist meine Zofe Ingrid«, erklärte Kyra.

»Schickt sie in die Halle, oder ich lasse sie die Treppe hinunterschleifen.«

»Geh runter, Ingrid«, bat Kyra. »Sieh nach, ob irgendwas zu tun ist. Sicher wird dir kein Leid geschehen.« Sie blickte in Arryns eiskalte Augen und hoffte inständig, die Wahrheit zu sagen. Wäre Edward an seiner Stelle, dürften weder Frauen noch Kinder Gnade erwarten. Wie konnte sie Ingrid versprechen, ihr würde nichts zustoßen – obwohl sie wusste, was der Ehefrau dieses Mannes widerfahren war?

Doch es spielte keine Rolle. Vielleicht wusste die Zofe nichts von Grahams Verlust. Wie auch immer, sie lief an ihm vorbei zum Tor der Kapelle und er schaute ihr nach.

»Fürchtet Ihr, sie könnte eine Waffe finden, zurückkehren und über Euch herfallen?«, hörte sich Kyra herausfordernd fragen, was sie gleich bereute. Würde sie mit diesen dreisten Worten am Ende noch das Leben des Mädchens gefährden?

»Glaubt Ihr, ich hätte Angst vor der verschreckten Ingrid, Madam? *Ihr* seid es, der ich keine Sekunde lang traue. Nur ein Narr würde Euch den Rücken zukehren.

Aber mit diesem Problem werden wir uns später befassen.« Ohne ein weiteres Wort hob er seinen Mantel auf, warf ihn über die Schulter und verließ die Kapelle.

Kyra blieb zurück, allein mit dem Mann, der sie in den Ostturm führen sollte.

»Mylady …«, begann er.

»Wieso weiß er von diesem Turmzimmer?«, flüsterte sie. »Dort war niemand, seit mein Vater …«

»In besseren Zeiten kannte er Euren Vater.«

»Unmöglich! Daran würde ich mich erinnern.«

»Damals wart Ihr sehr jung und habt in London der Königin gedient. Würdet Ihr mich jetzt begleiten?«

»Mein Vater hat niemals mit Gesetzlosen verkehrt.«

»In jener Zeit sind wir nicht gesetzlos gewesen«, erwiderte der hoch gewachsene Ritter lächelnd. »Denn Edward hatte sich dieses Land, auf das er kein Recht besitzt, noch nicht angeeignet.«

»Aber Euer Anführer ist …«

»Kein unzivilisierter Barbar aus dem Hochland, Mylady, wenn er auch einem wilden Geschlecht entstammt. Ich schwöre Euch, früher war er Eurem Vater in diesem Schloss willkommen und er kennt es sehr gut.«

»Was immer in der Vergangenheit geschah – jetzt seid Ihr alle Rebellen und Gesetzlose.«

»Würdet Ihr mich bitte begleiten?«

Für einen Gesetzlosen wirkte er erstaunlich kultiviert, mit sanfteren Gesichtszügen als sein Anführer. Graham, dieser ungehobelte Wilde, würde sie nicht schonen. Doch sie war unschuldig, und sie würde kämpfen, solange es irgendwie ging. »Und wenn ich Euch nicht folge, Sir? Werdet Ihr mich hier und jetzt niedermetzeln? Vielleicht sollte ich genau das anstreben. Dann werde ich eines schnelleren Todes sterben, und Euer Herr muss seine barbarische Fantasie nicht bemühen, um mir ein grausameres Ende zu bereiten.«

Der dunkelhaarige Krieger lächelte, und Kyra schöpfte zum ersten Mal seit der Ankunft ihrer Feinde ein wenig Hoffnung. »Wenn ich mich vorstellen darf, Mylady – ich heiße Jay. Nun, begleitet Ihr mich?«

»Warum sollte ich es Euch so einfach machen – Euch und Euren Gefährten, die meine Leute und mich vernichten werden, sobald es ihnen gefällt?«

»Weil er zurückkommen und Euch selber in diesen Turm bringen wird, wenn ich ihm erkläre, dass Ihr mir nicht gehorcht …« In diesen Worten schwang eine unmissverständliche Drohung mit.

»Geht voraus, Sir, ich folge Euch.«

»Nein, *Ihr* geht voraus.«

Kyra hob die Brauen. »Haltet Ihr mich für gefährlich?«

»Einem Feind darf man niemals trauen.«

»Nicht einmal einem unbewaffneten Feind?«

»Bitte, Mylady …« Jay verneigte sich und zeigte zum Ausgang.

Da gab sie sich geschlagen und verließ die Kapelle. Am Treppenabsatz fühlte sie sich versucht, stehen zu bleiben, hinabzuspähen und festzustellen, welchen Schaden die Rebellen in der Halle angerichtet hatten. Aber sie ging weiter, den Kopf hoch erhoben. Nach einer Weile drehte sie sich zu Jay um. »Würdet Ihr mir verraten, ob Pater Corrigan, mein Priester, den Kampf überlebt hat?«

»Mylady, es steht mir nicht zu, Euch irgendetwas zu erzählen.«

»Und der tapfere Kommandant meiner Wache, Tyler Miller?«

»Wie gesagt, ich bin nicht befugt …«

»Könnt Ihr nicht einmal diese einfachen Fragen beantworten?«

»In diesem Fall nicht.«

»Seid Ihr Grahams Marionette, Sir?«

»Mylady, Ihr werdet mich nicht dazu verleiten, Sir Arryn in irgendeiner Weise zu hintergehen«, erwiderte er ungerührt.

Erbost über seine Loyalität ging sie weiter, plötzlich

blendeten sie die Tränen. Es würde ihr viel leichter fallen, ihre Widersacher zu hassen, wenn sie Ungeheuer wären. Doch sie zeigten sich höflich, sogar gebildet, und sie beherrschten das normannische Französisch ebenso gut wie ihr Gälisch.

Wie sollte sie herausfinden, wie es den beiden Männern ergangen war, die am treuesten zu ihr standen? Hätte sie Tyler nicht zur Kapitulation gezwungen, wäre er für sie gestorben. Und Pater Corrigan hatte geglaubt, sie würde sich immer noch in der Gruft ihres Vaters verstecken, während Ingrid ihren Platz einnahm und er selbst versuchen würde, den Rächer zu beschwichtigen. Offenbar hatte der Geistliche angenommen, mit Ingrid würde sich der Eroberer des Schlosses nicht befassen und sie laufen lassen …

Irgendwie musste es Kyra gelingen, die Leute zu retten, die sie verteidigt hatten – oder bei diesem Bestreben sterben. Nein, sie würde sich nicht zaghaft ins Turmzimmer zurückziehen. Blitzschnell machte sie kehrt und rannte zur Treppe, hörte Jay verwirrt fluchen, ignorierte ihn jedoch. Wenig später erreichte sie die Haupthalle, wo sich mehrere Krieger aufhielten. Inzwischen hatten sie die Helme abgelegt, trugen aber immer noch ihre heidnischen Rüstungen und schlichte Überwürfe, deren Farben auf ihre Clans hinwiesen – nicht auf einen Befehlshaber. Die Männer saßen am langen Plankentisch vor dem Feuer. Inzwischen hatten sich die Hunde, die das Schloss bewachen sollten, bereits an die neuen Herren gewöhnt. Friedlich schliefen sie auf den Binsen, die den Boden bedeckten. Nur einer schnüffelte an den Händen eines Eroberers, der geräuchertes Fleisch aus der Vorratskammer von Seacairn und frisches Brot aß. Dazu trank er Ale. Offenbar hatten die Dienstboten den hungrigen Rebellen eine Mahlzeit serviert.

Aufmerksam schaute sie sich um. Arryn Graham saß nicht bei seinen Männern. Stattdessen stand er vor dem Kamin, einen Arm auf das Sims gestützt, und starrte in die Flammen. Anscheinend spürte er Kyras Blick, denn er wandte sich zu ihr. Die Eiseskälte in den blauen Augen jagte ihr einen Schauer über den Rücken. Abrupt verstummte das lebhafte Stimmengewirr.

»Tut mir Leid, Arryn ...«, begann Jay, der Kyra in die Halle gefolgt war, und zuckte verlegen die Achseln. Was in ihm vorging, verstand sie nur zu gut. Er hatte es nicht einmal geschafft, eine wehrlose Frau vom ersten Stock die Stufen hinaufzuführen, ins Schlafgemach des Ostturms.

»Schon gut, Jay. Wie ich sehe, möchte Lady Kyra ihre neuen Beschützer kennen lernen.« Als Sir Arryn langsam zu ihr ging, schlug ihr Herz wie rasend. Sie spürte seinen abgrundtiefen Hass, eine geballte Energie, die sich jederzeit entladen mochte – und dann würde sie Höllenqualen erleiden ... Aber er umfasste nur ihren Arm. Am liebsten hätte sie sich losgerissen. Doch sie besann sich eines Besseren – zumindest vorerst. »Wie unhöflich von mir«, fügte er hinzu und geleitete sie zur Tafel. »Natürlich hätte ich Euch zum Essen einladen müssen ... Meine Freunde, das ist Lady Kyra of Seacairn, die Tochter des verstorbenen Lords Hugh Boniface und der Lady Mary MacGregor of Dumferline, derzeit mit einem englischen Lakaien namens Lord Kinsey Darrow verlobt. Mylady – Jay MacDonald kennt Ihr bereits. Hier seht Ihr zu meiner Linken Nathan Fitzhugh und Patrick MacCullough, zu meiner Rechten Thane MacFadden und Ragnor Grant. Die wackeren Ritter am Ende der Tafel nennen sich Roger Comyn und Hayden MacTiegue.« Während die Männer vorgestellt wurden, nickten sie Kyra zu. Graham drückte sie auf einen schön geschnitzten Stuhl.

»Setzt Euch doch zu uns, Lady.« Er selbst blieb stehen. Er stellte einen gestiefelten Fuß auf die Kante des benachbarten Stuhls, ergriff den Ale-Krug, der vor Kyra stand, und nahm einen Schluck; dann schob er ihn zu ihr hinüber. »Trinkt mit uns, Lady! Auf unseren Sieg!«

Sie ignorierte den Krug. »Wo ist mein Priester? Was habt Ihr ihm angetan?«

Am Ende der Tafel erklang leises Gelächter und Kyra biss sich auf die Lippen. Beinahe wäre sie aufgesprungen und davongerannt. Doch sie wollte sich nicht lächerlich machen. Außerdem würde man sie unsanft zurückhalten. Lächelnd neigte sich Arryn zu ihr. »Wollt Ihr Euch schon jetzt der Letzten Ölung unterziehen, Lady?«

Als sie aufstand, versperrte er ihr den Weg. Trotz seiner bedrohlichen Nähe fand sie den Mut zu sprechen. »Ich verlange eine Antwort auf meine Frage. Was ist mit Pater Corrigan geschehen?«

»Oh, Ihr *verlangt* eine Antwort?«

»Ja, Sir, ich will wissen …«

Bleischwer legte sich seine Hand auf ihre Schulter. »Vielleicht sollte ich Eure Situation klarstellen. Ihr werdet überhaupt nichts verlangen, Lady Kyra. So wie die Hunde vor dem Kaminfeuer dürft Ihr die Vergünstigungen genießen, die wir Euch zubilligen. Seht Euch um! Jeder Ritter in dieser Halle hatte Verwandte auf Hawk's Cairn. Habt Ihr von Hawk's Cairn gehört? Dem Familiensitz der Grahams. Und was sich dort ereignet hat, wisst Ihr sehr gut, nicht wahr? Ihr behauptet, die Gefolgsleute Eures Vaters seien nicht an jenem barbarischen Verbrechen beteiligt gewesen. Aber wie Ihr selbst zugegeben habt, wisst Ihr darüber Bescheid. Euer Verlobter kämpfte gegen die Schotten. Oder habt Ihr in jener Schlacht sogar selbst das Schwert geschwungen? Mit dieser Waffe könnt Ihr sehr gut umgehen – viel besser als so mancher arme Mann, der im Dienst des Königs den Tod erleiden musste … Doch das spielt jetzt keine Rolle mehr, denn diese Festung gehört wieder den Schotten.«

»Aye!«, rief Roger Comyn.

»Roger ist entfernt mit John Baliol verwandt – dem schottischen König, den Edward zur Abdankung zwang, Lady«, erklärte Arryn.

»Gewiss, Sir«, entgegnete Kyra, »es sind schreckliche

Dinge geschehen. Das leugne ich nicht. Aber vielleicht entsinnt Ihr Euch – Alexanders erste Frau war Edwards Schwester, und er ist der Großonkel der Maid von Norwegen, die seinen Sohn und Erben heiraten sollte. Da er sich Schottland verpflichtet fühlte …«

»Verpflichtet!«, schrie Arryn so laut, dass sie beinahe auf den Stuhl zurückgesunken wäre. »Verpflichtet, die Schotten aus ihren rechtmäßigen Stellungen zu vertreiben und ihnen Engländer vor die Nase zu setzen?«

Sie zitterte am ganzen Körper, doch sie zwang sich zur Ruhe. »Als Alexander noch lebte, regierte mein Vater auf Seacairn, ein Engländer und trotzdem ein Lord unter König Alexander …«

»Wegen Eurer Mutter. Wegen des schottischen Blutes in Euren Adern – was Ihr anscheinend vergessen habt in Eurem Bestreben, Eurem Verlobten zur Macht zu verhelfen, und zwar in diesem Land, das er in Edwards Namen unterjochen will!«

»Gar nichts habe ich vergessen! Dieses Land gehört mir – das Erbe meiner Mutter. Und Ihr …«

»Also besitzt *Ihr* dieses Land und nicht Darrow – was wenig zu bedeuten hat. Nach schottischem Gesetz wird es Euch weggenommen – und Eurem elenden englischen König, der sich hier als Oberherr aufspielen möchte. Es bleibt Euch nur noch eines zu tun, Lady, Ihr werdet das Schicksal erleiden, das ich Euch zugedacht habe.«

Wütend packte sie den Ale-Krug und rammte ihn geräuschvoll auf den Tisch. Von neuem Kampfgeist erfüllt, fauchte sie: »Nach dem Tod meines Vaters bestimmte mich John Baliol zur Herrin dieses Schlosses – von Rechts wegen der schottische König, den Ihr angeblich ehrt, ein direkter Nachkomme der alten Könige durch die Linie seiner Mutter …«

»O ja«, fiel Arryn ihr ins Wort, »Baliols Anspruch ist legal. Aber er schmachtet trotz seines rechtmäßigen Erbes in einem englischen Gefängnis. Und wenn er auch sein Bestes tat, um sich als guter König zu erweisen – er war zu schwach, um sich gegen Edward zu behaupten.«

»Ihr alle seid Gesetzlose!«, schrie Kyra. »Mehr nicht! Was Ihr anscheinend nicht versteht, Sir, der König Schottlands hat sich zu seiner Lehnspflicht gegenüber Edward bekannt ...«

»Dazu wurde er gezwungen, so wie alle schottischen Lords und Magnaten, die sich so töricht bemüht haben, ihre Titel und ihr Vermögen zu behalten!«

Kyra trat vom Tisch zurück. Teils verärgert, teils belustigt schien Arryn nicht zu befürchten, dass sie die Flucht ergriff. Wie konnte sie auch? Seine Freunde hatten sich erhoben und umringten sie. Während Jay MacDonald die Treppe bewachte, trat Ragnor Grant, ebenfalls ein großer, kräftiger Mann, an Kyras rechte Seite, und Thane MacFadden, etwas schlanker, erschien zu ihrer Linken. Doch sie beabsichtigte gar nicht, wegzulaufen und sich wie ein Sack voll schmutziger Wäsche behandeln zu lassen. In stolzer Haltung stand sie vor Arryn Graham. »Hätte John doch beschlossen, Edward weiterhin zu ehren ...«

»Was Ihr offenbar nicht erkennt, Lady«, unterbrach er sie erneut, »ist, dass John den englischen König in einem fort ehrte – bis er sich weigerte, Soldaten und Geld für dessen Krieg gegen Frankreich zur Verfügung zu stellen. Da begann Blut zu fließen, als Baliol sich endlich gegen den König von England erhob! Und warum? Weil wir nicht zu England gehören, sondern zu Schottland. Edward hat kein Recht, uns zu beherrschen, und wir werden niemals vor ihm kapitulieren.«

»Wie Ihr Euch sicher erinnert, begann das Blutvergießen, als die Schotten England überfielen.«

Arryns kalte blaue Augen verengten sich. »John, ausnahmsweise ein König nach dem Herzen seines Volkes, ritt gen Süden und bekämpfte die Engländer, um der Order Edwards zu trotzen, der schottische Soldaten und Waffen für seine Kriege forderte. Gewiss, Baliols Truppe vergoss Blut und plünderte das Grenzgebiet. Aber es kam zu keinem einzigen Massaker.«

»Das stimmt!«, mischte sich Ragnor lebhaft ein und strich eine lange schwarze Haarsträhne aus der Stirn. »Damals starben weder Bauern noch Kaufmänner oder Frauen und Kinder, um die Launen eines Mannes zu befriedigen, der sich für den Allmächtigen hält!«

»Ist Euch nicht bewusst, dass schottische Lehnsherren auf der Seite König Edwards stehen? Die Bruces, an zweiter Stelle der schottischen Thronfolge, haben dem englischen König ihre Treue geschworen.«

Angewidert runzelte Ragnor die Stirn und Arryn entgegnete: »Weil sie hofften, den Thron zu besteigen! Bald werden sie lernen, dass Edward nur einen einzigen König in Schottland dulden wird – nämlich sich selbst. Aber hier leben nicht nur Männer, die ihre Macht zu verlieren fürchten, wenn sie den Zorn des englischen Königs erregen, sondern auch Menschen, die ihre Freiheit schätzen. Was immer er versuchen mag, um uns in die Knie zu zwingen – letzten Endes werden wir siegen. Das ist *unser* Land.«

»Zweifellos«, bestätigte Kyra. »Trotzdem müsste kein Blut fließen.«

»Oh …«, murmelte Arryn.

Sie nahm den veränderten Unterton in Arryns Stimme nicht wahr. »Was Ihr und Eure törichten Freunde nicht begreift – Edward ist ein wunderbarer König, ein großer Krieger. Er will seinen Mut und seine Kraft für eben dieses Land einsetzen …«

»Ach, Mylady, welchen Unsinn Ihr redet!« Mitleidig schüttelte Arryn den Kopf. »Edward mag ein starker König und ein mächtiger Mann sein, aber er ist ein englischer König, ein Engländer.«

Nun mischte sich Patrick ein. »Auf niederträchtigste Weise hat er die Schotten hintergangen. Hört mich an, Mylady, und dann denkt über Eure Worte nach! Jahrhundertelang herrschten in Schottland Könige aus demselben Geschlecht, viel länger als in England. Aber als Alexander starb und die Maid von Norwegen wenig später, mussten wir ein paar Generationen zurückgehen, um einen rechtmäßigen König zu finden, und der Regentschaftsrat befürchtete einen Bürgerkrieg.«

Temperamentvoll widersprach Kyra diesem Argument. »Wen würdet Ihr denn wählen? Schaut Euch doch Eure Freiherren an! Wie Wetterfahnen drehen sie sich im Wind!«

Mittlerweile war Jay MacDonald vom Fuß der Treppe zur Tafel zurückgekehrt. »Lady Kyra, unser gekrönter König sitzt in einem Londoner Gefängnis, während Edward unsere schottischen Schlösser von seinen englischen Lords beherrschen lässt, deren rechtmäßige Herren sich nicht vor einem grausamen Eroberer beugen.«

»Gut gesprochen!«, rief Ragnor.

»Aye, und darauf wollen wir trinken!«, schlug Patrick vor.

Unbehaglich musterte Kyra diese jungen, kräftig gebauten, entschlossenen Krieger. Und die größte Angst jagte ihr der Mann ein, der vor ihr stand. Mit einem freudlosen Lächeln hielt Arryn ihr den Ale-Krug hin. Nicht zum ersten Mal spürte sie die seltsame Macht seiner Augen, und sie wusste, dass er sie prüfend betrachtete. »Wohin soll dieses Gespräch führen, Lady? Für Euch spielt dies alles keine Rolle mehr, obwohl wir natürlich dankbar wären, wenn Ihr unser Anliegen verstehen würdet. Das Schloss gehört Euch nicht länger. Eure Freiheit habt Ihr verloren. Was Ihr besessen habt, versucht Ihr immer noch zu verteidigen. Aber Ihr wart dumm genug, Euer Schicksal in die Hände von Teufeln zu legen. Nun müsst Ihr mit ihnen in der Hölle schmoren. Bedauerlicherweise habt Ihr Euren Zorn und Euren Stolz der falschen Seite geweiht. Damit ist jetzt Schluss. Findet Euch mit Eurem Schicksal ab! Ich werde mich an Euch rächen, so wie Ihr's verdient. Was danach von Euch übrig ist, werfe ich den Geiern vor. Kommt, Lady, trinkt mit uns auf Schottland!« Er lächelte immer noch. Aber seine Augen blieben kalt.

In der Mitte des Tisches lag ein Messer. Blitzschnell griff sie danach. Aber sobald Ihre Finger das Ziel erreichten, wurde sie zurückgerissen. Beinahe brach Arryn ihr das Handgelenk, als er sie zwang, die Waffe fallen zu lassen.

»Wenn Ihr eine Klinge in Euer eigenes Herz stoßt, werdet Ihr Eurem Schicksal auch nicht entrinnen, Madam. Nach einem Selbstmord würdet Ihr so oder so in der Hölle landen.« Gnadenlos umklammerte er ihr Handgelenk und zog sie zu sich heran, sodass sie nicht nur die Kälte seines Kettenhemds spürte, sondern auch die fiebrige Hitze, die er ausstrahlte …

»Nicht in mein Herz wollte ich diese Klinge stoßen«, fauchte sie, »sondern in Eures!«

Die heidnischen Krieger brachen in spöttisches Gelächter aus.

»Trinkt mit uns!«, beharrte Arryn. »Auf Schottland und einen schottischen König!«

Mit bebenden Fingern umfasste sie den Krug und schüttete ihm das Ale ins Gesicht. Unglücklicherweise war das Gefäß fast leer gewesen, und so rannen nur ein paar Tropfen über Arryns Wagen, die er wegwischte, ohne eine Miene zu verziehen. Dann umschlang er Kyras Taille und warf sie über seine Schulter. Unter dem Beifall seiner Männer trug er sie zur Treppe, wo er stehen blieb und sich umdrehte. »Könntest du sie im Turm bewachen, Jay, oder würdest du ihren Launen erneut zum Opfer fallen? Im Augenblick habe ich Wichtigeres zu tun, als mich um Darrows Braut zu kümmern.«

»Sie wird mir nicht mehr entwischen«, versicherte Jay und folgte ihm.

Zutiefst gedemütigt, versuchte Kyra sich zu wehren. Aber Arryn eilte bereits in den ersten Stock hinauf, dann zur Treppe, die in den Ostturm führte. Schon nach wenigen Sekunden öffnete er die Tür des Herrschaftsgemachs und stellte sie unsanft auf die Füße. Sie schwankte ein wenig, dann fand sie ihr Gleichgewicht wieder und schaute sich um. Im Kamin brannte ein Feuer. Das breite Bett war mit frischem Leinen bezogen. In den Duft der sauberen Binsen am Boden mischte sich die frische Brise, die durch das hohe Fenster hereinwehte. Arryn hatte den Raum innerhalb kurzer Zeit herrichten lassen. Natürlich, dachte sie bedrückt. Er war als Eroberer hierher gekommen und würde sich in der Domäne des Schlossherrn niederlassen. Was mit *ihr* geschehen würde, hatte er angekündigt. Wenn er mit ihr fertig war, wollte er sie den Geiern vorwerfen ... Verzweifelt wandte sie sich ihm zu. »Sir – in vielen Dingen habt Ihr einen falschen Eindruck gewonnen. Aber ich weiß, was Ihr in diesem Krieg erleiden musstet, und ich bin bereit, dafür zu bezahlen. Mit meinem Leben.«

»Es freut mich, dass Ihr Euch in Euer Schicksal fügt«, erwiderte er höflich.

»Also – dann rächt Euch an mir!«

»Genau das habe ich vor.«

Unsicher beobachtete sie ihn. Er kam keinen Schritt näher. Dann versuchte sie, sich erneut zu verteidigen. »Was auf Hawk's Cairn geschah, war schrecklich, Sir Arryn, aber ...«

»Dafür gibt es keine Worte.«

»Aber Lord Darrow überfiel Euch nur, weil einer seiner Verwandten den Tod gefunden hatte.«

Offenbar war es ein Fehler gewesen, ihn daran zu erinnern. Seine Augen glänzten frostiger denn je. »Falls Ihr glaubt, ich hätte Darrows Verwandten oder irgendjemand anderen kaltblütig ermordet, irrt Ihr Euch, Lady. Ich stand einem Krieger gegenüber, wir kämpften und er starb.«

»Trotzdem, Sir ...«

»Was sich auf Hawk's Cairn ereignet hat, wisst Ihr nur zu gut!«, stieß er hervor.

Von den Einzelheiten des Gemetzels hatte sie oft

genug gehört. Beklommen wich sie Arryns Blick aus und wünschte, sie hätte geschwiegen. »Macht mit mir, was Ihr wollt!«, flüsterte sie. »Aber ich flehe Euch an, nehmt Rücksicht auf die Menschen in diesem Schloss. Sie sind unschuldig an jenem Verbrechen ...«

»Während Ihr, Mylady, zumindest die Schuld an diesem langatmigen, sinnlosen Gerede tragt!«, unterbrach er sie ungeduldig. »Genug jetzt! Ich werde mich später mit Euch befassen.«

Als er zur Tür ging, eilte sie ihm zu ihrer eigenen Verblüffung nach. »Wartet, bitte! Immer wieder versuche ich Euch zu erklären ...«

»Was?« Seufzend drehte er sich zu ihr um. »Dass Euer Captain Tyler Miller arglose Jungen und Mädchen niedermetzelte, die auf dem Feld gearbeitet hatten? Dass er den Schmied enthauptete, der Lord Darrow gewiss nichts angetan hatte?«

»Unmöglich – da müsst Ihr Euch irren ...«, wisperte sie. »Was habt Ihr mit Tyler gemacht? Und mit Pater Corrigan?« Krampfhaft schluckte sie und wich vor seinem durchdringenden Blick zurück. »Nein – Ihr seid nicht so grausam, diese Menschen niederzumetzeln. Ihr wollt mich nur herausfordern ...«

Plötzlich packte er ihre Schultern und schüttelte sie so heftig, dass ihre Zähne klapperten. »Unterschätzt meine Entschlossenheit nicht, Lady! Bei Gott, nehmt Euch in Acht! Bildet Euch bloß nicht ein, ich werde Milde walten lassen!«

Sie sah den Puls in seinem Hals pochen. Gequält schrie sie auf, als sich seine Finger noch schmerzhafter in ihre Schultern gruben. Dann hob er eine Hand, und sie dachte, er würde sie schlagen. Sie schloss die Augen. Was immer er ihr antun wollte, sie würde nicht mehr schreien.

Doch er schlug sie nicht. Langsam hob sie die Lider. Seine Finger glitten über ihr schönes, besticktes blaues Leinenkleid. Mit einem heftigen Ruck riss er es vom

Oberteil bis zum Saum auseinander. Verwirrt und entsetzt starrte sie ihn an, fuhr herum und versuchte zu fliehen – obgleich sie nicht wusste, wohin.

Allzu weit kam sie nicht. Er packte den Baumwollstoff ihres dunkelblauen Unterkleids, zog es ihr fast vom Leib und sie stolperte über den Saum. Halb nackt fiel sie zu Boden, griff atemlos nach der zerfetzten Kleidung, um ihre Brüste zu bedecken, und krümmte sich verzweifelt zusammen.

In seinen Augen las sie keine zügellose Leidenschaft, nur kalten Zorn. Also würde er nicht über sie herfallen – noch nicht. »Im Augenblick fehlt mir die Zeit, Lady Kyra. Aber täuscht Euch nicht – das bedeutet keineswegs, dass ich mich barmherzig zeigen werde. Bittet nicht um Gnade. Ihr würdet Euch vergeblich bemühen.«

Ohne eine Antwort abzuwarten, verließ er das Turmzimmer. Krachend fiel die Tür hinter ihm ins Schloss, und sie hörte, wie der schwere Riegel vorgeschoben wurde.

3

Jay stand vor der Tür und beobachtete, wie Arryn sie verriegelte. »Wie sollte ich ahnen, dass sie mir davonlaufen würde? Wo sie doch weiß, wie viele unserer Männer das Schloss bewachen …«

»Offenbar ist die Lady noch tückischer als Darrow – und zweifellos mutiger.«

»Mein Gott, ich hätte nicht erwartet, eine solche Frau hier anzutreffen.«

Damit hatte auch Arryn nicht gerechnet. Sie war schön und klug, kämpfte wie eine Tigerin und wusste mit Waffen umzugehen. Und er traute ihr durchaus eine Beteiligung an den Schandtaten ihres Verlobten zu. Vielleicht hatte sie Darrow sogar dazu angestachelt und ihm geholfen, den Feldzug gegen Hawk's Cairn zu planen.

»Gerüchteweise hörte ich, Lady Kyra würde zu den schönsten Geschöpfen auf Gottes Erde zählen«, fügte Jay hinzu. »Aber sie besitzt auch andere Vorzüge – Würde, Stolz und ein leidenschaftliches Temperament. Ihrem englischen Oberherrn ist sie treu ergeben, weil sie ihn für einen großen König hält. Also ist ihre Loyalität verständlich.«

»Wir sind hier nicht in England, sondern in Schottland.«

»Im Grenzgebiet.«

»In Schottland.«

»Gut, aber ihr Vater war Engländer, und wenn du sie sprechen hörst ...«

»Wenn du ihren eindringlichen Worten lauschst, wirst du bald deine eigene Sache verraten«, warnte Arryn. »Bedenk lieber, was geschehen ist. Das weiß sie und sie hat ihre Beteiligung an dem Verbrechen nicht direkt bestritten. Sie beteuert nur, die Leute in Seacairn seien unschuldig.«

»Großer Gott, Arryn, wie sollte ich jemals vergessen, was meinem Bruder widerfuhr – bevor meine Schwester aus dem brennenden Haus floh und uns alles erzählte.«

»Ja ... deine Schwester Katherine. Sicher wäre sie mit den anderen gestorben, hätte sie sich nicht unbemerkt davongeschlichen. Und nun? Schlägst du mir vor, Lady Kyra zu verzeihen, weil sie so schön ist, wie die Gerüchte es sagen? Weil sie ihrem niederträchtigen König die Treue hält? Weil sie tapfer genug ist, um zu kämpfen?«

»Ich bitte dich nur um eins – behandle sie nicht zu grausam.«

»Was immer ich ihr auch prophezeit habe, ich würde niemals eine Frau hinrichten.«

»Natürlich nicht.«

»Aber sie wird Darrow nicht heiraten. Diesem Schurken soll ihr Reichtum nicht in die Hände fallen.«

»Ganz gleichgültig, was du vorhast, Arryn, du wirst keine Unschuldigen niedermetzeln. Und wenn du deine Rache an Lady Kyra genießt, bedenk bitte – davon wird Alesandra nicht wieder lebendig.«

Es dauerte eine Weile, bis Arryn sein düsteres Schweigen brach. »Um seine Gräueltaten zu verteidigen, verkündete Darrow, er würde im Namen Edwards und des Lords von Seacairn Gerechtigkeit üben. Jetzt ist Kyras Vater tot. Bis zur Hochzeit verwaltet sie ihr Erbe selbst. Allem Anschein nach hat sie sich bereitwillig mit Darrow verlobt. Deshalb müssen wir sie als unsere Feindin betrachten ...« Die Hände geballt, versuchte er die Gefühle zu bezwingen, die seine Seele immer wieder zu lähmen drohten. »Du kennst mich, und du weißt, ich werde sie nicht misshandeln«, fuhr er mit bitterer Stimme fort. »Aber auf meine Rache werde ich nicht verzichten. Bewach die Lady, mein Freund, und bewach sie gut. Nun will ich das Schloss sichern – wenn ich auch bezweifle, dass uns irgendjemand angreifen will. Das würden nur Edwards Streitkräfte wagen und die kämpfen auf anderen Schlachtfeldern. Trotzdem neige ich zur Vorsicht. Ich lasse mich nicht gern im Schlaf überraschen.«

»Was glaubst du, wie lange wir die Festung halten können?«

»Wenn Edward sie wieder zurückerobern möchte – nicht allzu lange. Jedenfalls müssen sich die Männer mit den Verteidigungsanlagen von Seacairn vertraut machen.«

»Gewiss. Nun kannst du unbesorgt gehen. Ein zweites Mal wird mir die Lady nicht entkommen.«

Arryn nicke. Aber während er die Stufen hinabeilte, fürchtete er, dass sein Freund in den Bann der schönen Lady geriet. Womöglich überredete sie ihn, die Tür zu entriegeln ... Ein Grund zur Sorge würde trotzdem nicht bestehen. Selbst wenn sie an Jay vorbeikam – die Wachtposten im ersten Stock würden sie aufhalten.

Am Fuß der steinernen Turmtreppe wandte sich Arryn nach links und folgte dem Korridor, der zur Brustwehr führte. Von dort aus überblickte er den Innenhof und die Außenmauern. Vor der Ankunft der Rebellen hatten die Bauern das Vieh von den Weiden innerhalb dieses Walls gebracht und genug Vorräte aus dem Dorf geholt, um die Schlossbewohner für eine Belagerung zu rüsten. Jetzt standen die Tore wieder offen, das Vieh kehrte auf die Wiesen zurück. Vor den neuen Schlossherren musste es nicht geschützt werden. Allmählich brach die Dunkelheit herein. Aber nach diesem ereignisreichen Tag herrschte immer noch reges Leben und Treiben im Hof. Einige Abschnitte der Mauern, im Kampf beschädigt, mussten instand gesetzt werden. Verletzte hinkten umher, Fischweiber versuchten, die Fänge ihrer Männer zu verkaufen.

Im Südwesten des Schlosses, direkt unterhalb des Rundwegs rings um die Brustwehr, strömte der Fluss vorbei. Wie Arryn sich entsann, war Seacairn noch nie vom Wasser her eingenommen worden. Vom Ufer aus müssten die Angreifer einen steinernen Wall hochklettern, was sie niemals unbemerkt und ungehindert schaffen würden. Man konnte das Schloss nur erobern, wenn man aus nördlicher Richtung heranritt, so wie Arryns Truppe an diesem Tag. Und man brauchte tüchtige Krieger. Erst im letzten Monat war es ihm gelungen, geeignete Männer zusammenzutrommeln.

Seacairn …

Dieses Schloss und den alten Lord hatte er schon gekannt, bevor Edward zu dem Entschluss gelangt war, Schottland ebenso zu zerstören wie Wales. Damals hatte Frieden zwischen den beiden Ländern geherrscht. Die Pläne Edwards – eines starken, scharfsinnigen Königs – waren erst offensichtlich geworden, als er sie in die Tat umgesetzt hatte.

Langsam ging Arryn an der Brustwehr entlang und betrachtete die Landschaft. Zu Mittag hatte der Angriff begonnen. Jetzt stand der volle Mond hoch am Himmel und beleuchtete die Wellen des Flusses, die grünen Hügel und Wälder. Welch ein schönes Land – und so friedlich …

Nein, dachte er, wenn Edwards Heer hier eintrifft, können wir die Festung nicht halten. Für einen Moment schloss er die Augen und biss die Zähne zusammen. Er hatte Seacairn angegriffen, um Kinsey Darrow zu töten. Aber Darrow war einem Ruf des Earl of Harringford gefolgt und davon geritten. Der Gedanke, die beiden könnten in diesem Augenblick irgendein Dorf oder einen Landsitz überfallen, beunruhigte Arryn. Oder vielleicht suchten sie William Wallace und seine Männer im Wald von Selkirk, um sie alle zu vernichten.

Schaudernd senkte Arryn den Kopf. Würden die schottischen Rebellen ihre Heimat jemals von der englischen Herrschaft befreien?

Er dachte an Alexanders Tod. Wäre dem König bewusst gewesen, in welche Hölle er sein Land stürzen würde – hätte er sein Leben trotzdem so leichtfertig aufs Spiel gesetzt? »Schottland wird niemals aus einem einzigen Mann bestehen«, hatte Alexander ihm in jener schrecklichen Sturmnacht erklärt. »Es ist das Herz und der Puls und die Seele aller, die es mit dem Recht ihres Blutes beanspruchen.« Diese Worte bewahrte Arryn in seinem Herzen. Und er würde sie nie vergessen, obwohl ihn der Kampf gegen die Engländer schon so viel gekostet hatte. Seit dem Tod des Königs waren gut zehn Jahre verstrichen – zehn Jahre voller Gewalt, wilder Kämpfe und Trauer. Trotz aller Tragödien, die den Rebellen noch drohen mochten – sie mussten sich gegen Edward wehren und Männer wie Darrow und deren Komplizen in die Knie zwingen – und loyale Engländerinnen wie die Herrin von Seacairn.

Auch wenn Edward den schottischen König gefangen

genommen hatte, den schottischen Geist vermochte er nicht zu zerstören. Überall erhoben sich Aufständische – Andrew de Moray im Norden, William Wallace im Süden.

Arryns Vetter, Sir John Graham, hatte sich schon vor langer Zeit mit William Wallace angefreundet, den sogar manche Schotten voller Skepsis beobachteten, während ihn andere für die Seele der Freiheit hielten. In seinem Kampf gegen die Engländer gewann er immer mehr Anhänger. Unermüdlich focht er für John Baliol, der in London gefangen saß – trotz der Schwäche, die der schottische König gezeigt hatte. Von Baliol enttäuscht, bewunderte Arryn den wackeren Wallace umso mehr und er hatte ihn schon bei zahlreichen Feldzügen unterstützt.

Nach wie vor respektierte Wallace den gefangenen König, bezweifelte aber, dass Baliol jemals die Freiheit zurückgewinnen würde. Und so kämpfte er unter der Flagge des siegreichen Löwen, des schottischen Symbols. Arryn befehligte seinen eigenen Trupp, der aus Rittern und freien Bürgern bestand. Von seinen Männern hoch geachtet, legte er großen Wert auf moralische Grundsätze. In diesem elenden Krieg waren auf beiden Seiten zu viele unschuldige Menschen niedergemetzelt worden. Zu solchen Gräueltaten würde sich Arryns Truppe niemals hinreißen lassen. Aber er erlaubte seinen Kriegern, nach Herzenslust zu plündern und zu stehlen. Von irgendetwas mussten sie leben. Und das Überleben wurde immer schwieriger. Er hatte Festungen bis auf die Grundmauern niedergebrannt, Vorräte entwendet, feine Damen ihrer Juwelen beraubt – aber keine einzige getötet.

Vor ungefähr einem Jahr – kurz nachdem Edward den schottischen König zur Abdankung gezwungen und von allen Schotten den Treueeid verlangt hatte – war Arryn dem Vetter Kinsey Darrows begegnet, Lord Angus Darrow. Auf einer Brücke hatten sie einander bekämpft.

Arryn hatte den Mann besiegt. Aber Angus hatte sich in wilder Wut auf ihn geworfen und war von der Brücke gestürzt, in den Tod hinab. Arryn und seine Männer taten Angus' Anhängern nichts Schlimmeres an, als ihnen Gold, Juwelen und edle Wollstoffe abzunehmen – Schätze aus schottischem Besitz, die ihre Gegner südwärts nach England transportieren wollten.

Vor jenem Kampf hatte Arryn die junge Kusine und das Mündel seines Freundes Jay MacDonald geheiratet, Alesandra. Er hatte geglaubt, er würde zu wenig Zeit für seine Frau finden und hätte deshalb kein Recht auf diese Ehe. Doch er hatte gewusst, wie sehr sie ihn liebte, wie rückhaltlos sie ihm vertraute – schon seit der Kindheit. In jungen Jahren verwaist, hatte sie ihn stets mit ihrer Sanftmut und ihrem Lächeln bezaubert. Ein paar Monate vor der Hochzeit war sein Vater auf einer Reise in den Norden gestorben – woran, wusste niemand. Robert Grahams Leiche war unterhalb einer Klippe gefunden worden. Für seinen Tod gab es keine Zeugen. Arryn vermisste ihn schmerzlich, und er nahm an, sein Vater wäre ermordet worden. Aber er konnte nichts beweisen.

Und so trat er auf Hawk's Cairn ein reiches Erbe an. Es war an der Zeit, eine Familie zu gründen. In seinem Leben hatte er einige Frauen gekannt – verwitwete Besitzerinnen großer Ländereien, schöne junge Mädchen, einsame, leidenschaftliche Frauen. Jetzt wünschte er sich eine Gemahlin, die er lieben und ehren, mit der er nächtliche Gespräche führen konnte, die seinen Haushalt verwalten und ihm Kinder schenken, mit ihm lachen und alt werden würde.

Als Kind scheu und zurückhaltend, war Alesandra zu einer reizvollen, selbstsicheren Frau mit dunklen Rehaugen und üppigem braunem Haar herangewachsen. Sanftmütig war sie immer noch und mit ihrer Zärtlichkeit gewann sie sein Herz. Sie besaß Eigenschaften, die ihm fehlten – Geduld, die Bereitschaft, auf andere Rücksicht zu nehmen, und ein inneres Gleichgewicht.

Frohen Mutes blickte sie in die Zukunft, und sie war überglücklich, als sie bald nach der Hochzeit ein Kind erwartete.

Inzwischen hatte sie sein vernachlässigtes Anwesen Hawk's Cairn in ein schönes Zuhause verwandelt.

Während er sich im Norden mit Moray traf, fiel Darrow über seinen Familienbesitz her. Danach hatte Arryn von den wenigen Überlebenden erfahren, seine Frau sei von den Eroberern vergewaltigt, hilflos in ihrem Schlafzimmer zurückgelassen worden und schließlich bei lebendigem Leib verbrannt.

Selbst jetzt, ein Jahr später, fröstelte er immer noch bei der Vorstellung, was Alesandra erlitten haben musste. Diesem Schicksal hatte er sie ausgeliefert. Nur weil sie seine Frau gewesen war, hatte sie den Tod gefunden. Nacht für Nacht plagte ihn sein Gewissen, wenn er hellwach ins Dunkel starrte, oder die Schuldgefühle verfolgten ihn bis in seine Träume. Manchmal sah er sie auf sich zugehen, hörte sie seinen Namen flüstern … Und so plötzlich begann sie vor seinen Augen zu brennen und ihr schmerzerfüllter Schrei drang in die Tiefen seiner Seele.

Bei diesem Gedanken wurde ihm heiß und kalt, und seine Hände zitterten. Bis zu seinem letzten Atemzug würden ihn solche Fantasiebilder quälen. Und Darrows Braut bat ihn um Gnade …

Den Kopf gesenkt, wandte er den Blick von der Schönheit des Landes ab, für das er anscheinend nicht nur seine eigene, sondern auch Alesandras Seele geopfert hatte.

Darrow und seine Männer hatten sie getötet – grausam und niederträchtig. Aber Arryn musste seinem Freund Jay Recht geben. Wenn er Gleiches mit Gleichem vergolt, wäre es ein Sieg der Engländer und seine Niederlage. Nein, niemals würde er Menschen sinnlos niedermetzeln, unschuldige Frauen und Kinder töten.

Andererseits konnte er Darrows Verlobte nicht schonen. Nur durch sie konnte er einen gewissen Einfluss auf das Schicksal Schottlands nehmen. Und wenn er mit seiner Rache zögerte, brauchte er nur die Augen zu schließen ... Dann würde er Alesandra in Flammen sehen und ihren gellenden Schrei hören ...

Als er sich von der Brustwehr abwandte, sah er einen seiner Wachtposten auf dem Turm über dem herrschaftlichen Schlafgemach stehen und salutierte. Dann eilte er die Außentreppe zum Hof hinab und winkte seinen Knappen Brendan zu sich, einen Vetter zweiten Grades – einen der Jungen, die er halb tot vor den Mauern von Hawk's Cairn gefunden hatte. Während Brendan die Tür zum Turm der Lady verteidigt hatte, war er mit einer Streitaxt niedergestreckt worden. Erstaunlicherweise hatte er seine schwere Verletzung überlebt. Er war sechzehn – genauso alt wie Arryn in König Alexanders Todesnacht. Trotz seiner Jugend hatte er schon oft seinen Mut bewiesen, stets bereit, sein Leben für andere zu riskieren. »Hol mir Pict, Brendan.«

»Aye.«

Zum Glück besaß Arryn immer noch Pict, das große Schlachtross, das König Alexander ihm geschenkt hatte. Am Tag jenes Ereignisses war Arryn zum Ritter geschlagen worden, nach einem siegreichen Scharmützel im Grenzgebiet. Damals hatte sein Vater noch gelebt – bevor die Leichen von Männern am Wegesrand gefunden worden waren, die sich geweigert hatten, dem englischen König Treue zu schwören ...

»Soll ich mit dir reiten, Arryn?«, fragte Brendan, als er mit dem Pferd zurückkehrte.

Arryn zögerte. Wie sehr ihm sein Vetter glich, ein großer, starker Junge mit schwarzem Haar und ernsthaften dunkelblauen Augen ... Auf Hawk's Cairn hatte er Brendan tagelang beigebracht, mit Kriegswaffen umzugehen. Nachdem die Engländer fast die ganze Familie des Jungen getötet hatten, war es auch sein Schicksal, sie zu bekämpfen.

»So viel ich weiß, ist's immer gut, einen Mann hinter sich zu haben«, gab er zu bedenken.

»Noch dazu einen so tüchtigen wie dich«, erwiderte Arryn grinsend. »Aber diesmal reite ich lieber allein.«

»Aye, Arryn.«

Und so brach er ohne Begleitung auf. Zunächst umrundete er die Innenmauer, dann befahl er seinen Männern, das Fallgitter des inneren Tors hochzuziehen, und inspizierte die äußeren Verteidigungsbastionen. Seacairn, eine imposante Festung, war in den Tagen des normannischen Eroberers errichtet und unter der Herrschaft Davids I. ausgebaut worden.

Bis Arryn die ganze Außenmauer besichtigt hatte, begann der Morgen zu dämmern. Er sprach mit den Schlossbewohnern, die wach blieben und die Verwundeten pflegten, und mit seinen eigenen Wachtposten an den wichtigsten Schlüsselstellen.

Schließlich kehrte er in den Innenhof zurück, striegelte Pict und brachte ihn in den Stall, wo er ihn mit erstklassigem englischem Hafer versorgte.

In der Halle erwartete ihn Ragnor, um Bericht zu erstatten. Ragnor – ebenfalls ein Freund aus Kindertagen – war ein großer Mann mit blondem Haar, rötlichem Bart und blauen Augen, die seine Wikingerherkunft verrieten. »Bist du um das Schloss herumgeritten?«, fragte er.

»Aye, wir sind sicher.«

»Inzwischen habe ich mich um Lady Kyras Soldaten, die Dienstboten, den Priester und die Verletzten gekümmert. Drei Männer haben wir verloren, sieben sind verwundet. Die Verletzten liegen in Pater Corrigans Haus, an der Außenmauer.«

»Da kam ich vorbei und sprach kurz mit einer der Betreuerinnen.«

»Die Toten wurden in die Gruft gebracht. In der Kälte werden sie nicht so schnell verwesen, und wir können uns Zeit lassen, für ein christliches Begräbnis zu sorgen. Die Verteidiger haben nur fünf Mann zu beklagen, zehn sind schwer verletzt, fünf nur leicht. Mittlerweile haben alle Dienstboten den Treueeid abgelegt. Natürlich wissen sie, welches Schicksal ihnen droht, wenn sie uns hintergehen. Zum Glück ist bei unserem großen Sieg nur wenig Blut geflossen.«

»Ja, doch leider war Darrow nicht hier.«

»Von unserem Angriff wusste er nichts und er musste dem Ruf seines Oberherrn folgen.«

»Trotzdem ...«

»Arryn, wir alle wissen, wie viel dir daran liegt, ihn zu töten. Aber wenn er dir auch entkommen ist – wir haben eine grandiose Festung erobert, die uns im Kampf gegen England von Nutzen sein wird. Auf Seacairn herrschte ein englischer Lord. Doch die Menschen, die hier leben, konnte er nicht in Engländer verwandeln. Ich glaube, die Mehrheit gönnt uns den Triumph. So dachten die Leute vielleicht nicht, als der alte Lord noch lebte. Aber jetzt besinnen sie sich wieder auf ihre schottische Herkunft.«

»Hoffen wir's. Was unsere Männer hier geleistet haben, will ich nicht herabwürdigen. Aber haben wir tatsächlich einen Sieg errungen? Falls Edward mit seinem Heer hierher kommt, müssen wir das Schloss verlassen. Dieser Übermacht sind wir nicht gewachsen. Und so beklagenswert es auch sein mag – viele unserer Freiherrn denken nur an ihren eigenen Gewinn, nicht an das Wohl des Landes. Darin liegt unsere Schwäche, die Edward Vorteile verschafft. Unsere reichsten und mächtigsten Aristokraten streben nach dem Thron unter Edwards Oberhoheit. Und so schwanken sie wie Äste im Wind, statt sich gegen den englischen Herrscher zu stellen. Wenn wir weiterhin im Namen eines schwachen schottischen Königs kämpfen, ist unsere Mühe sinnlos.«

Seufzend schüttelte Arryn den Kopf. »Das weiß sogar Roger, ein Mitglied von John Baliols Clan. Baliol hat sich Edward gebeugt und seinen Anspruch auf Schottland aufgegeben. Wie könnte ein solcher Mann die schottischen Krieger anspornen? Nein, wir kämpfen für Schottland, nicht für einen König, und wir führen Krieg, weil wir keine Wahl haben. Alles, was Edward auf unserem Grund und Boden erobert hat, übergab er seinen englischen Lords. Und die englischen Lords nahmen sich alles, was schottisch war, unsere Ehefrauen und Töchter, unsere Seelen. Wie können echte Männer mit so wenig Ehre weiterleben?«

»Gewiß, du hast Recht.«

»Bedauerlicherweise ist es nicht die Ehre, die uns antreibt. Wenn wir uns nicht gegen die Engländer wehren, werden wir niedergemetzelt. Also geht es im Grunde nur ums Überleben.«

»Sollen wir unser Leben lang kämpfen?«, fragte Ragnor müde. »Gibt es noch Hoffnung für uns – außerhalb der Wälder, in die wir vor der englischen Übermacht fliehen müssen? Da du dich weigerst, Edward die Treue zu schwören, bist du ein Gesetzloser – und nach der Eroberung von Seacairn sein erklärter Feind. Deshalb wird er alle deine Stellungen vereinnahmen.«

Arryn musste seinem Freund beipflichten. Bald nach dem Fall Berwicks hatte Edward von allen schottischen Landbesitzern verlangt, einen schriftlichen Treueeid abzulegen. Viele hatten sich geweigert – aber über zweitausend waren dazu bereit gewesen, hauptsächlich Männer, die mit Edwards Segen den schottischen Thron besteigen wollten. Seither waren zahlreiche Schotten, die keinen Treueeid geleistet hatten, von englischen, in Schottland postierten Verwaltungsbeamten ermordet worden. Arryn glaubte, dass auch sein Vater dieses Schicksal erlitten hatte. Doch das konnte er ebenso wenig beweisen wie Angus Darrows mörderische Pläne. Aber einige hatten ihre Weigerung, Edward die Treue zu schwören, überlebt. Und genau so wie Arryn rebellierten sie immer freimütiger.

»Nein, Ragnor, mag uns Edward auch noch so viel stehlen – eines Tages wird Schottland wieder uns gehören. Außerdem – was kann er mir noch wegnehmen? Von meinem Land sind nur verkohlte Ruinen und verbrannte Felder übrig geblieben. Und die wenigen meiner Leute, die das Gemetzel überstanden haben, verstecken sich im Wald am Fuß der Berge.«

»Für diese Menschen sorgst du immer noch.«

»Mit Diebesgut.«

»Wenn wir die englischen Packwagen plündern, eignen wir uns nur unseren rechtmäßigen Besitz an.«

»Das stimmt. Und irgendwann werden wir auch unser Land zurückgewinnen.«

»Ist das ein Traum? Oder dürfen wir begründete Hoffnungen hegen?«

»Was soll das, Ragnor?«, fragte Arryn irritiert. »Ist aus dem Krieger ein pessimistischer Poet geworden?«

Ragnor grinste. »Keine Angst, ich stamme von tollkühnen Berserkern ab, die pausenlos kämpfen, ohne genau zu wissen, wofür. Also beten wir um ein Schottland, das irgendwann wieder den Schotten gehören wird.«

»Aye!«

»Und trinken wir auf das Leben! In diesem Schloss gibt's ein ausgezeichnetes Ale.« Ragnor ging zu einem großen Fass, füllte zwei Krüge und sie prosteten einander zu.

»Auf das Leben!«, bekräftigte Arryn und leerte seinen Krug. In seinen Schläfen pochte es schmerzhaft. Die ganze Nacht war er wach geblieben. Jetzt begann ein neuer Tag, und er sehnte sich nach einem tiefen, traumlosen Schlaf, nach Vergessen, wenigstens für ein paar Stunden. Mit verkrustetem Blut beschmiert, wünschte er sich genauso inbrünstig ein heißes Bad. »Ruf einen Diener, Ragnor, einen vertrauenswürdigen Mann. Wer bewacht den Turm über uns?«

»Der junge Niall of Pertshire. Bis zum Morgengrauen hielt Thomas Grant Wache.«

»Gut. Joshua Martin soll Niall zu Mittag ablösen. Auf den Mauern musst du die Männer mit den schärfsten

Augen postieren. Ich rechne nicht mit Schwierigkeiten – nur zur Sicherheit …«

»Bis Mittag werde ich selber Wache halten. Dann übertrage ich Jay die Oberaufsicht. Du hast nichts zu befürchten, Arryn. Während du schläfst, beschützen wir dich.« Zögernd fügte Ragnor hinzu: »Gehst du in den Ostturm?«

»Ja. Warum?«

Ragnor starrte ins Kaminfeuer. »Nun, ich will dir die Rache nicht missgönnen. Und doch, ich finde die *Lady of Seacairn* … erstaunlich. Anders als erwartet.«

»Tatsächlich?« Verärgert fragte sich Arryn, warum es ihn kümmern sollte, was andere Leute von Darrows Braut hielten.

»Sei ehrlich, Arryn. Wir dachten, wir würden eine schwache, von der Inzucht geschädigte Närrin antreffen – oder eine eiskalte berechnende Xanthippe, die Darrow drängt, möglichst viel Blut zu vergießen und Edwards Gunst zu gewinnen. Sie ist weder das eine noch das andere, sondern eine faszinierende Frau. Darin sind sich alle Männer einig. Tapfer und leidenschaftlich, von einem Kampfgeist erfüllt, der ihren Soldaten fehlt.«

»Also habt ihr alle über Lady Kyra geredet?«, stieß Arryn hervor und wusste nicht, warum ihn das erzürnte.

»Ja.«

»Und sie gefällt euch?«

»Sogar sehr.«

»Auch Edward gefällt manchen Leuten, obwohl er ein grausamer Schlächter ist.«

»Da hast du Recht. Und du solltest dich beruhigen. Wenn wir die Lady auch bewundern, wir teilen deine Wut und deinen Kummer. Niemals werden wir vergessen, was auf Hawk's Cairn geschah. Nimm dir, was Darrow gehört. Tausend Tode soll er erleiden und bis in alle Ewigkeit in der Hölle schmoren. Auch die Frau ist von Rechts wegen dein Eigentum. Aber fürchtest du nicht, im Schlaf zu sterben – mit einem Messer in der Kehle?«

»Keine Angst, ich werde nichts riskieren«, versicherte Arryn. »Niemand wird mich überrumpeln.«

Obwohl Ragnor noch nicht restlos überzeugt war, nickte er. Als sie Schritte hörten, drehten sie sich beide um. Ein grauhaariger Mann mit dunklen Augen betrat die Halle, in ein schlichtes Wams aus Musselin und eine warme Wollhose gekleidete. Irgendwie hatte Arryn den Eindruck, der Neuankömmling, den er aus unerklärlichen Gründen zu kennen glaubte, müsste vor kurzem einen Überwurf mit Darrows Wappen abgelegt haben.

»Was wünscht Ihr …«, begann der Mann, dann starrte er ihn an. »Sir Arryn?«

»Aye. Sind wir uns schon einmal begegnet?«

»Gewiss, Sir. Vielleicht erinnert Ihr Euch nicht an mich. Ich bin Gaston, der Britannier, der vor Jahren die Pferde auf Seacairn versorgt hat. Wenn Ihr mit Eurem Vater zu Besuch hierher kamt, ritten wir zusammen aus. Seit ich beinahe von Pferdehufen zertrampelt wurde, arbeite ich im Haushalt.« Grinsend fügte der Mann hinzu: »Damals habt Ihr mich gerade noch rechtzeitig aus dem Hof gezerrt, sonst hätte der Grauschimmel mein Gesicht zu Brei getreten.«

»Jetzt entsinne ich mich«, erwiderte Arryn belustigt. »Da Euch alle Pferde verhasst waren, hättet Ihr niemals einen Stall von innen sehen dürfen.«

»Diese Biester hasse ich immer noch, Sir. Vor allem, weil sie *mich* verabscheuen.«

»Und nun beaufsichtigt Ihr die Dienerschaft?«

»Zeitweise.«

»Nur zeitweise?«

»Wenn Lord Darrow hierher kommt, bringt er seine eigenen Diener mit.«

Arryn warf Ragnor einen vielsagenden Blick zu. Möglicherweise konnten sie Vorteile aus den Rivalitäten im

Haushalt ziehen. »Und nun haben ihn seine Leute begleitet?«

»Aye, Sir, sie folgen ihm überallhin. Ich bin Britannier und nach Lord Darrows Ansicht nicht so tüchtig wie sein Aufseher, ein Sachse. Aber glaubt mir, Sir, ich bin nicht nur überaus tüchtig, sondern auch heilfroh, dass Ihr Seacairn erobert habt und nicht beabsichtigt, die Bewohner niederzumetzeln.«

»Warum sollte ich unschuldige Menschen töten? Was meinen Wunsch betrifft, Gaston – beweist mir, wie tüchtig Ihr seid, und bereitet im Ostturm ein heißes Bad für mich. Und bringt mir einen großen Krug von Eurem exzellenten Ale. Das will ich genießen, während ich in der Wanne sitze.«

»Aye, aber ...« Unbehaglich runzelte der Britannier die Stirn. »Man hat mir mitgeteilt, Lady Kyra würde im Ostturm wohnen.«

»Das stimmt.«

»Sir – wie Ihr wisst, habe ich für den alten Lord gearbeitet und ich kenne seine Tochter von Kindesbeinen an. Stets war sie eine gute Christin ...«

»Wir alle sind gute Christen, nicht wahr, Gaston? Geht jetzt und führt meine Aufträge aus.«

»Aye, Sir, sofort.« Nach einer tiefen Verbeugung verließ der Britannier die Halle und eilte zur Küche.

»Also hat die Lady ihre Anhänger«, bemerkte Ragnor.

»Sieht so aus. Schenk mir noch etwas Ale ein.«

Ragnor füllte die Krüge. »Auf Schottland! Auf unsere abgeschlachteten Brüder.«

»Aye, auf alle, die wir verloren haben.«

»Und warum trinken wir nicht auf die Rache?«

»Also gut, auf die Rache.« Arryn leerte seinen Krug. Endlich spürte er die beruhigende Wirkung des köstlichen Gebräus in seinem Blut. Auf den Kaminsims gestützt, beobachtete er die tanzenden Flammen, die den großen Raum erwärmten. Der Mensch brauchte das Feuer, um sich vor der Kälte zu schützen, um zu kochen.

Doch es konnte auch töten … Wann immer er die Augen schloss, glaubte er Rauch zu riechen, den beißenden Gestank verbrannten Fleisches …

»Doch, ich *muss* Rache üben.«

»An Darrows Braut …«, murmelte Ragnor widerstrebend.

Arryn wandte sich ihm erbost zu. Hatte Lady Kyra alle seine Männer verhext? »Vielleicht sollte ich sie sämtlichen Soldaten überlassen, die Seacairns Mauern überwunden haben. Mal sehen, was von Darrows Braut übrig bleiben würde …«

»Das wirst du nicht tun.«

»Und warum nicht?«, stieß Arryn bitter hervor. »Warum sollten wir uns barmherziger zeigen als unsere Feinde?«

»Darrow würde die Lady trotzdem heiraten, um sich ihr Vermögen und ihre Ländereien anzueignen, die englischen ebenso wie die schottischen.«

»Wenn er genug Schotten tötet, wird Edward ihn ohnehin mit Gold und Land belohnen.«

»Aber hier nimmst du seinen Platz ein, seine Verlobte gehört dir. Irgendwann wirst du ihn übertrumpfen …«

»… und in die Hölle schicken.«

»Gewiss, eines Tages. Geh jetzt nach oben, du brauchst deine Ruhe. Und – Arryn …«

»Aye?«

»Nimm dich in Acht. Sie will dich töten.«

»Das weiß ich.« Arryn berührte Ragnors kraftvolle Schulter. »Einmal hat sie's schon versucht. Und wenn's in diesem Schloss auch ein paar Narren gibt, die ihr bereitwillig zu Füßen sinken würden – *ich* falle sicher nicht auf sie herein. Nur keine Angst.«

Als er zur Treppe ging, schaute der Freund ihm besorgt nach. Wie würde Arryn sich rächen? Welche Dämonen ihn quälten, wusste Ragnor nur zu gut.

Von wachsender innerer Anspannung und neuem Zorn erfüllt, stieg Arryn die Treppe hinauf. Warum zögerte er?

Warum brachte er nicht einfach hinter sich, wozu er entschlossen war? Warum hielt er es nicht mit Cäsar, der nach dem schnell errungenen Sieg bei Zela verkündet hatte: *ich kam, ich sah, ich siegte?* Lady Kyra saß im Turmzimmer gefangen. Dort würde er das ersehnte Bad genießen – ohne die Augen zu schließen. Womöglich hatte sie sich ein zweites Messer beschafft.

Von der Brustwehr drang ein Geräusch herüber, ein dumpfer Aufprall unterbrach seine Gedanken. Statt das Turmzimmer aufzusuchen, eilte er nach draußen.

Die Brustwehr lag etwa dreißig Fuß unterhalb des Turmzimmers. Auf dem Dach stand ein Wachtposten. Aber auf dem Rundweg entlang der Zinnen hatte Kyra keinen einzigen Mann gesehen. Von dort aus gab es nichts zu entdecken. Doch der Soldat oben auf dem Turm würde alle Reiter bemerken, die sich dem Schloss näherten – einerlei, aus welcher Richtung.

Inzwischen waren die Leichen aus dem Hof getragen worden. Ein neuer Tag hatte begonnen. Obwohl sich so vieles verändert hatte, blieben manche Dinge gleich. Wie gewohnt gingen die Kaufleute ihren Geschäften nach – dankbar, weil der Kampf sie verschont hatte.

Im Turmzimmer eingesperrt, war sie fast die ganze Nacht umhergewandert und bei jedem Geräusch zusammengezuckt, voller Angst, Graham würde zurückkehren. Eine Zeit lang war sie vor lauter Erschöpfung im Sessel vor dem Kaminfeuer eingeschlafen, aber bald wieder hochgeschreckt.

Und jetzt dämmerte der Morgen.

Wenn sie die Brustwehr erreichte, könnte sie in den Hof hinablaufen, sich unter die Bäckerinnen und Fischweiber mischen – und entkommen. Hastig fasste sie unter die Pelzdecke des Betts und zerrte den Strick hervor, den sie aus zerfetzten Leintüchern, Handtüchern,

Streifen von ihrem Unterrock und Vorhangschnüren zusammengeknotet hatte. Das Kleid war von ihrem Peiniger zerrissen worden. Aber sie hatte einen alten Mantel ihres Vaters im Schrank gefunden. Wenn sie ihn um die Schultern legte, konnte sie die Flucht unerkannt ergreifen.

Mit aller Sorgfalt hatte sie den Strick zusammengeknotet. Nun schlang sie das obere Ende der Vorhangschnur um die Beine des schweren Eichenstuhls, den sie ans Fenster gerückt hatte. Dann überprüfte sie noch einmal jeden einzelnen Knoten, denn sie wollte bei ihrem waghalsigen Unterfangen nicht ihr Leben aufs Spiel setzen. Sie warf den Mantel um ihre Schultern und holte tief Atem, kletterte durch das Fenster und spähte nach oben. Hinter der Mauer an der Spitze des Turms erblickte sie nur den Scheitel des Wächters. Also konnte er sie unmöglich sehen.

Langsam glitt sie an ihrem Strick hinab – voller Angst, er könnte reißen.

Sie musste sich beeilen – doch sie durfte auch nichts überstürzen. Trotz der Kälte perlte Schweiß auf ihrer Stirn.

Noch ein kleines Stück … Endlich konnte sie hinabspringen. Auf leisen Sohlen landete sie am Boden. Mit geschlossenen Augen stützte sie ihre Hände gegen die steinerne Mauer des Turms. Sie zitterte am ganzen Körper. Den ersten Teil ihrer Flucht hatte sie unbeschadet überstanden. Beinahe war sie frei.

Und was dann? *Denk jetzt nicht daran, ermahnte sie sich. Sieh nur zu, dass du möglichst schnell zwischen den Menschen im Hof untertauchst …*

Entschlossen hob sie die Lider – und hielt den Atem an. Da war er – der verdammte, elende Bastard, der sie vernichten wollte. Offenbar hatte er ihren verzweifelten Kampf mit dem Strick beobachtet. Jetzt lehnte er lässig an der Mauer, nahm einen Schluck aus einem Ale-Krug und musterte sie mit seinen eisigen blauen Augen.

Als sie davonlaufen wollte, packte er sie an den Haaren und zog sie zu sich heran. In seinem Gesicht mit den dunklen Bartstoppeln las sie die Spuren seiner Müdigkeit, des Tributs, den er den langen Stunden des letzten Tages und der Nacht zollen musste. »Wie unhöflich …«, begann er in sarkastischem Ton. »Hattet Ihr tatsächlich vor, das Schloss zu verlassen, ohne Euch zu verabschieden?«

»Da ich nicht wusste, wo Ihr wart, konnte ich Euch nicht ›Lebewohl‹ sagen. Und wie unhöflich von Euch, mich aufzuhalten!«

Erfolglos versuchte sie, seine Finger aus ihrem Haar zu lösen.

»Also habt Ihr Euch gefragt, wo ich mich aufhalten könnte? Tut mir Leid. Aber es ist sehr schwierig und zeitraubend, eine Festung zu erobern und die Herrschaft zu übernehmen. Gerade wollte ich zu Euch kommen.«

»Schade – denn nun muss ich gehen.«

»O nein, Ihr bleibt hier.«

»Ihr tut mir weh!«, klagte sie.

»Genau das will ich auch.«

»Wenn Ihr mich loslasst, steige ich vor Euch die Turmtreppe hinauf«, versprach sie.

»Das werdet Ihr tun, obwohl ich Euch *nicht* loslassen werde.«

Seine Stimme duldete keinen Widerspruch. Was immer dieser Mann plante, würde er durchführen. Und sie wusste, welches Schicksal er ihr zugedacht hatte. Wenn er mit ihr fertig war, würde er sie den Geiern vorwerfen …

Unglücklich biss sie auf ihre Lippe und starrte ihn an. Er griff nach ihrem Arm – so unsanft, als würde er sie lieber über die Brustwehr werfen, statt in ein Schlafzimmer zu schleifen. Irgendwie musste sie ihn von seinem Vorhaben abbringen. Im Grunde wollte er sich an *Darrow* rächen. »Droht Ihr mir nur, um Kinsey zu schaden? Sir,

Ihr missversteht die Situation. Da er vom selben brennenden Ehrgeiz besessen ist wie ich, wird er mich so oder so heiraten. Zudem kenne ich seine Vorliebe für Damen in höchster Not …«

»Wisst Ihr, dass er solche Damen ermordet, sobald er sich mit ihnen vergnügt hat?«, fiel er ihr ins Wort.

»Sicher wollte er Eure Frau nicht töten …«

»Oh, ich zweifle nicht an seiner tiefen Reue. Vermutlich liegt er seit jenem Tag unentwegt auf den Knien und fleht den Allmächtigen um Vergebung an.«

Mit seinem beißenden Sarkasmus nahm er ihr für Sekunden den Atem. »Oh – ich wollte nur sagen, dass er den Tod Eurer Frau nicht geplant hat. Und da Ihr mich offensichtlich verabscheut, verstehe ich nicht, was Ihr hier zu gewinnen hofft! Wollt Ihr Kinseys jungfräuliche Braut beschmutzen? Damit werdet ihr nichts erreichen. Gar nichts könnt Ihr tun, von Mord abgesehen …«

»Diese Möglichkeit habe ich noch nicht ausgeschlossen. Anstandshalber will ich Euch warnen.«

»Ihr wollt mich nicht töten?«

»Nein«, gab er tonlos zu. »Aber ich würde nicht davor zurückschrecken. Gehen wir nach oben?«

»Warum bringt Ihr's nicht sofort hinter Euch? Beweist Eure Grausamkeit! Stoßt mich über die Brustwehr!«

»Das wage ich nicht. Wenn Ihr jemandem auf den Kopf fallt, würdet Ihr ihn ernsthaft verletzen.«

Sein trockener Humor war nicht dazu angetan, sie zu trösten.

»Bitte …«

Abrupt ließ er ihr Haar los. »Geht hinauf.«

Während sie vor ihm zur Turmtreppe ging, spähte sie über die Schulter. »Glaubt mir, es wird Kinsey nichts ausmachen.«

»Wirklich nicht? Trotzdem werde ich meine Rache genießen. Und Ihr scheint Euch auch darauf zu freuen, sonst hättet Ihr Euch nicht schon halb ausgezogen.«

Das Blut stieg ihr in die Wangen. »Vielleicht darf ich

Euch daran erinnern, dass ich meine unzulängliche Kleidung Eurer Grobheit verdanke.«

»Seither sind einige Stunden verstrichen. Hattet Ihr keine Zeit, Eure Kleider zu flicken?«

»Ich musste mich mit wichtigeren Dingen befassen.«

»Ah, ich verstehe.« Er drehte sich zu dem zusammengeknoteten Strick um, der aus dem Fenster des Turmzimmers herabhing. Dann berührte er den Mantel, der um Kyras Schultern hing.

»Das Eigentum Eures Vaters?«, erkundigte er sich höflich. Dann verengten sich seine Augen. »Oder stammt dieser Umhang von Kinsey?«

Warum sie so prompt antwortete, wusste sie nicht. »Von meinem Vater.«

»Steigt die Treppe hinauf!« Plötzlich stemmte sie beide Hände gegen seine Brust, von Zorn und Verzweiflung überwältigt. »Nein, ich lasse mich nicht wie ein Lamm zur Schlachtbank führen!« Nur für einen kurzen Moment gelang es ihr, sich an ihm vorbeizuschieben. Dann packte er sie wieder an den Haaren. Unerbittlich zog er sie die Stufen hinauf.

Jay stand vor der Tür des Turmzimmers. »Gott sei Dank!«, murmelte er und warf Kyra einen Blick zu, der deutlich besagte, dass sie einen heimlichen Verehrer verloren hatte. Natürlich ärgerte er sich maßlos über ihren Fluchtversuch.

Aber was erwarteten diese Schotten? Sie mussten doch wissen, was sie ihrer Ehre schuldig war. Sollte sie das Schicksal, das sie ihr aufzwangen, widerstandslos hinnehmen?

»Sei versichert, Arryn, durch diese Tür hat sie das Zimmer nicht verlassen!«, beteuerte Jay. »Ihre Abwesenheit entdeckte ich erst, als die Diener eine Badewanne heraufgetrugen ...«

»Sie ist durchs Fenster geklettert, Jay«, erklärte Arryn, »was ich nur zufällig mit ansah. Diese Dummheit hatte ich ihr nicht zugetraut.«

»Dummheit?«, fauchte Kyra und versuchte erneut, seine Finger aus ihrem Haar zu entfernen.

»Nicht Dummheit, sondern reine Verzweiflung! Sir, es ist meine *Pflicht,* Ihnen zu entkommen!«

»Offenbar kann sie's nicht erwarten, Darrow entgegenzueilen und in seine Arme zu sinken«, bemerkte Arryn. Unsanft umfasste er ihre Hüften und stieß sie ins Zimmer.

Gemeinsam mit mehreren kräftigen jungen Burschen hatte Gaston den alten, im norwegischen Stil geschnitzten Badezuber und Wassereimer aus der Küche heraufgebracht. Dampfwolken stiegen aus der Wanne empor, die vor dem Kamin stand. Über dem Feuer hing ein brodelnder Kessel, und vor dem Zuber lag ein dickes braunes Bärenfell – eine anheimelnde häusliche Szenerie. Das Bett mit dem Kopfteil aus Eichenholz war frisch bezogen.

Kummervoll wandte sich Gaston an Kyra. Ahnte sie, dass er ihre Flucht zuerst entdeckt und sich bemüht hatte, ihre Abwesenheit vor den Schotten zu verheimlichen? Aber Jay war hinter ihm ins Zimmer gestürmt und dann hatte der Britannier ihr nicht mehr helfen können.

Sie lächelte ihm wehmütig zu. Dann senkte sie hastig den Blick. Dieses stumme Einvernehmen durften die Feinde nicht sehen.

»Ah, Sir – Mylady!«, rief Gaston betont fröhlich. »Das Bad wartet. Und dort drüben steht eine große Karaffe mit Ale, Sir, mit zwei von unseren schönsten Silberbechern. Ich schenke Euch etwas ein.« Zuerst reichte er Kyra einen gefüllten Becher, den sie dankbar leerte, bevor er Arryn bediente. Das fiel dem Schotten nicht auf. »Soll ich Euch aus dem Kettenhemd helfen, Sir?«, erbot sich der Britannier.

»Nein, das wird die Lady übernehmen.«

»Gar nichts wird die Lady tun!«, widersprach Kyra. »Wie könnte sie? Diese schwere Rüstung …«

»Sicher kommt Ihr gut damit zurecht. Lasst uns allein, Gaston.«

Jay stand in der Tür. »Während du badest, halte ich draußen Wache, Arryn …«

»Nicht nötig. Bitte, Gaston …«

»Aber Lady Kyra hat Recht, das schwere Kettenhemd …«

»Verschwindet, Gaston!«

Der Britannier hatte sein Bestes getan, um seiner Herrin beizustehen, aber eine Niederlage erlitten. »Aye, Sir«, erwiderte er leise und schaute Kyra entschuldigend an.

Mit einem eindringlichen Blick versuchte sie, ihm zu bedeuten, dass ihr nichts Schlimmes zustoßen würde. Dann scheuchte er die jungen Diener hinaus und verließ das Zimmer. Ihr Freund war gegangen. Und ihr würde etwas *sehr* Schlimmes zustoßen.

»Gute Nacht.« Zögernd trat Jay zurück und schloss die Tür.

Kyra war allein mit dem Mann, der sich geschworen hatte, bittere Rache an ihr zu nehmen.

4

»Helft mir!«, befahl Arryn.

»Nein.«

»Ich will meine Rüstung ablegen und brauche Eure Hilfe.«

»Soll ich Euch tatsächlich auskleiden?«

»Verdammt, kommt her!«

»Muss ich mich auch noch selber vergewaltigen?«, forderte sie ihn heraus.

»Wärt Ihr so freundlich, mir zu helfen, Madam?«

»Dafür bin ich zu schwach …«

»Oh, Ihr seid sehr stark, was Ihr vorhin bewiesen habt,

als Ihr an diesem Strick hinabgeklettert seid. Kommt endlich her!«

Zu ihrer eigenen Überraschung gehorchte sie. Arryn erklärte ihr, wie sie die ledernen Schließen öffnen musste, die das Kettenhemd an den Schultern zusammenhielten. Danach wies er sie an, die schwere Rüstung über seinen Kopf zu streifen.

Wenig später war er, die Arme hochgestreckt, in seinem Kettenhemd gefangen, das sie halb nach oben gezogen hatte. Jay stand nicht mehr vor der Tür. Einer Eingebung folgend, beschloss Kyra, ihre vermutlich letzte Gelegenheit zur Flucht zu nutzen. »Wartet einen Augenblick …«, murmelte sie und rannte zur Tür.

Sobald sie den Messingknauf umfasst hatte, griffen Arryns Hände nach ihr. Der Mantel des Vaters glitt von ihren Schultern.

Zitternd raffte sie die Fetzen ihres Kleids vor der Brust zusammen, den Rücken zu Arryn gewandt. Er rührte sich nicht. Und sie hörte auch nichts. Schließlich ertrug sie die Stille nicht länger und drehte sich um.

Nicht nur die Rüstung hatte er abgelegt. Auch das Wams, die Hose und die Schuhe lagen am Boden. Er schien ihren Blick nicht zu bemerken, ein nackter Mann in der Blüte seiner Jahre, voller Schmutz und verkrustetem Blut, wie ein griechischer Gott gebaut – und offenbar nur an seinem Bad interessiert. Würde er doch endlich in die Wanne steigen …

»Wenn Ihr diese Tür noch einmal zu öffnen versucht, trage ich Euch die Treppe hinab und falle vor den Augen aller meiner Krieger und sämtlicher Schlossbewohner über Euch her«, kündigte er an. »*Das* würde Lord Darrow ganz bestimmt stören, wenn er davon erfährt. Und Euch wird's noch viel schmerzlicher treffen.«

Die Zähne zusammengebissen, wünschte Kyra, sie fände den Mut, trotz seiner Drohung davonzulaufen. Sie starrte die Tür an. Nicht verriegelt, nicht bewacht. Sie hasste sich selbst für ihre Feigheit.

Als sie sich wieder zu Arryn wandte, lag er in der Wanne, den Kopf an den Rand gelehnt, die Augen geschlossen. Wie ebenholzschwarze Wellen schwammen seine Haare im Wasser. Winzige Narben befleckten die Brust und den Hals. Seltsam, wie verletzlich er mit gesenkten Lidern wirkte … Würde er nackt aus dem Zuber springen, um sie vor aller Augen zu verfolgen?

»Vergesst die Tür, Lady«, mahnte er. »Ich würde es tatsächlich tun – mit Vergnügen …«

Konnte er trotz seiner Erschöpfung ihre Gedanken lesen? Von *seinen* erriet sie nichts – obgleich er die Augen öffnete.

»Schenkt mir Ale ein, Lady.«

»Ich bin nicht Eure Dienerin.«

»Das nicht, aber meine Sklavin. Bringt mir Ale.«

Wütend durchquerte sie das Zimmer, vergaß ihre zerfetzte Kleidung und stolperte, als sich der zerrissene Rock um ihre Füße schlang. Als sie stürzte, schrie sie auf. Zu ihrem Entsetzen sprang Arryn sofort aus dem Zuber und hob sie hoch. Seine nackte Haut berührte ihre. Verlegen errötete sie.

»Seid Ihr verletzt?«, fragte er.

»Lasst mich los!«, flüsterte sie.

Erstaunlicherweise erfüllte er ihren Wunsch und kehrte zu seinem Zuber zurück. Kyras Blick streifte seinen muskulösen, wohlgeformten Körper. Dann schaute sie schnell weg. Wäre sie doch von der Brustwehr gesprungen …

Als er sich wieder in die Wanne setzte, hörte sie das Wasser plätschern. »Ich warte immer noch auf mein Ale.«

»Darauf könnt Ihr warten, bis Ihr schwarz werdet!«

Nach einem längeren Schweigen bemerkte er: »Welch eine faszinierende Frau Ihr seid, Lady! Eigentlich sollte man meinen, Ihr würdet versuchen, meine Gunst zu erwerben, um meine Rachsucht etwas zu mildern.«

»Würde das einen Unterschied machen?«

»Nicht den geringsten.«
»Dann holt Euch das Ale selber.«
»Also wollt Ihr, dass ich wieder aus der Wanne steige?«
Natürlich nicht ... Andererseits sah sie in ihrem zerrissenen Kleid nicht viel schicklicher aus als Graham. Unwillkürlich zog sie die Fetzen über der Brust zusammen.
»Das ist sinnlos«, meinte er.
»Was?«
»Eure Mühe um Sitte und Anstand. Zweifellos wart Ihr schon mit sehr vielen Männern zusammen. Welche Rolle spielt einer mehr oder weniger?«
Mit einem verächtlichen Lächeln schlenderte sie zu der Karaffe, füllte die zwei Becher mit Ale und brachte ihm einen. Vielleicht hatte sie schon zu viel getrunken – jedenfalls wollte sie ihn plötzlich ärgern. »Welche Rolle einer mehr oder weniger spielt? Gar keine, abgesehen von meinem Bestreben, mir meine Liebhaber sorgsam auszuwählen. Ob es vornehme Lords oder einfache Stallknechte sind – sie müssen mir gefallen.«
Belustigt zuckte er die Achseln. »Auf Euren guten Geschmack«, murmelte er und trank seinen Becher in einem Zug leer. »Macht es mir nach!«
Sie starrte ihn mit schmalen Augen an. Dann leerte auch sie ihren Becher.
»Schenkt uns noch was ein!«, befahl er.
»Braucht Ihr so viel Ale? Weil ich reizlos bin?«
»Weil Ihr's *nicht* seid«, betonte er.
Kyra ergriff seinen Becher und goss ihn wieder voll, ebenso wie ihren eigenen. »Also wollt Ihr mir die Tortur erleichtern, indem Ihr mich betrunken macht?«
Nachdem er einen großen Schluck genommen hatte, schüttelte er den Kopf. »Ich versuche mich selber gegen diese unangenehme Aufgabe zu wappnen.«
Gegen ihren Willen fühlte sie sich gekränkt und ihr Hass wuchs. »Wenn Euch das alles so zuwider ist, solltet

Ihr auf Eure Rache an Darrow verzichten, Sir. Da ich mit der Hälfte aller Schlossbewohner geschlafen habe, braucht Ihr meine bräutliche Reinheit nicht zu besudeln. Die ist schon beschmutzt.«

»Mit der *Hälfte?*«

»Zumindest mit allen Stallburschen.«

»In diesem Fall müsst Ihr mir *noch* was einschenken.«

Er jagte ihr Angst ein und er brachte sie in Wut. »Noch mehr Ale? Gewiss, Sir!« Plötzlich ließ sie alle Vorsicht außer Acht, ergriff die Karaffe und schüttete den Inhalt über Arryns Kopf.

Blitzschnell sprang er auf, packte sie, ehe sie ihm ausweichen konnte, und schüttelte sie, bis die Fetzen ihrer Kleidung hinabfielen wie Herbstblätter von einem Baum. Dann zerrte er sie in die Wanne und tauchte sie ins Wasser hinunter. »Wenn Ihr schmutzig seid, müsst Ihr baden, Lady.«

Sie wollte schreien – und konnte es nicht. Weil er sich zu ihr setzte und sie berührte. In seinen Augen glühte ein blaues Feuer. Und dann waren seine Hände und die Seife überall, glitten über ihre Brüste, die Hüften, den Bauch, zwischen die Beine.

Am ganzen Körper bebte sie – und glaubte zu brennen. Als sie aufstand, zog er sie sofort ins Wasser zurück. Er streichelte ihre Brustwarzen, sein Blick schien Flammen in ihrem Innern zu entzünden. Viel zu intim bewegten sich seine Fingerspitzen zwischen ihren Schenkeln. Sie wollte schreien, versuchte seine Hand wegzuschieben.

Lasst das, verdammter Bastard ...

Die Worte kamen nicht über ihre Lippen. Mühsam rang sie nach Luft. Ihr Blut erhitzte sich. Vor Wut, natürlich – vor panischer Furcht. Und da war noch mehr – ein seltsames Feuer ... »Hört auf!« Es sollte ein zwingender Befehl sein. Doch es war ein schwaches Flüstern.

Zu ihrer Verblüffung gehorchte er – aber nur, um aus dem Zuber zu steigen und sie herauszuzerren. Voller

Angst, der Länge nach hinzufallen, klammerte sie sich kreischend an seine Schultern. Gemeinsam landeten sie auf dem Bärenfell, zwei aneinander gepresste, nackte, nasse Körper. Kyra wand sich umher, kämpfte vergeblich gegen seine vibrierenden Muskeln, seine Leidenschaft, seinen Zorn. Dann lag er auf ihr und sie fühlte das harte Zeichen seiner Erregung an der Pforte ihrer Weiblichkeit. Als er abrupt in sie eindrang, biss sie verzweifelt in ihre Lippen, um ein Schluchzen zu unterdrücken. Nein, sie würde nicht klagen – obwohl ihr der Schmerz beinahe die Sinne raubte. Sie konnte sich unter der Last seines Körpers nicht rühren, kaum atmen, spürte nur, wie er sich in ihr bewegte, sein heißes, pulsierendes Fleisch, die Kraft seiner Arme.

Plötzlich spannte er sich an und hielt sekundenlang inne, bevor ein flüssiges Feuer ihren Schoß ausfüllte. Sie wollte ihn von sich stoßen. Aber sein schwerer Körper fesselte sie ebenso wie sein durchdringender Blick. »Warum?«

»Bitte ...«

»Warum hast du gelogen?«

»O Gott – bitte ...«

»Nun? Warum hast du gelogen?«

»Weil ich wusste, dass du mich im Grunde nicht begehrst.« Krampfhaft schluckte sie. »Und ich dachte, du würdest mich in Ruhe lassen, wenn ...«

Endlich richtete er sich auf. Ihr Körper schien immer noch zu brennen. »Verdammte kleine Närrin! Ich glaubte, du wärst eine geübte Verführerin, die zahllose Männer beglückt hat.«

Um ihre Tränen zu verbergen, drehte sie den Kopf zur Seite. »Was macht es schon aus? Du wolltest mir wehtun. Und das ist dir gelungen.«

Er schwieg so lange, dass sie sich beinahe versucht fühlte, ihn wieder anzuschauen. Schließlich stand er auf und wanderte rastlos umher, wie ein Tiger im Käfig. »Ich hielt es für mein gutes Recht, mir alles zu nehmen, was

Darrow gehörte. Auch dich.« Er blieb vor dem Kamin stehen und starrte ins Feuer. »Ob ich dir wehtun wollte? Nicht wirklich. Mir ging es nur darum, meinen eigenen Schmerz zu lindern, die Albträume zu verscheuchen, Darrow sterben zu sehen – ganz langsam, in lodernden Flammen.« In seiner tiefen Stimme schwang ein Zittern mit.

»Wenn du mir auch nicht glaubst ...«, wisperte Kyra, die ihm immer noch den Rücken zukehrte, »was mit deiner Frau geschah, tut mir Leid.«

»Soeben habe ich dich vergewaltigt, Lady. In diesem Augenblick musst du das Schicksal einer anderen Frau nicht bedauern.« Er sah sie frösteln, ging zu ihr und neigte sich hinab.

»Nein ...«

»Keine Bange, ich bringe dich nur ins warme Bett.«

Trotz ihres Protests hob er sie hoch.

Sie war zu schwach, um Widerstand zu leisten. Unwillkürlich schlang sie die Arme um seinen Hals, obwohl sie sich wehren müsste gegen den Feind, der in ihr Haus eingedrungen und über sie hergefallen war.

Er schob die Felle beiseite, legte Kyra auf das kühle, glatte Laken und deckte sie zu. Immer noch bebend, erwiderte sie seinen Blick und bemühte sich, jenen Körperteil, der ihr solche Qualen bereitet hatte, nicht zu betrachten. Dann schlüpfte Arryn zu ihr ins Bett und sie wickelte sich fester in eine der Bettdecken. Aber er rührte sie nicht an. Die Hände hinter dem Kopf verschränkt, lag er auf dem Rücken und starrte ins Leere. Nach einer halben Ewigkeit brach er das Schweigen.

»Sonderbar ... Kinsey Darrow hat mir alles gestohlen. Nun liege ich in diesem schönen Herrschaftsgemach, das er bewohnen möchte, neben seiner Braut, und nichts hat sich geändert. Der Schmerz lässt nicht nach.« Plötzlich wandte er sich zu ihr um. »Aber einen gewissen Sieg habe ich errungen – und mir etwas genommen, das er nicht zurückerobern kann.«

»Also benutzt du mich, um ihn zu verletzen?«

»Liebt er dich so sehr, dass es ihn nicht stören wird? Dann möge Gott euch beiden helfen, denn ich will weder ruhen noch rasten, bis er unter der Erde liegt. Hätte er Alesandra entführt und ein Jahr lang bei sich behalten, würde ich sie immer noch meine Frau nennen – und unsere Liebe wäre stärker als alles, was er getan haben könnte, um meinen Stolz zu beleidigen. Aber der elende Schurke hat sie getötet!«

Von seiner Verzweiflung erschüttert, fing Kyra wieder an zu zittern. Vielleicht war es ein Wunder, dass er sie nicht tötete, um Gleiches mit Gleichem zu vergelten. »Wenn ich sterben würde, wäre Kinsey wohl kaum von Trauer überwältigt. Sicher würde ihm der König meinen gesamten Besitz übereignen.«

Dass Edward das Verlöbnis arrangiert hatte, ohne sie zu fragen, verschwieg sie. Man hatte ihr einfach nur mitgeteilt, sie müsse Darrow heiraten. Notfalls würde man sie gefesselt vor den Traualtar schleppen und ihr Jawort erzwingen.

Überrascht sah sie Arryn Graham lächeln. »Nein, Lady, du wirst nicht sterben. Obwohl dein Freiheitsdrang den brennenden Wunsch in mir weckt, dich zu erdrosseln, will ich mich beherrschen.«

»Was hast du erwartet? Sollte ich dir das Erbe meines Vaters kampflos übergeben, nur weil ich eine Frau bin?« In ihren Augen brannten neue Tränen. *Wie albern!* In dieser Welt herrschte nackte Gewalt. Mit einem Wort oder einer Geste vermochte der englische König Menschenleben zu zerstören. Selbst wenn Graham sie verschonen würde – Edward konnte sie jederzeit ermorden lassen.

»Ich hatte nicht erwartet, eine Frau wie dich hier anzutreffen«, erwiderte Arryn. »Es tut mir Leid, dass ich dir wehgetan habe.«

»Das wolltest du.«

»Nein, ich kam nur nach Seacairn, um mir zu nehmen, was Darrow besaß.«

»Ein interessanter Gedanke in diesen Zeiten – wo man jedem Mann ohnehin alles rauben kann, je nach Edwards Lust und Laune.«

Seufzend schüttelte er den Kopf. »Du scheinst das ganze Ausmaß der Rebellion ebenso wenig zu verstehen wie dein Verlobter.«

»Falls du von diesem Gesetzlosen namens Wallace sprichst …«

Lachend unterbrach er sie. »Ja, ich spreche von Wallace.«

»Er ist ein Verbrecher!«

»Warum?« Erschrocken wich sie vor dem flammenden Zorn in seinen Augen zurück, als er sich auf einen Ellbogen stützte und zu ihr neigte. »Ist er gesetzlos, weil er gegen die Ermordung seines Vaters protestiert hat? Vor Jahren weigerte sich sein Vater, den schriftlichen Treueeid zu leisten. Seltsamerweise wurde er bald danach getötet. Und was Marion widerfuhr … Vielleicht wird William Wallace von schlimmeren Albträumen verfolgt als ich, weil er sich noch schuldiger fühlt.«

»Ja, ich habe die Gesänge der Spielmänner gehört. Angeblich wurde die Frau getötet, die er liebte. Aber es gibt noch ein anderes Gerücht, und das besagt, mit dieser Geschichte würde sich dein William Wallace nur verteidigen, weil er Heselrig umbrachte, einen königlichen Bevollmächtigten …«

»Oh, das ist kein Gerücht!«, stieß Arryn hervor. »An jenem Tag war mein Vetter John mit William zusammen. Nach einem Scharmützel mit Edwards Soldaten verschwanden sie durch Marions Haus. Heselrig ermordete sie, um sich zu rächen. Bevor er ihr Heim bis auf die Grundmauern niederbrannte, schlug er sie bewusstlos und sie verbrannte.«

»Auch Wallace ist nicht gerade für seine Barmherzigkeit bekannt. Soviel ich weiß, hat er schon einige Männer in den Flammentod geschickt.«

»Einmal! Ich war dabei. Damals lockten die Engländer

zahlreiche Schotten zu einer Besprechung nach Ayr. Dort wurde jeder Mann gehängt, sobald er ankam. Unser Trupp war vorgewarnt und wir drehten den Spieß um. Natürlich geriet William außer sich vor Zorn. Wir sperrten die Engländer in einen Stall. Darin verbrannten sie, zusammen mit unseren ermordeten Landsleuten.«

»Wie auch immer«, entgegnete Kyra leise, »William Wallaces Trupp ist eine Bande von Gesetzlosen. Und du hast deine Ländereien sicher verwirkt – wegen deines Angriffs auf Darrows Schloss, das zu Edwards Lehen zählt. Nach wie vor stehen viele Schotten auf der Seite des englischen Königs. Robert de Bruce und andere beanspruchen den schottischen Thron unter Edward, lauter wohlhabende, einflussreiche Männer. Willst du mit Steinen und Pfählen eine Übermacht bekämpfen?«

»Mit schottischen Herzen und Seelen. Nicht nur Wallace im Süden stellt sich gegen England – auch der reiche Baron Andrew de Moray im Norden. Mittlerweile hat er mehrere Schlösser im Land seiner Ahnen eingenommen. Glaub mir, Lady, ganz Schottland erhebt sich.«

»Wenn Edward hierher kommt, kannst du diese Festung nicht halten.«

»Derzeit führt er Krieg in Frankreich.«

»Und wenn er ein Heer nach Seacairn schickt?«

»Das wird er zweifellos tun.«

Gequält schloss sie die Augen. »Dann wirst du sterben. Wenn der König die Männer straft, die er Verräter nennt, kennt er keine Gnade.«

»Wie könnte ich jemanden verraten, dem ich keine Treue geschworen habe? Mag John Baliol auch eine armselige Marionette sein und auf die Krone verzichtet haben – nach dem Gesetz ist er der König von Schottland. Wir alle reiten unter seinem Banner und der Flagge des siegreichen Löwen. Gewiss, Robert de Bruce würde auch mit dem Teufel paktieren, um den Thron zu besteigen. Aber er kann unmöglich der König des schottischen Volkes und gleichzeitig Edwards Lakai sein. O ja,

Lady!« Verwirrt zuckte Kyra zusammen, als Arryn eine Hand auf ihre Schulter legte, und hob die Lider. »Wallace ist ein Gesetzloser. Für ihn steht nichts auf dem Spiel, keine Ländereien, keine Titel – nichts, was ihn angreifbar machen würde. Er strebt auch nicht nach Macht und Reichtum, nur nach der Freiheit Schottlands. Und weil er nichts zu verlieren hat, ist er so gefährlich.«

»Bald werden ihn die Engländer gefangen nehmen und hängen.«

»Hältst du denn niemals den Mund?«, fauchte er und grub seine Finger schmerzhaft in ihre Schulter.

»Wenn du mich in Ruhe lässt, schweige ich sehr gern.«

»Ich versuche dir nur zu erklären, was in diesem Land geschehen wird …«

»… und zu entschuldigen, was du mir angetan hast.«

»Dazu fühle ich mich nicht verpflichtet – nach deiner Behauptung, du hättest mit der Hälfte aller Männer auf Seacairn geschlafen.«

»Trotzdem durftest du nicht annehmen, ich würde bereitwillig in *deine* Arme sinken. Aber du musstest mich natürlich vergewaltigen – damit Kinsey eine Frau heiraten wird, die du zuerst besessen hast. Du bist keinen Deut besser als er.«

»Sei froh, dass ich besser bin«, erwiderte er in eisigem Ton. »Übrigens, was hält er eigentlich von deinem pausenlosen Geschwätz?«

Konnte er auch nur ahnen, wie sehr sie den Bräutigam verabscheute, den der englische König ihr aufgezwungen hatte? O ja, Kinsey war genau der Mann, den Edward für seine Herrschaft in Schottland brauchte – bösartig und grausam. Wenn er auch behauptete, er habe Grahams Frau nicht angerührt – Kyra wusste, dass er die bedauernswerte Alesandra vergewaltigt und dann getötet hatte.

Ihr selbst begegnete er einigermaßen höflich, weil er sie heiraten würde. Was er von ihrem Geschwätz hielt? Ein paar Mal hätte er sie fast geschlagen – zur Strafe für ihre eindringliche Ermahnung, er dürfe die Schotten nicht so brutal behandeln. Das seien keine Menschen, sondern Tiere, hatte er immer wieder verkündet. Obwohl ihre Mutter eine Schottin gewesen war …

»Ich will nicht mit dir über Kinsey reden«, entgegnete sie, voller Angst, Arryn würde ihre Gedanken lesen. »Auch nicht über das Schicksal Schottlands. Du bist ein Narr. Und du wirst den Tod eines Narren erleiden. Auf deinem Begräbnis werde ich tanzen – eine Vergeltung für Seacairns Fall und für alles, was du mir angetan hast.«

»Über Darrows Verbrechen weißt du Bescheid. Also habe ich dieses Schloss mit Fug und Recht eingenommen.«

»Da sind wir verschiedener Meinung.«

Vielleicht hätten sie noch stundenlang gestritten. Aber in diesem Augenblick klopfte es an der Tür. Erschrocken wickelte Kyra ihren nackten Körper in eine Pelzdecke und sprang aus dem Bett. Arryn beobachtete sie mit schmalen Augen. »Aye?«, rief er.

»Dein Vetter ist soeben eingetroffen, Arryn!«, erklang Jays Stimme.

Wie Arryns gerunzelte Stirn verriet, hatte er nicht mit der Ankunft dieses Verwandten gerechnet.

»Hörst du mich, Arryn?«

»Aye, Jay, ich gehe gleich hinunter.« Er stand auf und schlenderte zu Kyra, die mit bebenden Händen den Pelz an ihre Brust presste. »Um Himmels willen, Lady, was ist los mit dir?«

»Ich – ich – ich war nur etwas verwirrt«, stammelte sie. Die Nähe seines nackten Körpers drohte ihre Haut zu verbrennen. Würde er sie wieder berühren? Das könnte sie nicht ertragen. Beklommen musterte sie seine großen, starken Hände, die breite, mit Narben bedeckte Brust. Seltsam – trotz allem, was er ihr zu Leide getan hatte, hasste sie ihn nicht. Er war zweifellos ein attraktiver Mann. Und seine Argumente hatten sie beeindruckt.

War das der Grund, warum sie plötzlich den eigenartigen Wunsch empfand, in seine Arme zu sinken? »Dein Vetter ist hier«, wisperte sie und wich seinem Blick aus.

»Aye«, bestätigte er und nahm ihr die Decke aus den kraftlosen Händen.

»Aber – du begehrst mich doch gar nicht«, protestierte sie atemlos.

»Ich *will* dich nicht begehren.«

»Unten wartet dein Vetter …«

»Oh, der wird auch noch eine Weile länger warten.« Er berührte sie noch immer nicht. Trotzdem spürte sie seine Hitze, die Anspannung in seinen Muskeln, das Feuer seiner Augen. Und dann zog er sie an sich und hob sie hoch. *Wehr dich,* ermahnte sie sich. Doch sie ließ sich willenlos zum Bett tragen. Er sank mit ihr auf die Felldecken und drang in sie ein. Diesmal verspürte sie keinen Schmerz, sondern eine unerklärliche Sehnsucht. Sie hätte keinen Widerstand zu leisten vermocht. Und sie versuchte es auch gar nicht.

Nach wenigen Minuten war es vorbei. Er entschuldigte sich nicht, er gab keine Erklärung ab. Wortlos strich er ihr das wirre Haar aus der Stirn und breitete eine Felldecke über ihren bebenden Körper, bevor er aufstand.

Im dunstigen Licht des Nachmittags zog er sich an und ging zur Tür – eine dunkle Silhouette. Kyra glaubte, er hätte sie vergessen und würde den Raum verlassen, ohne ihr einen einzigen Blick zu gönnen.

Aber dann hörte sie seine Stimme. Er drehte sich nicht zu ihr um. »Wenn du dich während meiner Abwesenheit aus diesem Bett wagst, wirst du es bitter bereuen.«

Obwohl sie in warme Pelzdecken gehüllt war, erschauerte sie.

»Das meine ich ernst, Lady.«

Sekunden später schloss er die schwere Tür hinter sich.

5

Nach ihrem Tagewerk versammelten sich Arryns Männer in der Halle. Auch einige Feinde, die sie gefangen genommen hatten, gesellten sich hinzu – darunter der irische Priester Michael Corrigan und Tyler Miller, der Kommandant der Schlosswache. Der Geistliche schien nur zuzuhören und die Ereignisse zu beobachten, während der junge Captain dem Neuankömmling, Arryns Vetter, Fragen stellte.

Die Arme vor der Brust verschränkt, saß John Graham am Ende der langen Tafel. Alle Blicke waren auf ihn gerichtet.

»Aye, meine Freunde, man könnte Edward einen imposanten Mann und großen Krieger nennen«, bemerkte er. »Aber er entstammt der Familie Plantagenet. Wusstet ihr, dass auf diesem Haus ein Fluch liegt? Die Plantagenets sind für ihr bösartiges, jähzorniges Temperament bekannt – und für ihr unaufrichtiges Wesen. Als unser guter König Alexander 1286 starb, schwor Edward, er sei uns wohl gesinnt, obwohl er bereits die Hochzeit seines Erben mit unserer Maid von Norwegen plante. Nun, die kleine Margaret starb. Vielleicht wollte ihr der Allmächtige die Ehe mit diesem Jungen ersparen. Dann behauptete Edward erneut, er sei unser Freund, und beaufsichtigte die Wahl unseres Königs. Wie muss er sich gefreut haben, als John Baliol als einer der dreizehn Thronanwärter – der Söhne verschiedener Töchter von echten Königen – zum rechtmäßigen König ernannt wurde! Und welch ein Glück für Edward, dass Baliol die Tochter John de Warennes, des Earls of Surrey, zur Frau nahm, eines ausgezeichneten Feldherrn! Edward trieb den schottischen König zum Treueschwur. Und sobald Baliol die Krone trug, wurde das Große schottische Staatssiegel zerbrochen und England einverleibt. Schritt für Schritt vernichtete Edward den Mann, den er selbst zum König gemacht hatte, und schwang sich zum Herrscher eines Landes auf, das ihm nicht gehörte. Doch damit mussten wir rechnen. Zu viele unserer einflussreichen Lords schlugen sich auf Edwards Seite, wegen ihrer Titel und der Ländereien in England, die sie beanspruchen wollen. Nun, wer sich mit dem Teufel einlässt, wird's bitter büßen. Was dieser König bezweckt, wissen wir alle. Denkt an Wales! 1282 fiel Fürst Llewelyn auf dem Schlachtfeld und Wales wurde von England vereinnahmt. Wollen wir diesem König den gleichen Sieg über Schottland gönnen? Niemals! Hier leben nicht nur Männer, die nach der Krone streben. Da gibt es auch einen so genannten Gesetzlosen, der keinen persönlichen Gewinn sucht und nur ein Ziel kennt: die Freiheit seines Landes …«

»Trinken wir auf William Wallace, Vetter?«, schlug Arryn vor.

Verblüfft wandte sich John zu ihm. Ungefähr so alt wie Arryn, hatte auch er tiefblaue Augen und dichte schwarze Locken. Und er kämpfte mit gleicher Leidenschaft für die Befreiung Schottlands vom englischen Joch. »Arryn!«, rief er, sprang auf und die beiden Männer umarmten sich. »Trinken wir auf William – oder den großartigen Sieg, den du hier errungen hast!«

»Kein ungetrübter Triumph … Die Ratte, die ich zu fangen hoffte, verschwand jedoch kurz vor unserer Ankunft.«

»Immerhin hast du Darrows Schloss erobert.«

Arryn wollte seinem Vetter erklären, dass von Rechts wegen Darrows Braut die Erbin der Festung war. Aber dann erinnerte er sich an Kyras Bemerkung, jeder könne sich nach Edwards Lust und Laune alles nehmen, und er schwieg.

»Und Darrows Verlobte«, ergänzte John grinsend. »Hoffentlich hat dich meine Ankunft nicht zum falschen Zeitpunkt gestört. Ich bin dir nach Seacairn gefolgt, weil ich Männer für eine große Schlacht gegen die Engländer suche.«

»Ist das englische Heer auf dem Weg nach Schottland?«

»Aye, um Heselrig zu rächen, den William getötet hat.«

»Wie ich hörte, hat William Wallace den Bastard aus seinem Bett gezerrt und ihm die Kehle durchgeschnitten«, warf Tyler Miller genüsslich ein. Arryn starrte den jungen Mann an, der eigentlich in Ketten liegen müsste, und der Captain räusperte sich. »Glaubt mir, Sir Graham, Kinsey Darrow war nie mein *Laird*. Nur seiner Lady fühle ich mich verpflichtet.«

»Würdet Ihr an der Seite eines Gesetzlosen für Schottland kämpfen?«, fragte John.

»Aye, Sir!«

»Und wie können wir wissen, ob wir Euch trauen dürfen?«

»Tyler Miller sagt die Wahrheit«, versicherte Pater Corrigan. »So wie Justin, Joshua, Julian, Conan und viele andere auch verabscheute er den Dienst, den er hier verrichten mußte. Wenn William Wallace ein Heer aufstellt, werden sie alle mit Feuereifer unsere Unterdrücker bekämpfen.«

Skeptisch hob Arryn die Brauen. »Wer gegen Edward rebelliert und sich erwischen lässt, wird dem Tod nicht entrinnen.«

»Wozu der englische König und seine Lakaien fähig sind, wissen wir sehr gut, Sir«, erwiderte Tyler.

»Bildet Euch bloß nicht ein, Ihr würdet an der Seite eines barmherzigeren Mannes reiten!«, warnte Arryn. »Immerhin haben die Engländer William Wallaces Vater und seinen Bruder getötet, außerdem viele seiner Anhänger, darunter Frauen und Kinder.«

»Wirst du diese schöne Festung verlassen und für Schottland kämpfen, mein Vetter?«, fragte John.

»Zweifelst du daran?«

Lächelnd schüttelte John den Kopf. »William ist kein erfahrener General, so wie manche Männer unter Edwards Kommando. Aber er kennt dieses Land und wird jeden Busch, jeden Baum und jeden Fluss zu unserem Vorteil nutzen. Natürlich legt er großen Wert auf deine Unterstützung, und er lässt dich bitten, an unserer Besprechung teilzunehmen, die in …«

»Darauf trinken wir!«, fiel Arryn ihm hastig ins Wort, und John erkannte, dass sein Vetter nicht allen Anwesenden traute.

»Auf Schottlands Freiheit!«, rief er.

Gaston füllte Krüge und Kelche mit Ale und Wein. Mit welchen Hintergedanken hört der Britannier zu? fragte sich Arryn. Sind diese Männer tatsächlich alle gegen Darrow? Wegen seines eigenen Hasses auf den englischen Lord würde er das nur zu gern glauben. Aber in diesen gesetzlosen Krieg gegen Edward mischten sich immer wieder Verräter.

Am meisten hatten reiche, mächtige Männer zu verlieren, wenn sie sich dem König widersetzten. Diese Gedanken behielt er für sich, feierte mit den Männern und sprach dem köstlichen Ale zu, aber nur in Maßen. Ausgelassen tranken sie auf die Zukunft, auf Wallace, tote schottische Könige und die Schotten, die im Lauf der nächsten Jahrhunderte die Krone tragen würden.

»Auf alle Gesetzlosen!« Pater Corrigan hob seinen Krug, und Arryn schaute in die rätselhaften Augen des Priesters, der ihm gegenübersaß.

»Aye, Pater, auf alle Gesetzlosen, die Ehre und Freiheit suchen!«

»Auf Lady Kyra!«, rief jemand.

Plötzlich herrschte tiefe Stille in der Halle. Die Lady erregte widersprüchliche Gefühle. Die Schlossbewohner, die behaupteten, Darrow zu hassen, waren seiner Braut nicht feindlich gesinnt. Andererseits wussten alle, dass Lady Kyras Position und ihr Reichtum Darrow bei seinen brutalen Feldzügen durch das Grenzgebiet von Nutzen waren, die er im Namen des Königs unternahm –

und Arryns Männer wussten, was ihm Edwards Lakai angetan hatte.

Alle Anwesenden beobachteten Arryn. Zweifellos mussten einige – wie der irische Priester und der leidenschaftliche Tyler Miller – eine gewisse Scham empfinden, weil sie sich so bereitwillig mit den Feinden vergnügten.

Lächelnd hielt er seinen Krug hoch. »In der Tat – auf Lady Kyra!«, stimmte er zu und die fröhliche Stimmung kehrte zurück.

Nur Arryn empfand keine Freude. Seine Rache an der Lady hatte ihn nicht befriedigt. Es wäre viel einfacher gewesen, die stämmige blonde Zofe zu vergewaltigen. Oder eine dumme zitternde Maid. O ja, er hatte sie verletzen wollen.

Und jetzt ärgerte er sich über seine Schuldgefühle. Niemals hätte er erwartet, er würde sie begehren. Sie war seine Feindin, und er liebte noch immer seine tote Frau, deren Schmerzensschreie er Nacht für Nacht in bösen Träumen hörte. Aber das seltsame Feuer, das Kyra in ihm entfachte … Er hatte sich vorgenommen, sie nie wieder zu berühren. Und jetzt fieberte er seiner Rückkehr ins Turmzimmer entgegen.

Aber bis dahin würden einige Stunden vergehen. Noch war es taghell und es gab viel zu tun. Lautes Gelächter erfüllte die Halle, vermischt mit anzüglichen Scherzen. Arryn verstand den Jubel seiner Krieger. Was sie erobert hatten, genossen sie in vollen Zügen. Aber die Soldaten von Seacairn wechselten die Seiten etwas zu bereitwillig …

Als er den prüfenden Blick des Priesters spürte, wandte er sich ihm zu. »Seht sie doch an«, seufzte Pater Corrigan. »Gestern haben sie einander bekämpft, heute sitzen sie einträchtig beisammen und trinken.«

»Das liegt am Ale und am Wein, Pater. Wenn der nächste Morgen graut, werden die kameradschaftlichen Gefühle vielleicht verfliegen.«

»Welch ein schwieriges Leben, wenn man nicht weiß, wem man trauen darf …«

»Das frage ich mich schon die ganze Zeit. Seltsam – ist dieser auffallende Sinneswandel echt? Verdammt Ihr mich nicht in der Tiefe Eures Herzens, nachdem ich in Euer Schloss eingedrungen bin?«

»Nein, Sir, keineswegs«, erwiderte der Priester ohne Zögern.

»Also seid Ihr ein aufrechter Schotte – und gegen den englischen König?«

»Ich bin ein aufrechter *Ire*«, betonte Pater Corrigan lächelnd, »und gegen den englischen König.«

»Ah – und Eure Lady?«, fragte Arryn. »Erzürnt Euch nicht, was wir ihr antaten? Wir haben das Schloss *und* die Herrin erobert. Wollt Ihr sie nicht gegen Heiden meiner Sorte verteidigen?«

Eine Weile schaute ihn der Priester nachdenklich an. »Sir Arryn, sie besitzt die erstaunliche Gabe, sich selbst zu verteidigen. Und … hat sie Euch nichts gesagt?«

»Doch, sehr viel. Was genau sollte sie mir denn mitteilen?«

»Es steht mir nicht zu, darüber zu sprechen.«

»Oh, ich glaube, Ihr nehmt nur selten ein Blatt vor den Mund«, bemerkte Arryn trocken.

»Nun ja, Sir … Würdet Ihr mir verraten, was Ihr vorhabt, wenn Ihr aus dieser Festung reitet? Wollt Ihr sie mitsamt den Feldern ringsum in Brand stecken, um Darrow zu schaden?«

»Das habe ich noch nicht entschieden. Seacairn lag mir stets am Herzen.«

»Und die Lady soll auf keinen Fall verbrennen?«

»So grausam bin ich nicht.«

Nach einer kurzen Pause neigte sich der Priester vor. »Um Lord Darrow schmerzlich zu treffen, braucht Ihr seine Braut nicht zu töten. Mit einem anderen Racheakt könnt Ihr ihn viel tiefer verletzen.«

»Auf welche Weise?«

»Heiratet die Lady, dann wird er auch Seacairn verlieren.«

»Pater, ich hatte bereits eine Frau …«

»Das weiß ich. Sie starb durch Darrows Schuld.«

»Eine andere will ich nicht.«

»Versteht doch, welch ein kluger Schachzug es wäre, Darrows Verlobte zu heiraten! Damit beraubt ihr ihn des Vermögens, das ihm diese Ehe einbringen würde, und er kann seine Soldaten und Waffen nicht mehr bezahlen. Gewiss, er zählt zu den bevorzugten englischen Lords und Edward wird bald eine andere Braut für ihn finden. Aber es gibt nur wenige reiche Erbinnen von Lady Kyras Format. Viele sehen hässlich aus. Und so manche ist alt genug, um die Mutter eines *Lairds* zu sein. Wenn Ihr Kinsey Darrow ernsthaft erzürnen wollt, schnappt ihm die Braut vor der Nase weg.«

So überzeugend die Argumente des Priesters auch klangen – zu einem solchen Entschluss würde Arryn sich nicht durchringen. »Ein oder zwei Nächte als Rache für unvorstellbare Verbrechen und eine Ehe mit der Feindin – das ist zweierlei, Pater. Wenn Ihr mich jetzt entschuldigt, werde ich Euch und meine neuen Freunde verlassen, die mir treu zur Seite stehen werden – oder auch nicht. Ich habe zu tun. Vielleicht bringt der morgige Tag eine weitere Schlacht.«

»Gott schütze euch, mein Sohn. An diesem Tag und in der Nacht.«

»Danke, Pater.« Arryn nickte seinem Vetter zu, der sich sofort von der Tafel erhob. Gemeinsam verließen sie die Halle. »Reiten wir aus, John, und reden wir.«

»Es gibt einiges zu besprechen«, stimmte John zu.

Zwanzig Minuten später ritten sie nordwärts und blickten zur Festung zurück.

»Eine großartige Eroberung«, meinte John.

»Das würde ich auch sagen – wenn wir Seacairn halten können.«

»Gewiss, Edwards Heer wird bald hier eintreffen.«

Eine frische Brise zerzauste Johns Haar. »Aber diesmal wird er nichts gegen uns ausrichten.«

»Denk an seine gut ausgebildeten, disziplinierten Bogenschützen, an die Kavallerie, die Fußsoldaten, die Feldzüge in Frankreich und Wales miterlebt haben. Uns stehen nur ungebärdige – und manchmal wenig vertrauenswürdige – freie Bürger, Pächter, Bauern und ein paar Freiherren zur Verfügung. Viele werden erst einmal abwarten, wie sich der Wind dreht, bevor sie angreifen. Wenn's so aussieht, als könnten wir die Schlacht gewinnen, werden sie auf unserer Seite bleiben. Aber sobald sich Edwards Sieg abzeichnet, werden sie ihm die Treue schwören und behaupten, sie hätten schon die ganze Zeit zu ihm gehalten.«

»In der Tat, einige Männer sind wankelmütig. Aber sieh doch, was wir erreicht haben! Aus dem Massaker bei Berwick und der Schlappe von Dunbar haben wir eine Menge gelernt. Seither erheben sich auch mächtige Männer gegen den englischen König.«

Skeptisch hob Arryn die Brauen. Dann schüttelte er seufzend den Kopf. »Der mächtigste Anhänger, den wir auf unsere Seite ziehen könnten, wäre der junge Robert de Bruce. Aber er glaubt, Edward werde ihm erlauben, Baliols Stelle einzunehmen, wenn er die Engländer seiner Treue versichert. Und das Herz unseres Aufstands, William Wallace, betrachtet Baliol immer noch als englischen König. Solange die Schotten uneins sind, werden wir die Freiheit nicht erlangen, John.«

»Aber immer mehr tapfere Männer schließen sich Wallace und de Moray an. Die beiden werden ihre Streitkräfte vereinen und gemeinsam kämpfen. Übrigens, Wallace will dich sehen. Könntest du ihn in vierzehn Tagen im Wald von Selkirk treffen?«

»Aye, aber du musst aufpassen …«

»Natürlich, mein Vetter! Allem Anschein nach hast du Männer am Leben gelassen, die dir möglicherweise nicht so wohlgesinnt sind, wie sie es behaupten. Ich werde meine Worte stets sorgfältig abwägen – insbesondere, weil jede Verbindung mit William einer Todesstrafe gleichkommt.«

»Sobald Edward oder Darrow mich zwischen die Finger kriegen, brauche ich keine Freundschaft mit William, um zu sterben.«

»Wohl kaum … Ah, da kommt Jay MacDonald.«

Jay galoppierte auf seiner großen grauen Stute heran. »He, Arryn! Vom Turm aus wurde ein Darrow-Trupp gesichtet! Die Männer nähern sich mit mehreren Vorratswagen dem Schloss.«

»Ist Darrow dabei?«

Jay schüttelte den Kopf. »Leider nicht. Aber seine Krieger sind schwer bewaffnet.«

»Dann sollten wir sie begrüßen, nicht wahr?«

»Aye, die Männer sind bereit. Aber vielleicht sollten wir sie in die Festung locken und im Hof überwältigen.«

»Möglicherweise steckt hinter ihrer Ankunft eine Finte«, warf John ein.

»Inwiefern?«, fragte Jay.

»Ein Trojanisches Pferd«, erklärte Arryn. »Vermutlich wissen sie, dass wir Seacairn erobert haben. In den Vorratswagen könnten sich weitere Soldaten verstecken, gut gerüstet für einen Angriff. Am besten bereiten wir einen Hinterhalt vor, am Rand der Bäume. Dort erwarten sie uns nicht, und wir können in Deckung bleiben, bis sie die Festung attackieren. Reite zurück, Jay, und ruf die Männer zu den Waffen. Schwere Rüstungen würden uns nur behindern. Sieh zu, dass die Bogenschützen mit genug Pfeilen ausgestattet sind. John, du begleitest mich zum Ende der Straße am Waldrand. Dort gehen wir in Stellung.«

Gott schütze Euch, Sir. An diesem Tag und in der Nacht. Jetzt erinnerte sich Arryn an die Worte des Paters. Hatte der Ire die Rückkehr des Darrow-Trupps vorausgesehen? Oder meinte er eine Gefahr, die erst nach Einbruch der Dunkelheit drohen könnte?

Von einer schönen Frau, einer besonders erbitterten Feindin?

»Und was soll mit den Männern von Seacairn geschehen, die gelobt haben, auf schottischer Seite zu kämpfen?«, fragte Jay.

Arryn zögerte kurz. »Nimm sie mit. Sobald sie zaudern, den Feind anzugreifen, müsst ihr sie töten.«

»Aye, Arryn.« Jay schwang seine Stute herum und sprengte zur Festung zurück.

Seite an Seite ritten die beiden Vettern zu den Bäumen.

Plötzlich fuhr Kyra aus dem Schlaf hoch. Sie lag auf dem großen Bett im Herrschaftsgemach, zwischen feinen Leintüchern und warmen Fellen. Beklommen schaute sie sich um. Arryn war nicht zurückgekehrt. Inzwischen war das Kaminfeuer zu Asche heruntergebrannt. Er hatte sie ermahnt, das Bett während seiner Abwesenheit nicht zu verlassen. Warum blieb er so lange weg? Erbost fluchte sie vor sich hin. Sollte sie ihm tatsächlich gehorchen?

Ihr Leben lag in seinen Händen. Doch hatte er sie nicht getötet. Noch nicht … Nein, er hatte versprochen, sie nicht zu ermorden. Und was würde ihr die Flucht nützen? Genauso wenig wie bei jenem ersten Versuch. Damit hatte sie nur seinen Zorn geschürt und er war über sie hergefallen. Sie hatte sich nicht gewehrt – und ihm nichts gegeben, aber auch nichts verweigert … doch daran wollte sie nicht denken. Trotzdem kannte sie keinen anderen Gedanken. Sie war verletzt und gekränkt. Und doch …

Inständig hatte sie den Allmächtigen und die Heilige Jungfrau angefleht, ihre Ehe mit Kinsey zu verhindern und ihr beizustehen, damit sie niemals in seinen Armen liegen müsste. Nun, wenigstens würde er jetzt keine unschuldige, verwundbare Braut vorfinden … In ihren Augen brannten Tränen, die sie sofort hinunterschluckte, wütend auf sich selbst. Wenn sie weinte, würde sie ihre Schwierigkeiten nicht meistern. Ihr Leben war eine einzige Katastrophe. Vielleicht würde ihr die derzeitige Situation helfen, die Tragödie etwas zu mildern.

Was würden die Eroberer von Seacairn denken, wenn sie wüssten, wie sehr sie Kinsey verabscheute? Irgendwie musste sie die Ereignisse nutzen, um der Ehe mit Kinsey zu entrinnen. Sie hatte zur Heiligen Jungfrau gebetet und Arryn war aufgetaucht. Offenbar besaß die Mutter Gottes einen boshaften Humor. »Und was jetzt?«, flüsterte sie. Entschlossen stieg sie aus dem Bett. Mit Dingen, die sie nicht zu ändern vermochte, wollte sie sich nicht mehr befassen, und stattdessen nur noch in die Zukunft blicken. Sie kletterte in die Wanne, setzte sich fröstelnd ins erkaltete Wasser. Aber sie ignorierte ihre Gänsehaut und schrubbte ihren ganzen Körper ab.

Und dann flog die Tür auf. Kyra erstarrte vor Entsetzen. Wie weit würde Arryn in seiner Rachsucht noch gehen? Hatte er seine Männer etwa aufgefordert: *Nehmt sie, vergnügt euch mit ihr, sie ist Darrows Braut!*?

»Mylady!« Es war Ingrid, die nach ihr rief, neben der Wanne niederkniete und ihre triefnasse Herrin umarmte. »Könnte ich ihn doch umbringen, diesen elenden Barbaren! Hat er Euch geschlagen und gedroht, Euch zu ermorden? Wie gern würde ich Euch helfen, Mylady! Seid Ihr verwundet? Eurem Gesicht sieht man nichts an. Aber welcher Mann würde diese schönen Züge verunstalten? Nein, nein …«

»Beruhige dich, Ingrid, es geht mir gut.«

Erstaunt richtete sich Ingrid auf, die blauen Augen weit aufgerissen. »Also hat er Euch nicht misshandelt?«

»Nein, Ingrid, ich bin unverletzt.«

»Wie auch immer, wir müssen ihn töten.«

»Töten?«, wiederholte Kyra. Natürlich müsste sie den Räuber ihrer Ehre ins Jenseits befördern. Doch das widerstrebte ihr, aus unerfindlichen Gründen. »Bist du verrückt, Ingrid? Wenn wir ihn ermorden, werden sich seine Krieger grausam rächen.«

»Aber – unsere Ehre, Mylady! Diese gesetzlosen Schurken trotzen dem König, morden und plündern und ...« Bedrückt verstummte Ingrid und überließ es ihrer vielsagenden Miene, auf weitere Gräueltaten der ungebetenen Besucher hinzuweisen.

»Verzeih mir, Ingrid, aber ich will nicht sterben.«

Plötzlich fragte sich Kyra, wie Darrow die Ereignisse sehen würde, und sie erschauerte. Wahrscheinlich würde er sie am liebsten erwürgen, nachdem er erfahren hatte, dass sie von seinem schlimmsten Feind missbraucht worden war. Er hasste sie, aber er begehrte sie. Bisher hatte sie ihre ganze List ins Feld geführt – ihre Stellung, die Kirche und ihren Priester – um sich den abscheulichen Verlobten vom Leib zu halten. Würde er immer noch nach ihr verlangen oder sich angewidert von ihr abwenden, nachdem sie einem anderen gehört hatte? Sie traute ihm durchaus zu, ihr Leben auszulöschen und anschließend zu behaupten, blinde Wut habe ihn übermannt; er würde sich vor Edwards Füße werfen und um Gnade winseln. Vielleicht würde der König sogar Mitleid empfinden und ihm den Mord an der Erbin von Seacairn mit ihrem Besitz und ihrem Titel lohnen.

»Was ist Euer Leben schon wert, Mylady, wenn diese Heiden unser Land beherrschen?«, klagte Ingrid.

»Es ist *ihr* Land. So wie es das Land meiner Mutter war.« Großer Gott, dachte Kyra, jetzt verteidige ich meine Feinde auch noch ... »Gib mir bitte ein Handtuch, Ingrid.«

Als Ingrid gehorchte, stieg Kyra aus der Wanne und wickelte sich in das große Leinentuch. Dann ging sie zum Kamin, der nur noch geringe Wärme spendete. Frierend hielt sie ihre Hände über die schwelende Asche. »Was geht da unten vor sich?«, fragte sie. »Ich weiß, einige unserer Leute wurden getötet. Aber – Pater Corrigan und Tyler ... Leben sie noch?«

»O ja, Mylady«, erwiderte Ingrid verächtlich. »Diese

elenden Feiglinge sind zum Feind übergelaufen. Heute tranken sie mit diesem Abschaum in Eurer Halle. O Mylady, sie haben Euch verraten!«

»Keineswegs, ich befahl ihnen die Kapitulation.«

»Wirklich, Mylady, Ihr seid zu gütig.«

»Unsinn! Das Leben ist viel kostbarer, als es manchen Menschen bewusst ist.«

»Und was wird Lord Darrow zu alldem sagen?«, jammerte Ingrid.

»Keine Ahnung«, gab Kyra zu. »Aber erzähl mir doch – was geschieht da draußen? Der Abend dämmert schon.«

»Ja, und vielleicht werden wir bald wieder ein normales Leben führen, Mylady.« Ingrid schaute sich um, als fürchtete sie, die Wände hätten Ohren. »Es gab ein großes Geschrei und Getue. Die Männer haben sich bewaffnet und sind zu ihren Pferden gerannt. Offensichtlich liegt was in der Luft. Mylady, ich glaube, Lord Darrow kehrt zurück, um Euch vor diesen Heiden zu retten!«

»Was?«

»Der Wachtposten hat irgendwas gesehen. Da bin ich mir ganz sicher. Und dieses Treiben im Hof muss was bedeuten. Wer sonst als Lord Darrow könnte zurückkommen?«

Kinsey! Sie hatte Arryn vor Darrows Rache gewarnt, aber nicht vermutet, sie würde so schnell erfolgen. Vielleicht konnte er Kinsey besiegen. Oder er war gar nicht im Anmarsch. Jedenfalls bezweifelte sie, dass er so ungestüm nach Seacairn galoppieren würde, um *sie* zu befreien. Wie auch immer, sie musste herausfinden, was da unten vorging. In einer großen Truhe fand sie alte Kniehosen ihres Vaters, ein Hemd – viel zu groß, aber was machte das schon? – und ein Wams.

Hastig zog sie sich an und schlang ihr Haar zu einem Nackenknoten zusammen.

»Was habt Ihr vor, Mylady?«

»Ich verschwinde.«

»Vor der Tür steht ein Wächter.«

»Also glauben die Schotten, sie könnten einen Mann entbehren? Nun, das wird keiner von ihren besten Kriegern sein. Hilf mir!« Kyra rannte zum Bett und stopfte Kissen unter die Pelzdecken, um den Eindruck zu erwecken, sie läge darunter. »Hol den Wachtposten herein und sag ihm, er soll das Feuer schüren. Und bitte ihn, keinen Lärm zu machen, weil ich schlafen muss – damit ich frisch und munter bin, wenn Sir Arryn mich aufsucht.«

»Bitte, Mylady, ich kann mich nicht so verstellen.«

»O ja, du kannst es. Jetzt öffne die Tür. Komm her!«

Verzweifelt schüttelte die Zofe den Kopf. Aber Kyra riss die Tür auf und versteckte sich dahinter.

»Aye, Frau, was gibt's?«, rief eine Männerstimme.

»Im – im Kamin liegt nur mehr glühende Asche«, stammelte Ingrid. »Und wenn meine Herrin auch schläft – ich sehe sie zittern. Würdet Ihr ein Feuer machen? Sicher möchte Sir Arryn nicht zu einer erkälteten, verschnupften Lady zurückkehren.«

Obwohl sie so heftig protestiert hatte, spielte sie ihre Rolle ausgezeichnet. Ein großer, schlaksiger, etwas älterer Mann hinkte herein. Offenbar war er im Kampf verwundet worden. In seinen dunklen Augen las Kyra Kummer und Sorge. Beinahe bedauerte sie, ihm Schwierigkeiten zu bereiten.

Sobald er den Raum betreten hatte, huschte sie lautlos zur Tür hinaus und die Treppe hinab. Am Ausgang zur Brustwehr hielten zwei Männer Wache.

Was sollte sie jetzt tun? Sie biss sich auf die Lippen. An den beiden würde sie nicht vorbeikommen. Und vom Turm aus konnte sie die Lage ohnehin besser überblicken. Aber da oben gab es kein Entrinnen – es sei denn, sie würde in den Fluss springen …

6

Arryn saß auf dem starken Ast einer alten Eiche und hielt Ausschau. In den Bäumen ringsum waren seine Männer postiert. William Wallace hatte einen Stützpunkt im Wald von Selkirk errichtet, und wie Arryn aus Erfahrung wusste, konnte man sich hier regelrecht unsichtbar machen. Sobald Darrows Krieger das Ende der Straße erreichten, wollte er sie angreifen und die Vorratswagen erbeuten. Und falls die Attacke mißlang, würde er mit seinen Männern im Wald untertauchen.

»He, Arryn!«, rief Patrick von einem höheren Ast herab.

»Aye, Patrick?«

»In etwa zwanzig Minuten sind sie da. Ein Wagenrad ist gebrochen. Deshalb dauert's etwas länger.«

»Wie viele sind's?«

»Zwanzig oder dreißig, soweit ich's feststellen kann. In einem großen, abgedeckten Wagen verbergen sich vielleicht noch mehr.«

»Befiehlst du den Bogenschützen zu schießen, bevor die Feinde näher an uns herankommen?«, fragte John, der auf einem benachbarten Ast kauerte. »Damit würden wir sie überraschen.«

»Nein, wir geben ihnen eine Gelegenheit, die Waffen niederzulegen.«

»Dann haben wir mehr Gefangene als eigene Krieger«, warnte John.

»Aye, und vor allem müssen wir unsere neuen Gefährten im Auge behalten«, murmelte Arryn und zeigte auf Tyler, der sich mit einigen Soldaten aus Seacairn hinzugesellt hatte. Sollten sie ihre Verbrüderung mit den Schotten bereuen, waren sie nicht weit von den Bogenschützen entfernt.

»Arryn?«, rief Jay von der anderen Seite des Weges herüber.

»Aye?«

»Wenn wir fliehen müssen …«

»Dann fliehen wir.«

»Aber – Lady Kyra …«

Arryn erhob sich schweigend und balancierte auf dem dicken Eichenast. Als die Engländer am Ende der Straße auftauchten, grüßte er mit durchdringender Stimme: »*Bonsoir!*«

Der Anführer trug einen kegelförmigen Helm mit offenem Visier. Hastig zügelte er sein Pferd und schaute sich suchend nach dem Mann um, der ihn angesprochen hatte.

»Guten Abend, meine Herren!«, rief Arryn. »Ihr seid umzingelt, und Ihr könnt Euer Leben retten, wenn Ihr Eure Schätze mit uns teilt.«

»Gesetzlose!«, schrie einer der Männer und zog sein Schwert. »Schottische Heiden!«

»Legt Eure Waffen nieder!«, befahl Arryn.

»Wir sollen uns ergeben?« Der Anführer brach in schallendes Gelächter aus. Mittlerweile hatte er einige Schotten entdeckt, die sich in den Bäumen versteckt hatten. »Einer Bande Gesetzloser, die den Aasgeiern bald ein Festmahl bieten wird?«

»Macht Euch lieber nicht über uns lustig, Sir!«, erwiderte Arryn. »Und lasst Euch warnen. Ich habe Seacairn eingenommen. Befindet sich Lord Darrow in Eurer Mitte?«

Mit schmalen Augen starrte der Mann ihn an. »Nein, Lord Darrow begleitet uns nicht. Aber er wird sich freuen, wenn er zurückkehrt und mit ansehen kann, wie Ihr über dem offenen Feuer an einem Spieß geröstet werdet!«

»Das ist ein Graham!«, verkündete ein Engländer, der Arryn erkannt hatte, und lenkte das Pferd näher zu seinem Anführer heran.

»Aye, nicht nur *ein* Graham«, warnte John in drohendem Ton. »Warten wir's ab, wer diesmal in lodernden Flammen umkommt!«

»Zu den Waffen!«, donnerte der feindliche Befehlshaber.

John schaute auf seinen Vetter, der ihm zunickte.

»Bogenschützen!«, brüllte John.

Ehe die Engländer ihre Schwerter ziehen konnten, regneten Pfeile vom Abendhimmel herab. Wütend schrie Darrows Truppe auf.

»Weiter so!«, befahl Arryn.

Neue Pfeile flogen herab. Die Schwerter gezückt, stiegen die Engländer von ihren Pferden und gingen in Deckung. Aus dem größten Vorratswagen tauchte die Verstärkung auf und ein erbitterter Nahkampf begann.

Nun war Arryn froh, dass er seinen Kriegern verboten hatte, Rüstungen zu tragen. Dadurch waren sie auf engem Raum im Vorteil, denn sie konnten sich flinker und behände bewegen. Seine Männer kannten die Schwachstellen englischer Rüstungen, und ihre Klingen zielten auf Hälse und in die Achselhöhlen, wo sich die Panzer teilten, oder seitlich zwischen die Rippen, wo sich die Maschen der Kettenhemden nicht vollständig schlossen.

Bald sah sich Arryn mit zwei großen, kräftigen Gegnern konfrontiert. In schweren Rüstungen stapften sie ungelenk auf ihn zu. Trotzdem brachen sie in siegessicheres Geschrei aus – bis sie zu Boden fielen, von blitzschnellen Schwertstreichen getroffen. Dankbar nickte er seinem Vetter zu, der ihn vor einem dritten Angreifer gerettet hatte. Unbemerkt war der Engländer herangeschlichen, in der Absicht, Arryn hinterrücks zu erstechen. Jetzt rannte der Anführer des englischen Trupps auf ihn zu. Arryn ließ ihn herankommen. Im letzten Augenblick sprang er zur Seite und der Mann prallte gegen den Eichenstamm. Blitzschnell fuhr Arryn zu seinem Gegner herum, der blindlings sein Schwert schwang.

»Ihr dürft immer noch kapitulieren!«, rief Arryn und wich leichtfüßig zurück. Mit einem gellenden Schrei stürzte sich der Mann erneut auf ihn. »Heißt das, Ihr wollt Euch nicht ergeben?«

»Fahrt zur Hölle, verdammter Heide!«

»Nun, Ihr wollt es nicht anders.« Arryns Klinge bohrte sich in den Hals seines Widersachers, der lautlos zu Boden sank.

Hastig zog Arryn seine Waffe aus der Kehle des Toten, gerade noch rechtzeitig, um sie in den Bauch des nächsten Angreifers zu stoßen. Dann wandte er sich schnell um, erneut zum Kampf bereit.

Aber inzwischen war das Scharmützel beendet. Er stand in einer großen Blutlache, in einem Chaos aus aufgewühltem Erdreich, zerbrochenen Schwertern und Leichen. Auf der anderen Straßenseite packte Jay einen Mann, der zu seinem Pferd fliehen wollte. Offenbar hatte Arryns Trupp keine Verluste erlitten. Nur Patrick untersuchte seine verletzte Schulter, aber er beantwortete Arryns fragenden Blick, indem er ihm bedeutete, alles sei in Ordnung. Aufmerksam schaute sich Arryn um. Die Soldaten von Seacairn hatten sich nicht gegen die Schotten gestellt, obwohl der Eindruck entstanden war, die Engländer würden die überlegeneren Streitkräfte besitzen. Als er Hufschläge hörte, drehte er sich um. Ragnor und Tyler galoppierten heran und er eilte ihnen entgegen.

»Verdammt, Arryn ...« Keuchend zügelte Ragnor sein Pferd. »Sie ist verschwunden!«

Unwillkürlich wandte sich Arryn an Tyler, der in flehendem Ton beteuerte: »Ich hatte keine Ahnung davon, bis ich es von Eurem Wachtposten erfuhr, Sir! Aber er konnte uns nicht sagen, wohin Lady Kyra geflohen ist!«

Arryn befahl seinem Vetter, das Kommando des Trupps zu übernehmen, und stieß einen schrillen Pfiff aus. Sofort trabte Pict, ein diszipliniertes Schlachtross, aus dem Wald. Arryn schwang sich auf den Rücken des Hengstes und presste ihm seine Knie in die Flanken. Von Ragnor und Tyler verfolgt, galoppierte er zum Schloss.

Kyra kannte keine Höhenangst. Ganz im Gegenteil, sie liebte möglichst hohe Türme. Obwohl ihr Vater schon kurz nach ihrer Geburt die Herrschaft über Seacairn übernommen hatte, war sie vor allem in London aufgewachsen. Dort hatte sie die schönen normannischen Kirchtürme erforscht und war oft in den Tower hinaufgestiegen, um die Aussicht zu genießen. Ebenso gern hatte sie Schloss Stirling besucht und die Aussicht auf die fernen Berge jenseits der hügeligen Felder genossen.

Auch der Ostturm von Seacairn bot einen atemberaubenden Ausblick. Der Fluss schien sich bis in die Unendlichkeit zu erstrecken und schimmerte in den wundervollen Farben des Sonnenuntergangs. Rasch brach die Dunkelheit herein und warf violette Schatten auf die Landschaft.

Dieser Abend war besonders schön. Wie schade, dass sie ihn nicht in friedlicher Ruhe genießen durfte … Auf diesem Turm, ganz in ihrer Nähe, hielt ein Schotte Wache.

Um seine Aufmerksamkeit nicht auf sich zu lenken, stand Kyra reglos an den Zinnen und versuchte herauszufinden, was in der Nähe des Schlosses geschah.

Angespannt spähte sie zu der Straße hinüber, die von Nordosten heranführte. Dichte Bäume behinderten ihre Sicht. Aber zwischen den Zweigen sah sie Männer, die nach Seacairn ritten, und mehrere Vorratswagen – teilweise mit Leichen beladen.

Schmerzhaft hämmerte ihr Herz gegen die Rippen. War Kinsey zurückgekehrt? Plötzlich sprengten Reiter aus dem Wald, tief über die Pferdehälse gebeugt.

Wer war das?

Der Wachtposten trat an die Mauer heran, und Kyra folgte ihm lautlos, hinter einem Stützpfeiler verborgen. An den Wall gepresst, schaute sie nach unten. Großer Gott, *wer* galoppierte auf die Festung zu?

»Mylady!«

Erschrocken fuhr sie herum und sah Arryns Wachtposten auf sich zukommen. Und dann spürte sie zu ihrem Entsetzen, wie die Mauer hinter ihr nachgab. Blindlings tastete Kyra nach einem Halt.

Seit Jahren konnte sich niemand mehr an diesen Wall gelehnt haben ... Zwischen ihren Fingern zerbröckelten die Ziegelsteine und im nächsten Augenblick stürzte sie in die Tiefe.

Kurz vor der Außenmauer beobachtete Arryn, wie Kyra in den Fluss hinabstürzte. »Sie ist verrückt!«, schrie er und zügelte Pict. Dann spornte er das Schlachtross wieder an. Wenn sich die Närrin nicht das Genick brach, würde sie im eisigen Wasser ertrinken – oder erfrieren.

Er sprengte um die Außenmauer herum und erreichte das Ufer. Sie war nirgends zu sehen. Als er zum Turm hinaufblickte, entdeckte er Guy of Wick, der auf eine bestimmte Stelle zeigte. Da sah Arryn die Wellen, wo Kyra untergegangen war. Er schwang sich aus dem Sattel, warf seinen Mantel und den Schwertgurt ab und sprang in den Fluss.

Schnell strömte das kalte Wasser dahin, was die Schlossbewohner gewöhnlich schätzten, weil die Abfälle sogleich davongespült wurden. Womöglich hatte sich Kyra in den dunklen Schlingpflanzen verfangen – oder beim Aufprall auf der Wasseroberfläche die Besinnung verloren ...

Verdammte Närrin! Wenn sie stürbe, würde sie's verdienen, dachte er voller Angst und Wut – und umso zorniger, weil er um ihr Leben bangte. Wollte sie sich umbringen? Oder war sie so wild entschlossen, Darrow entgegenzueilen, dass sie jedes Wagnis einging?

Er tauchte unter, erforschte eine schwarze Finsternis, durchbrach sekundenlang die Oberfläche, um Atem zu schöpfen, und sank erneut hinab. Immer wieder. Nicht bereit, die Hoffnung aufzugeben.

Nur vage nahm er Ragnor wahr, der an seiner Seite

auftauchte. Auch andere Krieger waren in den Fluss gesprungen.

Als Arryn wieder Luft holte, hörte er Guys Schrei, wirbelte im eisigen Wasser herum und entdeckte Kyra. Sie war zum anderen Ufer geschwommen. Keuchend stand sie auf der Böschung, in lächerlicher Männerkleidung, die sie vermutlich in der Truhe ihres verstorbenen Vaters gefunden hatte. Die nassen Sachen schmiegten sich an ihren Körper, während sie zitternd nach Atem rang.

Nun trafen sich ihre Blicke und sie erstarrte. In diesem Moment hätte er sie erwürgen können. Viel zu herausfordernd stand sie da – und sie erschien ihm viel zu reizvoll. In ihren Augen spiegelte sich das letzte Tageslicht. Wie eine zweite Haut betonte die nasse Kleidung ihre wohlgeformte Gestalt. In ihrem zerzausten Haar hingen Wasserpflanzen.

Als sie sich abwandte, um davon zu rennen, tauchte Arryn wieder unter. Kraftvoll durchpflügte er die starke Strömung und erreichte das andere Ufer. Trotz ihres Vorsprungs holte er sie schon nach wenigen Sekunden ein. Noch bevor er sie zu fassen bekam, schrie sie auf. Er umfing sie von hinten, beide stürzten ins Gras und rollten die Böschung hinab. Schließlich lag er auf ihr. In ihren grünen Augen las Arryn den gleichen Trotz, den ihre Haltung kurz zuvor ausgedrückt hatte.

»Lass – mich los ...«, keuchte sie.

»Hätte ich dir bloß erlaubt, dich umzubringen!«

»Das – wollte ich nicht!«

»Dann musst du den Verstand verloren haben! Warum bist du vom Turm gesprungen? Welch ein tollkühnes Wagnis! Wozu? Um Darrow zu treffen und ihn zu warnen? Wovor? Dass wir die Festung erobert haben, wird er früh genug erfahren.«

»Nein – Darrows wegen bin ich nicht geflüchtet.«

»Lügnerin!« Vor lauter Zorn hätte er sie beinahe geschlagen. Vor allem grollte er sich selbst. Verdammt, warum zitterte er vor Erleichterung? Nur weil sie unverletzt war?

»Ich – ich bin vom Turm gefallen«, stammelte sie mit klappernden Zähnen.

»*Was?* Und warum bist du geflohen – wenn du Darrow nicht aufsuchen wolltest?«

»Deinetwegen …«

Ehe er eine nähere Erklärung verlangen konnte, hörte er Hufschläge. Ragnor hatte die Furt durchquert. Nun ritt er heran und führte Pict am Zügel. »Offenbar ist sie am Leben, Arryn«, bemerkte er und warf Kyra einen vernichtenden Blick zu. »Und unversehrt.«

»Aye.« Arryn erhob sich und zog Kyra auf die Beine. Wenigstens vorerst war sie zu erschöpft, um ihn abzuwehren.

»Mylady, Ihr gleicht einer Katze, die immer wieder auf den Füßen landet«, meinte Ragnor. »Wie konnte Euch Darrow, dieser Narr, jemals verlassen? Nur wenige Frauen würden vor lauter Sehnsucht nach ihrem Liebsten in einen eisigen Fluss springen.«

»Fragt doch Euren Wachtposten – ich bin hinabgestürzt!«, fauchte sie.

Arryn hob sie hoch und setzte sie vor Ragnor in den Sattel. »Bring sie in den Turm und sieh zu, dass sie auftaut. Inzwischen kümmere ich mich um Darrows Leute.«

Als er sich abwandte, rief Kyra: »Warte!«

Widerstrebend drehte er sich um.

»Hast du gegen Darrow gekämpft?«

»Viele seiner Männer sind gefallen, Lady.«

»Aber er war nicht dabei?«

Ihre Stimme klang besorgt. Aber der sonderbare Glanz in ihren Augen überraschte ihn. »Leider nicht.«

Hastig senkte sie die Wimpern und verbarg ihren Blick. Dass ihr Verlobter dem tödlichen Kampf entronnen war, schien sie nicht sonderlich zu freuen. Arryn betrachtete ihre bebenden, bläulich verfärbten Lippen.

»Bring sie ins Schloss, Ragnor. Und wärm dich selbst auf.«

»Aye, das will ich. Meine kostbarsten Körperteile sind fast erfroren. Und das würde der Zukunft meiner Dynastie womöglich schaden.« Ragnor spornte sein Pferd an und sprengte davon.

Fluchend stieg Arryn auf Picts Rücken. Auch er fror erbärmlich und war todmüde. Aber auf der Waldstraße lagen viele Leichen. Außerdem musste er sich mit lebenden Feinden befassen, was ihm noch unangenehmer war.

»O Mylady, so viele Männer behaupten, Ihr wärt verrückt!«, rief Ingrid entrüstet. »Sie tuscheln und sagen, Ihr wolltet Euch umbringen. Und andere vergleichen Euch mit Boadicea, der britannischen Königin, die so leidenschaftlich gegen die Römer kämpfte.«

Kyra seufzte resignierend. Ein Dutzend Mal hatte sie der Zofe versichert, sie sei nicht lebensmüde und auch keine Heldin. Sie war einfach nur vom Turm gefallen. Aber niemand glaubte ihr.

Auf dem Rückweg zum Schloss hatte sie Ragnor nach dem Kampf gefragt und nur ausweichende Antworten erhalten. Wie sie seinem Tonfall entnahm, dachte er, sie würde sich nur um Darrows Männer sorgen – und um Darrow selbst. Auch Arryn würde niemals auf den Gedanken kommen, sie hätte die Rückkehr ihres Verlobten gefürchtet. Und dass er einen Sieg erringen würde …

Nach der Ankunft im Turmzimmer hatte sie ein heißes Bad genommen. Ingrid hatte ihr Glühwein gebracht, der Kyra auch von innen her erwärmte.

Viel zu schnell war die Zeit verstrichen. Nun stand sie vor dem Kaminfeuer, in schneeweiße Badetücher gehüllt. Aus der Halle drang Stimmengewirr herauf, und sie hörte, wie das Abendessen serviert wurde. Was war mit Arryn geschehen? Durchnässt und frierend, musste er sich woanders aufgewärmt haben. Jedenfalls nicht hier. Wollte er nichts mehr von ihr wissen? Darauf hoffte sie inständig.

»Mylady, Ihr dürft nicht mehr versuchen, zu Lord Darrow zu fliehen«, mahnte Ingrid.

»Wie oft soll ich's noch sagen? Ich bin gestürzt …«

»O Gott – Mylady …« Ingrid verstummte und lauschte angespannt. »Schritte! Auf der Treppe! Er kommt zurück!«

»Keine Bange, er wird dir nichts tun«, beteuerte Kyra und fragte sich, ob es leichtfertig war, dergleichen zu versprechen.

»Aber Euch …«

Lächelnd ging Kyra zu ihrer Zofe und strich ihr über die runde Wange. »Du bist ein gutes, treues Mädchen und ich mag dich sehr. Hab keine Angst, mir wird nichts Schlimmes zustoßen.«

»Irgendwie müssen wir entkommen«, klagte Ingrid. »Nicht jetzt – ein andermal. Gleich ist er da … Die ganze Nacht werde ich mir überlegen, wie wir diesen Barbaren entrinnen könnten. Das schwöre ich Euch, Mylady. Wenn Ihr noch ein paar Stunden durchhaltet … Wie schrecklich muss es für Euch sein! Ich will mir den Kopf zerbrechen, bis ich eine Lösung gefunden habe, und inbrünstig darum beten. Bitte, Mylady, versucht nie wieder, aus dem Leben zu gehen! Das wäre eine furchtbare Sünde.«

Warum sollte ich mich töten? fragte sich Kyra seufzend. Die Mühe wird mir Darrow abnehmen. Oder dieser Schotte … »Diese Nacht werde ich sicher überleben, Ingrid. Wie soll ich's dir bloß klarmachen? Ich wollte nicht Selbstmord verüben – ich bin vom Turm gestürzt.«

»Vielleicht bildet Ihr Euch das ein, Mylady. Mit aller Macht wolltet Ihr den Gesetzlosen entfliehen, und da …« Ingrid ging zur Tür, dann blieb sie zögernd stehen. »Wenn Ihr Euch wehren müsst …« Sie zog ein funkelndes kleines Messer aus der Tasche ihres Rocks, eilte zum Bett und schob es unter ein Kissen.

»Nein, Ingrid …«

»Nur zur Sicherheit!«

»Ingrid …«

»Gott segne Euch, Mylady, und passt gut auf Euch auf!« Ingrid rannte zur Tür, die im selben Augenblick aufschwang.

Hastig zog Kyra die Badetücher fester um ihren Körper.

Der Eroberer war zurückgekehrt.

7

Auf der Schwelle blieb er stehen.

Offensichtlich hatte er woanders gebadet. Nun trug er einen sauberen Tartan. Sein dunkles Haar schimmerte feucht, das Gesicht war glatt rasiert.

Entsetzt starrte Ingrid ihn an, die Wangen puterrot. »Sir …«, würgte sie hervor und knickste.

Er schien den ganzen Türrahmen auszufüllen. Eine Zeit lang musterte er die Zofe, dann wandte er sich zu Kyra, die vor dem Kamin stand. »Was ist denn los mit ihr?«

»Sie wagt sich nicht hinaus.«

»Warum nicht?«

»Weil du ihr den Weg versperrst.«

Sobald er beiseite trat, floh Ingrid aus dem Zimmer, als wären alle Dämonen der Hölle hinter ihr her. Verwundert schloss er die Tür. »Wovor fürchtet sie sich?«

»Das fragst du noch? Du hast Seacairn angegriffen.«

»Aber ich habe ihr nichts zu Leide getan.«

»Immerhin warst du nahe dran, das arme Mädchen zu vergewaltigen.«

»Ich hielt sie für die Lady.«

»Ziehst du mich vor?« Kyra hoffte, ihre Stimme würde möglichst kühl und verächtlich klingen. Langsam ging er zu ihr, die Hände am Rücken verschränkt. »Da bin ich mir nicht sicher.«

»Oh …« Am liebsten hätte sie sich die Zunge abgebissen.

»Wäre sie die Lady, würde es mir viel leichter fallen, nach vollbrachter Tat davonzugehen – oder sogar wegzulaufen.«

Kyra senkte den Kopf, fest entschlossen, nicht zu lächeln oder den Humor ihres Feindes amüsant zu finden. Nun sprach er in freundlichem Ton. Aber er hatte ihre neueste Eskapade sicher nicht vergessen, und er glaubte zweifellos – ebenso wie Ingrid und ein Großteil der Schlossbewohner –, sie hätte sich absichtlich vom Turm gestürzt.

»Erst bist du durch den Fluss geschwommen, dann hast du ein heißes Bad genommen.« Arryn setzte sich auf das Fußende des Betts und zog seine Schuhe aus. »Welche Methode war besser geeignet, den Gestank eines Gesetzlosen von deinem edlen Körper zu waschen?«

»Weder die eine noch die andere konnte die gewünschte Wirkung erzielen. Solch ein grässlicher Gestank lässt sich nicht so leicht entfernen.«

»Vermutlich wirst du's noch mehrmals versuchen.« Er schlüpfte aus seiner Hose, dann stand er auf und löschte die Nachttischlampe. Den Rücken zu Kyra gewandt, legte er den Tartan ab.

Im Flammenschein betrachtete sie seine kraftvollen Muskeln und Sehnen, die zahlreichen Narben. Krampfhaft schluckte sie. Würde er ihr wieder Gewalt antun? Aber er kam nicht zu ihr. Stattdessen kroch er unter die Pelzdecken, streckte sich aus und schloss die Augen. Kyra stand reglos vor dem Feuer. Nachdem er sich minutenlang nicht gerührt hatte, glaubte sie, er wäre eingeschlafen. Um sich zu vergewissern, schlich sie auf leisen Sohlen zum Bett.

»Wenn du versuchst, das Zimmer zu verlassen oder

die Hand gegen mich zu erheben, wirst du's bereuen«, drohte er. Seine Lider blieben gesenkt.

»Und – was soll ich machen?«, fragte sie verwirrt. »Die ganze Nacht hier herumstehen?«

»Wenn's dir gefällt …«

»Also darf ich tun, was ich will?«

Da öffnete er die Augen. »Solange es auch *mir* gefällt … Natürlich bist du in meinem Bett willkommen. Es ist sehr breit.«

»Aber nicht breit genug.« Sie kehrte zum Kamin zurück und legte sich auf das große Bärenfell, in die Badetücher gewickelt. Zu spät entsann sie sich, dass *es* hier zum ersten Mal geschehen war – in der letzten Nacht. Sie erschauerte. Weil das Feuer allmählich erlosch? Oder weil der schottische Heide da drüben im Bett lag?

Eine Ewigkeit schien zu verstreichen. Nun müsste er endlich eingeschlummert sein, sagte sie sich. Langsam stand sie auf und musterte ihn. Seit der Eroberung des Schlosses hatte er keinen Schlaf gefunden. Sicher war er völlig erschöpft. Sie wollte ihn nicht von neuem erzürnen und nur die Lage sondieren. Stand ein Wächter vor der Tür? Wenn sie das Zimmer verließ – würde man sie aufhalten?

Auf Zehenspitzen schlich sie zum Bett und wagte kaum zu atmen. Arryn lag auf der Seite, das Gesicht von der Tür abgewandt. Für einen Gesetzlosen gefährlich, dachte sie. Und erstaunlich für einen sonst so wachsamen, vorsichtigen Mann. Offenbar hatte er diese Haltung unbewusst eingenommen, vor lauter Müdigkeit nicht mehr fähig, klar zu denken. Im Schlaf wirkten seine entspannten Züge viel jünger, die meisten Linien hatten sich geglättet. Wie sie sich eingestehen musste, hatte er ein sehr markantes, attraktives Gesicht. Gleichmäßige Atemzüge hoben und senkten seine Schulter. Minutenlang wartete sie. Arryn rührte sich nicht. Schließlich eilte sie zur Tür.

Sie hörte ihn nicht, wie er aufstand, sondern spürte nur eine blitzschnelle Bewegung an ihrer Seite. Im nächsten Augenblick stand er vor ihr und versperrte ihr den Weg – riesengroß und splitternackt. Instinktiv trat sie einen Schritt zurück. Doch das nützte ihr nichts. In seinen hellwachen blauen Augen las sie erneut, dass er keine Gnade kennen würde. »Ich wollte nur nachsehen, ob die Tür geschlossen ist«, murmelte sie. »Wegen des kühlen Luftzugs ...«

»Ach – tatsächlich?« Ehe sie wusste, wie ihr geschah, hob er sie hoch, trug sie zum Bett und warf sie auf die Strohmatratze. Dann umfasste er ihr Kinn, nicht allzu sanft. »Wenn du's noch mal versuchst, binde ich dich für die restliche Nacht am Bettpfosten fest.«

Trotz der Schmerzen, die ihr sein harter Griff bereitete, starrte sie ihn herausfordernd an, bis er ihr Kinn losließ. »Warum? Das verstehe ich nicht. Du brauchst deinen Schlaf, ich störe dich, du misstraust mir. Warum kann ich nicht in mein eigenes Zimmer gehen? Was du wolltest, hast du doch ohnehin schon erreicht.«

»Halt den Mund, Kyra. Sonst werde ich dich nicht nur fesseln, sondern auch knebeln.«

»Wieso zwingst du mich, hier zu bleiben?«

»Ich warne dich – wenn du schweigen würdest, wärst du viel besser dran.«

»Außerhalb dieses Zimmers würde ich kein Wort mehr sagen.«

»Du wirst *hier* schweigen.«

»Wenn ich dich nur noch darauf hinweisen dürfte, dass du nach diesen anstrengenden Tagen schlafen musst ...«

»Da hast du Recht.«

»Also brauchst du mich nicht.«

»Ich habe dich *nie* gebraucht, Lady.«

»Dann lass mich gehen!«

»Obwohl du weißt, wie müde ich bin, bringst du mich sinnlos um meine Nachtruhe?«

»Wenn du mich gehen lässt, werde ich dich nicht mehr stören.«

»Nein.«

»Aber ...«

»Vielleicht fürchte ich, du könntest dich wieder in den Fluss stürzen.«

»Das habe ich nicht getan ...«

»Oder du würdest wieder versehentlich *hinunterfallen.*«

»Das wird nie mehr geschehen, ich schwöre es.«

»Und du wirst dieses Zimmer nicht verlassen – das *schwöre* ich dir.«

»Sei doch vernünftig ...«

»Du bleibst hier, in meiner Reichweite.«

»Ah! Falls dich wieder einmal deine Rachsucht übermannt?«

»In letzter Zeit plagen mich viele Gelüste, Lady.«

»Ja, das ist mir schon aufgefallen.«

»Viel mehr Gelüste, als du es dir vorstellen kannst.«

Brennend stieg ihr das Blut in die Wangen. »Ausgerechnet du, der große Eroberer, bezähmst dieses Verlangen?«

»Schlägst du mir vor, meinem Drang freien Lauf zu lassen?«

»Nein!«

»Obwohl ich dir gar nicht verraten habe, *was* mich reizt? Wie auch immer – irgendwie schaffe ich es, mich zu beherrschen.«

Erbost merkte sie, dass er sich über sie lustig machte. »Dann musst du mich nicht hier festhalten.«

»Hast du Angst vor dir selber, Kyra? Fürchtest du, mitten in der Nacht zu erwachen, von unkontrollierbarer Sehnsucht erfüllt?«

Was sie fürchtete, war dieses seltsame Zittern in ihrem Innern, das sie sich nicht erklären konnte. »Glaub mir, *du* weckst keine Wünsche in meinem Herzen – nur Zorn und Hass. Wozu du fähig bist, musste ich schmerzlich erfahren. Du hast meine Festung eingenommen – und mir Gewalt angetan. Also verzeih mir, wenn ich Angst vor weiteren Attacken habe.«

»Wenn du endlich still bist und mir meine Ruhe gönnst, darfst du dich in Sicherheit wiegen.« Jetzt klang seine Stimme nicht mehr spöttisch, sondern warnend. Erschöpft und verärgert starrte er Kyra an.

Die Erkenntnis, wie hilflos sie war, schürte ihre Wut. Die Hände geballt, biss sie ihre Zähne zusammen.

Ihrem Feind mangelte es nicht an Selbstvertrauen. Unbefangen kroch er über sie hinweg, um die andere Seite des Bettes zu erreichen. Als sein nackter Körper ihren Arm streifte, zuckte sie zusammen.

Aber dann streckte er sich neben ihr aus, ohne sie noch einmal zu berühren, und schloss die Augen. Was keine Rolle spielte. Wie sie inzwischen wusste, konnte er durch die gesenkten Lider schauen.

Eine Zeit lang herrschte tiefe Stille, dann brach Kyra das Schweigen. »Ich verstehe noch immer nicht, warum ich eigentlich nicht in meinem eigenen Zimmer schlafen darf.«

»Soll ich diese süßen Lippen tatsächlich mit einem Knebel misshandeln?«

Erbost kehrte sie ihm den Rücken zu und wickelte sich in eine Felldecke. Ihre Hand glitt unter das Kissen und ertastete den Griff des Messers, das Ingrid zurückgelassen hatte. Vielleicht konnte sie unbesorgt einschlummern, wenn sie die Waffe spürte.

Doch sie fand keinen Schlaf. Arryns Nähe beunruhigte sie. Nach einer Weile drehte sie sich vorsichtig zu ihm um. Verblüfft sah sie Schweißperlen auf seiner Stirn glänzen. Er rang nach Atem, dann wand er sich umher und rief: »Nein!«

Plötzlich griff er nach ihr, die Augen weit aufgerissen. Von kalter Angst erfasst, schrie sie gellend und zog das Messer unter dem Kissen hervor. Der Klang ihrer Stimme brachte ihn zur Besinnung, heller Zorn verdrängte den Schmerz, der eben noch sein Gesicht verzerrt hatte. »Verdammte englische Hexe!«, fluchte er und grub seine Finger in ihre Schultern.

»Lass mich los!«, zischte sie und hob das Messer. »Ich warne dich!«

Aber er hörte ihr gar nicht zu. Stattdessen warf er sich über sie. Instinktiv, nur noch auf ihr Überleben bedacht, zielte sie mit der Klinge auf seine Brust. Da wich er blitzschnell zurück und umklammerte ihr Handgelenk so fest, dass sie glaubte, ihre Knochen würden brechen. Kreischend versuchte sie sich zu befreien.

Mit kraftvollen Fingern entwand er ihr das Messer und sein Körper drückte sie in die Strohmatratze. Verzweifelt rang sie nach Atem, kämpfte erfolglos gegen sein schweres Gewicht, das alle Luft aus ihren Lungen presste.

Nach einer Weile richtete er sich auf und kniete über ihren Hüften. Eisern hielt er sie mit seinen Schenkeln fest und umfasste ihre Handgelenke. In wachsender Furcht schaute sie zu ihm auf. Oft genug hatte sie seinen Zorn erregt – und diesmal den Bogen vielleicht überspannt, obwohl ihr Angriff mit dem Messer instinktiv erfolgt war. Nicht bewusst, nicht in böser Absicht. Sie hatte einfach nur versucht, ihn abzuwehren, erschrocken über seinen Albtraum. Doch er würde ihr niemals glauben, dass sie sich nur verteidigt hatte, während er in einen Kampf gegen irgendeinen Dämon verstrickt gewesen war.

Kinsey, natürlich. Dieser Dämon war Kinsey. »Nicht!«, wisperte sie. »Bitte!«

Seinen Blick fühlte sie nur, denn das Feuer war herabgebrannt und die Nacht stockdunkel. »Was meinst du?«, fragte er leise.

»Töte mich nicht ...«

»Ah! Du wolltest mir ein Messer ins Herz stoßen und ich soll dir Gnade gewähren? Man hat mir prophezeit, du würdest dein Bestes tun, um mich zu ermorden. Aber offen gestanden, ich dachte nicht, dass du so dumm wärst.«

»Ich bin nicht dumm und ich wollte nicht …«

»Wenn du es nicht *wolltest,* hättest du wohl kaum dein Messer gegen mich erhoben.«

»Ich schwöre dir …«

»Hör auf zu lügen!«, unterbrach er sie wütend. »Sag mir – ist Darrow davongeritten, um zu kämpfen, oder ist er einfach nur vor deinem pausenlosen Geschwätz geflohen?«

»Wie schade, dass ich dich nicht erstochen habe!« Im nächsten Augenblick bereute sie ihre Worte. O Gott, musste sie den Zorn dieses Mannes, der sie in seiner Gewalt hatte, noch schüren?

Die Augen geschlossen, wartete sie auf seine Rache. Aber zu ihrer Verblüffung stieg er aus dem Bett und sie hörte ihn im Zimmer umhergehen. Zögernd hob sie die Lider. Nach wenigen Minuten kam er zurück, eines der langen Lederbänder in der Hand, welche die Metallplatten an seinem Kettenhemd befestigten.

Kyra wich bis zum geschnitzten Kopfteil des Bettes zurück. Dann versuchte sie aufzuspringen. Dabei glitten die Badetücher von ihrem Körper. Als Arryn das sah, ließ er sich nichts anmerken. Gnadenlos drückte er sie ins Kissen zurück, schlang das Lederband um ihre Handgelenke und band sie an einen Bettpfosten.

»Nein, bitte nicht!«, flehte sie verzweifelt und suchte sich zu befreien. »Glaub mir doch, ich wollte dich nicht töten. Du bist über *mich* hergefallen!«

»Niemals!«

»Doch …«

»Beenden wir die Diskussion. Ich bin todmüde und will endlich schlafen.«

»Das könntest du, wenn du allein wärst. Hör mir zu – ich wollte dich wirklich nicht ermorden. Du hast geträumt und dich plötzlich auf mich geworfen. Da dachte ich, du würdest mich erdrosseln …«

»Und da hast du schnell ein Messer gezückt, das griffbereit unter deinem Kissen lag.«

»Aber – ich wollte nicht ...« Ihre Stimme erstarb. Viel zu deutlich spürte sie seine Nähe, sein nacktes Fleisch an ihrem, die Hitze, die er gegen ihren Willen in ihr entfachte. Ohne die Badetücher war sie ihm schutzlos ausgeliefert. Gedemütigt fühlte sie, wie sich ihre Brustwarzen aufrichteten. Und sie hasste sich selbst, weil sie *ihn* nicht hasste. Jede Bewegung seiner Hände, seiner Schenkel an ihren Hüften war ein schmerzhafter Angriff auf ihre Sinne und sie vermochte sich nicht dagegen zu wehren. »Mit diesen Fesseln kann ich nicht schlafen«, flüsterte sie.

»Dein Pech, Lady.« Er rückte von ihr weg und wandte sich ab.

Wenigstens musste sie seine verwirrende Berührung nicht mehr ertragen. Sie zerrte am Lederriemen. Würde es ihr gelingen, ihre Hände aus der Schlinge zu ziehen? Nein, unmöglich.

Verzweifelt und hilflos lag sie da. In der kalten Nachtluft, ohne die Badetücher und Felle, begann sie zu zittern. Aber sie wagte nicht, Arryn zu stören. Wenn er das nächste Mal aus einem bösen Traum erwachte, würde er sie vielleicht wirklich erwürgen.

Sie zitterte immer heftiger, ihre Zähne klapperten.

Plötzlich stand er auf und sie erstarrte. Doch dann merkte sie, dass er nur zum Kamin ging, ein paar Holzscheite hineinlegte und Feuer machte. Vor dem rötlichen Licht sah sie seine breiten Schultern. Er kauerte vor den Flammen und wartete, bis alle Scheite brannten. Schließlich kehrte er zum Bett zurück. »Besser?«, fragte er.

»Wärmer«, erwiderte sie leise.

Er breitete die Felle über ihren Körper.

»Glaub mir, ich wollte dich nicht töten«, wisperte sie.

»Vielleicht werde ich dir glauben – morgen. Im Augenblick bin ich zu erschöpft und ich will nichts riskieren.«

»Du hast geträumt …«

»Mag sein. Ich träume sehr oft.«

»Tut mir Leid.«

»Dass du versucht hast, mich zu ermorden?«

»Unsinn!«, protestierte sie empört. »Das hatte ich niemals vor! Ich meine, was auf Hawk's Cairn geschah … auf welch schreckliche Weise deine Frau starb …«

»Und weil du mich bemitleidest, soll ich dich von den Fesseln befreien?«, stieß er hervor.

»O nein, damit fühle ich mich sehr wohl«, spottete sie.

»Dann ist es ja gut … Wenn ich es auch bedauere, ich kann dich nicht losbinden. Nur ein Narr wäre so leichtsinnig.«

Als er eine Hand nach ihr ausstreckte, zuckte sie zusammen. Aber er zog nur die Pelzdecke bis an ihr Kinn. Dann ging er zur anderen Seite des Bettes und legte sich hin.

Zumindest musste sie nicht mehr frieren. Sie war todmüde. Und er hatte die Lederriemen nicht so fest verknotet, dass sie schmerzhaft in ihr Handgelenk schneiden würden. Es dauerte nicht lange, bis sie einschlief.

8

Diesmal war es Kyra, die träumte – von einer warmen, weichen Welt umhüllt. Sie kuschelte sich in die Felle und genoss das Gefühl, liebkost zu werden. Langsam schien das Fell über ihren Hals zu gleiten, ihre Brüste, ihren Bauch. Durch ihre Adern strömte flüssiges Feuer – verführerisch, drängend.

Verwirrt öffnete sie die Augen und starrte auf Arryns breite Brust. Sie war nicht länger an den Bettpfosten gefesselt. Während ihres Schlafs musste er sie losgebunden haben. Jetzt lag ihre Hand auf seiner Brust, ihr Bein über seinen Hüften. Als wäre er schon seit einer halben

Ewigkeit ihr Liebhaber, schmiegte sie sich an ihn. Ihre Fingerspitzen hatten sich in das dunkle Kraushaar auf seiner Brust gegraben. Und an ihrem Schenkel spürte sie ein Beben, von dem sie nichts wissen wollte …

Er hatte einen Arm um ihre Schultern geschlungen. Offenbar waren es seine Hände gewesen, die sie in ihrem Traum für Felldecken gehalten hatte. Arryn musste schon vor einiger Zeit erwacht sein. Erstaunlicherweise streichelte er sie immer noch. Er schlang seine Finger in ihr Haar, sein Körper presste sich an ihren.

Als sie ihn wegschieben wollte, drückte er sie noch fester an sich. »Dachtest du, Darrow würde bei dir liegen?«

Sie spürte, wie ihr das Blut in die Wangen stieg. Glücklicherweise sah er ihr Gesicht nicht, nur ihren Scheitel. Glaubte er tatsächlich, sie würde sich im Schlaf so wohlig an *Darrow* schmiegen? Dieser Dummkopf … Sie versuchte sich wieder zu befreien, was ihr nicht gelang. Stattdessen wurde ihr bei diesem Kampf immer heißer.

Was zwischen ihnen geschehen war, durfte sich nicht wiederholen … Trotzdem empfand sie plötzlich den brennenden Wunsch, Arryn zu berühren, seinen Körper zu erforschen … Nein, sie musste sich mit aller Kraft dagegen wehren. Das war sie ihrer Ehre schuldig. Aber er ließ sie nicht los, und sie fühlte den Zorn, der seine Muskeln anspannte.

»Hast du mich für Darrow gehalten?«, fragte er heiser.

»Würde das einen Unterschied für dich machen?« Er drehte sie auf den Rücken und beugte sich zu ihr. »Vielleicht bin ich einfach nur neugierig. Angeblich kann ein Mann mit allem schlafen, was warm und weich ist.«

»Schafe eingeschlossen … Wie ich höre, schwärmen die Hochländer ganz besonders für diese Tiere.«

»Was du den armen Hochländern alles andichtest! Ich habe gehört, die englischen Könige würden Schafe ganz besonders lieben – vom ersten Plantagenet an. Übrigens bin ich kein richtiger Hochländer, wenn auch sehr viele Hochländer an meiner Seite reiten. Bis jetzt hat noch niemand behauptet, wir würden Schafe mit uns führen. Aber du solltest endlich meine Frage beantworten. Hast du von deinem Bräutigam geträumt?«

»Würdest du mich loslassen?«

»Nein. Beantworte meine Frage, Lady! Du hast dich so verlockend an mich geschmiegt. Deshalb interessiert es mich. Hattest du Sehnsucht nach Darrow?«

»Was für ein lächerliches Gespräch ...«

»Reizt er dich?«

»Lass mich los!«

»Erst wenn du meine Frage beantwortet hast. Muss sich eine Frau zu einem Mann hingezogen fühlen, damit sie mit ihm schlafen kann?«

»Welch eine absurde Frage! Die meisten Frauen werden von ihren Vätern oder irgendwelchen Oberherrn mit Männern vermählt, die sie verabscheuen. Oder ...«

»Oder was?«

Kyra schüttelte den Kopf.

»Sag's mir, dann werde ich wissen, ob du lügst.«

Zögernd fuhr sie fort: »Oder ... sie werden einfach von Fremden genommen. Ich habe gehört, viele arme Bräute müssten die Hochzeitsnacht in den Armen ihrer Herrschaft verbringen, weil Edward seinen Lords in Schottland erlaubt, den *droit de seigneur* anzuwenden.«

Das Recht des Herrn. Nach dieser feudalen Sitte durfte der Oberherr mit den Bräuten seiner Pächter die erste Nacht verbringen. Edward hatte den Brauch in Schottland wieder eingeführt – angeblich, um die Schotten allmählich aussterben zu lassen. Voller Unbehagen schaute Kyra zu Arryn auf. In ihrer gegenwärtigen Lage war es sicher ein Fehler gewesen, ihn an die Schikanen des englischen Königs zu erinnern und noch mehr zu erzürnen.

Nachdenklich erwiderte er ihren Blick, und sie fragte sich seltsamerweise, wie sich ihre Beziehung entwickeln würde, hätten sie einander unter anderen Umständen kennen gelernt. »Lass mich endlich los. Ich habe deine Frage beantwortet.«

»Keineswegs. Hast du mich für Darrow gehalten?«

»Wie konnte ich – wenn ich gar nicht wusste, dass ich träumte?«, entgegnete sie ärgerlich.

»Ah, Lady, zum Liebesakt gehört viel mehr als …« Seine Augen verengten sich, und sie gewann den Eindruck, er würde nicht aussprechen, was er dachte. »… als – nur der Liebesakt. Das weißt du sicher. Obwohl es dir gelungen ist, deine Unschuld zu bewahren, hast du gewisse Erfahrungen gesammelt. Und da du sarkastisch genug warst, die Schafe zu erwähnen, musst du dich im Reich der Liebe auskennen.«

»Was erwartest du eigentlich von mir?«

»Ich möchte die Wahrheit über dich herausfinden.«

»Aber ich habe dir nichts zu sagen. Willst du die Wahrheit aus mir herausprügeln?«

»Da gibt es andere Methoden. Mal sehen … Wir wissen, was Darrow *nicht* mit dir getan hat. Und was habt ihr getrieben? Ein tückischer, habgieriger Mann und seine schöne Braut – in der Festung, die er für sich gewinnen wird? Ihr seid schon ziemlich lange verlobt. Geduldet ihr euch, bis ihr den Segen des Priesters erhalten werdet? Daran zweifle ich. Was ist zwischen euch vorgefallen?«

»Nichts …«

»Oh, du bist zu scheu, um die Ereignisse zu schildern. Lass dir helfen.« Langsam strich sein Daumen über ihre Wange. »Hat er dich so berührt?«, fragte er in höflichem Ton. »Und so geküsst?« Ehe ihr seine Absicht bewusst wurde, presste er seinen Mund auf ihren und zwang sie, die Lippen zu öffnen; der Kuss erhitzte ihren ganzen Körper. Der Stolz gebot ihr, sich zu wehren.

Aber Arryns Kraft besiegte den Stolz. Unerbittlich hielt er ihr Kinn fest. Der Kuss war erstaunlich sanft – und ein umso stärkerer Angriff auf ihre Sinne. Gemächlich erforschte seine Zunge ihren Mund und spielte mit ihrer – die sich nun ebenfalls bewegte. *Nur damit sie irgendwo Platz findet,* redete Kyra sich hastig ein. Aber daran lag es nicht. Sie wollte ihn schmecken, seinen Geruch einatmen, der ihr ebenso gefiel wie das Gewicht seines Körpers, der ihren bedeckte, wie die Berührung seiner Hände …

Es war ein beglückendes Gefühl, liebevoll begehrt zu werden, sinnlich und intim – ein unbekanntes Gefühl. Dass sie sich jemals danach sehnen würde, hatte sie nie geahnt …

Lächerlich.

Sicher hatte er seit dem Tod seiner Frau unzählige Huren so aufreizend geküsst. Und manche Männer amüsierten sich sogar mit Schafen.

Warum verdrängte diese brutale Stimme der Vernunft nicht die betörenden Emotionen? Weil der Kuss so zärtlich und verführerisch wirkte. Als wäre Arryn von ihr verzaubert und würde immer heißer nach ihr verlangen …

Sei nicht albern, ermahnte sie sich. *Bekämpfe ihn!* Doch sie tat es nicht. Was bedeutete dieser Wahnsinn? Diesen Mann müsste sie hassen, mindestens so erbittert, wie sie Kinsey verabscheute. *Wehr dich, stoß ihn weg, gestatte dir nicht, so etwas zu empfinden …* Diesen Hunger … So sehr sie sich auch dagegen sträubte – sie musste sich eingestehen, dass sein Kuss das Feuer in ihrem Blut entfachte.

Plötzlich richtete er sich auf, strich mit einem Finger über ihre Wangen, spürte Tränen, die er missdeutete. »Also liebst du ihn«, sagte er tonlos.

Kinsey? Allein schon der Gedanke jagte einen Schauer über ihren Rücken.

Hastig stieg er aus dem Bett, als hätte er Pestbeulen an ihrem Körper entdeckt, eilte zum Waschtisch und goss Wasser aus dem Krug in die Schüssel.

Wollte er das Weite suchen? Wirkte sie so abstoßend, dass ein Mann, der sie in seiner Gewalt hatte, einfach davonging? Wenige Minuten später hatte er sich angekleidet und das Zimmer verlassen.

Arryn war wütend und wusste nicht, warum. Offenbar besaß Kyra die Gabe, ihn aufzustacheln, und es war einfach grotesk, dass er sich nicht dagegen zu wehren vermochte. Natürlich musste sie ihm kein Kopfzerbrechen bereiten. Sie bedeutete ihm nichts, diese kleine Närrin, die sogar von einem hohen Turm sprang – eifrig bestrebt, ihren Geliebten Darrow vor der Gefahr auf Seacairn zu warnen. Er müsste sie im Hof an einen Pfahl binden, Binsen drumherum stapeln und anzünden. Jedenfalls spielte sie bei allem, was er tat, die unwichtigste Rolle.

In der Halle traf er Ragnor an, der den Männern verschiedene Aufgaben zugeteilt hatte. Ein Steinmetz setzte gerade die zerbrochene Mauer auf dem Ostturm instand. »Sieht so aus, als hätte die Lady tatsächlich einen Unfall erlitten, Arryn.«

»Warum ist sie dann davongeschwommen, sobald sie mich sah?«

»Nun, sie ist unsere Gefangene. Wie hättest du dich an ihrer Stelle verhalten?«

Mit diesen Worten konnte Ragnor die Laune seines Freundes auch nicht bessern. »Darauf kommt es nicht an. Hast du mit John gesprochen?«

»Aye.« Ragnor vergewisserte sich, dass sie allein in der Halle waren. Dann fügte er hinzu: »Wallace glaubt, wir könnten die Engländer angreifen und besiegen.«

»Ja, es wäre an der Zeit.«

»In vierzehn Tagen reiten wir zu ihm und er wird uns seine Pläne darlegen.«

»Wenn Andrew de Morays Streitkräfte zu unseren stoßen …« Arryns Augen begannen zu glänzen.

»Aber die schottischen Freiherrn sind immer noch gegen uns.«

»Nein, sie sorgen sich nur um ihre Ländereien. Mit

vereinten Kräften können wir sehr viel erreichen. Dieses Schloss gehört uns. Auch Wallace hat schon viele Festungen erobert – Andrew noch mehr im Norden. Nur weil Baliol abgedankt hat, werden die Überlebenden der englischen Rachsucht als Gesetzlose betrachtet. Bisher sind wir nicht unter einer gemeinsamen Flagge geritten. Sobald wir eine große Streitmacht besitzen, ist es belanglos, dass sich die Bruces heraushalten werden, voller Angst, Edward würde Robert die schottische Krone verweigern. Das Volk steht hinter uns. Wenn Wallace flieht, verstecken ihn seine Anhänger. Männer und Frauen sind bereit, für ihn zu sterben. Und er hat nichts zu gewinnen oder zu verlieren – außer seinem Leben. Alle zieht er in seinen Bann. Seine Macht liegt in seiner Liebe zu diesem Land, in seiner Bereitschaft, für Schottland in den Tod zu gehen. Und das zählt mehr als jeder Titel, Ragnor.«

»Zweifellos.«

»Wir brauchen Männer, die für ihren Glauben und für ihr Land kämpfen. Aber sie müssen auch Disziplin lernen, um sich auf dem Schlachtfeld zu behaupten. Deshalb werden wir sie ausbilden.«

»Du befehligst eine Truppe ohne Furcht und Tadel, Arryn.«

»Um die Engländer zu bezwingen, sollten unsere Soldaten alle Facetten der Kriegskunst beherrschen.«

»Gut, dann werden wir sie ausbilden.«

»Aye.« Eine Zeit lang schwieg Arryn nachdenklich, dann fuhr er fort: »Dabei sollten wir sehr vorsichtig zu Werke gehen. John weiß bereits, dass er auf seine Worte achten muss. Auch wir werden uns stets überlegen, was wir sagen. Unsere Pläne müssen geheim bleiben.«

»Warum?«

»Weil der Wald von Selkirk nur wenige Meilen entfernt liegt. Also müssten etwaige Verräter nicht allzu weit reiten, um Wallace aufzuspüren, bevor er zum Angriff bereit ist.«

Ragnor nickte. »Mach dir keine Sorgen. Wir werden nichts ausplaudern.«

»Ruf die Männer von Seacairn und unsere Leute zusammen, die gerade nicht beschäftigt sind. Mal sehen, wie sie auf dem Nordfeld mit den Schiltrons umgehen können.«

»Aye, Arryn. Übrigens, der Priester hat mir vorgeschlagen, wir sollten die Toten bei Sonnenuntergang begraben. Die Leichen wurden in Tücher gehüllt und in die Gruft gebracht. Trotzdem werden sie bald verwesen.«

»Einverstanden. Wir veranstalten für alle ein würdevolles christliches Begräbnis. Und die Engländer, die Schottland erobern wollten, werden in schottischer Erde liegen.«

»Schottland wird *uns* gehören.«

»Und wenn nicht, werden wir für dieses Ziel sterben.«

Als Ingrid an diesem Tag ihre Herrin aufsuchte, wurde sie von Gaston und anderen Dienstboten begleitet, die Kleidertruhen aus Kyras Zimmer in den Ostturm trugen.

Besorgt erkundigte sich die Zofe nach dem Befinden ihrer Ladyschaft. Dann versank sie in düsterem Schweigen, statt wie üblich die heidnischen Eroberer zu brandmarken. Kyra nahm ein heißes Bad und Ingrid wusch ihr das Haar mit Rosenwasser. Eine Stunde lang bürstete sie die feuchten Locken vor einem Kaminfeuer. Danach half sie ihrer Herrin in einen goldfarbenen Unterrock und ein hellgelbes Überkleid mit Pelzbesatz an den Ärmeln und am Saum.

Zu ihrer eigenen Überraschung fühlte sich Kyra wieder wie die Lady von Seacairn. So wie zu Lebzeiten ihres Vaters, als sie geglaubt hatte, er würde ihren künftigen Ehemann wählen. Er war nicht bereit gewesen, sie schon in ihrer Kindheit zu verheiraten. Wie sie wusste, hatte Edward bereits vor langer Zeit entschieden, die reiche

Erbin der ausgedehnten Ländereien von Seacairn wäre eine gute Partie für Kinsey Darrow, seinen skrupellosen Lakaien. Aber er hatte die Verlobung erst nach dem Tod ihres Vaters arrangiert. Was wäre geschehen, wäre ihr Vater am Leben geblieben? Natürlich hätte er für sie gekämpft – und er wäre ermordet worden: ein verräterischer Engländer, der seine Lehnspflicht gegenüber Edward missachtet hatte.

Ingrid und die Dienstboten verließen das Zimmer. Rastlos wanderte Kyra umher, wie ein Vogel in einem Käfig – wütend auf sich selbst, weil sie unentwegt an Arryn dachte. Wie sie sich errötend eingestand, hätte sie an diesem frühen Morgen ihren Stolz vergessen und ihn nicht bekämpft. Aber er hatte ihr den Rücken zugekehrt und sie war allein zurückgeblieben – von heißen Wünschen erfüllt …

Diese Gedanken ertrug sie nicht länger. Sie lief zur Tür und riss sie auf. Natürlich wurde sie bewacht. Was hatte sie anderes erwartet? Jay MacDonald stand an der Tür zur Brustwehr.

»Gerade wollte ich Euch aufsuchen, Mylady.«

»Oh?«

»Heute Abend begraben wir die Toten. Die Zeremonie wird bald beginnen.« Höflich bot er ihr seinen Arm, den sie zögernd ergriff, und führte sie die Treppe hinab.

In der Halle deckten Gaston und einige andere Diener die Tafel für das Abendessen. Die Hunde lagen vor dem Kaminfeuer, in Erwartung der Knochen und Fleischreste, die man ihnen zuwerfen würde.

»Kommt, Mylady.« Kyra folgte Jay in den Hof. Dort stand sein Pferd neben ihrer gesattelten Stute. Einer von Arryns Stallburschen hielt die Tiere am Zügel.

Als sie aufstieg, schaute sie Jay fragend an. »Fürchtet Ihr nicht, ich würde in den Wald galoppieren?«

»Falls Ihr das vorhabt, geht es mich nichts an, Mylady.«

Erst jetzt entdeckte sie Arryn, der vor dem Fallgitter

auf seinem Schlachtross saß. »Pater Corrigan wird die Toten bestatten, Kyra«, erklärte er. »Begleite uns. Sicher wissen die Seelen der Verstorbenen deine Gebete zu schätzen.« Wie konnte seine Stimme so freundlich und spöttisch zugleich klingen?

Irritiert ritt sie vor Jay zum Nordfeld. Im Augenblick war es sinnlos, einen Fluchtversuch zu unternehmen. Zahlreiche Menschen hatten sich versammelt – Bauern, Schmiede, Fischweiber –, um am christlichen Begräbnis der Männer teilzunehmen, die ihre Lady verteidigt und dabei den Tod gefunden hatten.

Natürlich sollten auch die Leichen der Engländer aus Darrows Truppe beerdigt werden, die sie zu retten versucht hatten.

Nachdem sie an Arryn vorbeigeritten war, folgte er ihr zum Waldrand, wo schon seit langer Zeit ein Friedhof lag – seit William der Eroberer nach England gekommen war, um die Welt zu verändern.

Pater Corrigan trug seine festliche Robe. In Leichentücher gehüllt, waren Engländer und Schotten nicht voneinander zu unterscheiden.

Ohne Arryns hilfreiche Hand zu ergreifen, stieg Kyra ab, gesellte sich zu den Trauergästen und lächelte, als sie erfreut begrüßt wurde. In all den Jahren hatte sie gemeinsam mit ihrem Vater das Leben der Dorfbewohner geteilt. Für ihn war die Verantwortung seiner Position stets wichtiger gewesen als die Ehre des Titels. Und so hatten sie die Maitänze, Taufen, Hochzeiten und Begräbnisse besucht. An Feiertagen hatte Kyra demütig die Füße der ärmsten Pächter gewaschen und jeden Tag den Alten Mahlzeiten gebracht, Verletzte und Kranke gepflegt.

Diese Menschen kannte sie, seit sie denken konnte, und das Wiedersehen beglückte sie. »Mylady!«

»Da ist Lady Kyra!«

Sie erinnerte sich an sämtliche Gesichter, Pächter, Dienstboten, Handwerker. Freundlich begrüßte sie alle der Reihe nach, und viele berührten ihr Kleid, während sie zwischen ihnen umherwanderte. Offenbar versuchten sie aus ihrer Nähe Kraft zu schöpfen, Mut und Trost. Sie streichelte das Gesicht eines Kindes, die Schulter eines alten Mannes, die Hand einer Mutter.

Auf einen Stock gestützt, hinkte der Bauer Alistair zu ihr.

»Haben Euch das die Gesetzlosen angetan?«, wisperte sie.

»Nein, mir geht's gut, Mylady«, erwiderte er und wurde rot vor Verlegenheit. »Gestern rannte ich den Schotten davon. Und dabei fiel ich in den Fluss.«

»Sicher werdet Ihr bald wieder gesund. Und dass Ihr weggelaufen seid, war nur richtig. Ihr besitzt keine Waffen. Wie solltet Ihr gegen den Feind kämpfen?«

»Das wäre unmöglich gewesen, Lady Kyra.«

Grinsend versicherte er: »Allzu lange werde ich nicht am Stock gehen.«

»Das will ich hoffen.« Zögernd musterte sie den Bauern und überlegte, ob sie ihm erklären sollte, die Eroberer würden nur kurzfristig auf Seacairn herrschen und Edwards Übermacht bald weichen müssen. Aber sie schwieg, von einer plötzlichen Angst erfasst.

Nun trat Pater Corrigan vor die Leichen und verkündete, der Allmächtige heiße alle willkommen, die an ihn glauben würden. Mit durchdringender Stimme intonierte er die traditionellen Worte des lateinischen Begräbnisrituals, betete für die Gemeinde, für das schottische Volk, für die Männer, die ihm Kampf gefallen waren. Danach ging er von einer Leiche zur anderen, besprühte sie mit Weihwasser und schlug über jeder ein Kreuz.

Behutsam wurden die Toten in die ausgehobenen Gräber gelegt. Der Geruch frischen Erdreichs mischte sich in die Abendluft, Tränen flossen, lautes Schluchzen erklang. Als der letzte Mann beerdigt wurde, schob sich eine Wolke vor die sinkende Sonne. *Asche zu Asche. Staub zu Staub.* Kyras Blick streifte Arryns grimmiges Gesicht.

Vielleicht fand er diese Szene viel erfreulicher als jene andere, die er bei seiner Rückkehr nach Hawk's Cairn vorgefunden hatte, nach Darrows Gemetzel. Die Leichen auf Seacairn waren nicht verkohlt und nach ihrem natürlichen Verfall würden sie sich mit der Erde vereinen.

Staub zu Staub …

Der Priester sprach ein letztes Gebet für die Seelen der Verstorbenen, bevor er sich den Lebenden zuwandte. »Gehet hin in Frieden.« Ein seltsamer Epilog in diesen Zeiten blutiger Kämpfe, dachte Kyra.

Verwirrt sah sie Arryn auf sich zukommen, wich zurück und floh zu ihrer Stute. Als sie sich in den Sattel geschwungen hatte, holte er sie ein und ergriff die Zügel. »Möchtest du mit uns zu Abend essen?«, fragte er höflich.

Am liebsten hätte sie ihm die Zügel entrissen, um davonzugaloppieren. »Lässt du mir eine Wahl?«

»Offen gestanden – ich wüsste dich gern in meiner Nähe. Falls du einen neuen Fluchtversuch planst. Es war ein langer Tag und ich bin nicht in der Stimmung für eine Verfolgungsjagd.«

»Wenn ich die Entscheidung treffen darf …«

»Gewiss. Entweder du bekommst ein Abendessen – oder keines. Was mich übrigens interessieren würde – lieben dich all deine Leute so innig wie diese Trauergäste? Die Soldaten, die jetzt auf unserer Seite stehen und mit uns in der Halle speisen? Die Diener, die das Essen servieren? Wie warmherzig du auf dem Friedhof begrüßt wurdest! Offensichtlich vermisst man dich. Und du warst sicher gern in der Mitte dieser Menschen.«

Lächelnd neigte sie sich aus dem Sattel herab. »Hättest du größeren Einfluss auf die Leute, wenn ich den Eindruck erweckte, ich würde deine Anwesenheit dulden?«

»Die duldest du doch längst, Lady.« In seinen Augen schien sich kobaltblaues Licht zu spiegeln, sodass sie fast gläsern wirkten. »Und du gewährst mir noch viel mehr.«

Die Wimpern gesenkt, versuchte sie, ihr Pferd davonzulenken und die Zügel von Arryns Hand zu befreien – was ihr natürlich misslang.

»Schau mich an!«, befahl er.

Widerwillig gehorchte sie, die Lippen zusammengepresst.

»Sorge dich nicht«, fuhr er fort. »Wie viel Macht ich auf Seacairn ausübe, kümmert mich nicht. Ich werde nicht hier bleiben.«

»Was nützt es dir, eine Festung einzunehmen, die du nicht halten kannst?«

»Für Seacairn habe ich keine Verwendung. Ich sammle nur neue Kräfte. Bald werde ich abreisen.«

»Nachdem du uns aller Vorräte und Reichtümer beraubt hast?«

»Und aller Männer, Kyra. O ja, wir haben reiche Beute in deinem Schloss gemacht.«

Zu ihrer Überraschung stieg neue Angst in ihr auf. Von ihr hatte er nicht gesprochen. Also würde er sie bestehlen und dann einfach verschwinden. Die Herrschaft auf Seacairn reizte ihn nicht, weil er es ohnehin nicht gegen Edward verteidigen konnte. »Was spielt es schon für eine Rolle, ob ich zum Abendessen in der Halle erscheine oder nicht?«

»Wie ich bereits erwähnt habe – ich möchte dich daran hindern, noch einmal zu fliehen. Obwohl ich ziemlich müde bin, müsste ich dir folgen. Wenn es zu einem Kampf käme, würde ich dich womöglich verletzen.«

»Falls du mich einholst …«

»Du ahnst nicht, welch ein gutes Pferd ich reite.«

»Meine Stute ist schnell wie der Wind.«

»Das glaube ich dir«, erwiderte er lächelnd.

Wollte er auch ihr Pferd stehlen? Interessierte ihn die Stute mehr als ihre Besitzerin? Sie überlegte, ob sie die Fersen in die Flanken des Tiers rammen und seine Kraft nutzen sollte, um Arryn die Zügel zu entreißen. Wieder einmal schien er ihre Gedanken zu lesen.

»Tu's nicht.«

»Warum nicht?«

»Weil du's bitter bereuen würdest.«

»Bitte – nimm mir meine Stute nicht weg, wenn du Seacairn verlässt …«

»Bitte? Dieses Wort aus deinem Mund? Erstaunlich …«

»Ich habe es oft genug zu dir gesagt.«

»Unter anderen Umständen.«

Das Blut stieg ihr in die Wangen. »So seltsam es dir auch erscheinen mag, ich kenne das Wort sehr gut. Ich kann dich nicht davon abhalten, das Schloss zu plündern. Aber *bitte* – nimm mir mein Pferd nicht weg!«

Darauf gab er keine Antwort. »Iss mit uns in der Halle, Kyra. Sitz an meiner Seite, wie eine würdevolle Schlossherrin.« Als sie ihn wortlos anstarrte, seufzte er. »So schwer kann dir die Wahl doch gar nicht fallen. Wenn du flüchtest und ich dir nachreite, wälzen wir uns im Staub, dein Kleid wird ruiniert, du wirst gedemütigt und vielleicht sogar verletzt. Danach wäre ich in miserabler Stimmung. Zweifellos würde ich im Lauf einer langen Nacht meine Wut an dir auslassen. Und wenn ich Seacairn verlasse, nehme ich deine Stute natürlich mit.«

»Wann wird das geschehen?«

»Freu dich nicht zu früh – eine Weile bleibe ich noch hier, lange genug, um dir das Leben zur Hölle zu machen, falls ich mich dazu entschließe.«

»Ob du's willst oder nicht, du stürzt mich ohnehin ins Unglück.«

»Wenn ich mich absichtlich darum bemühe, wird es noch schlimmer.«

»Vielleicht komme ich zum Essen in die Halle … Würdest du mir dann versprechen, mich nicht übermäßig zu quälen und mir mein Pferd zu lassen?«

»Ich verspreche dir, darüber nachzudenken. Iss mit uns in der Halle, sei freundlich und liebenswürdig. Wie ich höre, kannst du sehr charmant sein.«

»Versuchst du mich zu bestechen?«

»Hast du diesen Eindruck gewonnen?«

Mit schmalen Lippen lächelte sie ihn an. »Ich bin nicht käuflich.«

»Also hast du dich freiwillig mit Kinsey Darrow verlobt«, bemerkte er. Ausdruckslos erwiderte er ihren Blick. Was er dachte, würde sie wohl niemals erraten, und sie fühlte sich wie in einer Falle.

»Niemals würde ich mich verkaufen.«

»Wie interessant, Lady … Aber ich besteche dich nicht, ich rede dir nur gut zu. Und es kränkt mich, dass du den Unterschied nicht erkennst.«

»Und wenn deine Überredungskünste an mir abprallen?«

»Würdest du lieber im Turmzimmer sitzen, hinter Schloss und Riegel?«

»Dort hätte ich wenigstens eine angenehme Gesellschaft – nur mich selbst.«

»Oh, jetzt beleidigst du mich.«

»Wenn alle Feinde einander nur beleidigen würden, befänden wir uns nicht auf einem Friedhof.«

»Das stimmt. Und was tun wir jetzt, Lady? Soll ich die Zügel loslassen und deine Flucht riskieren – oder nicht? Zum Glück gibt's noch eine dritte Möglichkeit.« Geschmeidig schwang er sich hinter ihr in den Sattel, ohne die Zügel loszulassen, und grub seine Fersen in die Flanken der Stute.

Wenig später erreichten sie den Hof. Arryn stieg ab, dann umfasste er ihre Taille, stellte sie auf die Füße und ging davon.

Allein blieb sie in der kühlen Abendluft stehen. Ringsum schwangen sich die Männer aus den Sätteln, Stallknechte übernahmen die Pferde. Ein paar Handwerker besprachen Renovierungsarbeiten, ein Ritter erklärte einem jungen Knappen, sein Zaumzeug müsse instand gesetzt werden. Nachdem die Toten begraben und die Tränen vergossen waren, ging das Leben weiter.

»Darf ich Euch in die Festung begleiten, Mylady?«

Kyra wandte sich zu Jay. Lächelnd nickte er ihr zu. In seinen Augen las sie eine Fage, die über seine Worte hinausging. »Aye, Jay.« Sie nahm seinen Arm und folgte ihm zum Tor des Innenhofs.

»Tut mir Leid, dass einige Eurer Soldaten bei unserem Kampf sterben mussten«, bemerkte er.

»Meint Ihr, sie hätten sich widerstandslos auf Eure Seite schlagen und Edward verraten sollen?«

Diese Frage überhörte er taktvoll. »Ihr habt nur wenige Männer verloren, Lady, ebenso wie wir.«

»Aye, die meisten ergaben sich auf meinen Befehl.«

»Glücklicherweise habt Ihr Euch zur Barmherzigkeit entschlossen.«

»Wären Darrows Streitkräfte hier gewesen …«

»Dann hätte die Schlacht vielleicht ein anderes Ende gefunden. Wer vermag das schon zu sagen? Glaubt Ihr, er wusste, dass wir stark genug waren, um die Festung einzunehmen?«

Ein seltsames Unbehagen stieg in ihr auf. »Natürlich nicht. Sonst wäre er wohl kaum davongeritten.«

Inzwischen hatten sie die Halle erreicht. Auf der großen Tafel standen Platten mit Wild- und Hammelfleisch, Fisch und Geflügel. Offensichtlich hatte sich Gaston große Mühe gegeben. Alle Speisen waren hübsch mit Gemüse und Waldbeeren garniert. Lebhaft unterhielten sich Arryns Ritter, die bereits Platz genommen hatten. Jay führte Kyra zu den beiden freien Stühlen am Kopfende des Tisches.

»Vielleicht sollte ich woanders sitzen«, schlug sie vor. »Bis jetzt hatte ich keine Gelegenheit, mit Euren Gefährten zu sprechen.«

»Ah, Lady! Da bist du ja! Wie nett, dass du beschlossen hast, uns mit deiner Gesellschaft zu beglücken.« In der tiefen Stimme schwang ein warnender, spöttischer Unterton mit.

Verwirrt drehte sie sich zu Arryn um, der einladend

auf einen der beiden freien Stühle deutete. »Gerade habe ich deinem Freund erklärt, ich würde lieber woanders sitzen.«

»Aber dein Platz ist hier.«

»Nachdem du das Schloss erobert hast, steht mir dieser Ehrenplatz nicht mehr zu. Außerdem würde ich gern Bekanntschaft mit deinen Männern schließen.«

Er rückte ihr einen der Stühle zurecht. »Und *wie* gut willst du sie kennen lernen, Kyra?«

Unwillkürlich setzte sie sich und spürte, dass sie heftig errötete. Warum gebe ich klein bei?, fragte sie sich erbost. Wäre ich doch hoch erhobenen Hauptes zum anderen Ende der Tafel geeilt …

Arryn ließ sich an ihrer Seite nieder. »Vielleicht solltest du dich damit begnügen, *mich* besser kennen zu lernen.«

»Oh, ich fürchte, ich kenne dich schon viel zu gut.«

»Sonderbar – ich habe das Gefühl, dich überhaupt nicht zu kennen.«

»Weil du dich nicht darum bemühst. Als grandioser Eroberer kommst und gehst du, wie es dir beliebt.«

»So ist das nun einmal. Ein Schluck Wein?« Er griff nach einer Karaffe und füllte den Kelch, der zwischen ihnen stand.

»Ja, bitte. Guter Wein betäubt die Sinne.«

»Oder er kann sie auch schärfen.«

Mit bebenden Fingern hob sie den Kelch an die Lippen. Obwohl der Wein gekühlt war, jagte er eine seltsame Hitze durch ihren Körper.

»Irgendwie gewinne ich den Eindruck, wir wissen überhaupt nichts voneinander, Kyra«, bemerkte Arryn.

»Mag sein. Aber du bist gewiss nicht nach Seacairn gekommen, um mich kennen zu lernen.«

»Allerdings nicht. Aber jetzt bin ich hier, und ich finde, wir sollten etwas mehr übereinander erfahren. Darüber habe ich heute Morgen nachgedacht.«

»Tatsächlich? Das hätte ich nicht erwartet. Du bist so schnell verschwunden. Warum hattest du es so eilig?

Wolltest du dir ein Schaf suchen?« Schon in der nächsten Sekunde bereute sie ihre Worte. Angelegentlich befasste sie sich mit ihrem Hammelfleisch. Was, um alles in der Welt, hatte sie dazu bewogen, so etwas zu sagen? Sie spürte Arryns Blick und wappnete sich gegen einen Wutanfall. Doch darauf wartete sie vergeblich. Als sie ihm einen Seitenblick zuwarf, verriet ihr sein Lächeln, dass er sich amüsierte.

Plötzlich neigte er sich zu ihr. »O Gott, Lady! Warst du eifersüchtig, weil du dachtest, ich hätte dich wegen eines Schafs verlassen?«

»Eifersüchtig? Wie lächerlich! Ich habe diese armen Schafe stets bemitleidet.«

»Natürlich würde ich dich niemals wegen eines Schafs im Stich lassen.«

Kyra beschloss, ihre eigene Verlegenheit zu ignorieren, schob ein Stück Fleisch in den Mund und kaute langsam. Nachdem sie den Bissen hinuntergeschluckt hatte, erwiderte sie kühl: »Mit so ritterlichen Komplimenten solltest du mich nicht allzu oft verwöhnen, Arryn. Sonst bilde ich mir womöglich ein, ich wäre einem warmen, weichen Tier vorzuziehen.«

Lachend griff er nach dem Kelch, im selben Augenblick wie Kyra, und umschloss ihre Hand. »Jetzt ist die Mahlzeit beendet.«

»Aber wir haben eben erst begonnen ...«

Abrupt erhob er sich und zog sie von ihrem Stuhl hoch, der krachend umkippte. Das Stimmengewirr verstummte, alle Blicke richteten sich auf das Paar am Kopfende der Tafel. »Nun sage ich Euch gute Nacht, meine Freunde!«, rief Arryn. »Die Lady und ich haben beschlossen, uns zurückzuziehen. Bitte, genießt die ausgezeichnete Mahlzeit. Bald werdet ihr auf so köstliche Speisen verzichten müssen. Und in künftigen mageren Zeiten werde ich voller Wehmut an die schönen Tage auf Seacairn zurückdenken.«

Zutiefst gedemütigt, konnte Kyra kaum atmen. Alle

Ritter starrten sie an und alle wussten ... In ihrer Verzweiflung wollte sie nach dem Kelch greifen und den Wein in Arryns Gesicht schütten.

Aber wieder einmal schien er ihre Gedanken zu lesen. Mit eisenharten Fingern umklammerte er ihr Handgelenk. »Tu's besser nicht, Lady.«

»Eines Tages wirst du für das alles büßen ...«

»Vielleicht. Zum Glück ist dieser Tag noch nicht gekommen.«

»Musstest du mich vor all den Männern blamieren?«

»Habe ich das getan?« Der Ausdruck seiner Augen erinnerte sie an die erste gemeinsame Nacht und ihr Puls beschleunigte sich.

Mühelos nahm er sie auf die Arme und trug sie zur Treppe. Sie wehrte sich nicht, damit hätte sie die peinliche Situation nur noch verschlimmert.

Ungeduldig eilte er die Stufen hinauf und ließ keinen Zweifel an seinen Absichten.

9

»Lord Darrow!«

Kinsey Darrow stand in der Halle von Clayton, einem kleineren Herrschaftshaus. Zu Lebzeiten der Maid von Norwegen war der einzige Besitzer dieser Ländereien – ein halsstarriger, jähzorniger alter Mann aus dem Clan MacDonald – zum Ritter geschlagen worden.

Niemals hatte er dem englischen König die Treue geschworen. Als Darrow mit seinem Trupp hier eingetroffen war, hatte er behauptet, der Eid sei geleistet worden und Sir Tigue MacDonald stehe auf den Ragman Rolls, der Liste von Edwards Lehnsherren. Da er zum Verräter geworden sei, müsse er sterben. Erbittert hatte sich der bärenstarke alte Mann gewehrt und sechs Engländer getötet. Aber bei Gott, Kinseys Krieger rächten sich fürchterlich. Während Sir Tigue halb tot an einem Ast hing, schnitten sie ihm die Eingeweide aus dem Bauch und kastrierten ihn. Dann nahmen sie seine Organe, um ihn zu ersticken. Schließlich hackten sie ihm den Kopf ab. Der steckte nun auf einem Pfahl vor dem Haus.

Kinsey Darrow ließ nur die Hälfte von Sir Tigues Leuten niedermetzeln. Inzwischen hatte er aus seinen Erfahrungen gelernt. Wenn er ganze Dörfer abschlachtete, blieb niemand übrig, der ihm und seinen Männern dienen konnte. Seiner Überzeugung nach waren die Menschen, die hier lebten, lauter Schwachsinnige, die nichts über den Konflikt zwischen England und Schottland wussten. Das armselige Stück Land bestand aus ein paar Feldern und Weiden, wo nur wenige Rinder und Schafe grasten. Wenigstens war das Haus sauber und in gutem Zustand. Eine so aufwändige militärische Aktion lohnte es natürlich nicht. Aber der alte Lord war ein Vasall des Earls of Harringford gewesen, der ein Exempel statuieren wollte. Mit dieser Aufgabe hatte er Kinsey betraut. Voller Unbehagen beobachtete der Earl den schottischen Nationalismus, der sich erschreckend schnell ausbreitete.

Nach Sir Tigues Tod hatten seine Leute wie betäubt in der Halle gestanden. Einige Frauen weinten. Seine hübsche dunkeläugige Tochter war nicht gezwungen worden, die Tortur des Vaters mit anzusehen. Was die Ereignisse in ihrem Heim bedeuteten, hatte sie sofort verstanden. In der Nacht nach dem Gemetzel war sie Kinsey eine angenehme Gefährtin in seinem Bett gewesen – weil sie am Leben bleiben wollte. Die Rolle, die er von ihr erwartete, spielte sie ausgezeichnet.

Vielleicht freute sie sich sogar über seine Ankunft. Sie zählte nicht zu den Nationalisten, und er hielt sie für ein ehrgeiziges junges Ding, das sich mit seiner Hilfe einen gesellschaftlichen Aufstieg erhoffte.

»Lord Darrow!«

Als sein Name in angstvollem Ton wiederholt wurde,

ging er zur angelehnten Haustür und stieß sie weiter auf. Keuchend stand Giles of Chester vor ihm. Soeben war er aus dem Süden hierher geritten. Kinsey hatte ihn dorthin geschickt, mit der Nachricht für Lady Kyra, er werde in vierzehn Tagen zurückkehren. »Was gibt's, Giles?«

»Das Schloss ...«

»Welches Schloss?«

»Das Schloss wurde ...«

»Verdammt, so sprecht doch endlich!«

»Sir Arryn Graham hat Seacairn eingenommen!«

Ein paar Sekunden lang stand Kinsey reglos da, wie vom Donner gerührt. Er war überzeugt gewesen, nicht einmal Arryn Graham würde eine Festung wie Seacairn angreifen. Nicht, dass Darrow einen großen Verteidigungstrupp zurückgelassen hätte. Er hatte angenommen, dass allein schon die starken Mauern Arryn abschrecken würden. Dieser tollkühne, dreiste Barbar ... Wütend packte Darrow den Boten an der Kehle. »Was sagt Ihr da?«

Unfähig, ein Wort herauszubringen, rang der Mann nach Luft und Kinsey ließ ihn los.

»Ich schwöre Euch – es ist wahr. Kurz nachdem Ihr das Schloss verlassen hattet, wurde es von Grahams Truppe gestürmt.«

»Und die Leute, die ich mit Vorräten nach Seacairn schickte?«

»Die wurden auf der Straße attackiert, Mylord.«

Vor lauter Zorn hätte Kinsey den Mann beinahe erstochen. Stattdessen kehrte er ihm den Rücken, zog sein Schwert und schmetterte es auf den Tisch. Während Holzsplitter nach allen Seiten flogen, wandte er sich wieder Giles zu. »Was geschah mit Lady Kyra?«

Bedrückt senkte der Bote den Kopf und trat näher. »Sie versuchte ihn zu bekämpfen. Angeblich hätte sie ihn fast besiegt – bei einem Gefecht in der Kapelle. Und dann ... sprang sie in den Fluss.«

Kinsey erstarrte. Wenn sie tot war … Plötzlich erschien sie vor seinem geistigen Auge – die schöne, stolze, *verächtliche* Kyra, die stets Abstand wahrte. Immer höflich, immer korrekt, so kühl und unnahbar – doch in ihrem Innern schien sie zu brennen. Aber diese Leidenschaft enthielt sie ihm vor. Irgendwie fühlte er sich ihr unterlegen.

Nun, letzten Endes würde sie ihm gehören – zusammen mit ihrem Vermögen und ihrem Titel. In der Ehe würde er ihr zeigen, wer der Überlegene war. Das malte er sich in schlaflosen Nächten aus. Er begehrte ihre Schönheit, wollte ihren Willen brechen, alle Gefühle ergründen, die sie in ihrer Seele verbarg.

Und jetzt?

Hatte Arryn Graham sich genommen, was ihrem Verlobten bisher verwehrt geblieben war? Hatte sie sich deshalb in den Fluss gestürzt?

»Ist sie tot?«, flüsterte er.

»O nein, Mylord, die Lady lebt – dem Himmel sei Dank! Sie schwamm durch den Fluss …«

»Entkam sie dem Barbaren?«

»Nein, sie ist immer noch seine Gefangene.«

Wütend stützte Kinsey die Hände auf das geschnitzte Sims des schlichten hölzernen Kamins. *Seine Gefangene – seine Hure.* Wäre sie doch gestorben … »Zum Teufel mit Graham! Wir reiten sofort zurück.«

Hinter Giles stürmte Sir Richard Egan in die Halle, Darrows stellvertretender Kommandant – ein großer, schlanker Mann und hartgesottener Krieger. Mit seinen fünfunddreißig Jahren hatte er schon viel von der Welt gesehen. »Kinsey! Soeben habe ich erfahren, was auf Seacairn geschehen ist. Jetzt musst du dir gründlich überlegen, wie du vorgehen wirst. Wir alle sind empört und die Männer beten für deine Lady. Aber als dein Freund, der für dich sterben würde, bitte ich dich – wirf unser Leben nicht weg! Wenn du tot bist, kannst du Lady Kyra nicht mehr helfen. Arryn Graham verfügt über eine große Truppe und das Schloss gehört vorerst ihm. Zudem genießt er den Respekt einflussreicher Verräter wie Andrew de Moray und William Wallace. Wir brauchen eine stärkere Streitmacht. Morgen kommt der Earl hierher. Er wird den König um das Heer bitten, das du brauchst.«

Immer noch von heißem Zorn erfüllt, wollte Kinsey widersprechen. Dann besann er sich eines Besseren und gab seinem Freund Recht. Diese wilde Rachsucht, die seine Vernunft bedrohte, musste er bezähmen. Er durfte sich nicht blindlings auf den Gesetzlosen stürzen, dazu war sein eigenes Leben zu wertvoll. In diesem Augenblick hasste er Kyra, weil sie die Macht besaß, ihn um den Verstand zu bringen – wenn auch nur kurzfristig. Den Kopf gesenkt, befahl er: »Lasst mich allein!«

»Lord Darrow …«, begann Giles.

»Lasst mich allein!« Drohend ergriff Kinsey sein Schwert.

»Geht!«, murmelte Richard und schob den jungen Mann zur Tür hinaus.

»Du auch!«, schrie Kinsey.

»Nein – hör mir zu. Diese Situation musst du zu deinem Vorteil nutzen. Edward wird deine Wut und deinen Kummer verstehen. Bald wird alle Welt wissen, dass Lady Kyra in den Fluss sprang, um einem Wilden zu entrinnen. Bei deinem Rachefeldzug werden dir zahlreiche Männer beistehen. Und was immer wir tun – es ist gerechtfertigt.«

»Richard, du begreifst nicht, was da passiert ist.«

»Doch. Bitte, du solltest meinen Rat befolgen. Du bist kein Narr, sondern ein kluger Mann, und du darfst nichts überstürzen.«

»Schenk mir ein Ale ein und lass mich in Ruhe!«

»Kinsey …«

»Tu, was ich dir sage!«

Vorsichtshalber trat Richard den Rückzug an.

Um Vergessen zu finden, trank Kinsey die ganze

Nacht. Schließlich stieg ihm das Ale zu Kopf und er fühlte sich elend. Kurz bevor der Morgen graute, taumelte er ins herrschaftliche Schlafgemach. Das Ale hatte seinen Zorn kaum gemildert. Erschöpft sank er ins Bett.

Die vollbusige Tochter des toten Lords kam zu ihm. Leidenschaftslos beobachtete er, wie sie sich auskleidete. Dann kroch sie zu ihm unter die Decke und rieb ihren Körper an seinem. Er empfand nichts. Doch sie ließ nicht locker, öffnete seine Kleidung und umfasste seine Männlichkeit. In wenigen Tagen hatte sie alle Scham verloren. Dicht an seinen Lippen, wisperte sie aufreizende Worte.

Nachdem sie ihn befriedigt hatte, holte er tief Atem.

Genug …

Aber sie presste sich immer noch an ihn und küsste seinen Mund. Beinahe hätte er sich übergeben. Angewidert packte er ihre Hüften. »Wie eine Kuh bist du gebaut.«

Im Morgengrauen starrte sie ihn verständnislos an. »Mylord?«

Begriff sie nicht, was er da sagte? »Wie eine Kuh!«, wiederholte er und stieß sie aus dem Bett.

Kyras Bild erschien in seiner Fantasie – ihre fein gezeichneten Züge, ihre anmutige Gestalt, die grünen Augen, das schimmernde Haar. Neben ihr verblassten alle anderen Frauen. Wie schon so oft hasste er sie – und begehrte sie zugleich.

Plötzlich erinnerte er sich an Arryn Grahams Gemahlin, die er vergewaltigt, die das Unausweichliche willenlos hingenommen und ihn sogar ignoriert hatte. Als wäre er völlig unbedeutend gewesen – als hätte er sie gar nicht berührt …

Alesandra! Welch ein lächerlicher Name für eine so schwache, wehrlose Frau …

Und doch – irgendwie war der Eindruck entstanden, er hätte ihr gar nichts angetan. Er hatte nicht beabsichtigt, sie zu töten. Aber dann begann das Feuer zu lodern, und er erinnerte sich an ihr ausdrucksloses Gesicht, ihre stille Passivität. Für sie spielte er keine Rolle, ihre Seele hatte er nicht berührt. Ihr Mann würde zurückkehren und sie immer noch lieben …

Bei diesem Gedanken war Kinsey in hellen Zorn geraten und er hatte sie in den Flammen sterben lassen.

Jetzt genügte ihm nicht einmal *diese* Erinnerung. Er hatte Sir Arryn Graham für einen wilden, primitiven Hochländer gehalten, der sich nur mit belanglosen Familienfehden befasste und nichts von echter Kriegskunst verstand – für einen Hund, der nur bellte, aber nicht biss.

Nun hatte ihm dieser gesetzlose Abschaum die Festung Seacairn weggenommen. Und Kyra … Gegen seinen Willen schöpfte er einen ungeheuren Verdacht.

Freute sie sich am Ende darüber?

Rastlos und beunruhigt verließ Jay die Halle, nachdem Arryn die Lady nach oben gebracht hatte, und wanderte zur Außenmauer. Welch eine schöne, erfrischende Sommernacht …

Im Winter fegten heftige Schneestürme über diesen Landstrich hinweg und in der eisigen Kälte konnte man sich nicht einmal an einem Feuer wärmen. Aber im Sommer blühte Schottland auf, mit grünen Tälern, leuchtenden wilden Blumen und dichten, dunklen Wäldern. Ja, der schottische Sommer war wundervoll. Wenn die Sterne funkelten, wenn die Lebenslust erwachte … Nicht in Jays Herz.

An einem Sommertag war Hawk's Cairn überfallen worden. Und seine Schwester Katherine hatte sich bis kurz vor dem Angriff im Haus aufgehalten.

Ein milder Frühsommertag … Auf üppigen Wieen weideten scheckige Kühe und Schafe. Unter der warmen Sonne glänzte der Fluss. Zwischen strohgedeckten Hütten stand das alte Herrschaftshaus der Familie Graham. Obstgärten und Wälder voller Wildbret umgaben das Dorf. In hohlen Baumstämmen hausten geheimnisvolle

Geister, zahnlose alte Frauen murmelten Zaubersprüche, weise alte Männer erzählten Geschichten von Kämpfen in längst vergangener Zeit. Während die Bauern auf den Feldern arbeiteten und die Handwerker in ihren Werkstätten, betrieben die Kaufleute einen schwunghaften Handel. In diese friedliche Idylle ritt Kinsey Darrow, um den Tod seines Verwandten grausam zu rächen. Nur wenige Krieger lebten auf Hawk's Cairn, weil keine gebraucht wurden. Niemand stritt mit seinem Nachbarn, niemand focht Familienfehden aus. Tief im Landesinneren, nahe den kriegerischen Oberhäuptern der Hochland-Clans, waren sie weit von Männern wie Warenne entfernt, dem alten Earl of Surrey, Edwards fähigstem Feldherrn, und Cressingham, dem königlichen Steuereinnehmer, den sogar manche Engländer hassten.

Also durfte ihnen keine Gefahr drohen ... Doch sie wiegten sich in trügerischer Sicherheit. Darrows Männer scheuchten Bauern und Schäfer in den Stall, Handwerker und Kaufleute, Musikanten, Mütter, Kinder. Schreiend rannten einige davon. Nur wenige entkamen, die meisten wurden niedergemetzelt. Und im Haus suchte Kinsey Darrow nach der Herrin. Bald fand er sie. Als er mit ihr fertig war, ließ er sie einfach zurück.

Das Haus und der Stall gingen in Flammen auf. Angeblich hatte man das Geschrei der Sterbenden bis weit hinein ins Hochland gehört. Und man würde es niemals vergessen.

Jay hatte es nicht vernommen. Denn er war mit Arryn und dem Großteil der Streitkräfte nach Norden geritten, um de Moray zu helfen, der ein Schloss von einem englischen General befreit hatte. Nach heftigen Kämpfen kapitulierte der Feind. Reiche Männer wurden als Geiseln genommen, arme durften in ihre englische Heimat zurückkehren. Die Schotten befanden sich in bester Stimmung.

Bis sie nach Hause zurückkehrten ...

Nichts auf der Welt stinkt so grauenhaft wie verbranntes menschliches Fleisch. Lange bevor sie Hawk's Cair erreichten, sahen sie den Rauch, rochen den Tod. An der Spitze des Trupps spornte Arryn sein Schlachtross an und galoppierte voraus, obwohl seine Männer ihn zurückhalten wollten.

Und so fand er Alesandras sterbliche Überreste. Nur an ihrem Ehering, dem Siegelring der Familie Graham, war sie zu erkennen.

Angeblich hallte sein Schmerzensschrei bis nach Irland. Das stimmte natürlich nicht. Aber weder er selbst noch seine Männer würden die Tragödie jemals vergessen oder verzeihen. Das wusste Jay. Alesandra war seine Kusine gewesen. Kurz vor dem Angriff hatte sie seine Schwester aus dem Haus geschickt. Nur deshalb war Katherine mit dem Leben davongekommen. Einen Engländer hatte sie mit einer Bratpfanne niedergeschlagen, einen zweiten mit ihrem Dolch erstochen, den sie stets bei sich trug, einen dritten hatte ihr Pferd zertrampelt. Um sich zu retten, hatte sie getötet, was sie keine Sekunde lang bereute. Und sie erinnerte sich – sie alle erinnerten sich ...

Bedrückt schaute sich Jay um und entdeckte eine Gestalt auf der Brustwehr. John Graham spähte nach Selkirk hinüber. Als er sich beobachtet fühlte, wandte er den Kopf zur Seite und winkte Jay zu sich. »Eine schöne Nacht.«

»Wundervoll«, stimmte Jay zu. »Aber du bist rastlos.«

»So wie du.«

»Spürst du's nicht auch in deinen Knochen, Jay? Es ist an der Zeit.«

Nachdenklich musterte Jay das markante Profil seines Freundes. »Wie wir alle wissen, suchen Edwards Krieger Wallaces Truppe. Haben sie herausgefunden, wie viele Männer de Moray in den Süden führen wird? Könnten sie Wallace aufspüren?«

»Das dürfte ihnen kaum gelingen«, erwiderte John.

»Aye …« Jay wusste, dass John gemeinsam mit Wallace schon mehr uneinnehmbare Mauern überwunden hatte als jeder andere Schotte. »Werden wir siegen – und unser Land einem mächtigen König wie Edward entreißen?«

Eine Zeit lang schwieg John, dann antwortete er: »Es ist möglich. Und ich glaube daran. Zunächst waren wir den Engländern nicht gewachsen. Das hat sich in Berwick und Dunbar gezeigt. Aber inzwischen haben wir einiges dazu gelernt – und schon viele Gebiete zurückerobert.«

»Wenn wir eine große Schlacht gewinnen – gehört Schottland dann wieder uns?«

Plötzlich erschauerte John. »Gewiss – zumindest ein Großteil. Aber werden wir's behalten? Gott helfe mir, das weiß ich nicht. Jedenfalls werde ich bis zu meinem letzten Atemzug kämpfen, Jay. Was geschehen ist, werde ich niemals vergessen.«

Jay blickte zum großen Wald hinter dem Schloss hinüber. »Hier haben wir unseren Feldzug begonnen und eine imposante Festung erobert. Eigentlich sollten wir sie mühelos verteidigen.«

»Auch das stärkste Schloss kann fallen.«

»Sicher, aber … ich frage mich, ob Arryn erkennt, was er gewonnen hat.«

»Überlegst du, ob er hier bleiben oder mit Wallace für unsere Freiheit kämpfen will?« Johns Augen verengten sich. »Irgendwie habe ich das Gefühl, du fühlst dich sehr wohl auf Seacairn.«

»Wie ich sagte, eine imposante Festung …«

»Und das Erbe einer charmanten Lady.«

Das Blut stieg in Jays Wangen. »Hör mal, John, sie zog niemals mit Darrow in den Kampf …«

»Aber sie ist mit ihm verlobt.«

»Trotzdem …«

»Hat sie dich betört?«

»Sei nicht albern! Ich bin keineswegs von Sinnen.«

»Auch mein Vetter ist betört – wenn auch nicht restlos. Das rede ich mir zumindest ein.«

»Empfindest du eigentlich gar nichts bei ihrem Anblick?«

»Doch, ich bewundere ihre Schönheit und ihren Geist, und wenn Arryn ihrer müde wird …«

»Damit solltest du nicht rechnen.«

»Komm bloß nicht auf falsche Gedanken, Jay! Er hat die Festung erobert, um sie zu plündern und Rache zu üben. Bald wird er davonreiten und die Lady ihrem englischen Verlobten überlassen. Nach der Begegnung mit meinem Vetter wird sie für immer verändert sein und Darrow bis zum Ende seiner Tage verabscheuen – die hoffentlich gezählt sind.«

»Wie kann Arryn sich von ihr trennen? Dazu wäre ich nicht fähig.«

»Bedenk doch, Jay – seine Frau Alesandra, deine Kusine, wurde brutal ermordet. Und deine Schwester Katherine nutzt ihren Hass gegen Darrow, um sich ans Leben zu klammern. Würdest du wirklich verzeihen, was auf Hawk's Clairn geschah?«

»Niemals. Aber hat Kyra die Tragödie mit verschuldet?«

»Wer weiß das schon?«

Darauf gab Jay keine Antwort. »Wenn er sie auch verlassen will – er kann es nicht.«

»Er muss.«

»Warum?«

»Weil sich in der nächsten Zeit unsere Zukunft entscheiden wird.«

»Auch Kyra Boniface, das Patenkind der verstorbenen Königin, eine Schachfigur in Edwards Machtspiel? Niemals wird sie zu uns gehören.«

»Wenn sie Arryn begleitet …«

»Nicht zu Wallace.«

»Wieso nicht?«

»Für meinen Vetter war sie nur ein Werkzeug seiner

Rache. Er liebt Alesandra noch immer. Und er fühlt sich schuldig an ihrem Tod.«

»Bin ich wirklich der Einzige, der die Situation richtig einschätzt? Lady Kyra muss nicht auf Seacairn bleiben. Das wird auch Arryn einsehen und sie mitnehmen.«

»Gewiss nicht! Darauf wette ich meinen schönen schwarzen Hengst gegen das juwelenbesetzte Schwert, um das du den fetten englischen Steuerbeamten erleichtert hast.«

»Einverstanden. Sie wird mit Arryn reiten.«

In scharfem Ton stieß John hervor: »Hat sie dich dermaßen verhext? Obwohl du ein kostbares Pferd gewinnen würdest, solltest du dir wünschen, die Wette zu verlieren.«

»Warum?«

»Wenn er sie mitnimmt – und wenn sie uns an Kinsey verrät …«

»Ja?«

»Dann würde ich sie eigenhändig umbringen«, erwiderte John bitter, »in Stücke reißen und anzünden! Gute Nacht, Jay.« Ohne ein weiteres Wort stieg er die Stufen hinab.

Jay starrte in die schöne, milde Nacht und erschauerte.

10

Oben im Turmzimmer kämpfte Kyra mit aller Kraft gegen Arryn – schmerzlich erniedrigt, eher wütend als verängstigt. Ihre Fäuste übten keine Wirkung auf ihn aus, ihr Befehl, er möge sie sofort auf die Füße stellen, verhallte ungehört. Aber dann trafen ihre Fingerknöchel sein Kinn, ihre Nägel zerkratzten seinen Hals. »Verdammte Wildkatze!«, schimpfte er. »Nimm dich in Acht! Sonst erntest du, was du säst!« Mit einem Fuß stieß er die Tür auf, mit einem weiteren Tritt warf er sie hinter sich ins Schloss.

»Lass mich runter!«

»Sehr gern, Lady!« Unsanft landete sie auf der Strohmatratze und der harte Aufprall presste alle Luft aus ihren Lungen.

Sobald sie wieder atmen konnte, sprang sie aus dem Bett und ballte kampflustig die Fäuste. Aber Arryn hatte ihr bereits den Rücken zugekehrt und starrte ins Kaminfeuer, das hell emporloderte. Offenbar versuchten die Dienstboten – im Gegensatz zu ihrer Herrin – sein Wohlwollen zu erregen, indem sie eifrig für sein Wohlergehen sorgten.

Würde sie doch bloß den Mund halten und Distanz wahren … Doch das tat sie nicht.

»Elender, barbarischer Bastard!«, schrie sie, heiser vor Zorn. »Mein Gott, du hattest kein Recht, mich so zu demütigen!«

»An einer Demütigung stirbt man nicht«, erwiderte er und wandte sich zu ihr um.

»Warum tust du mir das an? Warum musstest du mich vor deinen Männern so grausam behandeln wie eine – eine …«

»Vielleicht habe ich dir einen Gefallen getan. Nun werden sie dich ganz sicher in Ruhe lassen.«

»Weil sie glauben, ich wäre deine – deine …«

»Hure?«, ergänzte er höflich.

»Diesen Eindruck hast du zweifellos erweckt.«

»An dieser dramatischen Szene bist du selber schuld.«

»*Was?*«

»Nun, ich dachte, du würdest befürchten, ich könnte dich wegen eines Schafs verlassen. Deshalb wollte ich dir klarmachen, dass ich dich bevorzuge. Allerdings … am Ende wirst du dich noch einmal vom Turm stürzen, weil du den Tod meinen Zärtlichkeiten vorziehst.«

»Ich bin nicht vom Turm gesprungen und ich werde es auch nicht tun!«

»Wie schmeichelhaft, Kyra! Also erscheine ich dir nicht ganz so schrecklich wie der Tod?«

»Ein solcher Tod wäre eine feige Kapitulation. Und ich gebe niemals auf. Was immer du mir zumuten magst, ich werde es überleben – da du mir versichert hast, deinen Wunsch zu bezähmen, mich zu erdrosseln. Aber letzten Endes wird *dich* ein trauriges Schicksal erwarten.«

»Dann muss ich jeden Augenblick genießen – und dich natürlich überleben.«

»Meinst du, das wird dir gelingen? Ich bin sehr gefährlich.«

»Zum Glück gibt es Mittel und Wege, diese Gefahr abzuwenden.«

Beklommen dachte Kyra an den Lederriemen, der sie letzte Nacht an den Bettpfosten gefesselt hatte. »Glaubst du, ich würde versuchen, dich im Schlaf zu töten?«

»Bin ich dir mittlerweile so ans Herz gewachsen, dass du keine Mordlust mehr verspürst?«

»Rede keinen Unsinn … Um zu der Frage zurückzukehren, wer wen überleben wird – vielleicht werde ich nicht nur dich, sondern ein Dutzend deiner Männer überleben.«

»Oh …«

Die Schultern gestrafft, ging sie an ihm vorbei zur Tür und stieß sie auf. Dann drehte sie sich zögernd zu Arryn um. Aber er verneigte sich nur und bedeutete ihr, sie dürfe das Zimmer verlassen.

Mit klopfendem Herzen überschritt sie die Schwelle, wagte weder umzukehren noch weiterzueilen. Schließlich raffte sie ihre Röcke, um davonzulaufen. Zu ihrer Bestürzung fühlte sie sich fast erleichtert, als sie Arryns Hand auf ihrem Arm spürte. Eine Zeit lang starrte er sie durchdringend an, bevor er sie über seine Schulter warf. Wütend trommelte sie mit beiden Fäusten gegen seinen Rücken. »Verdammt, warum lässt du mich nicht gehen?«

»Weil du zu wichtig für mich bist.«

Wieder einmal wurde sie aufs Bett geschleudert. »Wann immer ich eine Gelegenheit finde, werde ich einen Fluchtversuch unternehmen«, kündigte sie an und stand auf.

»Gut zu wissen«, entgegnete er kühl und beobachtete, wie ihr Blick die Tür streifte. »Nur zu, Lady!«

Die Zähne zusammengebissen, rannte sie an ihm vorbei. Diesmal versperrte er ihr den Weg, bevor sie die Tür erreichte, packte sie und stieß sie aufs Bett zurück. »Bastard!«, zischte sie. »Das wirst du noch bereuen!«

»Nein, *du* wirst es bereuen, wenn du nicht endlich mit dem Unsinn aufhörst. Reiz mich nicht! Sonst reiße ich dir vor der versammelten Dorfgemeinde die Kleider vom Leib und schlage dich grün und blau!«

»Tu's doch!«, forderte sie ihn heraus und erhob sich auf die Knie. »Tu's – und dann wirst du sehen ...«

»... wie sich die Leute gegen mich auflehnen und von meinen Kriegern niedergemetzelt werden?«

»Oh ...« Wütend sprang sie aus dem Bett und stürzte sich mit erhobenen Fäusten auf ihn.

Aber er wehrte ihren Angriff mühelos ab. Einen Arm um ihre Taille geschlungen, zerrte er sie zum Bett zurück. »Wenn du willst, können wir's auch hier erledigen.«

»Was? Nein – nicht ...« Erschrocken schrie sie auf, als er sich auf den Bettrand setzte und sie übers Knie legte. Mit einer Hand hielt er sie fest, mit der anderen zog er ihre Röcke hoch. »Nein!«, kreischte sie. Irgendwie gelang es ihr, von seinem Schoß hinabzurutschen, dann kauerte sie zitternd vor ihm am Boden. »Was willst du eigentlich von mir?«

»Deine bedingungslose Kapitulation.« Arryn stand auf und trat vor den Kamin. »Zur Entschädigung für diesen anstrengenden Abend«, fügte er hinzu und zog sich gemächlich aus.

Sorgsam legte er den Schwertgurt auf eine Truhe und faltete seinen Tartan zusammen. Dabei gönnte er Kyra keinen einzigen Blick. Doch sie wusste, dass er jede Bewegung registrieren würde. Nach einer Weile flüsterte sie: »Warum hasst du mich so sehr?«

Da hielt er inne, drehte sich aber nicht um. Rötlich und goldgelb glänzte der Feuerschein auf seinen nackten Schultern. »Weil du Darrow gehörst.«

»O nein!« Vorsichtig erhob sie sich und wich vor ihm zurück. »Kein Mensch kann einen anderen besitzen.«

»Irrtum, Lady! Bei euch Engländern gelten die Ehefrauen als Eigentum ihrer Männer.«

»Wenn sie *ihr* Eigentum in die Ehe mitbringen, sieht es wohl etwas anders aus.«

Nachdem er seine Hose und die Schuhe ausgezogen hatte, schaute er Kyra endlich an. »Und du hast deinem Bräutigam eine ganze Menge mitgebracht, nicht wahr? Mit deinem Vermögen hat er ein großes Heer zusammen getrommelt, das für Edward kämpft. Und der König scheint dich auch aus anderen Gründen zu schätzen. Angeblich zählst du zu seinen Favoritinnen und kannst Darrow zu allem überreden, was Edward gefallen würde.«

»Glaubst du das wirklich?«

»Sollte ich nicht?«

»Ich bin keine Mörderin.«

»Vielleicht sind deine Hände nicht mit Blut befleckt – obwohl du mit einem Schwert umzugehen weißt. Ein interessantes Talent – bei einem so unschuldigen Mädchen …«

»Ich habe am Hof fechten gelernt. Nur zum Zeitvertreib.«

»Hat dir niemand beigebracht, wie man näht?«, fragte Arryn trocken.

»Ich habe sehr viel am Hof gelernt.«

»Aye, an Edwards Hof. *Mein* Lehrer war Alexander, dem ich wichtige Erkenntnisse verdanke. Zum Beispiel, dass kein Mann wichtiger ist als sein Land – aber das Diktat eines einzigen Mannes kann das Schicksal seines

Landes entscheiden. Bei Berwick tötete Edward keinen einzigen Mann, keine Frau, kein Kind. Aber er gab den Befehl zu dem Gemetzel und deshalb klebt Blut an seinen Händen. Alles Blut, das in Schottland fließt, vergießt der englische König.«

»Und woran bin *ich* schuld? Etwa an meiner Verlobung?«

»Hast du Edward die Treue geschworen?«, fragte er und setzte sich aufs Bett. Prüfend schaute er Kyra an, bevor er die Kerzen auf dem Nachttisch ausblies. Nur noch das Kaminfeuer erhellte den Raum spärlich.

»Ja, aber ...«

»Und wirst du Lord Kinsey Darrow heiraten, obwohl du weißt, wie viele Menschen er getötet hat?« Ohne eine Antwort abzuwarten, schlüpfte er unter die Felldecken und kehrte ihr den Rücken zu.

Reglos stand sie da, erschöpft und beklommen. Wie sollte sie diesem Mann erklären, dass sie zwar als Edwards Untertan aufgewachsen war, kenne aber sehr wohl den Unterschied zwischen Recht und Unrecht? Ebenso zwischen ehrlichen Kämpfen und Brutalität, Kriegführung und Mord. Wie konnte Arryn sie verdammen, wo doch so viele einflussreiche schottische Freiherrn immer noch in Fehde miteinander lagen, um die Krone stritten und ständig in ihrer Loyalität schwankten? Einerseits wollten sie die Traditionen Schottlands ehren, andererseits jagte ihnen Edwards Macht Angst ein, und sie fürchteten, ihren Besitz zu verlieren.

Arryns Stimme durchbrach die Stille. »Komm ins Bett, Kyra. Es ist spät geworden.«

»Bitte, lass mich gehen«, wisperte sie.

Zunächst rührte er sich nicht, und sie glaubte, er hätte ihre Worte überhört. Doch dann wandte er sich ihr zu und starrte sie aus düsteren Schatten an. »Bin ich wirklich so grausam zu dir?«

»Nie weiß ich, was im nächsten Moment geschehen wird.«

Sie sah seine Augen nicht, fühlte sie aber. »Dann geht es dir genau so wie dem ganzen schottischen Volk.«

Langsam trat sie zum Kamin, spürte die Wärme des Feuers im Gesicht, hörte die Flammen knistern. »Niemals weiß ich, ob du Höflichkeit heuchelst, wann du mich für die Missetaten anderer hassen oder die Geduld verlieren wirst und ...« Sie verstummte, denn ein plötzlicher Luftzug verriet ihr, dass er lautlos zu ihr kam. Leise schrie sie auf, als er sie auf die Arme nahm. Seine Entschlossenheit duldete keinen Widerstand. Zu ihrer Verblüffung las sie keinen Zorn in seinem Blick, sondern etwas anderes, das ihren Protest im Keim erstickte. »Die Frage, was sich wann ereignen mag, soll dich nicht quälen. Komm ins Bett, weil ich müde bin und Trost brauche.«

»Den werde ich dir nicht spenden.«

»Heute Nacht schon.«

»Da irrst du dich. Nicht einmal für eine einzige Nacht will ich kapitulieren.«

»Das glaube ich dir nicht.«

Kyra errötete. Wie sollte er auch, nachdem sie sich niemals erbittert gewehrt hatte? »Heute Nacht musst du mir glauben.«

»Ob ich dazu bereit bin oder nicht, spielt keine Rolle. Jedenfalls werde ich dich erobern und wie zuvor keine Gnade kennen. Das wolltest du hören, nicht wahr?«

»Nein!«, entgegnete sie, aber sie schlang die Arme um seinen Hals, während er sie zum Bett trug. Nur für den Fall, daß er mich wieder so unsanft auf die Matratze wirft, redete sie sich ein. Nur deshalb halte ich mich an ihm fest ...

»Also kämpfen wir?«

»Natürlich. Was du tust, ist nicht richtig.«

»Dass du mich so sehr hasst, bezweifle ich.«

»*Du* verabscheust *mich*.«

»Wenn ich auch vieles verabscheue – dich nicht. Zumindest nicht in diesem Augenblick.«

Sie wollte wenigstens für ihren Stolz kämpfen. Doch seine Nähe fühlte sich so angenehm an. Plötzlich bedauerte sie, dass er ihr Feind war, dass seine Liebkosungen nichts bedeuteten, weil sie Kinsey Darrow heiraten würde.

Behutsam legte er sie aufs Bett, dann streckte er sich neben ihr aus. Über die steinernen Mauern tanzten die Schatten des Feuers und bildeten seltsame Ornamente. Arryns Finger glitten über ihre Wangen. Auf einen Ellbogen gestützt, betrachtete er ihr Gesicht. Was sieht er im Dunkel?, fragte sie sich. Der rote und bläuliche Widerschein der Flammen verbreitete schwaches Licht. Beklommen verschloss sie die Augen, nahm trotzdem die Wärme wahr, die er ausstrahlte, seinen Geruch, die Kraft seines Körpers, die Leinentücher an ihrer Haut, die prickelnden Felldecken. Und Arryns Berührung ... Davor wollte sie fliehen, aber seine Zärtlichkeit war so bezwingend, sein Daumen, der über ihre Unterlippe strich – und dann sein Kuss ... Ihr leises Stöhnen klang wie ein Protest. Und doch – sein verführerischer Mund öffnete ihre Lippen mühelos und seine Zunge begann ein sinnliches Spiel.

Rück von ihm weg, befahl sie sich. O ja, sie versuchte es ... Dann umfasste er ihr Gesicht mit beiden Händen, schien von ihren Lippen zu trinken, und sie kämpfte gegen den Kuss nicht an – eher gegen die Gefühle, die er entfachte, wie schwerer, Schwindel erregender Wein. Als Arryn seinen Mund von ihrem löste, rang sie nach Atem, und ihre leicht geschwollenen Lippen blieben geöffnet, der kühlen Nachtluft ausgeliefert – und hungrig, denn sie glaubte ihn immer noch zu schmecken. Sie wollte die Lider nicht heben. Aber ihre Wimpern ließen sie im Stich, richteten sich nach oben und sie begegnete seinem Blick. Irgendetwas in den kobaltblauen Tiefen seiner Augen weckte in ihr den Wunsch zu fliehen – was sie schon in der nächsten Sekunde vergaß. »In der Dunkelheit ist es immer am schönsten, nicht wahr, Lady?«, flüsterte er.

Ehe sie antworten konnte, küsste er sie wieder, und seine Liebkosungen änderten sich auf subtile Weise. Zuvor hatte seine Zunge ganz sanft mit ihrer gespielt, jetzt drang sie fordernd in ihren Mund ein. Verwirrt suchte sie ihre eigenen Gefühle zu ergründen und zu unterdrücken – obwohl ohnehin schon alles verloren war. Der Feind müsste sie abstoßen. Stattdessen ließ sie sich von ihm verführen.

Er löste die Verschnürung ihres Überkleids aus Brokat, öffnete das leinene Unterkleid. Als sie seine Finger fest halten wollte, küsste er sie und ihr Griff lockerte sich sofort. Wann ihre Kleidung verschwunden war wie Eis unter der Frühlingssonne, wusste sie nicht genau. Sie merkte nur, dass sie zitterte und Arryns Wärme suchte. Gewiss, sich selbst, dem König und England war sie es schuldig, den schottischen Eroberer zu bekämpfen. Aber was bedeutete es schon? Solche Argumente hatte sie bereits vorgebracht und es war sinnlos gewesen.

Und jetzt? Könnte sie irgendetwas an der Situation ändern? Das würde sie nie herausfinden, denn sie gestattete die Verführung nicht, um ihr Leben zu retten – sie sehnte sich danach.

Sie spürte seine Lippen an ihrem Hals, ihren eigenen Puls, der unter seinem Kuss pochte. Langsam glitt seine Zunge über ihre zarte Haut, zwischen ihre Brüste, umrundete eine Wölbung und liebkoste die Knospe. In Kyras Adern schienen Blitze zu zucken, ein betörendes Feuer erfüllte ihren ganzen Körper, ihre Seele.

Atemlos wand sie sich umher, und aus ihrer Kehle drangen leise Laute – keine Worte, nur ein Wispern, so zusammenhanglos wie ihre Gedanken, so wirr wie alles, was sie abzuwehren suchte, wonach sie strebte. Irgendwie *musste* sie protestieren. Sie ergriff Arryns Schultern, spürte seine Kraft, seine warme Vitalität, wollte ihn wegstoßen und zog ihn an sich. Bebend gruben sich ihre Finger in seine Muskeln, während sie ihren Kopf auf dem Kissen hin und her warf.

Seine Zunge umkreiste ihren Nabel, seine Hände wanderten über ihre Schenkel. Wie aus eigenem Antrieb hob sie ihre Hüften. Stöhnend schlang sie ihre Finger in sein Haar.

Jetzt glitt sein Daumen zwischen ihre Beine, drang in sie ein und bewegte sich aufreizend. Und dann folgte seine Zunge dem selben Weg. Feuchte Hitze schien in Kyras Blut zu brennen, ihre Finger in Arryns schwarzen Locken zuckten krampfhaft. Er umfasste ihre Handgelenke, schob ihre Arme zur Seite, ohne die Intimität der Verführung zu stören. Plötzlich lag er auf ihrem Körper und verschmolz mit ihr. Ein glutvoller Kuss verschloss ihr den Mund. Seine Finger in ihre geschlungen, zog er ihre Hände hinter ihren Kopf und hielt sie fest. Als er sich in ihr zu bewegen begann, begegnete er ihrem Blick.

Nein, er verabscheute sie nicht – in diesem Augenblick nicht.

Im verzehrenden Rhythmus des Liebesakts spürte sie seine Herzschläge, seine Atemzüge, die Flammen an der Stelle, wo sie sich vereint hatten, ihren eigenen rasenden Puls, ihre Sehnsucht nach einem verlockenden, unbekannten Ziel, ihr Verlangen. Alles andere auf dieser Welt war unwichtig. Und dann die Erfüllung – ein blendendes, süßes, atemberaubendes Feuer, das die letzten klaren Gedanken verscheuchte …

Kyra hörte die Flammen knistern, sah die tanzenden Schatten an den Wänden, spürte sein Gewicht, seinen immer noch heißen Körper. Doch die Leidenschaft war erloschen. Schwer und zufrieden lag er auf ihr. Er hatte sie verführen wollen. Und das war ihm gelungen. Wie mühelos er sie umgarnt hatte … Diese Erkenntnis brachte sie in helle Wut. So schnell wie möglich musste sie sich von ihm befreien. »Weg mit dir …« Verzweifelt stemmte sie sich gegen seine Brust.

»O Gott, Lady …«

»Ich bekomme keine Luft!«

Sofort legte er sich an ihre Seite und nahm sie in die Arme. Mit schmalen Augen schaute er sie an.

»Bitte, Arryn …«

»Schon wieder dieses erstaunliche Wort! Nun, worum bittest du mich?«

»Lass mich sofort los. Ich sagte doch – ich kriege keine Luft …«

»Oh, ich finde, du atmest ganz normal.«

»Nein … Bitte, ich möchte aufstehen. Du hast doch erreicht, was du wollest.«

»In der Tat. Arme Kyra! Wie brutal habe ich dich vergewaltigt!«

»Du bist grausam.«

Als er leise lachte, biss sie die Zähne zusammen und hob eine Hand, um ihn zu schlagen. Aber er hielt ihren Arm fest. »Keine Kapitulation, Lady? Wer hat eigentlich wen verführt?« Wütend versuchte sie, sich loszureißen, und er schüttelte belustigt den Kopf. »Du bist mir nur böse, weil …«

»Natürlich hast du mich vergewaltigt!«

»Nachdem du dein Schwert schon beim ersten Angriff gesenkt hast.« Er versuchte ihr das zerzauste Haar aus der Stirn zu streichen. Aber sie wandte sich ab, um der Berührung zu entrinnen. Da umschloss er ihr Gesicht mit beiden Händen und zwang sie, seinen warnenden Blick zu erwidern. »Nimm dich in Acht, Kyra. Inzwischen sehnst du dich nach meiner Umarmung. Und ich werde dich bald verlassen.«

»Und am Galgen enden.«

»Vielleicht«, murmelte er lächelnd.

»Da gibt es kein *Vielleicht!* Edward wird dich gnadenlos jagen, denn er möchte ganz Schottland besitzen – von Ost bis West, von Nord bis Süd.«

»Dann sollten wir die Zeit auskosten, die uns noch bleibt.«

»Willst du dein Leben wirklich wegwerfen?«

»Heute Nacht bin ich noch sehr lebendig.«

»Aber ich fühle mich todmüde.«

»Das habe ich gar nicht bemerkt.« Wie gern sie ihn ohrfeigen würde ... »Aber wenn du so erschöpft bist, sollten wir schlafen.«

»In deinem Bett will ich die Nacht nicht verbringen. Nicht einmal in diesem Zimmer.«

»Trotzdem wirst du hier bleiben. So reizvoll ich dich auch finde – du bist immer noch meine Feindin. Du magst mich zwar betören, aber ich vergesse keine Sekunde lang, dass du Edward die Treue geschworen hast. Trotzdem bin ich zu einem Zugeständnis bereit – ich zwinge dich nicht, in meinem Bett zu schlummern. Wenn du willst, wickle dich in eine Felldecke und leg dich auf das Bärenfell vor dem Kamin.«

»Wie unhöflich du bist! Du solltest am Boden schlafen!«

»Warum *ich,* Lady? Ich beklage mich doch gar nicht. Da, wo ich bin, fühle ich mich sehr wohl.« Blaue Schatten, blaue Flammen – alles schien sich in seinen Augen zu spiegeln. Diesmal wehrte sie sich nicht, als er ihr das Haar aus der Stirn strich. »Soll ich mir irgendwas einfallen lassen, damit du freiwillig bei mir bleibst?«

»Wenn du mich *zwingst* ...«

»Damit kannst du leben, nicht wahr?« Arryn lächelte grimmig. »Mit deiner Kapitulation nicht.«

»Solange es irgendwie geht, muss man kämpfen.«

»Also gut, dann *zwinge* ich dich, bei mir zu schlafen.« Er zog sie an sich, und es war viel zu wundervoll, seinen warmen Körper zu spüren. »Liebe mich nicht zu sehr«, flüsterte er an ihrer Schläfe.

»Ich liebe dich überhaupt nicht!«, protestierte sie.

»Wie schade – wo doch mein Hass gegen dich allmählich nachlässt«, erwiderte er und drückte sie noch fester an sich. »Wo ich beinahe vergesse, dass du Kinsey Darrows Braut bist ...«

11

Arryn saß auf seinem Schlachtross und beobachtete die Übungen seiner Soldaten. Sie formierten sich zu dicht geschlossenen Reihen und gebrauchten geschärfte Piken. Zehn Mann in jeder Gruppe, bildeten sie eine effektive Verteidigungsbastion gegen die englische Kavallerie. Ebenso wie William Wallaces und Andrew de Morays Heere bestand auch Arryns Trupp aus ›Pöbel‹, wie sich die Engländer ausdrückten. Davon nahmen sie nur den wohlhabenden, einflussreichen Andrew de Moray aus. Viele seiner Verwandten waren bei Dunbar festgenommen worden. Nun saßen sie in englischen Gefängnissen, oder sie wurden gezwungen, für Edward in Frankreich zu kämpfen.

Früher hatten nur die Magnaten, die Aristokraten Schottlands, Kriege geführt, Soldaten bezahlt, ausgebildet und manche zum Lohn für gute Leistungen auf den Schlachtfeldern zu Rittern geschlagen. Aber jetzt hielten sich die meisten Lords aus dem Kampf um Schottland heraus, aus Angst um ihre Ländereien in England, um sich Edwards Gunst zu erhalten oder weil sie fürchteten, er könnte ihre gefangen genommenen Verwandten hinrichten lassen.

Und so fochten nicht die Söhne reicher Männer für Schottland, sondern einige wenige von niederem Adel und vor allem Bauern und Fischer, Handwerker und Kaufleute. Um weitere Gräueltaten wie das Massaker von Berwick zu verhindern, hatten sie sich gegen den englischen König erhoben. Sie waren die Seele des Landes.

Doch diese Seele musste die Kriegskunst erst noch erlernen.

Was ihnen beträchtliche Nachteile einbrachte, war die ausgezeichnete walisische Bogenschützentruppe, die alle größeren englischen Heere begleitete. Wann immer Edward ein Gebiet erobert hatte, wusste er den bestmöglichen Nutzen daraus zu ziehen. Die Waliser hatten die Kunst des Langbogenschießens perfektioniert und konnten den Feind allein mit einem vernichtenden Pfeilregen besiegen. Deshalb mussten Arryns Soldaten lernen, sich mit ihren selbst geschnitzten Schilden davor zu schützen und auch vor den englischen Schwertfechtern und der Kavallerie.

»Lauft nach vorn!«, schrie er. »Schneller! Formiert euch ...«

Zufrieden stellte er fest, wie eifrig sich die Männer bemühten. Da sie nicht für einen großen Oberherrn kämpften, wurden sie schlecht bezahlt. Auf Seacairn hatten sie sich endlich Gold und Silber aneignen können, Juwelen, kostbare Stoffe und – am wichtigsten – Waffen, Rüstungen, Pferde und Lebensmittel.

Plötzlich spürte er, dass er beobachtet wurde, und drehte sich um. Kyra stand auf der Brustwehr des Außenwalls. Verwundert runzelte er die Stirn. Wie war sie dem Turmzimmer entronnen? Vor fünf Tagen hatte er das Schloss erobert, dessen Herrin ihn immer heftiger erzürnte – insbesondere, weil sie seine Gedanken viel zu oft kreuzte. Seit dem Begräbnis kam sie nicht mehr zum Abendessen in die Halle. Dazu könnte er sie zwingen, doch er verzichtete darauf, obwohl ihn ihre Abwesenheit ärgerte.

In jener Liebesnacht – o ja, es war tatsächlich eine Liebesnacht gewesen – hatte er den Eindruck gewonnen, sie wäre ihm etwas freundlicher gesinnt. Aber am nächsten Morgen hatte sie ihn frostiger behandelt denn je. Warum bedrückte ihn das so sehr? Warum sehnte er sich nach dem Klang ihrer Stimme, der Berührung ihrer zarten Hände, ihrem Lächeln?

In Schottland gab es viele schöne Frauen, reiche wie arme – Frauen, die nach Freiheit strebten und einen so leidenschaftlichen Rebellen wie Arryn Graham glühend begehrten. Aber Kyra war keine Schottin, sondern Kinsey Darrows Braut.

Und Kyra bekämpfte ihn unentwegt. Er hatte geglaubt, sie hätte es inzwischen aufgegeben. Aber sie dachte, sie hätte wohl nur ein Scharmützel verloren – und nicht die ganze Schlacht.

Liebe mich nicht zu sehr, hatte er ihr geraten – fest überzeugt, sie wäre endlich in seinen Bann geraten oder einfach nur überwältigt vom uralten Wunder zwischen Mann und Frau. Hatte er sich zu früh gefreut?

Ich liebe dich überhaupt nicht, hatte Kyra erwidert – und die letzten beiden Nächte auf dem Bärenfell vor dem Kamin verbracht. Er zwang sie nicht, ins Bett zurückzukehren, und gab vor, sie zu ignorieren.

Während der vergangenen Nacht war ihm das nur ein paar Stunden lang gelungen. Dann hatte er das Turmzimmer verlassen und sich in der Halle vor das Kaminfeuer gesetzt.

Warum musste er dauernd an Kyra denken?

Weil er sich schuldig fühlte?

Seit der Tragödie von Hawk's Cairn plagten ihn schon genug Gewissensqualen.

Voller Hass war er nach Seacairn geritten – in der Absicht, Kinsey Darrow zu vernichten, seinen Besitz, seine Braut. Aber er hatte nicht erwartet, eine Frau wie Kyra anzutreffen. Er bewunderte ihre Schönheit, ihre Klugheit. Und an ihrem Mut, an ihrem unerschütterlichen Kampfgeist könnte sich so mancher schottische Krieger ein Beispiel nehmen.

Liebe mich nicht zu sehr …

Allmählich *bewunderte* er sie viel zu sehr. Er durfte nicht vergessen, dass sie ebenso wie ihr Vater Hugh Boniface in unwandelbarer Treue zu Edward hielt.

Er schaute wieder zur Brustwehr hinüber, wo sie langsam auf und ab wanderte. Fühlte sie sich rastlos? Zerrte die Gefangenschaft an ihren Nerven? Versuchte sie ihn von der Ausbildung seiner Soldaten abzulenken? Oder die Männer? Nur zu leicht konnte man bei ihrem Anblick vergessen, auf welcher Seite sie stand.

Mit schmalen Augen starrte er sie an. Plötzlich merkte sie, dass er sie beobachtete, und trat von der Brustwehr zurück. Glaubte sie, er würde ihretwegen diese wichtigen, lebensnotwendigen Waffenübungen beenden und sie aufsuchen?

»Jay!«, rief er. Sofort stieg der Freund auf sein Pferd und ritt zu ihm.

»Bring Lady Kyra ins Turmzimmer zurück.«

»Aye, wie du wünschst.« Jay wollte seinen Hengst anspornen. Doch dann hielt er inne und schaute zum Wald hinüber. Auch Arryn hatte die Hufschläge gehört. Wenig später sahen sie John Graham mit zwei Gefährten herangaloppieren. Lebhaft winkte er seinem Vetter und dem Freund zu.

Vor ein paar Tagen war er zu William Wallace geritten, um ihn über die Streitkräfte seines Vetters und dessen Bereitschaft zum gemeinsamen Kampf in Kenntnis zu setzen. Nun kehrte er erstaunlich schnell zurück.

»Kümmere dich um Kyra, Jay«, befahl Arryn und ritt John entgegen. »Gibt's Neuigkeiten?«

»Aye, in der Tat.« John schaute zum Nordfeld hinüber und sah Arryns wackere Schotten gemeinsam mit den Engländern exerzieren, die zu ihm übergelaufen waren. Sogar Pater Corrigan hatte sich hinzugesellt. Als erstaunlich guter Fechter, brachte der irische Priester einigen Kriegern den richtigen Umgang mit den Schwertern bei.

»Komm mit mir zum Schloss«, schlug Arryn vor.

John nickte seinen Begleitern zu, die ihre Pferde auf das Nordfeld lenkten. Dann folgte er Arryn nach Seacairn. Das Fallgitter war hochgezogen und so hatten sie den Hof bald erreicht, wo sie ihrem Vetter Brendan die Pferde übergaben.

Die Halle war verlassen. Am Ende des Tisches stand eine Karaffe mit Ale. Nach dem langen Ritt von heftigem Durst geplagt, füllte John einen Becher.

»Nun, was hast du mir zu erzählen?«, drängte Arryn.

»Gute Neuigkeiten – Andrew de Moray wird uns beistehen, trotz seiner zahlreichen Verwandten, die Edward als Geiseln fest hält.«

»Dass er ein zuverlässiger Rebell ist, wissen wir bereits.«

»Aber was wir nicht wussten – er hat zahlreiche tüchtige Männer für unsere Sache gewonnen, erfahrene Ritter, in der Kriegskunst bewandert.«

»Und Edward?«

»Er ist nach Frankreich gesegelt, aber seine Krieger marschieren nach Schottland. Offenbar glauben sie, in einer entscheidenden Schlacht könnten sie unseren Widerstand ein für alle Mal brechen. Aber nun schließen sich Wallace und de Moray zusammen – von unseren Erfolgen ermutigt. »Sieh doch ...« John zeichnete mit einem Zeigefinger die einzelnen Schauplätze der Kämpfe auf den Tisch. »Hier haben wir Perth eingenommen. Damals ritt ich an Wallaces Seite. Und hier in Dunottar haben wir ein vielköpfiges englisches Kontingent in die Flucht geschlagen. Dann weiter nach Aberdeen ... Schließlich kehrten wir nach Selkirk zurück, aber de Moray führte weitere Angriffe durch. All diese Schlösser sind gefallen – Elgin, Forres, Nairn, Lochindab. In Aberdeen legten wir den englischen Schiffsverkehr lahm. Mein Gott, Arryn, unsere Chancen stehen gut. Aber wir sollten viel schneller vorgehen. In ein paar Tagen musst du zu Wallace reiten – er wählt gerade den Schauplatz für seine nächste große Schlacht. Sieh mal – da rückt der englische Kommandant Cressingham vor und Warenne reitet hier entlang. Angeblich ist sich Cressingham seiner Kampfkraft so sicher, dass er Percys Trupp nach Westen geschickt hat.«

»Wie ich hörte, kannte Wallace in Dunottar keine Gnade.«

»Weil er den brennenden Stall von Ayr nicht vergessen kann. Darin kamen etwa dreihundertsechzig Schotten ums Leben – nachdem sie arglos zu einer angekündigten

›Besprechung‹ geritten waren. Auch du weißt, wie schnell die Engländer ein Feuer entfachen.«

Arryn nickte, von vielen schmerzlichen Erinnerungen gepeinigt. Die Engländer hatten eine grausame Rache verdient. Daran änderte auch das Argument nichts, die Schotten hätten zuerst zugeschlagen, als John Baliol noch König gewesen und in Nordengland eingedrungen war. Zwei Tage später hatte das englische Heer die Grenze überquert und das Grauen von Berwick heraufbeschworen. »Wenn wir die Engländer besiegen wollen, müssen die Streitigkeiten in unseren Reihen aufhören, John. Da Edward in Frankreich beschäftigt ist, haben unsere Freiherren endlich beschlossen, sich gegen England zu stellen. Aber dann haben sie sich zerstritten kurz vor der Schlacht die Köpfe eingezogen.«

»Aye, das ist oft genug geschehen. Vor allem die Bruces schwanken wie Schilfrohr im Wind, denn sie glauben, nach einem Sieg Schottlands werden wir alle hinter John Baliol stehen, und wenn wir nicht ihn zum König krönen, wird eben ein anderes Mitglied der Familie Comyn seinen Platz einnehmen. Aber die Bruces wollen unbedingt den jungen Robert auf dem Thron sehen – das ist ihnen wichtiger als Schottlands Ehre. Glücklicherweise vermag Wallaces Leidenschaft so viele Männer mitzureißen. Sogar in Irvine, wo sich unsere Freiherren zankten und mit Edward Frieden schließen wollten, überfiel William eine englische Wagenkolonne, tötete ihre Begleiter und zog mit reicher Beute davon – die wir dringend brauchten. Nein, jetzt weichen wir nicht mehr zurück. Mit vereinten Kräften werden de Moray und Wallace siegen. Auch du musst dich ihnen anschließen, mein Vetter, ich bitte dich!«

»Natürlich werde ich an ihrer Seite kämpfen, John, das weißt du.«

»Gut. Da wäre noch etwas …«

»Aye?«

»Kinsey Darrow hat erfahren, dass Seacairn dir gehört.«

»Reitet er hierher?«

»Das sollte man meinen«, entgegnete John grinsend. »Wie man mir mitgeteilt hat, erlitt er vor lauter Wut fast einen Schlaganfall. Beinahe hätte er seinen eigenen Boten getötet. Aber er wurde von vernünftigen Beratern besänftigt und jetzt wartet er auf Verstärkung. Angeblich will der Earl of Harringford mit seinen Kriegern zu ihm stoßen.«

»Beachtliche Streitkräfte.«

»Gewiss, aber man wird sie der englischen Truppe zuteilen, die Jagd auf Wallace macht. Cressingham, dieser Narr, bildet sich ein, er würde nur gegen ›Pöbel‹ kämpfen. Aber er begreift immerhin, wie viele Rebellen zu diesem Pöbel gehören, und der König hat ihm befohlen, Schottland endgültig zu vernichten.«

»Wo hat sich Darrow zuletzt aufgehalten?«

Bedrückt senkte John den Kopf. »In Sir Tigue MacDonalds Haus. Unter dem Vorwand, der alte Mann sei ein Verräter, ließ er ihn vor den Augen aller Dorfbewohner hängen, ausweiden und kastrieren. Auch die Hälfte seiner Leute wurde umgebracht, das Anwesen geplündert, die Tochter vergewaltigt ...«

Sekundenlang schloss Arryn die Augen. Er hatte den alten Sir Tigue, einen kompromisslosen Rebellen, sehr geschätzt. Ein Grund mehr, Darrow zu hassen ... »Also ist er nicht weit entfernt.«

»Bevor er hierher kommen kann, wird der Earl of Harringford ihn vermutlich zum Heer abkommandieren.«

»Vielleicht. Jedenfalls werde ich unsere Wachen anweisen, besonders aufmerksam Ausschau zu halten.«

»Tu das. Und, Arryn – was du hier erobert hast, brauchen wir. Unsere Männer sind tapfere Krieger, aber schlecht gerüstet. Hast du das Arsenal von Seacairn geplündert?«

»O ja. Nun arbeiten die Schmiede Tag und Nacht, um

Schwerter und Rüstungen instand zu setzen oder neu herzustellen. Die meisten meiner Leute können sich gut bewaffnen. Aber einige müssen sich immer noch mit selbst geschnitzten Piken begnügen.«

Als Arryn Schritte auf der Treppe hörte, drehte er sich um. Jay kam in die Halle. »Sei gegrüßt, John!«, rief er grinsend. »Haltet ihr Kriegsrat? Um Himmels willen, ich flehe dich an – erzähl mir, dass alles in Ordnung ist!«

»Aye, und es wird immer besser.«

»Ist Lady Kyra ins Turmzimmer zurückgekehrt, Jay?«, fragte Arryn mit scharfer Stimme.

»Wie du's befohlen hast. Natürlich fragte ich sie, wie sie entkommen konnte. Da erklärte sie mir, sie sei nicht *entkommen*, sondern habe einfach nur das Zimmer verlassen. Du hast keine Wache vor ihrer Tür postiert und den Riegel nicht vorgeschoben.«

Darauf hatte Arryn verzichtet, weil er einen Angriff fürchtete. Jederzeit konnte das Schloss in Brand gesteckt werden ... Den Geruch verbrannten menschlichen Fleisches wollte er nie wieder riechen – und Kyra nicht verlieren. So wie Alesandra. »Hast du den Riegel jetzt vorgeschoben?«

»Nein, ich wollte dich fragen, auf welche Weise du sie in ihrem Schlafzimmer festhalten willst.«

»Sorg dich nicht, ich werde mich um sie kümmern«, erwiderte Arryn. Manchmal verstand sein guter Freund Jay ihn besser als er sich selbst. »Gerade haben wir besprochen, wie dringend wir Waffen brauchen.«

»Nun, wir haben diese Festung geplündert.«

»Habt ihr auch den gefallenen Soldaten die Waffen abgenommen?«, fragte John. »Den Männern, die jetzt in der Krypta ihre ewige Ruhe gefunden haben?«

Verwirrt wandte sich Arryn zu Jay, dann zuckte er die Achseln. »Wie ich zugeben muss, haben wir nicht daran gedacht, die Toten zu berauben, mein Vetter. Obwohl sie keine Verwendung mehr für ihre Waffen haben ...«

»Gehen wir in die Gruft hinab?«, schlug John vor.

»Nein!«

Als Arryn zur Treppe schaute, stellte er fest, dass Kyra ihr Zimmer wieder einmal verlassen hatte. Wollte sie einen Fluchtversuch unternehmen – oder ihm nachspionieren? Wie auch immer, ihr eigenmächtiges Verhalten erregte seinen Zorn. »Suchst du unsere Gesellschaft, meine Dame?«

»Nein!«

»Dieses Wort höre ich viel zu oft aus deinem Mund. Seltsam – du bist nicht berechtigt, irgendwelche Entscheidungen zu treffen.« Die Arme vor der Brust verschränkt, setzte er sich ans Kopfende der Tafel und beobachtete, wie Kyra die letzten Stufen herabstieg.

Glänzend hing ihr rotgoldenes Haar am Rücken herab und ihre Smaragdaugen hatten niemals heller gestrahlt. Sie ignorierte seinen Tadel. »Würdest du wirklich so tief sinken, die Toten zu bestehlen?« Zorn und Leidenschaft schwangen in ihrer Stimme mit, heftige Atemzüge bewegten ihre Brüste. Wieder einmal bewunderte er nicht nur ihre Schönheit, sondern auch ihren unbeugsamen Geist. »Ein so schweres Verbrechen würde der Allmächtige dir niemals verzeihen, Arryn!«

»Erörtert er mit dir, was er vergeben will und was nicht? Nun, ich glaube, *mir* wird er verzeihen. Die Toten zu bestehlen wiegt nicht so schwer, wie die Lebenden zu berauben, und dieses Verbrechens haben wir uns alle schuldig gemacht. Komm, John, gehen wir in die Gruft. Begleite uns, Kyra, und bete für uns wie ein gute Christin.« Als sie sich zur Treppe wandte, sprang er auf, eilte ihr nach und packte sie am Handgelenk.

Zu seiner Überraschung schimmerten Tränen in ihren Augen. »Wenn du glaubst, ich würde dir helfen, Arryn ...«

»Jedenfalls wirst du mit uns gehen. Ruf Gaston, Jay, er soll uns den Weg zur Krypta zeigen.«

Wenig später erschien der Britannier in der Halle, verneigte sich höflich und erklärte, die Toten würden unterhalb dieses Turms ruhen. Die Herren müssten nur die hintere Steintreppe hinabsteigen und eine Fackel mitnehmen, denn in den Höhlen sei es so dunkel wie in der Hölle. »Das hätte Euch auch Lady Kyra verraten können.«

»Dazu wäre sie wohl kaum bereit gewesen.«

»Warum wollt Ihr die Leichen sehen?«

»Wir werden uns ihre Waffen ausleihen.«

»Ausleihen?«, fauchte Kyra.

»Ja, Lady, die meisten waren gute Schotten. Für den Kampf um ihre Heimat würden sie uns ihre Waffen nur zu gern borgen. Bringt eine Fackel, Gaston!«, befahl Arryn.

»Aye, Sir Arryn.«

John übernahm die Fackel und Arryn ergriff Kyras Arm. Eisern hielt er ihr Handgelenk fest.

Sogar zur Sommerszeit herrschte feuchte Kälte in den unterirdischen Räumen. Vermutlich werden die Leichen von Seacairn bald gefrieren, überlegte Arryn. Durch einen Torbogen, der zweifellos aus der Zeit vor der normannischen Invasion stammte, erreichten sie ein Gewölbe mit steinernen Nischen, in denen die Verstorbenen aus mehreren Jahrhunderten lagen – Damen in eleganten Kleidern, Männer in Rüstungen, von dünnen Leichentüchern bedeckt. Im Feuerschein der Fackel schimmerten zahlreiche Schwerter.

»Welch ein Arsenal!«, bemerkte Arryn zufrieden, schob Kyra zu einer Nische und hob das Leichentuch eines Ritters, der in Augenhöhe lag. Darunter fand er einen schönen Zweihänder, das Schwert der Hochlandschotten. Erfolglos versuchte Kyra, sich loszureißen. Er wandte sich ihr zu und betrachtete ihr aschfahles Gesicht. »Weißt du, was Kinsey Darrow getan hat, Lady?« Schweigend senkte sie den Kopf. »Soeben hat er einen meiner alten Freunde ermordet. Und du behauptest, ich würde hier ein Verbrechen begehen? Komm, verlassen wir die Krypta. Hier befinden sich so viele Waffen, dass ich meine Männer beauftragen werde, alle einzusammeln.«

»Nicht das Schwert meines Vaters!«, flüsterte sie. »Bitte, du darfst seine letzte Ruhestätte nicht entweihen.«

Arryn schaute sich um. Im Felsgestein unter den Nischen waren die Namen der Verstorbenen eingeritzt. Der alte Lord of Seacairn lag neben dem Ritter, dessen Zweihänder Arryn soeben bewundert hatte. »Hast du das Schwert deines Vaters benutzt, um mich in der Kapelle zu bekämpfen?«

»Nein, mein eigenes.«

Natürlich, da sie fechten gelernt hatte – wenn auch nur zum Zeitvertreib –, würde sie eine Waffe besitzen, eine leichtere als das Schwert ihres Vaters.

»Bitte!«, wisperte sie. »Stör seine ewige Ruhe nicht!«

John, der hinter ihnen stand, räusperte sich. »Vielleicht wird eine Waffe mehr oder weniger keinen Unterschied machen.«

»Dann gib mir dein Schwert, Lady«, verlangte Arryn, »und wir werden die Waffe deines Vaters nicht anrühren.«

»Nachdem du mich in der Kapelle besiegt hattest, wurde mir das Schwert von deinen Männern abgenommen.«

Arryn nickte. »Schick ein paar Soldaten herunter, John. Sie sollen alle Waffen bis auf Lord Bonifaces Schwert an sich nehmen.«

»Aye, Arryn.«

»Und du, Lady ...«

»Ich kehre jetzt in den Turm zurück«, erklärte sie.

»Genau das wirst du tun.« Ein grimmiges Lächeln umspielte Arryns Lippen.

Während Ragnor die Waffenübungen auf dem Nordfeld leitete, beaufsichtigten Jay und John die Männer, die in der Krypta die Waffen der Toten einsammelten.

Neben einigen Leichen lagen auch Juwelen, Medaillons, goldene und silberne Ketten, Broschen und anderer Schmuck. John gab Arryn zu verstehen, dass die Leute sich diese Schätze gern aneignen würden. Mit derlei Wertsachen konnten sie sich eine Zeit lang über Wasser halten, wenn der Krieg nicht das erhoffte Ende nahm. Arryn erlaubte ihnen, die Krypta zu plündern, trug ihnen aber auf, die Verstorbenen respektvoll zu behandeln und wieder mit Leichentüchern zu bedecken. Nach getaner Arbeit sollte Pater Corrigan die Toten segnen. Erbost entgegnete der Priester, er wisse nicht, welche Gebete für bestohlene Leichen geeignet seien, doch er würde sicher die richtigen Worte finden.

An diesem Abend, als die Waffenübungen und die Plünderungen beendet waren, traf er Arryn auf der Brustwehr und berichtete, er habe die Toten wunschgemäß gesegnet.

Inzwischen war es spät geworden. Von den Nachtwachen abgesehen, schliefen alle Männer, und Arryn hatte nicht erwartet, dem Geistlichen um diese Stunde zu begegnen. »Seid Ihr empört, weil wir die Leichen beraubt haben, Pater?«, fragte er, an die Mauer gelehnt. Er war hierher gekommen, um ein wenig Frieden zu finden und die milde Sommernacht zu genießen – die wärmste seit seiner Ankunft auf Seacairn. Würde sich die Kälte innerhalb der dicken Mauern nicht so halten, müsste man nicht einmal Feuer in den Kaminen machen. Am samtschwarzen Himmel funkelten zahllose Sterne und eine sanfte Brise streichelte Arryns Wangen.

Seufzend zuckte der Priester die Achseln. »Wie ich hörte, habt Ihr Lady Kyra erklärt, an den Lebenden würden weit schlimmere Verbrechen begangen.«

»Ihr seid ein Mann Gottes, Pater. Welche Verbrechen habt *Ihr* begangen?«

»Was wisst Ihr schon über die Menschen, Sir Arryn? Die Sünden meiner Vergangenheit sind geheim.« Pater Corrigan war ein imposanter Mann, hoch gewachsen und kräftig gebaut wie ein Krieger. Von Anfang an hatte er Arryns Neugier erregt.

»Sünden an Lebenden – oder an Toten?«

Auf die Brustwehr gestützt, blickte Corrigan in die Nacht. »Es gibt viele Arten von Sünden, Sir. Dazu gehört auch der Stolz.«

»Und Mord.«

»Lust – Eitelkeit ... Doch ich finde, der Stolz zählt zu meinen schlimmsten Sünden – wegen der Gefahren, die er heraufbeschwört. Nun, ich bin ein Priester – und nicht bereit, einem Laien meine Seele zu öffnen, mag er auch noch so mächtig und weise sein.«

»Verspottet Ihr mich, Pater?«

»Keineswegs, Sir Arryn, und ich verdamme Euch auch nicht wegen Eurer Sünden an den Toten.«

»Aber wegen meiner Sünden an den Lebenden?«

Der Priester zögerte. »Nur was Ihr Lady Kyra antut, muss ich verurteilen.«

»Und das ist alles, Pater?«

»Alles, doch nicht zu verzeihen – und das gehört ebenfalls zu den größten Sünden.«

»Lady Kyra bittet mich nicht um Vergebung.«

»An Euch hat sie sich nicht versündigt.«

»Und Kinsey Darrow?«

»Eines Tages wird er sich vor dem Allmächtigen verantworten müssen.«

»Nein – vor *mir!*«

»Vielleicht.«

»Und was wird König Edward seinem Schöpfer erklären?«

»Irgendwann stehen alle Menschen vor dem höchsten Gericht. Sogar die Könige.«

»Mein ist die Rache, sagt der Herr, nicht wahr, Pater?«

»Gewiss, Sir Arryn.«

»Sollen wir uns etwa dem englischen König zu Füßen werfen?«

»O nein, Sir Arryn«, entgegnete Corrigan lächelnd.

»Das würde ich niemals tun. Lieber halte ich an meiner schwersten Sünde, meinem Stolz, fest.«

Arryn nickte nachdenklich. »Wenn ich Seacairn verlasse, wird die Lady unversehrt zurückbleiben, ich schwöre es.«

»Das genügt nicht.«

»Was verlangt Ihr von mir?«

»Nehmt sie mit.«

»Aufs Schlachtfeld? Nein, Pater, das wäre Wahnsinn. Ob wir siegen werden, weiß nur Gott – und er weiß auch, wie treu sie Edward und Darrow ergeben ist.«

»Sir Arryn ...«

»Mehr gibt es nicht zu sagen, Pater. Gute Nacht.«

Ins Turmzimmer zurückgekehrt, sah Arryn ein schwaches Feuer brennen. Kyra lag nicht wie erwartet auf dem Bärenfell vor dem Kamin. Auch der Sessel war leer. Er war der Meinung gewesen, sie hätten ein Abkommen getroffen – wenn auch unausgesprochen. Verwirrt und ärgerlich fragte er sich, was sie jetzt wieder im Schilde führen mochte. Auf leisen Sohlen betrat er den Raum, lautlos schloss er die Tür hinter sich und spähte in die Schatten. Da sah er sie auf dem Bett liegen, unter den Felldecken. Sofort beschleunigte sich sein Puls, ein heißes Verlangen erwachte.

Aber was in ihm vorging, würde er nicht verraten. Während er seine Kleidung ablegte, stellte sich Kyra schlafend. Belustigt nahm er auf dem Bettrand Platz und zog die Felle beiseite. Sie kehrte ihm den Rücken zu – einen schönen glatten Rücken, der im ersterbenden Feuerschein golden glänzte. In wachsender Begierde betrachtete Arryn eine verlockend geschwungene Hüfte, roch Kyras süßen weiblichen Duft.

Wie grausam sie seine Sinne quälte ... Langsam strich er mit einem Zeigefinger über ihre Schulter und fragte spöttisch: »Glaubst du, dein Vater hätte zu Lebzeiten sein Schwert bereitwillig für deine Ehre geopfert, Lady?«

Zu seiner Verbluffung fuhr sie blitzschnell herum – ein Schwert in der Hand, das sie an seine Kehle hielt. In ihren smaragdgrünen Augen leuchtete unverhohlener Triumph. Arryn erstarrte und verfluchte sich selbst. Weder für Schottland noch für den Ruhm der Freiheit würde er sterben, sondern einfach nur, weil er ein Narr war.

Die Klinge presste sich etwas fester an sein Fleisch. Wütend erwiderte er ihren Blick. »Steh auf!«, befahl sie. Da er keine Wahl hatte, gehorchte er, und sie stieg ebenfalls aus dem Bett. »Diese Waffe hast du nicht gestohlen!«

Die scharfe Schneide immer noch an seinem Hals, fragte er: »Dein Schwert, Kyra? Also hast du gelogen. Meine Männer nahmen die Waffe nicht an sich, nachdem du sie in einem fairen Kampf verloren hattest.«

»In einem fairen Kampf? Ausgerechnet du redest von fairen Kämpfen!«

»Wenn du mich töten willst, dann tu's. Denn wenn du das Schwert an mich verlierst, wirst du diese Stunde bitter bereuen.«

»Ich soll dich töten? So schnell? O nein, das wäre zu barmherzig.« Die Klinge glitt über seine Brust hinab, über den Bauch, noch tiefer. Beinahe erschien ihm die Berührung des Stahls wie ein zärtliches Streicheln. »Verräter werden gehängt, bis sie halb tot sind, ausgeweidet, kastriert und zerstückelt!«

»Ich bin kein Verräter. Niemals habe ich dem englischen König meine Treue geschworen. Oh, ich weiß, dein Volk genießt es, seine Feinde zu ermorden und zu verstümmeln. Würde es dich beglücken, mir einen so grausigen Tod zu bereiten? Nimmst du dir ein Beispiel an Kinsey Darrow?«

»Keineswegs, ich möchte nur mit dir verhandeln. Meine Freiheit für dein Leben.«

Die heiße Leidenschaft in ihrer Stimme verwirrte ihn. Nackt stand sie vor ihm, schön im rötlichen Licht der

Flammen, so stolz ... Und doch – sie schwankte ein wenig. Nur ein kleines Zeichen von Schwäche, das ihm genügte.

Entschlossen umfasste er die Klinge, spürte den stechenden Schmerz in seinen Fingern. Kyras Atem stockte, und sie tat ihr Bestes, um die Waffe festzuhalten. Aber mit seiner freien Hand umklammerte er ihren Unterarm so kraftvoll, dass sie ihren Griff lockern musste. Mühelos entriss er ihr das Schwert und schleuderte es in eine Ecke.

Dann packte er Kyra an den Haaren und zog sie zu sich heran. »Sei gewarnt! Wenn du dergleichen noch einmal versuchst, solltest du mich sofort töten!« Wütend stieß er sie beiseite, ging zum Kamin und kauerte sich davor, um im schwachen Lichtschein seine Schnittwunden zu inspizieren. »Komm her!« Als sie sich nicht rührte, sprang er auf, eilte zu ihr und zerrte sie an den Haaren zum Feuer. Unsanft warf er sie auf das Bärenfell. »Du musst meine Wunden behandeln.«

»Ich – ich habe eine Salbe«, stammelte sie.

»Wahrscheinlich Gift!«

»Glaub mir, ich habe dir nicht absichtlich wehgetan.«

»Leider verläuft eine Kastration nicht ganz schmerzlos, Lady.«

»Aber ich wollte mit dir verhandeln und das Schwert sollte mir gewisse Vorteile verschaffen.«

Er starrte sie an. Ja, sie hatte ein Schwert in der Hand gehalten, aber nicht benutzt. Weil sie eine Frau war – unfähig, kaltblütig zu morden ... Oder hatte er sie nur rechtzeitig überwältigt? »Hol deine Salbe.«

Krampfhaft schluckte sie und stand auf. »Vielleicht müssen die Wunden genäht werden.«

»So tief sind sie nicht. Bring endlich die Salbe her!«

Kyra lief zu einer Truhe und kam mit einem Tiegel zurück. Während Arryn in den Sessel am Kamin sank, kniete sie vor ihm nieder. Die Salbe, die sie behutsam auf die Wunden strich, kühlte den brennenden Schmerz und duftete angenehm. Dann wickelte sie leinene Bandagen um Arryns Hand. Beklommen sah sie auf. »Es tut mir Leid.«

»Dass du mich nicht getötet hast?«

»Red keinen Unsinn! Das hatte ich niemals vor.«

»Meine Hand schmerzt immer noch.«

»Vielleicht dauert es eine Weile, bis die Salbe zu wirken beginnt.«

»Ich finde, du solltest dich etwas eifriger bemühen, meine Qualen zu lindern«, erklärte er, stand auf und schlenderte zum Bett. Mit seiner unversehrten Hand schlug er die Decken zurück, dann legte er sich hin. »Warum wolltest du mich nicht töten?«

»Weil ich ...«

»Es wäre nur zu verständlich, wenn du mir nach dem Leben trachten würdest. Ich ritt hierher, eroberte dein Schloss, raubte dir die Unschuld und kam deinem teuren Verlobten zuvor, der dieses Land verwüstet und alte Krieger ermordet. Seit meiner Ankunft mache ich dir das Leben zur Hölle.«

»Allerdings! Trotzdem wollte ich dich niemals töten. Vergiss nicht, ich ließ Gnade walten.«

»Ich entwand dir die Waffe.«

»Nur weil ich zögerte.«

»Glücklicherweise ... Und jetzt? Du hast die Wahl.«

»Die Wahl?«

»Schläfst du wieder da drüben auf dem Bärenfell – oder ...?«

»Würdest du mir trauen, wenn ich in deiner Nähe bleibe? Vielleicht habe ich irgendwo eine zweite Waffe versteckt.«

»Nun, es wäre wohl besser, wenn ich dich da draußen an der Brustwehr festbinden würde.«

Kyra senkte den Kopf und verbarg ein Lächeln. Langsam ging sie zum Bett – nackt und schön, anmutig im Feuerschein. Nach kurzem Zögern streckte sie sich neben Arryn aus. Er nahm sie in die Arme und ihre Lippen fanden sich. Der Kuss entzündete ein wildes Fieber in seinem Blut.

Stöhnend schlang er die Finger in Kyras seidiges Haar, streichelte ihre Brüste, ihre Hüften und vergaß seine Wunden. Sie küsste ihn mit gleicher Glut. In dieser Nacht erwiderte sie zum ersten Mal seine Liebkosungen.

Während er an den Knospen ihrer Brüste saugte, glitten ihre Hände über seinen Rücken, und sie protestierte nicht, als er ihre Beine auseinander schob. Vorerst verschmolz er nicht mit ihr. Stattdessen wollte er sie schmecken, die seidige elfenbeinweiße Haut ihres Bauchs und ihrer Schenkel, das rosige Fleisch dazwischen. Schließlich kehrte sein Mund zu ihrem zurück. Mit bebenden Fingern berührte sie seine Männlichkeit und ein lodernder Blitz schien ihn zu durchzucken. Von verzweifelter Leidenschaft übermannt, drang er in sie ein, vergaß alles außer seiner Begierde, dem wilden Rhythmus, der ihn seiner Erfüllung entgegenjagte. Und Kyra passte sich seinem beschleunigten Tempo an, hob ihm immer wieder die Hüften entgegen. Ihr Anblick, ihr Atem und ihr Duft steigerten seine Lust ins Unerträgliche. Nur vage spürte er, wie sie sich unter seinem Körper anspannte, und ihre Hitze umfing ihn, bevor ihn ein verzehrender Höhepunkt erschütterte.

Danach mochte er sich nicht von ihr trennen. Um sie von seinem Gewicht zu befreien, presste er sie fest an seine Brust und drehte sich mit ihr zur Seite, sodass sie nebeneinander lagen – immer noch vereint.

Langsam beruhigten sich seine heftigen Herzschläge. »Soll ich dich fesseln, Lady? Zwei Mal sah ich ein Schwert in deiner Hand, einmal ein Messer. Welche Klinge willst du bei deinem nächsten Angriff gegen mich erheben?«

Ihr Haar kitzelte seine Haut. »Jetzt besitze ich keine Waffe mehr. Das schwöre ich.« Zögernd hob sie den Kopf und begegnete seinem Blick. »Nur das Schwert meines Vaters, wenn ich's behalten darf ... Dafür überließ ich dir meine letzte Klinge.«

»Du hast sie mir ›überlassen‹? Habe ich sie dir nicht vielmehr *entrissen?*«

Darauf gab sie keine Antwort und er zwang sie auch nicht dazu. Wie Pater Corrigan betont hatte, war der Stolz eine schwere Sünde – eine Sünde, für die Arryn ein gewisses Verständnis aufbrachte.

»Bitte, fessle mich nicht«, flehte sie. »Mit dem Schwert wollte ich dir nur zeigen ...«

»Was? Deine Macht über mich? Du hast versucht, mit mir über deine Freiheit zu verhandeln. Bedeutet sie dir so viel?«

»Dir nicht?«

»Diese Frage darfst du nicht stellen. Unsere Positionen lassen sich nicht vergleichen. Aye, ich habe das Schloss eingenommen. Aber ich werde es wieder verlassen.«

»Kannst du mir ein Datum nennen?« Ihre smaragdgrünen Augen glänzten seltsam – als würden sie sich mit Tränen füllen.

»Nein«, entgegnete er ungeduldig.

»Warum sollte ich dann nicht nach meiner Freiheit streben?«, flüsterte sie. »Ich soll mich freundlich und fügsam geben – bis du entscheidest, du hättest mir genug geraubt und es wäre an der Zeit weiterzuziehen?«

»So ist das nun einmal«, seufzte er müde und streichelte Kyras Wange. »Du wirst deine Freiheit wiederbekommen. Mehr kann ich dir nicht versprechen.«

Damit gab sie sich zufrieden, obwohl er ihr nichts zugestanden hatte. »Gut ...«

Die Finger in ihr Haar geschlungen, drückte er ihren Kopf an seine Brust und sie schliefen ein.

12

William Wallace war ein hoch gewachsener, breitschultriger Mann mit stählernen Muskeln; all seine Willenskraft lag in seinen Augen, in seiner Seele.

Diese Körpergröße erreichte Andrew de Moray nicht. Aber er besaß eine ebenso starke Persönlichkeit. Und vielleicht hatte er sogar noch mehr erreicht als Wallace, denn sein Name war sogar hier unten im Süden wohlbekannt. Da er aus einer reichen, mächtigen Familie stammte, hatte er viel zu verlieren. Trotzdem war er bereit, alles aufs Spiel zu setzen, um Schottland von den Fesseln des englischen Königs zu befreien.

Viele Männer waren dem Ruf der Rebellenführer gefolgt. Obwohl die Freiherren in Irvine zu keiner Einigung gelangt waren, mussten sie Wallaces und de Morays Leistungen anerkennen – auch die Erfolge von Rittern wie Arryn, der mehrere englische Stellungen erobert hatte. Und so zeigten sich die Aristokraten bereit, in einen Kampf zu ziehen, den sie möglicherweise gewinnen würden.

Einigen dieser Männer konnte man trauen, anderen nicht. Wallace und de Moray trafen Arryn auf einer Lichtung im Wald von Selkirk und erklärten, vielleicht würde es sich erst auf dem Schlachtfeld erweisen, wer vertrauenswürdig war.

»Wie ich hörte, stehen dir sehr viele Krieger zur Verfügung«, begann Wallace, einen Fuß auf einen umgestürzten Baumstamm gelegt. »Und du hast sie zu Übungen angehalten, um ihnen beizubringen, wie sie gegen die englische Kavallerie vorgehen müssen.«

An diesem Abend sprachen nur Arryn und seine Gefährten mit den beiden Anführern. John hatte die Zusammenkunft geplant, damit sich sein Vetter über Wallaces und de Morays Absichten informieren und ihnen seine Loyalität zusichern konnte. Von den Aristokraten und deren Rittern durften sie nichts dergleichen erwarten. Wenn sie auch versprachen, für Schottland zu kämpfen, würden sie sich vermutlich anders besinnen, sobald sie an einem Sieg zweifelten.

Sie saßen um ein kleines Feuer herum, das inmitten der Lichtung brannte – Wallace, de Moray, Arryn, John, Jay und Ragnor. Im Wald ringsum hielten mehrere Krieger Wache. Wallace und de Moray waren sich eben erst begegnet – ein Treffen, das nach Arryns Überzeugung Bischof Wishart arrangiert hatte.

Der Geistliche, ein eingefleischter alter Schotte, hatte die Ereignisse in die Wege geleitet, ohne zu berücksichtigen, wie die Kirche oder irgendwelche Könige darüber denken mochten. Da er Wallace und de Moray für die erfolgreichsten Rebellen hielt, hatte er die beiden grundverschiedenen Männer zusammengeführt.

Während de Moray aufwändige Kleidung und eine edle Rüstung trug, blieb Wallace ein grobschlächtiger, mittelloser Ritter, dessen Truppe schlechter gerüstet war als Arryns Männer. Bei seinen Siegen gegen die Engländer hätte sich Wallace genug Waffen und Rüstungen aneignen können. Aber er wusste, dass Strategien und blitzschnelle Angriffe zuweilen viel mehr zählten als Schwerter oder Kettenhemden.

»Aye, William«, stimmte Arryn zu, »wir haben Formationen gebildet, mit Piken, Schilden, Schwertern und Streitäxten. Meine Leute haben gelernt, gefallenen Feinden Waffen abzunehmen, gegen die englische Kavallerie zu kämpfen – und sich vor walisischen Bogenschützen zu hüten. Zu meinen Männern gehören Ritter, Bauern und Fischer, ein Astrologe, ein Koch, ein Lateinlehrer, Kaufleute, Steinmetze, Goldschmiede. Früher lebten und arbeiteten sie auf Hawk's Cairn. Davon ist nicht viel übrig geblieben, wie ihr vielleicht wisst.«

»In der Tat«, bestätigte Wallace bitter. Bei seinen Rachefeldzügen gegen die Engländer war er nicht gerade zimperlich vorgegangen. Aber die ungeheuren Gräueltaten, die der Feind verübte, erregten seinen Abscheu und schürten seinen Zorn. Oft genug waren unbewaffnete, hilflose Schotten von englischen Soldaten gehängt, enthauptet und zerstückelt worden. Wie Arryn hatte auch er die geliebte Frau verloren. Das verdankte er dem englischen Lord Heselrig. Bei dem Versuch, Marion Informationen über Wallaces Versteck zu entlocken, hatte der Bastard ihr den Kopf zertrümmert. Manche Leute munkelten, dieser grausige Tod sei ihr historisches Schicksal gewesen, denn er hatte Wallace zum wütenden Mord an Heselrig getrieben und zahlreiche Rebellen auf den Plan gerufen.

»Also ist nichts mehr von Hawk's Cairn übrig?«, fragte er.

»Nur das Land. Und die Ruinen. Wenn es an der Zeit ist, werde ich alles wiederaufbauen.«

»Aye, wenn Schottland wieder den Schotten gehört.« Wallace ergriff den Ale-Schlauch, den sie miteinander teilten. »Auf euren Clan, meine Freunde, und auf eure Treue!«

John warf Arryn einen kurzen Blick zu und zuckte die Achseln. »Da unser Clan weit verbreitet ist, kann ich nicht für alle Angehörigen sprechen. Die meisten unserer Verwandten stammen aus der Gegend von Stirling, aber einige leben auch auf den Inseln im Westen. Oder sie haben ins Hochland geheiratet. Wie du dich vielleicht entsinnst, war mein Vater nicht sonderlich begeistert von unserem Kampf, William.«

Freundschaftlich schlug Wallace auf Johns Schulter. Da er überaus kräftig war, fiel der grinsende John beinahe von seinem Baumstumpf. »Aye, dein Vater sicherte den Frieden. Dadurch verschaffte er uns Zeit. Er ist ein alter Mann und in diesem Krieg sollten die Jungen kämpfen. Er hat die Ragman Rolls unterschrieben, John. Wir nicht.«

»Einige Mitglieder unseres Clans unterstützen den Thronanspruch der Comyns«, warf Arryn ein. »Und andere finden, Bruce müsse die Krone tragen.«

»Vorerst will ich nur wissen, wer für unsere Freiheit kämpfen will.«

»Wir beide, William«, beteuerte John. »Das weißt du.«

»Gewiss.«

»Wie ich soeben erfahren habe, ist Sir Richard de Lundy zu den Engländern übergelaufen«, bemerkte Arryn.

»Ja«, stimmte Andrew de Moray zu. »Wahrscheinlich werden wir wirklich erst auf dem Schlachtfeld wissen, wer auf unserer Seite steht und wer nicht.«

Beeindruckt musterte Arryn den berühmten Rebellen – einen anziehenden Mann mit tiefer Stimme, starken Händen und eindringlichen Augen.

De Moray hatte sich vor allem mit seinem taktischen Geschick einen Namen gemacht. Immer wieder besiegte er die Engländer, indem er sie angriff – und dann verschwand. Er wusste, auf welchem Terrain man am besten kämpfen konnte, wie man Kavallerietruppen in Sümpfe lockte, wie man Bogenschützen in dichten Wäldern auswich und – am wichtigsten – wie man dem Feind schweren Schaden zufügte, indem man rechtzeitig den Rückzug antrat, um dem Vergeltungsschlag zu entrinnen. Mit dieser Strategie hatte er schon viele Festungen erobert.

Seufzend beugte sich Wallace vor. »Der junge Bruce interessiert sich bedauerlicherweise mehr für die Krone als für Schottland. Aber Gott weiß – er wird schon noch herausfinden, dass Edward dieses Königreich niemandem überlassen wird.«

»Wie auch immer, wir sind zum Kampf bereit«, betonte Andrew. »Und wütend wie nie zuvor.«

Arryn warf ihm einen scharfen Blick zu. Worauf diese Worte anspielten, wusste er – auf die Taktik des englischen Königs. Seit Alexanders Tod vor über zehn Jahren hatte Edward einen Schritt nach dem anderen unternommen – zunächst nur subtile Schritte –, um Schottland zu erobern. Vielleicht war es der größte Fehler der

Schotten gewesen, bei der strittigen Frage des Thronanspruchs um eine Empfehlung zu bitten. Diesen Entschluss hatte der Regentschaftsrat für gut und richtig befunden – und damit vielleicht einen Bürgerkrieg verhindert. Natürlich fühlten sich die Schotten auf niederträchtige Weise verraten, als Edward sich aufgrund dieses Ansuchens berechtigt fühlte, ihren Treueid zu fordern.

1291 lud er zahlreiche schottische und englische Aristokraten zu einer Zusammenkunft an der Grenze ein. Die Schotten trafen dort ein und rechneten mit einer Besprechung – nicht mit einem Krieg. Ohne Soldaten, ohne Waffen ritten sie zum Treffpunkt, wo Edward verlangte, sie sollten ihn als Oberherrn von Schottland anerkennen. Sie baten um Bedenkzeit. Zunächst wurden ihnen vierundzwanzig Stunden zugestanden, dann drei Wochen. Danach waren sie noch immer nicht in der Lage, sich gegen Edward zu behaupten, und sie wussten, welche Macht er demnächst im Grenzgebiet ausüben würde. Innerhalb von drei Wochen konnten sie kein schlagkräftiges Heer aufstellen. Vor allem den Magnaten, die aus dem hohen Norden herabgeritten waren, würde das nicht gelingen.

Vom 13. Juli 1291 an sollte der berühmt-berüchtigte Treueid abgelegt werden, innerhalb von zwei Wochen. Wer am vereinbarten Ort auftauchte und sich weigerte, das Dokument zu unterzeichnen, wurde festgenommen und erst frei gelassen, wenn sein Name auf den Ragman Rolls stand. Wer sich entschuldigen ließ, wurde zu einem anderen Zeitpunkt erneut aufgerufen. Den Rittern, die Edwards Order ignorierten, drohten harte Strafen.

Da die Engländer auf erbitterten Widerstand stießen, fühlten sie sich berechtigt, in Schottland zu morden, zu vergewaltigen und zu plündern – alles in König Edwards Namen.

John Baliol wurde 1292 in Scone zum schottischen

König gekrönt. 1295 weigerte er sich, Edward Truppen für den Krieg in Frankreich zur Verfügung zu stellen – und 1296 wurde er gezwungen, vor dem englischen König im Staub zu kriechen.

In wenigen Jahren hatte Edward das Land unterjocht. Zunächst verwirrt, zwischen verschiedenen Parteien hin und her gerissen, in Berwick und Dunbar vernichtend geschlagen, begannen die Schotten, sich gegen Edward zu erheben. In der Volksseele kämpften Angst, Zorn und Stolz.

Aber ein ganzes Volk lässt sich nur auf kurze Zeit unterdrücken. Jetzt, im Sommer 1297, unternahmen die gesetzlosen Rebellen tollkühne Angriffe auf die gigantische englische Kriegsmaschinerie.

»Wir sind bereit und wir werden kämpfen – das schwöre ich«, fuhr Andrew de Moray in entschiedenem Ton fort. »Mittlerweile beobachten wir die Engländer ebenso aufmerksam wie sie uns. Schon seit einiger Zeit überfallen wir sie regelmäßig und stehlen ihre Vorräte. Aber nun steht uns eine große, entscheidende Schlacht bevor. Unsere Positionen haben wir bereits festgelegt. Wir werden euch mitteilen, wann und wo ihr zu uns stoßen sollt. Da eure Männer gut ausgebildet sind, müssen sie dem ersten Ansturm der englischen Kavallerie entgegentreten und an der linken Flanke kämpfen.« Eifrig zeichnete er Linien in den Sand neben der Feuerstelle. »Natürlich wird Cressingham uns zum Rückzug auffordern und glauben, wir wären zu Friedensverhandlungen bereit. Er wird versuchen, unseren Willen zu brechen, Geiseln zu nehmen, uns zu demütigen. Aber wir suchen keinen Frieden.«

»Nein – es gibt keinen Frieden.« Wallace stand auf. Wieder einmal war Arryn beeindruckt von der Körpergröße des Mannes. Auch er erhob sich, ebenso wie sein Vetter und seine Freunde, drückte Wallaces Hand und schaute ihm in die Augen. Das genügte – Eide oder schriftliche Abkommen waren überflüssig.

Nachdem Arryn sich von Andrew de Moray verabschiedet hatte, ging er mit Jay und Ragnor zu den Pferden, um zurück nach Seacairn zu reiten.

John trat an die Seite seines Vetters. »Bedenk bitte – nicht alle Leute in dieser Festung sind vertrauenswürdig«, mahnte er und streichelte Picts Nüstern. »Während Wallace sein Heer zusammentrommelt, sollten die Engländer nicht über ihn stolpern.«

»Wer wird genau wissen, wo Wallace und de Moray auf uns warten? Meine Männer …«

»Die mein rückhaltloses Vertrauen genießen.«

»Und wer …«

»Hüte dich vor Lady Kyra, Arryn. Erzähl ihr nichts.«

»Nicht einmal mit meinen eigenen Kriegern teile ich alle meine Gedanken und Pläne. Warum sollte ich mit einer Frau darüber reden, die dem englischen König ewige Treue gelobt hat?«

»Sei mir nicht böse, Arryn. Ich bitte dich nur – nimm dich in Acht. Sie ist nicht nur schön, sondern auch klug – und deshalb gefährlich. Erklär deinen Männern, dass auch sie nichts ausplaudern dürfen. Wenn sie irgendetwas erfährt – über Wallaces Stellung, über die Schlacht – und wenn sie dir entkommt … Was dann geschehen könnte, weißt du. Lass dich nicht zu sehr von ihr betören – und vergiss nicht, wer sie ist.«

»So sehr könnte mich keine Frau auf dieser Welt verzaubern«, stieß Arryn hervor. »Glaubst du, ich würde jemals vergessen, was auf Hawk's Cairn geschah?«

»So soll unser Schlachtruf lauten. Wie gesagt, sei mir nicht böse. Ich warne dich nur, weil ich die Lady bewundere. Aber ich würde keine Sekunde zögern, sie zu töten, wenn sie uns verrät.«

»So blutrünstig bin ich nicht. Aber sei versichert, John – ich werde weder vergessen noch vergeben.«

Geduldig hatten Ragnor und Jay am Rand der Lichtung gewartet. Jetzt ritt Arryn zu ihnen und sie schlugen die Richtung nach Seacairn ein.

Sehnsüchtig blickte Kyra von der Brustwehr zum Fluss hinab. Gewiss, das Wasser war eisig. Doch im Sommer konnte man die Kälte verkraften. Sollte sie den Sprung in die Wellen wagen? Und danach?

Jeden einzelnen ihrer Schritte musste sie sorgfältig planen. Wohin Arryn geritten war, wusste sie nicht. Als sie am letzten Morgen erwacht war, hatte er das Turmzimmer bereits verlassen. Zunächst hatte sie sich deswegen keine Gedanken gemacht, weil er tagsüber nur selten ihre Gesellschaft suchte. Schließlich öffnete sie am späten Nachmittag ihre Tür, vor der Patrick Wache stand und sie einlud, mit den Männern in der Halle die abendliche Mahlzeit einzunehmen. Nur zögernd ging sie nach unten, voller Angst, Arryn könnte sie seinen Kriegern zum vergnüglichen Zeitvertreib angeboten haben. Aber sie musste herausfinden, was geschehen war.

Allzu viel erfuhr sie nicht – nur dass Arryn mit John Graham, Jay und Ragnor davongeritten war und etwa achtundvierzig Stunden fortbleiben würde. Also hatte sie genug Zeit, um Fluchtpläne zu schmieden.

Wie sie an diesem Abend feststellte, drohte ihr von seinen Rittern keine Gefahr. Die ernsthaften jungen Männer, lauter leidenschaftliche Rebellen, begegneten ihr sehr freundlich, trotz des Leids, das die Engländer ihnen angetan hatten.

Patrick – in Arryns Abwesenheit offenbar zu ihrem persönlichen Bewacher ernannt – saß neben ihr und kümmerte sich fürsorglich um ihre Bedürfnisse.

Während des Abendessens führte ein Gaukler seine Künste vor, und ein Spielmann sang ein trauriges Lied über König Alexander III., der auf dem Weg zu seiner jungen Frau in den Tod gestürzt war.

An ihrer Seite hörte sie Patrick leise seufzen, sah ihn an und hob die Brauen. Als er sie wehmütig anlächelte, zeigten sich Grübchen in seinen Wangen. »Bei allem Respekt – mochte Alexander auch ein guter, tapferer König gewesen sein, in seiner Todesnacht verhielt er sich wie ein Narr.« Offensichtlich bemerkte er Kyras Überraschung, denn er fügte hastig hinzu: »Fragt nur Arryn, Mylady! In jener Sturmnacht, vor der man den König eindringlich gewarnt hatte, ritt Arryn mit ihm. Und später gehörte er zu den Männern, die Alexander am Fuß einer steilen Klippe fanden. Der Himmel glühte feuerrot, und viele Leute behaupteten, dies sei ein Vorbote des Blutes gewesen, das bald fließen würde.«

Sie erschauerte. »Dann kannte Arryn den schottischen König sehr gut?«

»Aye, schon als junger Bursche wurde er in den königlichen Haushalt berufen. Alexander bildete ihn aus und schlug ihn bald zum Ritter. Eines Tages beschlossen der König und ein alter Lord aus dem Grenzgebiet, ihre Fehde nicht zu bereinigen, indem sie ihre Heere aufeinander hetzten; stattdessen sollten zwei Ritter einen Zweikampf austragen. Arryn focht für Alexander, trug den Sieg davon, und der König belohnte ihn. Vielleicht sah er in dem jungen Mann den Sohn, der ihm verwehrt geblieben war. Nachdem Arryn ihm das Leben gerettet hatte, erhielt er ein kostbares Geschenk – sein prächtiges Schlachtross. Ein Bär hatte Alexander angefallen, und Arryn rang das gefährliche Tier todesmutig nieder, nur mit einem kleinen Messer bewaffnet. Er bewunderte den König. Von ihm lernte er, die Einigkeit und Freiheit Schottlands über alles andere zu stellen.« Seufzend schnitt er eine Grimasse. »Ihr seht also, Lady, so leicht können wir keinem anderen Treue geloben – schon gar nicht einem so blutrünstigen Ungeheuer wie Eurem Edward!«

Nach einer kurzen Pause fragte sie: »Habt Ihr die Geschichten über Euren William Wallace gehört?« Seine Augen verengten sich. Nun wagte sie sich auf gefährliches Terrain. Trotzdem wollte sie ihren Standpunkt klarstellen. »Er hat Schlösser und Städte erobert – und viele gute Männer getötet, sogar die Bischöfe und Priester, die um ihr Leben flehten.«

»Zweifellos wisst Ihr, warum ...«

»Gewiss, Patrick. Aber Ihr müsst verstehen – den englischen Kindern, die entlang der Grenze wohnen, erscheint Euer Held wie ein Abgesandter des Satans. Und Edward ... Seine Königin war meine Patentante. In meiner Kindheit verbrachte ich mehrere Jahre am Londoner Hof und empfand den König als großartigen Mann, imposant in seiner Rüstung; vielen Menschen, die ihn um Gnade baten, wurde sie gewährt.«

»In Berwick haben zahllose Frauen und Kinder um ihr Leben gebettelt, Mylady.«

Kyra senkte beklommen den Kopf. Ja, das Massaker von Berwick würde Edwards Ruf für immer beflecken. Und doch – er war der Einzige, der sie jetzt zu retten vermochte. Das erkannte Arryn nicht. Er würde Seacairn verlassen und ihr die Freiheit schenken. Doch sie konnte nicht hier bleiben. Niemals würde sie sich in Kinsey Darrows Gefangenschaft begeben. Und deshalb musste sie fliehen ...

An diesem Abend schlief sie beinahe an der Tafel ein. Schwerfällig auf Patricks Arm gestützt, ließ sie sich von ihm ins Turmzimmer führen.

Dort wurde sie von Ingrid erwartet, die ihr beim Auskleiden half. Dann versank sie in einem tiefen, traumlosen Schlaf, aus dem sie erst am nächsten Nachmittag erwachte.

Hatte Patrick ihr eine Droge verabreicht? Dieser Verdacht lag nahe. Sicher war es einfacher, eine Feindin zu betäuben, als ein ganze Nacht lang ihren Verrat zu fürchten.

Nachdenklich war sie zur Brustwehr gewandert. Nun starrte sie zum Fluss hinab und überlegte, wie ihr die Flucht gelingen sollte. Um den Gefahren des Kriegs zwischen England und Schottland zu entrinnen, müsste sie London erreichen und den König um Hilfe bitten. Aber zurzeit kämpfte er in Frankreich und Kyra blickte einer ungewissen Zukunft entgegen. Nur eins stand fest – ihrem Verlobten würde sie sich nicht ausliefern. Womöglich würde er sie umbringen, sobald er sie geheiratet hatte. Wenn sie sich an Percy, Warren oder Cressingham wandte, Edwards Feldherren, würden sie Lord Bonifaces Tochter, das Patenkind der verstorbenen englischen Königin und Kinsey Darrows Verlobte, natürlich freudig aufnehmen – und sie ihrem Bräutigam übergeben.

Nein, sie musste sich aus seiner Reichweite entfernen und nach London fliehen … Oder in die andere Richtung … Nur weg von hier …

»Woran denkt Ihr, Mylady?« Pater Corrigan trat an ihre Seite, ein hoch gewachsener, kräftig gebauter Soldat der christlichen Kirche.

»An nichts, Pater.«

»Selbstmord ist eine schwere Sünde.«

»O mein Gott, nicht schon wieder! Niemals habe ich versucht, mir das Leben zu nehmen.«

»Tut es lieber nicht.«

»Was?«

»Nun, ich fürchte, Ihr wollt in den Fluss springen und flüchten.«

Unbehaglich starrte sie ihn an. Sie hatte ihn schon immer verdächtigt, auf der Seite der Rebellen zu stehen. »Und wenn ich auf Seacairn bleibe – was wird dann aus mir? Bald kommt Sir Arryn zurück.«

»Wenn Euer Sprung misslingt, werdet Ihr sterben.«

»Was meine Probleme lösen würde …«

»Kyra …«

»Und wenn ich unbeschadet fliehen kann …«

»…wird Euch Lord Darrow aufspüren.«

Glaubte er, daß ihr von ihrem Verlobten eine größere Gefahr drohte als von dem Gesetzlosen, der sie gefangen hielt? Ein beängstigender Gedanke … Der Stolz zwang sie, das Kinn zu heben. »Dann bin ich wenigstens vor den Rebellen sicher. Darrow wird sie alle hängen.« Abrupt kehrte sie ihm den Rücken zu. Hier gab es niemanden, der ihr beistehen würde. Ihr Priester war ein Gesetzloser, der Kommandant ihrer Schlosswache hatte sich dem Feind angeschlossen, und ihre verschreckte Zofe würde niemals verstehen, was in den Köpfen der Männer vorging.

Und der Barbar, der Seacairn erobert hatte? Er begehrte sie nur, solange er die Festung bewohnte. Bald würde er andere Kämpfe ausfechten, andere Mauern überwinden – andere Frauen bezwingen.

»Wollt Ihr das, Lady Kyra? Würdet Ihr eine gerechte Strafe darin sehen?«

Verwirrt drehte sie sich zu Pater Corrigan um. »Was?«

»Wollt Ihr die Schotten tatsächlich hängen sehen?«

»Nein, Pater, ich wünsche niemandem den Tod.«

Ohne ein weiteres Wort eilte sie zur Tür, die in den Ostturm führte. Patrick stand davor. Natürlich – sie hatte vergessen, dass er sie bewachte und jeden einzelnen ihrer Schritte beobachtete. Hatte er ihr Gespräch mit dem Priester belauscht? Von plötzlichem Zorn erfasst, hielt sie ihm einen Finger unter die Nase. »Heute Abend komme ich nicht zum Essen in die Halle, Patrick. Und ich lasse mich nie wieder mit Drogen betäuben. Was für eine niederträchtige Methode, eine Gefangene unschädlich zu machen!«

Verständnislos starrte er sie an. »Mylady, ich habe Euch keine Drogen verabreicht.«

Kyra wandte sich zögernd Pater Corrigan zu, der ihr gefolgt war und selbstgefällig lächelte. »Elender Schurke!«, beschuldigte sie ihn. »*Ihr* habt mir das angetan!«

»Mylady, Ihr sprecht mit einem Mann Gottes!«, mahnte Patrick.

Michael Corrigan verteidigte sich nicht und Kyra musterte ihn voller Abscheu. »Ein Mann Gottes? Ein irischer Teufel!«

»Immerhin besser als eine englische Verräterin, Mylady«, entgegnete der Geistliche und verneigte sich höflich.

Kyra würdigte ihn keiner Antwort und lief in ihr Turmzimmer hinauf. Rastlos wanderte sie umher. Noch vor Arryns Rückkehr musste sie aus der Festung fliehen – irgendwie. Mochten seine Soldaten auch tüchtig sein, so wachsam wie ihr Anführer waren sie nicht. Der Priester würde sie im Auge behalten, falls sie tatsächlich in den Fluss springen würde. Gab es eine andere Möglichkeit? Konnte sie einfach zum Tor hinausgehen?

Zögernd blickte sie sich um. Arryns Sachen waren immer noch da. Über dem Sessel vor dem Kamin hing ein Mantel, auf einer Truhe lag eine frisch gewaschene, sorgsam gefaltete Hose. Und aus dem Bett wehte sein Geruch zu ihr, sogar seine Hitze schien in den Laken zu hängen ... Nein, daran dufte sie jetzt nicht denken, sonst würde sie schluchzend zusammenbrechen. Nicht einmal sich selbst wollte sie die schreckliche Wahrheit eingestehen.

Und doch – sie hatte längst kapituliert, sie *mochte* ihn, schlimmer noch – er faszinierte sie, und sie wünschte sich nichts sehnlicher, als wieder in seinen Armen zu liegen. Welch eine demütigende Ironie ... Allein schon deshalb müsste sie sich in den Fluss werfen – weil sie eine so armselige Närrin war. Großer Gott, sie sehnte sich nach dem Klang seiner Stimme, nach seinem Blick, der Berührung seiner Finger, seiner Lippen. Wenn er wüsste, wie gut ihm seine Rache gelungen war ...

Gequält schloss sie die Augen. Sie würde flüchten. Bevor sie ihn wieder sah. Weil er der Mann war, den sie so gern in Kinsey gesehen hätte – stark, gerecht und barmherzig, trotz des Leids, das ihm die Engländer zugefügt hatten ...

Wenn sie London erreichte und dem König klarmachte, dass sie in der Ehe mit Kinsey ihres Lebens nicht sicher war, würde er sie einem anderen Krieger ausliefern, der für ihn kämpfte und mordete. O Gott, welchen Weg sollte sie wählen? Der Fluss kam nicht mehr in Frage, weil Pater Corrigan die Brustwehr im Auge behalten würde. Falls er es irgendwie schaffte, ihr ein zweites Mal Drogen zu verabreichen …

Nachdenklich blieb sie vor dem Kamin stehen. Feuer … Kinsey hatte Arryns Frau verbrennen lassen … Golden, rot und bläulich loderten die Flammen empor, warfen Schatten an die Mauern.

Würde Arryns Rachsucht jemals erlöschen? Oder immer wieder neue Nahrung finden? Sie *musste* ihm entfliehen …

Plötzlich ging ihr ein faszinierender Gedanke durch den Sinn. Pater Corrigan – der irische Dämon! Entschlossen öffnete sie die Tür. Patrick saß davor am Boden. Sofort sprang er schuldbewusst auf. »Mylady …«

»Ich muss den Priester sprechen«, erklärte sie mit sanfter Stimme.

»Aber …«, begann er und runzelte nachdenklich die Stirn.

»Bitte, Patrick!« Beschwörend umfasste sie seinen Arm. »Nun weiß ich, wie tief ich ihn gekränkt habe, und ich möchte mich entschuldigen.«

»Keine Ahnung, wo er ist …«

»Versuchen wir's in der Kapelle.« Dort würden sie Pater Corrigan hoffentlich nicht antreffen … »Und dann in seinem Haus. Bedenkt doch, Patrick, vielleicht ist meine unsterbliche Seele in Gefahr.«

»Gut, Mylady, gehen wir.«

Kyra schenkte ihm ein strahlendes, argloses Lächeln.

Ungeduldig fieberte Arryn seiner Rückkehr nach Seacairn entgegen. Da er nur von Jay und Ragnor begleitet wurde, konnte er schneller reiten als an der Spitze seiner ganzen Truppe. Der Gedanke an die bevorstehende, möglicherweise entscheidende Schlacht erfüllte ihn mit Erleichterung und Sorge zugleich. Dass Edward derzeit in Frankreich kämpfte, verschaffte den Schotten zweifellos gewisse Vorteile. In seiner Abwesenheit regierte sein Sohn, der ebenfalls Edward hieß. Ansonsten hatte er nichts mit dem Vater gemein – ein unsicherer junger Mann, der in Notfällen vermutlich die falschen Entscheidungen treffen würde.

Aber dem englischen König dienten ausgezeichnete Feldherrn, und das Heer, das sie nach Schottland führten, bestand angeblich aus fast hunderttausend Mann. Dazu zählten hervorragende Kavalleristen, Schwertfechter und Bogenschützen.

»Wollen wir rasten?«, fragte Jay, als der Wald von Selkirk bereits weit hinter ihnen lag. Jetzt ritten sie zu einer Baumgruppe auf einer hohen Klippe, an die sich kein Feind unbemerkt heranpirschen konnte. Hier hatten sie auch vor dem Angriff auf Seacairn übernachtet. Gewiss, seine Freunde waren müde. Trotzdem zögerte er, dem Ziel so nah.

»Nur eine Stunde, Arryn«, schlug Ragnor vor.

»Einverstanden.«

Während Jay und Ragnor abstiegen und ihre Pferde zu einem Bach führten, lenkte Arryn sein Schlachtross zum höchsten Punkt der Klippe. Ja, jetzt sah er Seacairn – und noch viel mehr. Lagerfeuer im Osten, in einem Wäldchen. Zwei, drei, vier … Darrow war zurückgekehrt.

Das Haus des Priesters lag zwischen der Innen- und der Außenmauer. Gefolgt von Patrick, trat Kyra ein. Natürlich durfte er nicht merken, dass sie Pater Corrigans Habseligkeiten durchsuchen wollte. Allzu viel besaß er nicht und er hielt peinliche Ordnung.

Auf seinem Tisch lag ein Weinschlauch neben einer Platte mit frischem Gemüse, Kartoffeln und einem Brotlaib, in ein Leinentuch gewickelt. Ein Regal enthielt die Schätze, die er von einer Pilgerreise ins Heilige Land mitgebracht hatte – arabischer Kaffee, ein paar Münzen, eine silberne Reliquie, mehrere Fläschchen aus braunem Glas. In einem anderen Fach entdeckte Kyra leinene Bandagen und Gefäße mit Kräutern, Essenzen, Arzneien und Ölen. Pater Corrigan übte auf Seacairn nicht nur das Priesteramt aus, er behandelte auch Kranke und Verwundete.

Während sie sich vom Wein einschenkte, inspizierte sie die Fläschchen und fand endlich, was sie suchte – Mohnsamenextrakt. Wie viel davon durfte sie benutzen? Sie wollte niemanden töten – aber ebenso wenig selber sterben. Was hatte sie über die Wirkung von Mohnsamen gelesen? Sicher würden ein paar Tropfen genügen.

Sie reichte Patrick einen Becher Wein. »Vertreiben wir uns die Zeit, während wir auf Pater Corrigan warten.«

»Danke, Mylady, ich bin nicht durstig.«

Hastig senkte sie den Blick, um ihre Enttäuschung zu verbergen. »Dann trinkt mit mir, um mir einen Gefallen zu erweisen. *Slainte!*«

»Worauf trinken wir?«

»Auf Schottland!«

Da hob er den Becher an seine Lippen, und sie gab lächelnd vor, an ihrem eigenen zu nippen.

»Warum auf Schottland, Mylady?«, fragte Patrick verwundert.

»Weil meine Mutter Schottin war und Seacairn in Schottland liegt.«

Grinsend drohte er ihr mit dem Finger. »Ihr müsstet auf *Edwards* Schottland einen Toast ausbringen.«

»Wie wär's, wenn wir auf den Frieden trinken würden?«

»Ein schöner Gedanke – aber leider sinnlos«, seufzte er und leerte den Becher. Abwartend beobachtete sie ihn und er erwiderte ihren Blick. Nichts geschah.

Plötzlich sank er vornüber und sie versuchte ihn aufzufangen. Er war sehr kräftig und schwer wie ein Eichenstamm. So gut sie es vermochte, ließ sie ihn zu Boden gleiten. »Patrick!«

Hatte sie ihn umgebracht? Nein, er atmete und er schaute sie sogar an. »Frieden ...«, murmelte er. »Aye, trinken wir auf den Frieden.« Dann fielen ihm die Augen zu.

»Tut mir Leid, Patrick«, flüsterte sie. »Wenigstens werdet Ihr gut schlafen.«

Nun musste sie sich beeilen – bevor der Priester nach Hause kam. Sie sprang auf und öffnete die Tür des winzigen Schlafzimmers. Wie sie gehofft hatte, fand sie eine seiner Kutten und ein weißes Leinenhemd. Unter seinen Kleidern lag ein Schwertgurt, mit seltsamen Zeichen verziert. Kyra schlang ihn um die Taille. Außerdem entdeckte sie einen kleinen Dolch. Der würde in die verborgene Tasche im Rock ihres Überkleids passen.

»Verzeiht mir, Pater, dass ich mir Eure Sachen ausleihe, ohne um Erlaubnis zu bitten«, wisperte sie, warf einen Blick auf das Kruzifix, das über dem Bett hing, und bekreuzigte sich. »Aber Ihr habt mir erklärt, der Herr würde denen helfen, die sich selbst helfen.«

Ehe sie das Haus verließ, kniete sie noch einmal neben Patrick nieder, um festzustellen, ob er noch lebte. Glücklicherweise atmete er tief und gleichmäßig.

Auf der Schwelle blieb sie kurz stehen und sah sich um. Jetzt durfte sie nicht länger säumen. Selbst wenn man nicht nach ihr suchte, würde man Patricks Abwesenheit bemerken.

Inzwischen war die Dunkelheit längst hereingebrochen. Die Handwerker und Händler beendeten ihre Arbeit und suchten ihre Hütten an der Außenmauer von Seacairn auf. Die Kapuze der Kutte tief ins Gesicht gezogen, lief sie aus dem Haus und in den angrenzenden kleinen Stall, in dem die gescheckte Stute des Priesters stand. Das Zaumzeug fand Kyra sofort, aber keinen Sattel.

Doch sie hatte ohnehin keine Zeit, das Pferd zu satteln. Und so legte sie ihm nur das Zaumzeug an, stieg auf und ritt aus dem Stall. Im Hof schloss sie sich einigen Steinmetzen an, die auf dem Weg zu ihren Häusern außerhalb der Schlossmauern waren und Kyra für den

Priester hielten. »Guten Abend, Pater!«, rief einer der Männer und sie winkte ihm zu.

»Wollt Ihr das Neugeborene segnen?«, erkundigte sich ein anderer. »Ein Jammer, dass sein Vater beim Kampf um die Festung starb …«

Kyra nickte und hoffte inständig, man würde ihr keine Fragen stellen, die sie beantworten musste.

»Schlimme Zeiten für uns alle, nicht wahr, Pater?«, seufzte jemand.

Jetzt wurde eine Antwort von dem irischen Priester erwartet. »Aye, mein Sohn«, murmelte sie mit heiserer Stimme und schlug ein Kreuz. »Gott segne Euch …« Dann spornte sie die Stute an und ritt zum Tor.

»Raus mit euch allen!«, befahl einer der Wachtposten. »Gleich wird das Fallgitter für die Nacht geschlossen!«

Sobald Kyra das Tor passiert hatte, beugte sie sich tief über den Pferdehals, galoppierte zum Wald und dankte dem Himmel. Endlich war sie frei … Aber warum wurde ihr das Herz so schwer?

In tiefer Dunkelheit erreichten Arryn und seine Freunde das Tor von Seacairn. Offenbar würde Darrow das Schloss erst im Morgengrauen angreifen. Er rief dem Wachtposten einen Gruß zu und das Fallgitter wurde hochgezogen. Im Innenhof übergaben sie die Pferde dem jungen Brendan, dann ermahnte Arryn die Wächter, den Wald im Auge zu behalten, wo sich zahlreiche Engländer herumtrieben. Die anderen Krieger wurden aus den Betten geholt, die Bogenschützen zur Brustwehr geschickt. Wenn die Angreifer eintrafen, sollte siedendes Öl hinabfließen. Entlang der Zinnen brannten kleine Feuer. Daran würden die Bogenschützen ihre Pfeile entzünden, um das Öl in Brand zu stecken und die Belagerer abzuwehren.

Während sich Arryns Truppe auf den Kampf vorbereitete, vermisste er Patrick. Gewiss, der junge Mann sollte Kyra bewachen. Aber die unerwarteten Aktivitäten hätten ihn längst in den Hof locken müssen.

Arryn überließ es Ragnor, den Männern in der Halle die Verteidigungstaktik zu erklären, und eilte die Turmtreppe hinauf. Vor der Tür hielt niemand Wache – und das Zimmer war leer. Von einer bösen Ahnung erfasst, rief er die Zofe zu sich. Angstvoll und atemlos erzählte sie, ihre Lady sei mit Patrick zu Pater Corrigan gegangen, den sie wegen eines Streits um Verzeihung bitten wollte.

Um Verzeihung bitten? Das sah Kyra nicht ähnlich. Außerdem war sich Arryn nicht sicher, ob er dem Priester trauen durfte. Immerhin hatte der Ire unter Darrows Herrschaft auf Seacairn gedient. Ungeduldig schob er Ingrid beiseite und rannte die Stufen hinab. In der Halle traf er Corrigan an, der Ragnor ebenso aufmerksam zuhörte wie die Krieger.

»Wo ist Kyra, Pater?«

Die Verblüffung des Geistlichen wirkte echt.

»Hält sie sich nicht im Turmzimmer auf?«

»Wenn es so wäre, würde ich nicht nach ihr fragen. Soeben teilte Ingrid mir mit, Kyra habe mit Euch gestritten und sei zu Euch gegangen, um Euch um Verzeihung zu bitten.«

»*Kyra?*« Der Stimme des Priesters war anzumerken, dass er dergleichen ebenso unwahrscheinlich fand wie Arryn.

»Das stimmt«, mischte sich Tyler Miller ein. »Kurz bevor es dunkel wurde, sah ich sie mit Patrick zu Eurem Haus gehen, Pater.«

»Ich war gar nicht zu Hause. Ich verließ das Schloss, um ein Neugeborenes zu taufen. Danach kehrte ich in die Halle zurück.«

Ohne ein weiteres Wort stürmte Arryn aus der Festung, dicht gefolgt von Jay und Pater Corrigan. Als er die Tür des Priesterhauses aufriss, sah er Patrick an der Wand liegen. Kalter Zorn stieg in ihm auf. Verdammt, sie hatte den jungen Burschen getötet … Nein, er atmete.

Corrigan drängte sich an Arryn vorbei, beugte sich zu Patrick hinab und fluchte leise – erstaunliche Worte aus dem Mund eines Kirchenmannes.

»Was hat sie ihm angetan?«, stieß Arryn atemlos hervor.

»Opium.«

»*Was?*«

»Eine Droge aus dem Heiligen Land …«

»Aye, ich weiß, was es ist. Wie zum Teufel hat sie's zwischen die Finger gekriegt?«

»In meinem Regal steht ein Opiumfläschchen«, erwiderte der Priester zögernd. »Nach Eurer Abreise schmiedete sie Fluchtpläne und gestern Abend verabreichte ich ihr das Betäubungsmittel.«

»Ist sie dahinter gekommen? Hat sie deshalb mit Euch gestritten?«

»Nein, weil ich sie an ihrer Flucht hindern wollte«, entgegnete Corrigan wahrheitsgemäß.

Erbost verließ Arryn das Haus, immer noch von seinem Freund und dem Priester gefolgt. »Und wann ist sie entkommen?«

»Vor nicht allzu langer Zeit. Seit unserem Streit sind nur ein paar Stunden verstrichen.«

»Glaubst du, sie hat die Lagerfeuer gesehen, Arryn?«, fragte Jay. »Dann wüsste sie, dass Darrow in der Nähe ist.«

Arryn warf ihm einen scharfen Blick zu. »Möglich wär's.«

»Aber wie konnte sie aus dem Schloss gelangen?«, murmelte Pater Corrigan.

Eine junge Frau eilte zu ihnen, Brennholz für die Feuer auf der Brustwehr in den Armen. »Sir Arryn …« Errötend knickste sie. »Gott sei Dank, Ihr seid wieder da, Pater! In diesen schwierigen Zeiten brauchen wir Euch. Wie schnell Ihr zurückgekommen seid …«

Erschrocken verstummte sie, als Arryn ihre Schultern packte. »Wann hat der Priester das Schloss verlassen?«

»Kurz bevor wir Euren Ruf am Außentor hörten, Sir. Dann wurde das Fallgitter geschlossen.«

»Danke, Mädchen.« Wütend starrte Arryn den Iren an. In seinen Schläfen pulsierte eine geschwollene Ader. »Habt Ihr's gehört, Pater? Die Lady ritt unbehelligt aus dem Schloss, als Priester verkleidet – vermutlich auf Eurem Pferd. Nun wird sie uns armen Narren triumphierend ihren Segen erteilen. Jay, schick Brendan in den Stall, ich brauche Pict – sofort! Und sag Ragnor, er soll bis zum allerletzten Moment auf meine Rückkehr warten. Aber sobald das erste Tageslicht am Horizont erscheint, muss er die Tore wieder schließen lassen, und ehe die Gefahr gebannt ist, dürfen sie nicht geöffnet werden.«

»Sei vernünftig, Arryn, du darfst ihr nicht allein folgen …«, begann Jay.

»Das wird er auch nicht«, fiel Corrigan ihm ins Wort.

»Doch!«, widersprach Arryn. »Da draußen lagert ein englisches Heer. Im Augenblick kann ich keinen einzigen Mann auf Seacairn entbehren. Alle meine Leute müssen die Verteidigung des Schlosses vorbereiten. Keine Bange, der Feind wird mich nicht sehen.«

»Mich auch nicht«, gelobte Corrigan. »Großer Gott, Sir, Ihr braucht jemanden, der Euch den Rücken deckt!«

»Einen *Priester?*«

»Diesen Beruf wollte ich nicht immer ergreifen. Als Junge wurde ich zum Krieger ausgebildet. Im Schwertkampf bin ich den besten eurer Soldaten gewachsen.«

Daran zweifelte Arryn nicht – nur an Corrigans Loyalität. Aber vielleicht würde der Ire ihm tatsächlich helfen, Kyra aufzuhalten, bevor sie Darrow erreichte. »Jay, Brendan soll auch ein schnelles Pferd für den Priester aus dem Stall holen.«

»Bist du sicher, Arryn?«

»Aye!«

Immer noch skeptisch, eilte Jay davon.

»Mach schnell!«, rief Arryn ihm nach, ohne den Priester aus den Augen zu lassen. »Wenn Ihr mich verratet, schicke ich Euch ins ewige Höllenfeuer, Pater.«

»Darin würde ich zu Recht schmoren, wenn ich beschlossen hätte, Euch einem Mann wie Kinsey Darrow auszuliefern.«

13

Kyra fürchtete die offene Strecke zwischen dem Schloss und dem Wald. Unglücklicherweise war Pater Corrigans gefleckte Stute viel langsamer als ihr eigenes Rassepferd. Immer wieder musste sie ihr gut zureden, dass sie das Tempo beschleunigte.

Als sie die ersten Bäume erreichte, hörte sie Hufschläge am Hang unterhalb von Seacairn. Wer immer dort herabgaloppierte – sie wagte es nicht, abzuwarten und die Reiter zu beobachten. So schnell wie möglich lenkte sie die Stute ins dunkle Dickicht. In diesem Wald kannte sie sich gut aus, denn sie hatte ihre Kindheit und frühe Jugend nicht nur am Londoner Hof verbracht, sondern auch auf den Ländereien ihres Vaters. Hier hatte sie sich nicht wie eine Lady benehmen müssen. Stattdessen war sie in den Wald geritten, um Drachen mit Armen aus grünen Zweigen und Barbaren zu bekämpfen, zu träumen, sie wäre eine berühmte Heilkundige oder ein Prinz würde sie retten, wenn ein Feind das Schloss angriff. Welcher Feind das sein mochte, hatte sie damals nicht gewusst.

Wenn in dieser Nacht ein Barbar auftauchte, würde sie ihn nicht so leicht besiegen wie in ihren kindlichen Spielen. Schaudernd folgte sie einem schmalen Weg. Obwohl ein heller Mond am Himmel stand und zahllose Sterne funkelten, herrschte pechschwarzes Dunkel zwischen den Bäumen. Und sie war ganz allein. Zum Glück musste sie den Wald nicht in einer Winternacht durchqueren und weitere Widersacher – Eis und Schnee und bittere Kälte – bekämpfen. Sie wusste, dass dieser Weg zu einem Bach führte, und sie lenkte die Stute dorthin. Wenigstens konnte sie frisches Wasser trinken, und sie besaß ein paar Juwelen, die sie in ihren Rocksaum eingenäht hatte. Schade, dass sie nicht daran gedacht hatte, den Brotlaib des Priesters mitzunehmen. Tagsüber war sie zu nervös gewesen, um etwas zu essen. Und sie hatte das Schloss vor der Abendmahlzeit verlassen.

Beklommen dachte sie an den armen Patrick, den sie überlistet hatte. Aber was war ihr anderes übrig geblieben? Jetzt hatte sie sich endlich befreit – von dem schottischen Gesetzlosen und dem englischen Dämon. Warum empfand sie keine Erleichterung, nur diese innere Leere?

Ringsum schien der dunkle Wald näher zu rücken – und sie zu beschützen.

Ihre Welt war verloren – ihr Heim, die Menschen, die sie gekannt, der Luxus, den sie stets genossen hatte. Aber dieser Verlust bedrückte sie noch nicht – nur die Leere in ihrem Innern. Was bedeutete es denn schon, dass sie vor Arryn geflohen war? Er wollte sie so oder so verlassen. Und Kinsey würde zurückkehren ... Er würde sie nicht hassen, weil sie das Eigentum seines schlimmsten Gegners geworden war, sondern weil sie ihn stets verachtet hatte.

Während sie immer tiefer in den Wald hineinritt, wuchs ihr Kummer. Einfach lächerlich – eine Frau, die mitsamt ihrer Festung erobert und dann vergewaltigt worden war, durfte sich nicht in ihren Feind verlieben. Und ein solcher Feind sollte mit seinen Augen, seiner Berührung und dem Klang seiner Stimme keine so heftigen Gefühle wecken ... Für ihn war sie, ebenso wie für Kinsey, nichts als eine Waffe, von der nach Belieben Gebrauch gemacht wurde. Jetzt musste sie ihr Leben selbst in die Hand nehmen. Es gab zwei Möglichkeiten. Entweder begab sie sich in die Obhut des Königs oder sie tauchte in einer abgeschiedenen Gegend unter.

In Gedanken an ihre ungewisse Zukunft versunken, bemerkte sie die Lichter zwischen den Bäumen zunächst nicht. Doch dann sah sie den gelben Schimmer. Eher neugierig als ängstlich ritt sie weiter. Am Bach angekommen, stellte sie fest, dass die flackernde Lichtquelle hinter einer Biegung des Ufers lag und offensichtlich von mehreren Lagerfeuern stammte. Erschrocken stieg sie ab, huschte lautlos in den Schatten einer Eiche und spähte in den gelblichen Widerschein der Flammen. Wer hatte da drüben sein Lager aufgeschlagen? Wie viele Männer mochten es sein? Und wie weit waren sie von ihr entfernt? Ziemlich weit – mindestens eine Viertelmeile … Erleichtert seufzte sie auf.

Nach der Anzahl der Feuerstellen zu schließen, mussten sehr viele Männer in der Tiefe des Waldes übernachten. Wenn sie selbst kein Feuer entzündete, würde man sie nicht bemerken. Am anderen Ufer würden ihr hohe Felsbrocken Schutz bieten. Dort konnte sie auch die Stute besser verstecken. Anfangs hatte sie bedauert, dass es ihr unmöglich gewesen war, auf ihrem eigenen Pferd zu fliehen. Jetzt erkannte sie, welcher Vorteil darin lag. Falls jemand das Pferd des Priesters erkannte, würde man es nicht mit ihr in Verbindung bringen.

Dass Kinsey an einem der Lagerfeuer saß, wagte sie sich anfangs nicht vorzustellen – obwohl der Gedanke nahe lag. Inzwischen hatte er Zeit genug gehabt, um den Auftrag des Earls of Harringford auszuführen, von der Eroberung Seacairns zu erfahren und Streitkräfte für die Rückkehr zusammenzutrommeln. Kyras Blick folgte dem gewundenen Bach bis zu der Biegung, hinter der die Flammen loderten. Hatten die Wachtposten auf der Festung das Lager schon erspäht? Sollte sie umkehren und ihnen Bescheid geben? Nein – irgendjemand musste den Lichtschein bemerkt haben. Hinter den dicken Mauern waren sie alle sicher.

Sicher! Die Eindringlinge vor den Engländern, denen sie das Schloss gestohlen hatten?

Wenn sie nicht zurückritt und wenn Kinsey das Schloss angriff, mussten die Schotten glauben, sie wäre geflohen, um ihn zu warnen, um ihm wichtige Informationen zu liefern ... Und Arryn würde womöglich mitten in das Heer hineinreiten, das Seacairn belagerte.

Hinter ihr erklang ein leises Geräusch. Atemlos drehte sie sich um. Ihr Herz schlug wie rasend. Normalerweise hörte sie sehr gut im Wald. Aber diesmal hatte sie die drohende Gefahr nicht rechtzeitig wahrgenommen. Hatte sich einer von Kinseys Wachtposten an sie herangepirscht?

Tatsächlich – da stand Sir Richard Egan, Kinseys rechte Hand, ein großer, schlanker Mann, mit haselnussbraunen Augen, dunklen Haaren und raubtierhaften Zügen, ein Ritter, der nach Macht und Reichtum strebte. Im Gegensatz zu Kinsey entstammte er keiner vornehmen Familie. Aber er war kühn und skrupellos und er hoffte auf einen gesellschaftlichen Aufstieg in Lord Darrows Diensten.

»Sir Richard!«

»Aye, Mylady. Dem Himmel sei Dank, Ihr seid dem verdammten barbarischen Bastard entkommen! O Gott, was er Euch sonst antun würde, wenn wir die Festung stürmen!«

Unbehaglich schaute sie sich um. Er hatte sich wohl kaum allein so weit vom Lager entfernt. Aber sie sah niemanden. Weiter hinten auf dem Weg stand sein Pferd, ein großer Rappe. Nicht einmal die Hufschläge hatte sie gehört.

Vermutlich hatte er sie während einer Patrouille rings um das Lager entdeckt und zunächst nicht erkannt, weil sie die Kutte eines Priesters trug. Und so war er lautlos an sie herangeschlichen. Langsam glitt sein Blick über ihre Gestalt, schien auf ihren Wangen zu brennen und jagte einen Schauer über ihren Rücken. Nur zu gut entsann sie sich, wie maßlos ihn ihre kühle, abweisende Haltung Kinsey und ihm selbst gegenüber geärgert hatte.

Jetzt trat er vor und ergriff ihren Arm.

»Sir Richard!«, protestierte sie in gebieterischem Ton, was ihn wenig beeindruckte. »Lasst mich los!«

»Meine Liebe, man sollte meinen, Ihr wäret mir dankbar, nachdem ich Euch vor diesen Teufeln gerettet habe.«

»Ich habe mich selbst gerettet und Ihr seid nur zufällig hier vorbei gekommen.«

»Das spielt keine Rolle. Nun seid Ihr wieder bei uns. Ihr werdet uns alles erzählen, und wir wollen rächen, was dieser Schurke an Euch verbrochen hat. Wo steckt er? Wie seid Ihr der Gefangenschaft entronnen? Wie viele Männer befinden sich in der Festung?«

»Bitte, Sir Richard! Ihr tut mir weh. Lasst mich endlich los!«

Unbeachtet verhallten ihre Worte. »Gehen wir zu Lord Darrow, Lady. Zweifellos wird er sich freuen, Euch wieder zu sehen.«

»Aye«, flüsterte sie unglücklich. Natürlich konnte sie ihm nicht eingestehen, es sei ihr viel wichtiger, Kinsey zu entrinnen, als den ›Barbaren‹.

Sir Richard streifte ihr die Kapuze vom Kopf. »Glaubt Ihr vielleicht, Euer Tonfall würde mir entgehen, Lady? Schon immer habt Ihr Euch eingebildet, Ihr würdet hoch über unsereins stehen. Gewiss, Ihr seid schön – dieses vollkommene Gesicht, die vollkommene Gestalt, und die melodische Stimme … Sicher bildet Ihr Euch ein, das würde Euch stets retten, in allen Lebenslagen. Aber vielleicht ist Euer berückender Zauber Euer Verderben.«

»Könnte Euch der König hören, wäret Ihr ein toter Mann, Sir Richard.«

»Aber der König ist nicht hier, oder?«

»Bringt mich zu Kinsey, Sir Richard. Und nehmt Eure Hand weg!«

»Immer noch so hochmütig, Lady? Obwohl Euch ein Gesetzloser seinen Stempel aufgedrückt hat? Wenigstens seid Ihr ihm davongelaufen ... O ja, ich bringe Euch zu Kinsey. Bei ihm seid Ihr sicher.«

Sicher? Bei Kinsey? Niemals ... »Begreift Ihr denn nicht, dass Ihr mir wehtut, Sir Richard? Lasst mich endlich los!«

»Tut mir Leid, Lady, ich fürchte, Euch zu verlieren. Und das wäre bedauerlich, nachdem Ihr ein Wunder vollbracht habt und zu uns in den Wald geflohen seid.«

Sein Sarkasmus war unverkennbar. Aber sie musste ihre Worte sorgsam wählen. Wenn sie sein Misstrauen schürte, würde seine Wachsamkeit gewiss nicht nachlassen und sie könnte ihm nicht entkommen.

»O ja – ein Wunder«, bestätigte sie leise.

»Nicht alle Frauen hätten diese Tortur so gut überstanden. Von einem heidnischen Gesetzlosen berührt zu werden – ein so unermessliches Grauen hätte die meisten in den Selbstmord getrieben. Aber *Ihr* erscheint mir ... unversehrt. Nun, bald werdet Ihr uns alles erklären. Erstaunlich, wie gut Ihr ausseht, Lady!«

»Wirklich?«, wisperte sie.

Mit eisenharten Fingern umklammerte er gnadenlos ihren Arm, während er sie zu seinem Schlachtross führte. »Natürlich haben wir von den Ereignissen auf Seacairn erfahren. Und der Gedanke an die Höllenqualen, die Ihr in der Gewalt des niederträchtigen Barbaren ausstehen musstet, brachte uns in helle Wut. Lord Darrow war außer sich vor Angst. Und doch – Ihr erweckt keineswegs den Eindruck, Ihr wärt misshandelt worden, Lady.«

Irgendwie musste sie ihm entfliehen. Diesmal hatte er sie aufgespürt, weil sie achtlos gewesen war. Doch sie kannte diesen Wald besser als er. Wenn sie ihm entkam, würde er sie nicht mehr einfangen.

Plötzlich hielt sie den Atem an, spähte an ihm vorbei und runzelte die Stirn. »Sir Richard!«, rief sie.

»Was gibt's?« Unwillkürlich lockerte er seinen harten Griff.

»Euer Pferd ist verschwunden! Dieser schöne Rappe! Wir müssen ihn einfangen!« Blitzschnell riss sie sich los, stürmte den Weg entlang und scheuchte das große Schlachtross davon, das sich nur um wenige Schritte entfernt hatte. Indem sie vorgab, dem Pferd zu folgen, rannte sie zwischen die Bäume.

»Lady Kyra!«, rief Sir Richard wütend.

Im Dickicht blieb ihre Kutte an Dornen und Zweigen hängen. Ohne das Gestrüpp zu beachten, das an ihren Haaren zerrte, lief sie weiter. Auf einer kleinen Lichtung blieb sie stehen, um Atem zu schöpfen. Sie hatte einen beträchtlichen Vorsprung gewonnen. Aber sie war zu Fuß. Und Kinseys Männer hatten ihre Pferde. Immer noch keuchend, lauschte sie angespannt. An einen Baumstamm gepresst, hörte sie minutenlang nur ihre eigenen heftigen Herzschläge. Dann näherten sich gellende Stimmen und Hufschläge.

Als ein Reiter vorbeisprengte, versteckte sie sich hastig hinter dem Baum. Ein zweiter galoppierte auf die Lichtung. Sie kannte ihn nicht. Aber auf dem Umhang, den er über seinem Kettenhemd trug, prangte Kinseys Familienwappen. Geschmeidig schwang er sich aus dem Sattel und eilte zu ihr – ein Fremder mit groben Gesichtszügen und kalten Augen. Sir Richard musste ihn in diese Richtung geschickt haben – mit dem Auftrag, sie unter allen Umständen dingfest zu machen?

Wenn er sie Sir Richard auslieferte, würde sie nicht mehr lange genug leben, um ihren Verlobten wieder zu sehen. Angstvoll wich sie zurück.

»Spielen wir, Mylady?«, fragte er lächelnd. »Wollt Ihr wieder davonlaufen? Die ganze Nacht habe ich Zeit, um Euch zu finden. Aber wenn Ihr meine Geduld auf eine zu harte Probe stellt, könntet Ihr's bereuen – und vielleicht noch schlimmere Qualen erleiden als in den Händen des Barbaren!«

Entschlossen zog sie das Schwert des Priesters – zu ihrer Bestürzung eine sehr schwere Waffe. Und sie stand einem Mann in voller Rüstung gegenüber.

»Welch ein Glück, Euch ganz allein hier anzutreffen!«, spottete er.

»Kommt mir nicht zu nahe!«, warnte sie ihn.

»Oh, Mylady, wie Ihr die Sinne eines Mannes zu reizen wisst!«

»Elender Narr! Kinsey wird Euch töten!«

»Das bezweifle ich. Euer Wort gegen meines – wem wird er wohl glauben? Nachdem Ihr die Hure dieses dreckigen Barbaren geworden seid? Lasst das Schwert fallen, Lady. Wenn ich's verhindern kann, sollt Ihr nicht im dunklen Wald verbluten.«

Siegessicher trat er noch näher. Als sie die Waffe hob, lachte er, und sie stach blitzschnell zu. Sofort erstarb sein Gelächter.

In letzter Sekunde zog er seine eigene Klinge und wehrte den Schwertstreich nur mühsam ab. Jetzt erkannte er, dass er eine geübte Fechterin zum Gegner hatte. Wütend ging er zum Angriff über. Ein paar Mal traf sie ihn, doch an seinem Kettenhemd prallte die Stahlspitze immer wieder ab. Da sie keine Rüstung trug und keinen Schild besaß, durfte sie ihm keinen gezielten Hieb gestatten. Sie suchte nach seinen Schwachstellen – unter den Achseln, am Hals, an den Knien, unter dem kurzen Kettenhemd. Wenn sie eine dieser Stellen attackierte …

Beinahe berührte das gegnerische Schwert ihre Brust. Sie sprang zurück, hielt sich an einem Baumstamm fest und ging dahinter in Deckung. Doch der Ritter folgte ihr. Die Waffe in beiden Händen, stürzte sie sich auf ihn.

Zu spät zuckte er zurück, und sie traf sein linkes Bein – ein effektvolle Attacke, die vielleicht eine Ader durchtrennen und einen Krüppel aus ihm machen würde. Wütend schrie er auf.

Sobald sie festgestellt hatte, dass er ihr nicht nachlaufen konnte, ergriff sie die Flucht. Aber nun galoppierte noch ein Reiter auf die Lichtung und entdeckte Kyra. Dicht vor ihr sprang er aus dem Sattel und versperrte ihr den Weg. Jetzt war sie zwischen den beiden Männern gefangen.

»Pass auf!«, rief der erste. »Beinahe hätte mich diese Wildkatze umgebracht. Stich sie nieder!«

»Aber wir müssen sie lebend zu Kinsey bringen ...«

»Notfalls sollen wir sie töten, sagte Sir Richard. Pack sie endlich!« Der Verletzte fluchte erbost. »Beil dich! Ich brauche Hilfe! Sonst verblute ich!«

Kyras Blick irrte zwischen den zwei Rittern hin und her. Zu ihrem Leidwesen erhob sich der Verwundete und hinkte in ihre Richtung. Zuerst musste sie jedoch den unverletzten Krieger abwehren. Das würde ihr hoffentlich gelingen, bevor der andere sie erreichte. Sie versuchte beide im Auge zu behalten. Blutend und taumelnd, aber entschlossen näherte sich ihr erster Widersacher. Trotzdem konzentrierte sie sich auf den zweiten.

»Aus dem Weg, Kyra!« Ein dritter Mann rannte auf die Lichtung, den Rücken ihr zugewandt. Aber sie erkannte die breiten Schultern, das rabenschwarze Haar, die Stimme. Arryn.

Mit gezücktem Schwert sprang er zu dem Verletzten, der seine Waffe hob, um sich zu verteidigen. Mit einem gewaltigen Hieb wurde sie zerschmettert, der nächste Streich streckte ihn nieder.

Wie erstarrt stand Kyra da. Arryn schob sie beiseite, dann griff er ihren zweiten Gegner an.

»Verdammter Gesetzloser!«, brüllte der Mann. Geschickt parierte er Arryns Attacken, wurde aber immer weiter zurückgedrängt. Klirrender Stahl gellte in Kyras Ohren, Schlag auf Schlag. Schließlich wurde der Mann an der verwundbaren Stelle zwischen dem Helm und der Halsberge getroffen. Würgend griff er sich an die Kehle und brach zusammen.

»Verschwinde, Kyra!«, befahl Arryn.

»Aber …«

»Lauf weg, kleine Närrin! Du bist hierher gekommen, um Kinsey zu warnen. Dein Pech, dass seine Männer dich dran hindern wollen!«

»Sei nicht albern!«, protestierte sie erbost. Doch ihr Zorn verflog sofort. »Da sind noch mehr!« Hufschläge näherten sich und zwei Männer in Kinseys Farben sprengten aus dem dunklen Unterholz. Auf der kleinen Lichtung konnten sie ihre Pferde nicht lenken und so schwangen sie sich aus den Sätteln. Unter den Helmen sah sie nur die Augen. Zögernd blieb sie stehen, immer noch das Schwert des Priesters in der Hand. Blut tropfte von der Klinge.

»Verschwinde, Kyra!«, stieß Arryn hervor.

»Ich könnte dir helfen …« Aber die beiden feindlichen Augenpaare starrten sie an und da trat sie zurück. In der nächsten Sekunde wurden Darrows Ritter von ihr abgelenkt, denn sie mussten sich gegen Arryns Schwert zur Wehr setzen.

»Mylady!«

Verwirrt drehte sie sich um. Auf lautlosen Sohlen hatte Pater Corrigan die Lichtung betreten. »O Pater, er kämpft jetzt gegen zwei Feinde, ich muss hier bleiben und …«

»Gebt mir bitte meine Waffe.«

»Ihr seid ein Priester!«

»Wenn Ihr auch eine ausgezeichnete Fechterin seid, ich glaube, ich bin Euch überlegen.«

Widerstrebend reichte sie ihm das Schwert.

»Bringt sie weg von hier, Pater!«, schrie Arryn und stach einem seiner Gegner seitlich in die Rippen. Zwischen den Gliedern des Kettenhemds hatte er eine Schwachstelle gefunden; Blut quoll daraus hervor.

»Lauft davon, Lady Kyra, ich flehe Euch an!«, rief Pater Corrigan.

Jetzt wartete sie nicht länger und stürmte zwischen

die Bäume. Welche Richtung sie einschlug, wusste sie nicht. Längst hatte sie die Orientierung verloren. Und Sir Richard befand sich immer noch in der Nähe.

Allmächtiger, hilf mir, betete sie stumm.

Blindlings rannte sie durch das Dickicht, bis sie innehalten musste, um Atem zu holen. Ein plätscherndes Geräusch drang zu ihr. Also war sie zum Ufer zurückgekehrt. An einen Baum gelehnt, lauschte sie, hörte Hufschläge und Männerstimmen.

Sir Richard! Er saß auf seinem Schlachtross, das er mittlerweile eingefangen hatte, und brüllte zwei Reiter an. »Irgendwo in diesem Wald muss sie sein! Und außerdem treiben sich hier noch diese schwachsinnigen Rebellen herum – Bauern, Handwerker und Fischer, bei Gott! Drei von unseren Männern wurden niedergemetzelt! Und ihr Narren findet nicht einmal Lady Kyra!«

Auf Zehenspitzen schlich sie zum Wasserrand. Immer wieder spähte sie über die Schulter. Wenn es ihr gelang, durch den Bach zu waten …

Und dann erstarrte sie.

Kinsey. Groß und breitschultrig, attraktiv mit seinem dunklen Haar und den klassischen, beinahe schönen Gesichtszügen. Er stand auf einem Felsvorsprung am Ufer. Nachdem er seinen Männern Befehle erteilt hatte, suchte er die Umgebung des Bachs vermutlich selbst nach ihr ab.

Zunächst entdeckte er sie nicht. Dann wandte er sich in ihre Richtung. »Ah, Kyra …« In seinen Augen las sie so viele Gefühle – Zorn, Besessenheit, kalte, tödliche Rachsucht. »Meine arme Liebste! Überfallen, missbraucht, gepeinigt! Komm zu mir!« Lächelnd hob er eine Hand.

Als sie sich nicht rührte, ging er zu ihr.

Dicht vor ihr blieb er stehen. Jetzt hätte er sie berühren, ihre Wange streicheln können. Aber sie war schneller. Mit aller Kraft warf sie sich auf ihn. Mit diesem Angriff hatte er nicht gerechnet. Er verlor das

Gleichgewicht, taumelte verwirrt nach hinten und stürzte ins Wasser.

Hätte er sie nicht ohnehin schon zur Genüge gehasst – diese Demütigung würde er ihr nie verzeihen.

Sie floh wieder zwischen die Bäume und wusste, dass sie um ihr Leben rannte.

Außer sich vor Wut, kletterte Kinsey ans Ufer und schrie nach seinen Leuten. Ringsum brach ein Aufruhr los. Sie stürmte zu den Klippen, zu einem Gestrüpp, das sie kannte, wo sie sich zu verstecken hoffte. Nach einer Weile blieb sie stehen und lauschte.

Nichts …

Entsetzt zuckte sie zusammen, als sich eine Hand von hinten auf ihren Mund presste und ihr den Atem nahm. Ein starker Arm zerrte sie aus dem Dickicht, einen Weg entlang. Vergeblich versuchte sie, sich zu befreien. Da sie keine Luft bekam, drohten ihr die Sinne zu schwinden und es flimmerte vor ihren Augen. Schließlich wurde sie hochgehoben, an eine muskulöse Brust gepresst, und die harten Finger, die ihr den Mund zuhielten, lockerten sich nur ein wenig.

Während der Mann durch die Nacht lief, spürte sie die kraftvollen Schläge seines Herzens. Zeit und Raum schienen zu entschwinden, das Grauen wuchs.

Nach einer Weile verlangsamte er seine Schritte, und sie hörte seine Stimme, ein heiseres Flüstern. »Kein Wort, Lady, kein Laut, wenn du wieder atmen willst!«

Arryn … Vor Erleichterung wurde sie fast ohnmächtig.

»Wenn du mich verstanden hast, musst du nicken. Aber kein Laut, hörst du? Sonst stoße ich dir mein Schwert mitten ins Herz.«

In ihren Augen brannten Tränen. Schotten und Engländer hassten sie gleichermaßen, weil sie sich von ihr verraten glaubten. Wo sie doch nur eine Schachfigur in diesem grausamen Spiel war … Sie nickte und die harten Finger lösten sich von ihrem Mund. Offenbar hatte sie ihre Zähne in die Lippen gegraben, denn sie schmeckte Blut. Mühsam rang sie nach Luft. Dann wurde sie auf den Boden gesetzt. Sie waren zum Bach zurückgekehrt. Silbernes Mondlicht schien zwischen den Zweigen herab.

In Arryns blauen Augen las sie unverhohlenen Zorn und eine bedrohliche Warnung. Keuchend stand er vor ihr und starrte sie an. »Also bist du in den Wald geritten, um Kinsey zu treffen?«

»Was?«, fragte sie ungläubig.

»Kinsey, den grandiosen, edlen englischen Lord, mit dem du verlobt bist! Wie gut du deine Flucht geplant hast. Wusstest du, dass du ihn hier draußen finden würdest? Wolltest du ihm Einzelheiten über die Männer erzählen, die Seacairn besetzt haben? Damit sie die Festung während meiner Abwesenheit überfallen können?«

Obwohl sie gewusst hatte, was er ihr vorwerfen würde, starrte sie ihn fassungslos an. »Nein, du Narr! Ich …«

»Halt den Mund!«

»Darf ich deine Fragen nicht beantworten?«

»Dumme Fragen – da ich die Antworten längst kenne!«

»Du hast mich gegen Kinseys Männer kämpfen sehen …«

»Aye, vermutlich halten sie dich ebenfalls für eine Verräterin. Übrigens, ich habe auch den Mann gefunden, dem du Drogen verabreicht hast, um ihm zu entkommen.«

»Hör mir doch zu …«

Abrupt zog er sie auf die Beine und drückte sie an sich. »Still!«

Verwirrt runzelte sie die Stirn. Wenig später hörte sie Hufschläge und erschrak, dann seufzte sie erleichtert. Pater Corrigan ritt auf seiner Stute zum Ufer des Bachs und führte Arryns Schlachtross am Zügel.

Dankbar nickte Arryn ihm zu, hob Kyra in Picts Sattel und stieg hinter ihr auf.

»Kehren wir zur Festung zurück?«, fragte der Priester.

»Leider bleibt uns nichts anderes übrig«, erwiderte Arryn und spornte seinen Hengst an. In halsbrecherischem Tempo, zumindest nach Kyras Meinung, folgten sie dem Waldweg. Blätter schlugen ihr ins Gesicht, der Boden erzitterte unter den Pferdehufen. Mit einem starken Arm presste Arryn ihren Rücken an seine Brust und sie musste sich tief über Picts Hals neigen.

Schließlich erreichten sie den Fuß des Hangs, über dem sich das Schloss erhob. Im Wind, der ihre Wangen streifte, roch sie Sattelleder und Pferdeschweiß. Plötzlich hörte sie ein seltsames Pfeifen – und sah Pfeile gegen die Festungsmauern prallen. »Mein Gott!«, flüsterte sie.

»Ein freundlicher Gruß von deinem Geliebten«, bemerkte Arryn trocken. »Um Himmels willen, halt den Kopf gesenkt!«

Also hatte sie Kinseys Zorn mit gutem Grund gefürchtet – ihr Leben war ihm nichts mehr wert.

»Holla, Pict!«, rief Arryn seinem Schlachtross zu und das Tier beschleunigte sein Tempo. Kurz vor einem zweiten Pfeilregen galoppierten sie durch das Tor des Außenwalls. Im Hof zügelte Arryn sein Pferd so abrupt, dass es sich aufbäumte und Kyra fast schmerzhaft gegen die muskulöse Brust seines Besitzers gepresst wurde. Dann landete es wieder auf den Vorderhufen und Arryn stieg ab. »Die Engländer kommen – bereitet die Verteidigung vor!«, befahl er seinen Männern, die auf ihn zueilten. Dann hob er Kyra aus dem Sattel. Zitternd stand sie neben Pict und erwiderte Arryns frostigen Blick. »Also hast du nichts von Darrows Ankunft im Wald gewusst – und die Lagerfeuer nicht gesehen?«

»Nein, ich hatte keine Ahnung.«

»Dann war es wohl reiner Zufall, dass du Patrick mit Opium betäubt und direkt in die Arme deines Liebsten geflohen bist!«

»Warum hörst du mir nicht zu, du Narr? Seine Männer griffen mich mit Schwertern an und versuchten mich zu töten, das hast du gesehen …«

»O nein, sie wollten dich nicht umbringen.«

»Da irrst du dich. Bist du wirklich so blind? Sir Richard Egan widersprach Kinseys Befehlen – wie immer sie auch gelautet haben – und diese Ritter trachteten mir nach dem Leben. Offensichtlich hat Sir Richard sie beauftragt, mich zu beseitigen.«

»Vermutlich wollten sie sich nur ein bisschen mit dir vergnügen, bevor sie dich ihrem Herrn übergeben hätten. Nachdem du deine Tugend ohnehin schon verloren hast …«

In schierer Verzweiflung hob sie eine Hand, um ihn zu schlagen. Aber er hielt ihren Arm fest. In seinen Augen sah sie ein wildes Feuer, das ihr größere Angst einjagte denn je. Anscheinend war er nicht von seiner Überzeugung abzubringen, sie wäre mit voller Absicht zu Kinsey geritten. Warum auch nicht? Sie hatte niemals erklärt, sie wolle ihre Verlobung lösen.

In dieser Nacht hatte Arryn ihr das Leben gerettet, ob er es wahrhaben wollte oder nicht. Aus welchem Grund? Nur um sie von Kinsey fern zu halten?

Verächtlich hob er die Brauen. »Lady, du würdest sogar die Geduld eines Heiligen auf eine harte Probe stellen. Nimm dich in Acht. Allmählich treibst du mich zum Wahnsinn.«

Ehe sie antworten konnte, rannte Jay aus dem Innenhof. »Gott sei Dank, du hast sie gefunden, Arryn!« Die Flucht erwähnte er nicht. »Die Tore sind geschlossen, die Männer stehen bereit, die Bogenschützen besetzen die Brustwehr.«

»Befiehl ihnen zu schießen! Die Engländer haben sich am Waldrand postiert. Wenn ihre Pfeile diese Mauern erreichen, müssten unsere sie ebenfalls treffen.«

»Aye, Arryn, und …«

»In ein paar Minuten gehe ich selber auf die Brustwehr und gebe den Männern weitere Anweisungen. Pater Corrigan!«

»Aye, Sir?« Der Priester war dem schnellen Schlachtross etwas langsamer gefolgt. Soeben hatte er sich vom Rücken seiner Stute geschwungen und einigen Männern die neuesten Ereignisse geschildert.

»Bringt Lady Kyra in den Turm und sorgt dafür, dass sie dort bleibt!«

»Aber Ihr braucht mich jetzt, Sir Arryn«, protestierte Corrigan. »Da ich unsere Verteidigungsanlagen sehr gut kenne, wäre ich Euch von großem Nutzen …«

»Gewiss. Sperrt die Lady ein und kommt sofort zurück.« Ohne Kyra noch einen Blick zu gönnen, eilte Arryn davon und rief seinen Leuten verschiedene Befehle zu. Hastig suchten sie ihre Positionen auf.

»Mylady?« Seufzend schnitt der Priester eine Grimasse und bot ihr seinen Arm, den sie widerstandslos ergriff.

»Er ist ein Narr!«, flüsterte sie und kämpfte mit den Tränen.

»Weil er Euch für eine Verräterin hält?

Immerhin seid Ihr geflohen und in den Wald geritten – zu Lord Darrow.«

»Das – wollte ich nicht …«

»Außerdem habt Ihr mein Schwert, mein Pferd und mein Opium gestohlen.«

»Hättet Ihr mich nicht betäubt, wäre ich niemals auf den Gedanken gekommen, Ihr würdet im Besitz von Opium sein!«

»Nun, das stimmt.«

Als sie den Innenhof erreicht hatten, blieb sie stehen. »Seid Ihr überhaupt ein richtiger Priester?«

»Allerdings, Mylady.«

»Ein seltsamer Priester …«

»Wenn es an der Zeit ist, werde ich Euch alles erklären.«

»Jetzt hätte ich Zeit …«

»Aber ich nicht«, erwiderte er und zog sie zum Eingang des Turms.

»Pater, ich *musste* flüchten. Versteht Ihr das nicht?«

»Zumindest weiß ich, dass Ihr nicht mit Absicht zu Darrows Lager geritten seid.«

»Und warum habt Ihr das Arryn nicht klar gemacht?«

»Das würde er mir bestimmt nicht glauben. Wie sollte er auch nur ahnen, mit welcher Inbrunst Ihr den Allmächtigen angefleht habt, Euch von Darrow zu befreien – kurz bevor die Gesetzlosen über Seacairn hergefallen sind?«

»Und wieso wisst *Ihr* das?«

»Ach Mylady …« Corrigan lachte leise. »Nachdem ich Euch oft genug beobachtet habe, kenne ich Eure wahren Gefühle.« Auf der Treppe zum Turmzimmer blieb sie verwundert stehen, und er drängte sie weiterzugehen. »Nur ein Blinder würde nichts davon bemerken. Und ich glaube, Lord Darrow hat es ebenfalls erkannt.«

»Wenn er die Festung einnimmt, wird er mich töten.«

»Die wird er nicht erobern.«

»Wieso seid Ihr so sicher?«

»Dafür hat er zu wenig Männer und das Schloss wird gut verteidigt. Sir Arryn benutzt Feuer und Öl, Rammböcke werden in Flammen aufgehen. Natürlich wird Kinsey seine Soldaten vorschicken. Seinen eigenen Hals riskiert er niemals.«

»Wieso wisst Ihr das alles? Die Rammböcke, die unzulänglichen Streitkräfte …«

»Nun, ich habe einige Zeit im Wald verbracht und ein bisschen spioniert. Darrow wartete auf den Earl of Harringford und dessen Truppe, doch die war bereits zu Cressingham abkommandiert worden. Also hat Darrow nicht genug Soldaten zur Verfügung, um Seacairn zu erobern. Da sind wir.« Corrigan öffnete die Tür des Turmzimmers und verneigte sich. »Mylady …«

»Wartet!«, bat sie.

»Unmöglich, Mylady.« Mit einem sanften Stoß beförderte er sie über die Schwelle, schloss die Tür und schob den Riegel vor.

»O Gott, Pater, bitte! Diese Qual ertrage ich nicht! Die Schlacht da draußen – ich weiß nicht, was geschieht – bitte ...«

Doch sie hörte bereits die Schritte des Priesters, die auf der Treppe verhallten. Dann erklangen Schreie, Befehle, das Wiehern sterbender Pferde. Pfeile schlugen gegen die Mauern, ein Rammbock krachte.

Verzweifelt wanderte sie in ihrem Gefängnis auf und ab und betete. Dieses beklemmende Geschrei, der Lärm ... Schließlich presste sie ihre Hände auf die Ohren und sank auf das Bärenfell vor dem Kaminfeuer. »Bitte, lieber Gott, beschütze Pater Corrigan«, flüsterte sie, »und ...«

Das surrende Geräusch war kaum zu vernehmen. Zunächst erkannte sie nicht, woher es stammte, dann holte sie tief Atem und runzelte die Stirn. Rauch ...

Entsetzt sprang sie auf und sah sich um – und da entdeckte sie das Feuer. Ein Pfeil hatte das surrende Geräusch verursacht. Ein brennender Pfeil. Durch Zufall – oder mit unglaublicher Präzision abgeschossen – war er durch die Schießscharte ins Turmzimmer geflogen und hatte einen Wandteppich getroffen. Jetzt ging das Gewebe in Flammen auf. In Sekundenschnelle schien die ganze Wand zu brennen, bald würde sich der Ostturm in ein Inferno verwandeln, und sie saß hilflos darin fest, hinter der verriegelten Tür ...

14

Ungestüm griff der Feind an. Kavalleristen stürmten die Mauern, gefolgt von Infanteristen. Gelassen beobachtete Arryn das Geschehen, hob eine Hand und senkte sie. Die erste Salve seiner Bogenschützen hagelte auf die Reiter hinab. Schmerzliches Geschrei drang zur Brustwehr, vermischt mit schrillem Wiehern. »Noch einmal!«, befahl er und neue Pfeile sausten nach unten.

Die Fußsoldaten stolperten über umgestürzte Pferde und Reiter, immer neue Engländer rückten vor.

»Steckt den Rammbock in Brand!«, rief Arryn, als er Kinseys Männer zum Tor laufen sah, einen großen hölzernen Schild über den Köpfen.

Sofort tauchten seine Bogenschützen die Pfeile in siedendes Öl, zündeten sie an und zielten auf die große Kriegsmaschine. Arryn hörte, wie die brennenden Spitzen in das Holz schlugen, Flammen loderten empor, und die Männer, die den Rammbock zum Tor geschoben hatten, stoben schreiend auseinander.

Auch Kinseys Bogenschützen sandten ihrerseits fliegende Glut zu den Festungsmauern, hatten allerdings geringere Chancen. Nur jeder zehnte Pfeil traf sein Ziel. Auf der Brustwehr und im Hof löschten Arryns Männer unverzüglich das schwache Feuer, das die gegnerischen Pfeile entfacht hatten. Ein paar Holzwagen begannen zu brennen, doch die Flammen wurden schnell gelöscht.

Einige Engländer kletterten auf Leitern an den Mauern hoch. Einer nach dem anderen wurde von Arryns Kriegern zurückgeworfen.

Vor dem Außenwall häuften sich die Leichen. Ein kräftiger Mann lehnte eine lange Leiter an das Fallgitter, in selbstmörderischer Absicht. Um den Hebel zu erreichen und das Gitter zu öffnen, wollte er sein Leben opfern. Arryn packte die Leiter und schob sie von der Mauer weg.

Mit einem gellenden Schrei fiel der Mann hinab und Arryns Truppe jubelte. Nach seinem tödlichen Sturz ergriffen alle restlichen Angreifer die Flucht. Es ist vorbei, dachte Arryn. Vorerst …

Um ihren Rückzug zu decken, schossen einige Engländer brennende Pfeile ab.

»In Deckung!«, schrie Arryn – und sah einen Pfeil durch die schmale Schießscharte des Turmzimmers fliegen. Wenige Sekunden später beobachtete er den Widerschein lodernder Flammen. »Heiliger Himmel ...«, schrie er und rannte die Brustwehr entlang.

Ungläubig starrte Kyra den Wandteppich an, der so schnell in Flammen aufgegangen war. Sie rannte zum Waschtisch, ergriff den Krug, aber er enthielt nur wenig Wasser, und es genügte nicht, um den Brand zu löschen. Bald würden auch die Felle auf dem Bett Feuer fangen, der zweite Wandbehang ...

Von panischem Entsetzen ergriffen, sah sie sich um. In einem brennenden Zimmer gefangen – und niemand in der Nähe, der den Riegel an ihrer Tür zurückschieben würde ... Weil alle Männer kämpften und das Schloss gegen die Engländer verteidigten ...

Sie würde bei lebendigem Leib verbrennen ...

Plötzlich flog die Tür auf. Kyra drehte sich um und sah Arryn hereinstürmen. »Der andere Teppich!«, stieß er hervor.

Sofort erriet sie seine Absicht und half ihm, den zweiten Wandbehang herunterzureißen und den ersten, der lichterloh brannte, darunter zu begraben. Küchengehilfen schleppten Wassereimer ins Zimmer. Mit Hilfe mehrerer Krieger erstickte Arryn das Feuer – gerade noch rechtzeitig.

»Danke, meine Freunde!«, rief er.

Erleichtert trat Ragnor an seine Seite. »Das hätten wir geschafft«, seufzte er und wandte sich an die Küchenjungen. »Ihr habt gute Arbeit geleistet. Wischt das Wasser weg und bringt die verkohlten Wandteppiche hinaus. Der Rauch wird sich bald auflösen.«

»Schau nach, ob jemand verwundet wurde, Ragnor«, bat Arryn. »Und vielleicht findest du unter den gefallenen Feinden an der Außenmauer ein paar Überlebende.«

»Aye.«

»Pass auf! Vielleicht greifen uns die Engländer noch einmal an, wenn das Tor geöffnet wird.«

»Sorg dich nicht, wir nehmen uns in Acht. Aber ich glaube, heute Nacht werden die Bastarde nicht mehr auftauchen.«

Während Ragnor und die Krieger das Zimmer verließen, begannen die Küchengehilfen den Boden aufzuwischen. Kyra erwiderte Arryns Blick. Erst jetzt erkannte sie, dass der Schlachtenlärm verstummt war. »Haben Kinseys Männer den Kampf aufgegeben?«

Leidenschaftslos schaute er sie an. »Ja, sie haben ziemlich schnell den Schwanz eingezogen. Offenbar war unsere Verteidigung stärker, als sie dachten.«

»Sir?«

»Ja?« Arryn wandte sich dem Küchenjungen zu, der ihn angesprochen hatte.

»Jetzt ist alles in Ordnung, Sir. Nur die Wände sind verrußt. Sollen wir sie abschrubben?«

»Nicht jetzt, mein Junge. Ihr könnt gehen.«

»Aye, Sir.«

Kyra wartete, bis die letzte Küchenhilfe die Tür hinter sich geschlossen hatte, dann fragte sie: »Wieso warst du so schnell hier?«

»Ich sah einen brennenden Pfeil durch die Schießscharte fliegen.«

Beklommen senkte sie den Kopf. Als sein Heim gebrannt hatte, war er zu spät gekommen, um seine Frau zu retten. »Ich verdanke dir mein Leben.«

»Nun, ich hatte dem Priester befohlen, dich einzusperren. Das musste ich wieder gutmachen.«

Zögernd blickte sie auf. Er hatte sie nicht sterben lassen und das erschien ihr in dieser ereignisreichen Nacht das Wichtigste. »Was ich sagen soll, um dich zu überzeugen, weiß ich nicht, Arryn ...«, begann sie stockend. »Jedenfalls bin ich nicht geflohen, um Kinsey zu warnen – oder ihm mitzuteilen, du seist nicht hier und deine Truppe vielleicht angreifbar.«

»Ist das wahr?«

»Als du mich gefunden hast, habe ich gegen zwei

Engländer gekämpft. Kurz zuvor war mir Sir Richard Egan in die Quere gekommen, Kinseys stellvertretender Kommandant.«

»Aye, ich habe von ihm gehört. Sprich weiter.«

»Er mag mich nicht besonders.«

»Oh … Also hat er dir nicht geglaubt?«

»Geglaubt? Was denn?«

»Was immer du ihm erzählt hast.«

»Gar nichts habe ich ihm erzählt! Ich – ich rannte weg und er geriet in helle Wut. Offenbar befahl er seinen Männern, mich einzufangen und notfalls zu töten.«

»Und da wurde dir klar, dass deine kostbaren Engländer nicht die edlen, untadeligen Ritter sind, für die du sie gehalten hast?«

»Verdammt, ich wollte nichts mit ihnen zu tun haben …«

»Aber du bist aus der Festung geflohen. Warum – wenn du nicht zu Kinsey wolltest, der dich vor den gottlosen Barbaren retten sollte?«

Kyra holte tief Atem und schüttelte den Kopf. »Nein, ich wollte nicht zu Kinsey fliehen. Aber ich kann doch nicht hier bleiben – wenn du fortgehst … Das musst du doch verstehen!«

»Meine Männer würden dir niemals zu nahe treten. Und ich habe die Festung noch nicht verlassen.«

»Nein – du bist nur für zwei Tage fortgeritten, um Wallace zu treffen.«

»Aye. Also wusstest du, dass er in der Nähe ist – eine wichtige Information, die du vielleicht Darrow mitteilen wolltest …«

»Nein! Ich habe ihm nichts erzählt!«

Doch er glaubte ihr noch immer nicht. Jahrelang hatte sie am englischen Hof gelebt, sie bewunderte Edward und sie war mit Kinsey verlobt.

Als sie das Misstrauen in seinem Blick las, ballte sie wütend die Fäuste. »Was für ein Narr du bist!«, fauchte sie. In ihren Augen glänzten Tränen. »Sogar ein Blinder müsste es erkennen. Frag doch deinen neuen Waffenkameraden, Pater Corrigan! Ich verachte Kinsey, ich hasse und verabscheue ihn! Kurz bevor du nach Seacairn kamst, flehte ich den Allmächtigen auf den Knien an, mir die Ehe mit Kinsey zu ersparen. Und bedenk doch, was du heute beobachtet hast! Glaubst du, diese Männer hätten ihre Schwerter gegen mich erhoben, wenn sie nicht wüssten, dass Kinsey ihnen den Mord an mir verzeihen würde?«

Langsam ging er zu ihr. Sie starrte verzweifelt in seine rätselhaften blauen Augen.

»Verstehst du's denn nicht?«, wisperte sie. »Kinsey war nicht *meine* Wahl. Nach dem Tod meines Vaters zwang mich Edward zu dieser Verlobung.«

Die Arme vor der Brust verschränkt, runzelte Arryn die Stirn. »Trotzdem bleibst du ihm treu ergeben, überlistest den Feind, betäubst ihn mit Drogen und setzt dein Leben aufs Spiel, um zu fliehen?«

»Was sollte ich denn sonst tun? Bald wird die große Schlacht beginnen. Und wenn du weggehst, kann ich nicht hier bleiben ... Was bin ich denn schon? Eine Schachfigur zwischen den Fronten ...«

»Und Kinseys wundervoller Gewinn, eine schöne, reiche junge Braut. Angeblich liebt er dich. Ich habe gehört, er sei besessen von dir.«

»Jetzt nicht mehr. Ich sah ...«

»Was?«

»Sein Gesicht.«

Arryns Augen verengten sich. »Also bist du ihm begegnet?«

»Nur ganz kurz – nach meinem Kampf mit den beiden Engländern, als ich durch den Wald flüchtete. Voller Hass starrte er mich an, und ich erkannte, was er dachte – dass ich ihn an die Schotten verraten hätte. Und da wusste ich es endgültig.«

»Was?«

»Er sehnt meinen Tod herbei.«

Skeptisch hob er die Brauen.

»Glaub mir doch endlich!«, flehte sie unglücklich. »Ich *hasse* Kinsey! Niemals würde ich dich oder deine Männer diesem Ungeheuer ausliefern. Das ist die reine Wahrheit, ich schwöre es bei Gott!«

Seine Miene blieb unbewegt. Langsam strich er mit einem Finger über ihre Wange. »Dein Gesicht ist voller Ruß – und dein Kleid zerrissen.«

»In einem solchen Kleid ist es schwierig, einen Schwertkampf auszufechten. Und wenn man beinahe verbrennt, ist man natürlich mit Ruß bedeckt.«

»Gewiss«, stimmte er zu. Ohne ein weiteres Wort verließ er das Zimmer und schloss die Tür hinter sich. Angespannt lauschte sie. Diesmal schob er den Riegel nicht vor.

Als sie spürte, wie ihre Knie nachgaben, taumelte sie zum Bett und setzte sich. Einen Augenblick später klopfte es an der Tür und sie sprang wieder auf. »Aye?«

Zögernd trat Ingrid ein, dann eilte sie zu Kyra und umarmte sie. »Oh, Mylady, Ihr lebt und seid unverletzt! Aber der Heide glaubt, Ihr hättet ihn an Lord Kinsey verraten! Heute Nacht wurden die Engländer vertrieben. Doch sie werden zurückkommen …«

»Alles ist in Ordnung, Ingrid, ich bin nur sehr müde …«

»Kein Wunder!«, meinte die Zofe ärgerlich. »Leider müsst Ihr noch eine Zeit lang wach bleiben, weil der Gesetzlose ein Bad für Euch bestellt hat. Mylady, Ihr badet viel zu oft. Damit spült Ihr das ganze Fett weg, das zu Eurer Haut gehört, und öffnet Euch dem Teufel. Wartet's nur ab!«

»Wenn man badet, beschwört man wohl kaum den Teufel herauf.«

»Nein? Wenn Ihr durch den Fluss schwimmt – ganz bestimmt! Ein unchristliches Unterfangen …« Angstvoll bekreuzigte sich die Zofe, und Kyra schenkte ihr ein nachsichtiges Lächeln, das sogleich wieder erstarb.

Natürlich, ein Bad. Bald würde Arryn zu ihr zurückkehren und dann durfte sie nicht nach Rauch riechen. Diesen Gestank würde er hassen. Plötzlich erschauerte sie und sehnte sich schmerzlich nach ihm, nach seiner Berührung, mochte es auch albern sein, seine Verzeihung zu erhoffen. »Ein Bad würde mir gut tun, Ingrid.«

»Wie Ihr wünscht, Mylady ... Ah, da kommen die Küchenjungen – als wären sie noch nicht müde genug, nachdem sie mitten in der Nacht einen Brand löschen mussten!« Ingrid trat beiseite und erklärte den Dienern, wo sie die Wanne abstellen sollten. Dann legte sie leinene Handtücher, Seife und Bürsten bereit. Nun erschienen einige Dienstmädchen und brachten saubere Betttücher und neue Felldecken. Nachdem die Küchengehilfen den Zuber mit heißem Wasser gefüllt hatten, scheuchte Ingrid alle Dienstboten hinaus und half Kyra aus Pater Corrigans Kutte. Missbilligend musterte sie die Risse im Überrock ihrer Herrin. »Aye, vielleicht wär's wirklich besser, wenn Ihr nicht so stark nach Rauch riechen würdet, Mylady.«

»Allerdings. Ingrid – weißt du, was Kinsey Arryns Frau angetan hat?«

Unbehaglich senkte das Mädchen den Kopf. »Ich habe ... Gerüchte gehört.«

»Und die sind leider wahr.«

»Auch Wallace ist ein grausamer Mann, der Anführer dieser Gesetzlosen. Das weiß ich!«

»Nichts lässt sich mit den Qualen vergleichen, die den Schotten bereitet wurden.«

»Aber – Ihr werdet Lord Kinsey heiraten, Mylady.« Ingrid riss ihre großen blauen Augen auf. »Und dieser Rebell hat nicht einmal einen Titel.«

»Ein Adelstitel macht noch lange keinen anständigen Mann, Ingrid.«

»Niemals wird er Euch heiraten!«, platzte Ingrid heraus. »Ihr wart die Tochter Eures Vaters. Und jetzt seid Ihr ...«

»Die Hure eines Gesetzlosen«, ergänzte Kyra.

»Oh, Mylady!«, jammerte die Zofe.

»Es spielt keine Rolle, Ingrid. So lange wir uns nicht gegen diese Männer stellen, werden sie uns nichts zuleide tun – und wir dürfen am Leben bleiben.«

»Gut, Mylady.« Ingrid zwang sich zu einem schwachen Lächeln. »Erlaubt mir, Euer Haar zu waschen …« Sie half ihrer Herrin, sich auszukleiden.

Fröstelnd stieg Kyra ins warme Wasser, lehnte sich zurück und schloss die Augen. Was für ein endloser Tag – welch eine endlose Nacht …

»Meine arme Lady!«, murmelte die Zofe. »Ich werde Euer Haar mit Rosenwasser ausspülen und Eure Kopfhaut einreiben, das wird den Kummer ein wenig lindern.«

»Aye, Ingrid.«

Es dauerte eine Weile, bis Kyra sanfte Finger auf ihrem Kopf fühlte – eine wundervolle, sinnliche Massage … Nein, das waren nicht Ingrids Hände. Krampfhaft schluckte sie und sah Arryn neben der Wanne knien. Auf viel zu leisen Sohlen war die Zofe verschwunden. Inzwischen hatte er seine Rüstung abgelegt und offenbar woanders ein Bad genommen, um die Spuren des Kampfes und des Feuers zu entfernen.

Nachdem er ihr Haar eingeseift hatte, spülte er den Schaum mit Rosenwasser heraus. Wohlig überließ sie sich den sanften Berührungen. Und doch … Ihre Nerven spannten sich an, vibrierende heiße Wellen verscheuchten die Müdigkeit, die angenehme Trägheit.

»So, das war's.« Arryn wrang das Wasser aus ihrem Haar. Dann schlang er ein Handtuch um ihren Kopf und begann, ihren Körper zu waschen.

Aufreizend glitten seine Hände über ihre Haut. Schließlich hob er sie aus der Wanne, stellte sie auf ein Bärenfell und wickelte sie in ein großes Badetuch.

»Lauf mir nie wieder davon!«, befahl er heiser und zog sie an sich. »Ich habe dir die Freiheit versprochen.

Und sobald keine Gefahr mehr besteht, halte ich mein Wort.«

»Ja«, wisperte sie und fuhr mit der Zunge über ihre Lippen. »Ich werde nicht mehr fliehen. Glaubst du mir?«

»Ist dir das wichtig?«

»O ja.«

Als er sie noch fester an seine Brust presste, glitt das Badetuch von ihren Schultern. Ein heißer Kuss verschloss ihre Lippen, zärtlich strich er über den nackten Körper. »Wäre es möglich, dass ich dir etwas bedeute, Lady?«

Will er mich herausfordern?, fragte sie sich und antwortete vorsichtig: »Inzwischen halte ich dich nicht mehr für einen grausamen, elenden Barbaren.«

Trotz seines Lächelns erschien ein kühler Ausdruck in seinen Augen. »Und du? Vielleicht bist du keine tückische, verräterische Hexe.«

»Oh, du glaubst mir noch immer nicht!«, klagte sie.

»Ersparen wir uns weitere Diskussionen.« Er lachte leise. »Gehen wir ins Bett?«

Und wenn sie sich weigerte? *Nicht in dieser Nacht*. Nur zu gut erinnerte sie sich an Sir Egans widerwärtige Berührung, seine verächtlichen Worte – und sie entsann sich, wie Kinsey sie angestarrt hatte, als ihm ihr Hass bewusst geworden war.

In dieser Nacht wollte sie getröstet und umarmt werden – von Arryn. »Ich habe dir die Wahrheit gesagt – über Kinsey und mich. Aber glaube nicht, dass ich damit deine Verzeihung erlangen wollte. Die suche ich nicht. Vielmehr solltest du mich um Vergebung bitten.«

»Das habe ich nicht vor. Warum sollte ich deine Verzeihung erbitten – für Dinge, die mir so unbeschreibliche Freuden bereiten?«

Brennend stieg das Blut in ihre Wangen. »Glaubst du mir, dass ich dich nicht verraten wollte?«

Eine Zeit lang musterte er sie schweigend, seine Augen blieben rätselhaft. »Vielleicht. Gewisse Zweifel kannst du nicht zerstreuen. Und Gott helfe mir, Kyra – hoffentlich werde ich letzten Endes nicht wie ein blinder Narr dastehen, wenn ich dir ein bisschen entgegenkomme.«

»Wäre es sinnlos, wenn ich dich anflehen würde, mich zu verstehen?«

»Jetzt bin ich bei dir – und du bist bei mir. Nur das zählt in diesem Augenblick.«

»Ja, ich bin bei dir – obwohl du an mir zweifelst.«

»Und ich begehre dich, Lady, das genügt.«

Ich begehre dich auch, dachte sie unglücklich. *Viel zu heiß ...* Aber sie wandte sich ab und ging zum Bett. Er folgte ihr, und sie spürte seine Lippen auf ihrer Schulter, seine Hand, die über ihre Hüfte glitt.

Zitternd kroch sie ins Bett. Dieses Verlangen ist falsch, dachte sie. Und doch – es wuchs ... Die Laken fühlten sich angenehm kühl und sauber auf ihrer Haut an, die Felle wärmten sie und Arryn streckte sich neben ihr aus. Wie gut er eine Frau zu liebkosen und zu reizen wusste! Und sie wollte erregt und gestreichelt werden, seine geflüsterten zärtlichen Worte hören, alles von ihm fühlen, sein nacktes Fleisch, seinen Puls, den vertrauten Geruch einatmen. So viel wünschte sie sich! Vielleicht brauchte sie in dieser Nacht das Gefühl, begehrt und *umhegt* zu werden. Auch Kinsey hatte sie begehrt – in dem Bestreben, sie zu unterjochen, ihren Willen zu brechen.

Was sie jetzt erlebte, war anders. Hungrig fanden sich ihre Lippen, trennten sich, verschmolzen erneut.

Als Arryn in sie eindrang, voller Leidenschaft und doch so zärtlich, nahm sie ihn mit gleicher Glut auf. Ein kraftvoller Rhythmus – diese unfassbare, sanfte Verlockung.

Und – o Gott ...

Später lag sie neben ihm, erschöpft, befriedigt, im Halbschlaf. Seine Arme umschlossen ihren Körper, besitzergreifend hielt er sie fest.

»Denk dran, Lady«, flüsterte er, »du darfst mich nicht zu sehr lieben.«

Wollte er sie verspotten? »Du bildest dir zu viel ein«, mahnte sie. Dann fauchte sie: »O Gott, elender Schurke, ich bin deine Gefangene! Erinnerst du dich?«

Auf einen Ellbogen gestützt, strich er behutsam über ihre Wange. »Oh, ich bilde mir nichts ein. Du kennst unsere Geschichte, und du weißt, welchen Weg wir Gesetzlosen gehen. Niemals werde ich dich heiraten. Und du sollst nicht weinen, wenn ich gehängt, gestreckt und gevierteilt werde – und so weiter.«

Wütend und gekränkt starrte sie ihn an. Nein, er würde sie nicht heiraten, weil er immer noch seine schöne Alesandra liebte, die er auf so tragische Weise verloren hatte. Und sie war Kinseys Verlobte, sein kostbarer Lohn, ein Geschenk des englischen Königs – nicht vertrauenswürdig, obwohl die Wahrheit geradezu in Arryns Augen stechen musste. Nach wie vor schwebte sie in Gefahr. Seine letzten Worte ließen sie erschauern, kalte Angst verdrängte den Zorn. Vielleicht konnte er Kinsey besiegen. Aber hinter Edward stand die Macht von ganz England.

Sie richtete sich auf, und vielleicht gelang es ihr nicht, das Grauen zu verbergen – oder er glaubte ihr endlich. Jedenfalls nahm er sie in die Arme und murmelte an ihren Lippen: »Andererseits wäre es möglich, dass ich ewig leben werde.«

Als er ihr Zittern spürte, drückte er sie noch fester an sich. Eng umschlungen schliefen sie ein, während die ereignisreiche Nacht in den Tag überging.

15

Dunkelheit.

Die Engländer zogen sich in den hügeligen Wald zurück, wo Arryn ihre Lagerfeuer entdeckt hatte.

Etwas abseits von den Soldaten, stand Kinsey Darrow am Rand einer Klippe, einen Fuß auf einem Felsbrocken, die Hände vor der Brust verschränkt, immer noch von einer inneren Anspannung beherrscht, die er kaum ertrug. Über die Felder hinweg schaute er zu den Lichtern von Seacairn, sah er Schatten an der mondhellen Außenmauer – die Leichen seiner Krieger und Arryns Männer, die sie inspizierten.

Kyra war in den Wald gekommen. Hatte sie erwartet, ihn hier zu treffen? Richard meinte, sie habe sich seltsam benommen und ihrem Verlobten ausweichen wollen.

Verdammt – und dann war er ihrem hasserfüllten Blick begegnet.

Wie ein Narr hatte er sich von dieser schwachen Frau in den Bach stoßen und sie entkommen lassen.

Aber wenn sie ihn fürchtete – warum war sie auf ihrer Flucht vor den Barbaren in den Wald geritten? Weil sie ihn verachtete und ihm nicht zutraute, sie zu überwältigen?

Wütend biss er die Zähne zusammen. Seit ihrer ersten Begegnung hatte sie ihn immer wieder abgewiesen. Niemals wäre sie seine Braut geworden, hätte Edward ihr die Verlobung nicht befohlen. Und danach hatte sie den König umschmeichelt und ihm erklärt, vor der Hochzeit noch etwas Zeit zu brauchen. Nicht so wichtig, hatte Kinsey gedacht. Nur Geduld – eines Tages würde sie ihm gehören, denn der König konnte die Trauung nicht bis in alle Ewigkeit hinausschieben.

Und jetzt …

Sie war in seiner Reichweite gewesen. Beinahe hätte er sie gepackt. Stattdessen hatte Arryn Graham sie in die Festung zurückgebracht.

Wo jetzt die Lichter schimmerten. Auch das Feuer hatte Kinsey gesehen. Doch es war rechtzeitig gelöscht worden, und seine Männer hatten in aller Eile die Flucht ergriffen, um den brennenden Pfeilen zu entrinnen, ein paar Verwundete mitgenommen, die Toten und Sterbenden zurückgelassen …

Er war ein guter Kommandant. Aber im Zorn hatte er alle Vorsicht in den Wind geschlagen und Seacairn mit einer unzulänglichen Streitkraft attackiert. Wie viele Krieger mochte er verloren haben?

Zu viele. Als Richard ihm zugerufen hatte, sie müssten sich zurückziehen, sonst würden sie wegen der sinnlosen Verluste den Zorn des Königs erregen, war Kinsey gerade noch rechtzeitig zur Einsicht gelangt. Auf dem Ritt zum Wald hatte er das Feuer aufflackern sehen – und erlöschen. Erinnerte sich Arryn Graham an die verkohlte Ruine seines Heims, an die verbrannte Leiche seiner Frau?

Hatte sich Kyra im brennenden Turmzimmer aufgehalten oder an Arryns Seite gestanden, um die Niederlage der Engländer zu bejubeln?

Immer noch drang ein Lichtschein aus dem Ostturm. Feierte der Barbar seinen Sieg in Kyras Armen?

Könnte der Zorn eine Schlacht gewinnen, hätte Kinsey gesiegt. Aber seine helle Wut vermochte kein Fallgitter zu überwinden, kein massives Tor aufzubrechen. Und warum war die Festung in seiner Abwesenheit so leicht gefallen? Weil *sie* es gewünscht hatte …

»Kinsey!«

Erbost über die Störung, drehte er sich zu Richard um. »Was gibt's?«

»Du stehst viel zu nah am Klippenrand.«

»Fürchtest du um meinen Verstand?« Lachend schüttelte Kinsey den Kopf. »Welch ein guter Freund du bist! Aber du brauchst dich nicht zu sorgen.«

»Du starrst zum Schloss hinüber und ärgerst dich maßlos, weil uns die Lady entwischt ist. Glaub mir, du stehst zu dicht am Abgrund. Und bedenk bitte – Schottland befindet sich in dieser verzweifelten Lage, weil ein König von einer Klippe in die Tiefe stürzte.«

»O ja, ein törichter König, der es nicht erwarten konnte, seine junge Gemahlin zu umarmen … Keine Bange, Richard, wegen einer Frau werde ich mein Leben nicht wegwerfen – und dich nicht um den Lohn für deine Dienste bringen.«

»Edward wird uns beide reich belohnen, wenn du einen klaren Kopf behältst.«

»Hüte deine Zunge«, mahnte Kinsey, »und vergiss nicht – ich bin dein Oberherr!«

»Das weiß ich und es geht mir um dein Wohl. Du bist von dieser Frau besessen. Was meinst du, wie Edward dich strafen wird, wenn er erfährt, du hättest das Leben deiner Leute riskiert, um für etwas zu kämpfen, das bereits verloren war?«

»Noch habe ich Kyra nicht verloren.«

»Würdest du sie immer noch heiraten?«

»Zumindest muss die Ehe so lange dauern, bis Kyras Titel und ihr Besitz rechtmäßig mir gehören.«

»Und dann?«

»Ich bin ein eifersüchtiger Mann – von den schrecklichen Ereignissen an den Rand des Wahnsinns getrieben.«

»Unterschätz die Gunst des Königs nicht, die Kyra genießt. Seine Frau hat das Mädchen vergöttert.«

»Und *du* solltest Edwards Hass gegen eine Frau, die ihn an die Schotten verrät, nicht unterschätzen.«

»Wie willst du ihr das nachweisen?«

»*Mich* hat sie verraten!«, fauchte Kinsey. »Aber ich werde sie zurückgewinnen. Hättest du bloß gesehen, wie sie mich anstarrte, Richard! Als hätte ich meinen Männern befohlen, sie hinzurichten! Seltsam, denn das hatte ich nicht – sie sollte nur zu mir gebracht werden.«

»Deine Krieger halten die Lady für eine Hexe. Und sie

hat sich verbissen gewehrt. Fast wäre sie verletzt worden.«

»Aber *dir* ist sie unversehrt entkommen, nicht wahr?«

Unbehaglich entsann sich Richard, wie mühelos Kyra ihn überlistet hatte. »Ich wollte ihr nicht wehtun ... Aber deine Leute wissen, wie schmerzlich sie dich gekränkt hat – und dass sie dich verraten hat. Vielleicht drohte ihr einer der Sterbenden, die von Graham bezwungen wurden, mit dem Tod, und deshalb starrte sie dich vorwurfsvoll an.«

»Nun, sie hat mich schon immer verabscheut.«

»Uns alle. Wahrscheinlich denkt sie, *wir* wären die Barbaren.«

»Wir sind Edwards Krieger!«

»Wie immer du sie auch bestrafen willst, Kinsey – sie verdient es. Aber wir müssen vorsichtig sein. Meinst du, der König würde zögern, dich in Ketten zu legen, wenn du wegen deiner Besessenheit von dieser Frau eine wichtige Schlacht verlierst?«

»Oft genug habe ich die Gesetzlosen bezwungen.«

»Bisher haben wir nur schwache Gegner abgeschlachtet. Jetzt steht uns ein schwieriger Krieg bevor. Nie wieder darfst du das Leben deiner Soldaten so leichtfertig aufs Spiel setzen wie in dieser Nacht. Hab Geduld, dann wirst du deine Rache genießen. Und wenn du's willst, könnte Kyra einen Unfall erleiden – oder eine rechtmäßige Strafe.«

»Ja, alles muss legal ablaufen.« Kinsey blickte wieder zum Turm hinüber, der in nächtlichen Schatten schimmerte. Dort schlief er mit ihr – sein Feind. Feuerschein tauchte die nackten Körper in goldenes Licht ... Gegen seinen Willen quälte er seine Sinne, indem er sich ihr zärtliches Lächeln vorstellte, das sie ihm niemals geschenkt hatte. Geduld ... Die Zeit der Rache würde bald kommen. »Morgen reiten wir zu Warennes Truppe. Wenn ich die Gesetzlosen schlage, Richard ...«

»Da gibt es kein *Wenn*. Natürlich wirst du siegen.«

»Und nach dem Triumph ... Erinnere mich, dass sie keinen barmherzigen Tod finden dürfen. Graham ist ein nichtswürdiger Rebell, Kyra eine Hexe und tückische Verräterin. Also muss sie wie eine Verräterin sterben. Und ...«

»Aye, Kinsey?«

»Die beiden sollen brennen, das Höllenfeuer spüren, und der Wind wird ihre Asche in alle Richtungen wehen!«

In Seacairn herrschte eine angespannte Atmosphäre. Wenn Kinsey Darrow die Eroberung des Schlosses auch aufgegeben hatte – er würde zurückkehren. Das wussten Arryn und seine Männer.

Zwei Verteidiger hatten Verletzungen erlitten, Verluste waren nicht zu beklagen. An der Außenmauer häuften sich fast fünfzig Leichen in Darrows Farben, bereitwillig geopferte Krieger – bis der Preis sogar für einen Wahnsinnigen zu hoch geworden war, so kurz vor einer großen Schlacht.

Alle wurden christlich bestattet.

Wieder einmal besuchte Kyra ein Begräbnis, diesmal an Arryns Seite, und hörte Pater Corrigan die traditionellen Wort sprechen – mit ruhiger Stimme. Aber sie spürte seine innere Unruhe. Nein, er war gewiss kein konventioneller Kirchenmann, nicht einmal ein Priester, den die Reformer verdammen würden. Er lebte nicht mit einer Frau zusammen, hatte ihres Wissens keine Bastarde gezeugt, war weder dem Alkohol noch der Völlerei verfallen. Aber er besaß Mut und ein Schwert, das er zu nutzen verstand.

Den Gefallenen gönnte sie keinen einzigen Blick. Es waren Kinseys Männer, die mit ihm geritten waren, die er ausgebildet hatte.

Größtenteils stammten sie aus seiner Heimat Suffolk. Aber einige waren von schwer bewaffneten königlichen Rittern in allen Teilen des Landes rekrutiert worden.

Kinsey hatte ihnen beigebracht, gnadenlos zu kämpfen, zu plündern, zu morden, zu vergewaltigen.

Wie wäre es Kyra ergangen, hätten sie das Schloss erobert? Was hätte Kinsey ihnen erlaubt?

An diesem Abend saß sie neben Arryn an der Tafel, Jay zu ihrer Linken, Ragnor an der rechten Seite seines Kommandanten. Wie immer zur sommerlichen Erntezeit wurde eine üppige Mahlzeit serviert.

Wenn Kyra die Augen schloss, konnte sie sich vorstellen, sie würde wieder in einer friedlichen Welt leben. So wie früher, bevor Edward sein wahres Gesicht gezeigt hatte …

»Ihr seht nachdenklich aus, Mylady«, bemerkte Jay, der sie beobachtet hatte. »Erinnert Ihr Euch an die guten alten Zeiten?«

Lächelnd umfasste sie ihren Weinkelch. »An die Lebzeiten meines Vaters. Alle Leute liebten und respektierten ihn. Wenn wir Feste auf Seacairn feierten, wurden sämtliche Dorfbewohner eingeladen, wir lachten und tanzten, und er liebte die Musik der Dudelsäcke, die alten und neuen Weisen …«

»Das weiß ich, Mylady. Ich kannte Ihren Vater – ein guter Mann …« Verblüfft schaute sie ihn an, und er fügte hinzu: »Vor vielen Jahren habe ich Seacairn besucht, zusammen mit Arryn. Mein Vater war ein Lehnsmann seines Vaters und Alexander der Oberherr von Hawk's Cairn. Als Arryn in die Dienste des Königs trat, begleitete ich ihn. Wir ritten kreuz und quer durchs ganze Land. Eines Tages kamen wir hierher, mit Arryns Vater.«

»Daran erinnere ich mich nicht.«

»Weil Ihr damals am Londoner Hof gelebt habt, Mylady.«

»Ach ja …«, murmelte sie und starrte in ihren Weinkelch.

»Dort habt Ihr gelernt, womit sich eine Dame zu beschäftigen pflegt – zum Beispiel Schwertfechten.«

Errötend neigte sie sich zu ihm. »Das hat Edward mir

erlaubt. In vielen Dingen ist er ein guter Mensch und ich mochte ihn …« Zögernd fuhr sie fort: »Glaubt mir, Jay, es tut mir Leid, was mit Arryns Frau geschah. Habt Ihr sie gekannt?«

»Aye, sie war meine Kusine.«

»Oh … Dann habt auch Ihr einen schmerzlichen Verlust erlitten und …« Ihre Stimme erstarb.

»Euch werfe ich nichts vor, Mylady. Und das Verbrechen soll bald gesühnt werden.«

Wenn er ihr nichts verübelte – warum gab ihr sein Freund die Schuld an der Tragödie? Sie schaute Arryn kurz an und bemerkte voller Unbehagen, dass er sie prüfend musterte. Misstraute er ihr immer noch? Hastig wandte sie sich wieder Jay zu. »Während ich aufwuchs, bewunderte ich den englischen König. Vielleicht … solltet Ihr nicht gegen ihn kämpfen. Wenn er bereit ist, jemandem zu verzeihen, kann er sehr großzügig und barmherzig sein. Zahlreiche Freiherren haben sich gegen ihn erhoben. Und vielen verzieh er – nicht nur einmal.«

»Aber wenn er *nicht* verzeiht, sterben die Menschen eines grausamen Todes. Und wenn er *nicht* großzügig ist, werden sogar kleine Kinder niedergemetzelt.«

»Gewiss, Berwick wird seinen Ruf für immer beflecken«, gab sie zu.

»Und er hat Euch Darrow anvertraut.«

Jetzt mischte sich Arryn ein. »Wie kam es dazu?« Er beugte sich vor, stützte einen Ellbogen auf den Tisch und schaute ihr eindringlich in die Augen. »Warum wurdest du mit diesem Ungeheuer verlobt – obwohl der König dich liebte?«

»Wie so viele seiner Untertanen bin ich nur eine Schachfigur in seinem Spiel.«

»Ja – aber warum suchte er ausgerechnet Darrow für dich aus?«

»Nach dem Tod der Königin hat sich Edward verändert. Zielstrebig verfolgt er seine Interessen – und skrupellos. Darrow und ich lebten am Londoner Hof. Als er mich sah, bat er den König um meine Hand. Wenig später starb mein Vater. Edward bestimmte mein Schicksal. Und dann …«

»Aye, Mylady?«, fragte Jay.

Kyra nahm einen Schluck Wein. »Dann erklärte Edward, wenn Darrow sich als kompromissloser Kämpfer gegen die Schotten erweisen würde und meiner Festung würdig wäre, sollte er belohnt werden.« Bedrückt spürte sie, wie Arryn von ihr zurückwich.

»Aber die Hochzeit hat noch nicht stattgefunden«, betonte Jay. »Obwohl man munkelt, Ihr würdet Euch leidenschaftlich für den König einsetzen und hättet Darrow zu seinen Siegen ermutigt …«

»Zu seinen Gräueltaten«, warf Arryn ein.

»Bis jetzt konnte ich die Hochzeit hinausschieben«, erwiderte Kyra. »Ich erklärte dem König, ich würde Zeit brauchen, um meinen Vater zu betrauern und den Allmächtigen um Beistand in meiner Ehe zu bitten. Und ich drohte Kinsey mit Edwards Rache, falls mein Wunsch, unschuldig vor den Traualtar zu treten, missachtet würde.«

Kyra lachte auf. Doch Arryn amüsierte sich keineswegs. Abrupt stand er von der Tafel auf, eilte zum Ausgang und ergriff seinen Mantel, der an einem Wandhaken hing.

Warum ärgert er sich?, überlegte Kyra verwundert. Weil wir über Kinsey sprachen?

Seltsamerweise fühlte sie sich einsam und verlassen, als er hinausging. Er hatte sie gewarnt, sie dürfe ihn nicht zu sehr lieben.

Weil er vielleicht sterben würde.

Nein …

Weil er immer noch um seine Frau und sein ungeborenes Kind trauerte. Und weil sie ihn soeben daran erinnert hatte, dass sie nicht die Frau war, der sein Herz gehörte, und diese Festung nur eine Eroberung von vielen. Mehr nicht.

Den Tränen nahe, zwang sie sich, Jay anzulächeln. »Wieso seid Ihr unverheiratet, Sir? Oder habt Ihr eine Frau? Ich weiß fast gar nichts über Euch.«

»Nein, Mylady, ich bin nicht verheiratet. Und falls Ihr nach den Gründen fragt – wann immer ich eine schöne Frau sehe, ist sie bereits vergeben.«

Errötend fürchtete Kyra, er würde *sie* meinen. *Ich bin nicht vergeben,* könnte sie erwidern, *ich werde nur – benutzt* ... »Wie bedauerlich, Jay! Ihr seid ein faszinierender Mann. Erzählt mir doch etwas mehr von Eurem Leben.«

»Nun, ich wuchs mit Arryn auf, folgte ihm an König Alexanders Hof – und dann wieder auf seinen heimatlichen Landsitz Hawk's Cairn.« Nach einer kurzen Pause sprach er weiter. »Als die Aufstände begannen, ritten wir nach Norden. Bei unserer Rückkehr sahen wir ... verkohlte Ruinen und Leichen. Und jetzt sind wir ständig unterwegs.«

Flehend berührte sie seine Hand. »Jay, bitte, glaubt mir – es tut mir wirklich unendlich Leid.«

»Das weiß ich, Mylady. Immerhin darf ich mich glücklich nennen – meine Schwester gehörte zu den wenigen, die das Gemetzel überlebten. Trotzdem sann ich genauso leidenschaftlich auf Rache wie Arryn. Wir kamen hierher, um Darrow zu vernichten. Stattdessen haben wir *Euch* wehgetan.«

»Sorgt Euch nicht um mich. Ich bin stark und kann sehr viel ertragen.«

»Doch was wird jetzt geschehen? Wir wagen es nicht, Euch auf Seacairn zurückzulassen.«

»Gott helfe uns – sie muss mit uns reiten.«

Beide wandten sich zu Pater Corrigan, der hinter ihnen stand.

»Also werdet *Ihr* uns begleiten, Pater?«, fragte Jay. »Auf Seacairn leben Eure Schäfchen.«

»Jetzt weist mir jedoch das Schicksal einen anderen Weg.«

»Und der Allmächtige, dem Ihr verpflichtet seid?«, gab Kyra zu bedenken.

Lächelnd verneigte sich Pater Corrigan. »Ich glaube, er ist es, der mich in den Krieg schickt.«

»Seid Ihr tatsächlich ein richtiger Priester, Pater?«

»So wahr Gott mein Zeuge ist.«

»Ein sehr seltsamer Priester«, meinte sie, zu Jay gewandt.

»Vielleicht erzählt er uns seine Geschichte.«

»Ja, vielleicht«, stimmte Corrigan zu, »eines Tages. Mylady, die Köchin Mayda und Gaston wollen zum Tanz aufspielen. Seid Ihr bereit?«

»Ich soll tanzen? Mit Euch?«

»Oh, ich bin ein sehr guter Tänzer. Wenn Ihr's gestattet, will ich's Euch gern beweisen.«

Sie schaute zum Ende der Tafel, wo der kleine Britannier saß, eine Flöte in der Hand. Lächelnd hielt Mayda, die vollbusige Köchin, ein Streichinstrument hoch.

»Wartet, ich hole meinen Dudelsack!«, rief Ragnor.

»Kennt ihr die alten Lieder der Gesetzlosen?«

»Aye, Gaston!« Hastig verließ Ragnor die Halle und die Dienstmädchen begannen den Tisch abzuräumen.

»Darf ich so kühn sein, Mylady?«, fragte Pater Corrigan und ergriff Kyras Hand.

»Ein Mann Gottes ist niemals kühn, Pater, sondern stets im Recht.« Lachend stand sie auf und Gaston fing an zu musizieren. Eine Zeit lang hörte die rundliche Mayda zu, dann mischten sich die Klänge ihres Instruments in die fröhliche Melodie, die man auf Hochzeiten und Erntefesten zu spielen pflegte. Kyra knickste vor Pater Corrigan und er verbeugte sich formvollendet.

Während sie durch die Halle wirbelten, hörte sie Ragnor auf seinem Dudelsack pfeifen. Bald beschleunigte sich der Rhythmus, immer schneller drehten sich der Priester und Kyra im Kreis.

»Pater!«, rief Jay. »Bei allen Heiligen!«

»Gönnt einem einsamen Mann eine schöne Lady!«

Grinsend verneigte sich Pater Corrigan. Mit einer Hand raffte Kyra ihre Röcke, die andere reichte sie Jay und tanzte nun mit ihm durch die ganze Halle.

Nach einer Weile wurde er von Tyler Miller abgelöst, von Roger, Philip und Männern, die sie nur flüchtig kannte. Als sie kaum noch Luft bekam, wandte sie sich zu einem jungen Dienstmädchen, das am Ende der Tafel stand und mit einer Fußspitze rhythmisch auf den Boden klopfte. »Komm her, Elizabeth! Tanz mit diesem strammen jungen Krieger!«

»Oh, Mylady …« Elizabeth biss auf ihre Lippen. »Schickt sich das?«

»Natürlich … Wo ist Ingrid? Sie soll auch mit uns tanzen! Jay, würdet Ihr sie holen?«

In diesem Augenblick trat ein hünenhafter Soldat zu ihr, den sie noch nie aus der Nähe gesehen hatte, mit zottigem rotem Bart und strahlend blauen Augen. »Mylady, ich bin Swen. Darf ich mit Ingrid tanzen?«

»Da müsst Ihr sie selber fragen, Swen«, erwiderte sie lächelnd. »Und lasst Euch bloß nicht abweisen!«

Wenig später stieg Ingrid die Treppe herab. Nachdem sie eine Zeit lang protestiert hatte, wirbelte sie lachend mit Swen umher. Ale und Wein flossen in Strömen, und alle freuten sich ihres Lebens – Soldaten und Ritter, Diener und Küchenmädchen.

Die Wangen gerötet, das Haar zerzaust, beobachtete Kyra das muntere Treiben. Beinahe vergaß sie den bevorstehenden Krieg, ihre ungewisse Zukunft. Erstaunlich, dass sie diesen Abend so rückhaltlos genoss …

Über den Köpfen der Tanzpaare begegnete sie dem Blick des Priesters und er kam zu ihr. »Seht Ihr, das ist Schottland«, erklärte er. »Und deshalb werden die Schotten siegen. Das ist *ihr* Land.« In leidenschaftlichem Ton fuhr er fort: »Hört auf den Dudelsack, Mylady, seht diesen Menschen zu. So leicht lässt sich dieses Volk nicht unterkriegen.«

»Und wenn der Krieg keine Entscheidung bringt?«,

fragte sie leise. »Immer neue Kämpfe werden ausbrechen …«

»Und viele Rebellen werden sterben«, ergänzte er. »Aber die Rebellion – niemals!«

»Bitte, Mylady, tanzt wieder mit mir!«, rief Tyler Miller. Er war ein hübscher junger Mann und sein Lächeln wirkte ansteckend.

»Also gut.«

Ja, sie musste tanzen und lachen und den Gedanken verdrängen, dass sie am liebsten aus der Halle laufen und Arryn suchen würde. Vielleicht war er auf den Friedhof gegangen, um mit den Toten zu sprechen. *Niemals würde er sie heiraten.* Diese Worte schienen sie zu verfolgen.

»Aye, tanzen wir!« Lächelnd wiegte sie sich in Tylers Armen und hoffte inständig, Arryn würde zurückkehren und sie beobachten.

Nein – sie würde ihn nicht zu sehr lieben …

16

Warum war er in dieser schönen Nacht so schlecht gelaunt? Ärgert mich Kyras schlichte Erklärung, ihr Verlöbnis mit Darrow betreffend, überlegte er. Weil sie ihn niemals geliebt hatte – und weil Arryn sie zum Werkzeug seiner Rache machte?

Oder weil sie eine so unerschrockene Kämpferin war? Sie hatte Kinsey bekämpft – und Alesandra hatte sich widerstandlos in ihr Schicksal gefügt.

Oder weil sein Vetter – stets auf der Hut vor Verrat und Betrug – die Saat des Zweifels in sein Herz gepflanzt hatte?

Er wanderte an der Brustwehr entlang und begrüßte die Wachtposten. Am Ende der Mauer blieb er stehen und schaute zum Wald hinüber. In dieser Nacht brannten keine Lagerfeuer. Offenbar waren Darrows Männer weitergezogen. Arryn war froh, dass ihm neue Kämpfe erspart bleiben würden – vorerst. Bald würde ihn Johns Ruf erreichen und er musste sich Wallace und de Moray anschließen. Wenn sich Warennes Streitkräfte versammelten, worauf alles hindeutete, würden sie dem schottischen Heer auf dem Fuß folgen. Bald würde die große Schlacht beginnen.

Nie hatte er geglaubt, er würde sich wünschen, auf Seacairn zu bleiben. Er hatte die Festung nur aus Rachsucht eingenommen, doch inzwischen war sie ein Heim geworden. Und die Erinnerung an die Vergangenheit verblasste allmählich. Seine tote Gemahlin erschien ihm immer noch in bösen Träumen. Aber wenn er wach war, konnte er sich ihr Gesicht kaum noch vorstellen, weil ein anderes seine Fantasie beherrschte – ein Gesicht mit grünen Augen, von goldenem Haar umrahmt.

Sollte Kyra ihn in den Krieg begleiten? Mit ihrem Schwert wusste sie umzugehen. Aber John behauptete, man dürfe ihr nicht trauen. Und eine Frau hatte nichts auf dem Schlachtfeld verloren.

Was dann? Konnte er sie zurücklassen, wie ursprünglich beabsichtigt, und der Gewalt Darrows ausliefern, der wusste, dass sie mit seinem Feind geschlafen hatte? Das wäre richtig gewesen, wenn Kyra sich bereitwillig mit Kinsey verlobt hätte und ihn lieben würde. Aber wie Arryn mittlerweile herausgefunden hatte, tat sie ihr Bestes, um ihrem Bräutigam zu entrinnen.

Würde Darrow eine Patentochter der Königin töten? Vielleicht nicht. Aber nachdem er sie geheiratet hatte, würde sie womöglich vom Turm fallen – nicht in den Fluss, sondern auf harten Felsboden – oder unter galoppierende Pferdehufe geraten. Dann könnte Kinsey ihr Erbe übernehmen, auf rechtmäßige Weise.

Nein, dachte Arryn, ich darf sie nicht auf Seacairn zurücklassen …

Plötzlich hörte er Musik. Aus den bedrückenden Gedanken an Vergangenheit, Gegenwart und Zukunft gerissen, eilte er neugierig von der Brustwehr hinab und durchquerte den Hof. Im weit geöffneten Tor der Halle blieb er stehen. Die Dienerinnen tanzten. Großer Gott, sogar die prüde Ingrid, die ständig den Eindruck erweckte, sie würde im nächsten Augenblick auf die Knie fallen und beten ... Auch die meisten seiner Männer tanzten, und die anderen lachten, tranken Ale und Wein und sangen.

Ohne es sich einzugestehen, hielt er nach Kyra Ausschau. Und da war sie. Ihr zerzaustes rotblondes Haar flatterte, ihr Augen leuchteten. Anmutig wirbelte sie umher, von einem Tanzpartner zum anderen, und bezauberte sie alle. Als die Musik verstummte, lachte sie atemlos über etwas, das Jay ihr zugeflüstert hatte, und berührte seinen Arm. Die Männer waren von ihr fasziniert – viel zu sehr. Und sie wusste zweifellos, wie leicht sie Arryns Krieger umgarnen konnte.

Nun stimmte Ragnor eine traurige Melodie auf seinem Dudelsack an und winkte Kyra zu sich. Als sie zu ihm eilte, immer noch atemlos, ließen seine Lippen das Mundstück los. »Mylady, Tyler hat mir erzählt, Ihr würdet dieses schottische Lied kennen – und wie eine Nachtigall singen.«

»Wie eine Nachtigall?« Sie lachte leise. »Da bin ich mir nicht sicher. Aber ich kenne das Lied. Übrigens – es gehört nicht nur den Schotten.«

»Ich lasse mich gern eines Besseren belehren. Bitte, Mylady, singt für uns.«

»Wie Ihr wünscht.«

Ragnor holte tief Luft, nahm das Mundstück wieder zwischen die Lippen und drückte den Sack aus Schafhaut an seine Brust. Gastons Flöte und Maydas Streichinstrument mischten sich in die wehmütigen Klänge. In flüssigem Gälisch sang Kyra das alte Lied, das alle Gesetzlosen liebten. Mit ihrer kristallklaren Stimme rührte sie die Herzen aller Zuhörer.

Nachdem der letzte Akkord verklungen war, ließ Ragnor den Dudelsack sinken. »Wundervoll, Mylady!« Grinsend fügte er hinzu: »Jedenfalls seid Ihr viel schottischer, als Ihr es ahnt.«

»Nun, meine Mutter stammte aus einer alteingesessenen, hoch angesehenen schottischen Familie und ich wurde hier geboren.«

Damit bedeutet sie meinen Männern, dass sie zu ihnen gehört, dachte Arryn. »Aber du bist in England aufgewachsen!«, rief er.

Sofort verstummte das Stimmengewirr, die Luft in der Halle schien zu erkalten. Niemand hatte seine Rückkehr bemerkt. Jetzt richteten sich alle Blicke auf Arryn. Unbehaglich musterten ihn seine Krieger und er fühlte sich wie ein unbefugter Eindringling.

»Lasst euch nicht stören!«, bat er. »Auch in schweren Zeiten sollte man das Leben hin und wieder genießen. Spiel noch ein Lied, Ragnor! Diesmal etwas Fröhliches.«

Sekundenlang starrte Ragnor ihn an, dann nickte er, und der Dudelsack dröhnte erneut, von der Flöte und dem Streichinstrument begleitet. In Rogers Armen wirbelte eine Dienerin vorbei und Arryn nahm sie seinem Soldaten weg. Wie hieß sie doch gleich? Elizabeth. Ein hübsches, dunkelhaariges kleines Ding mit großen Augen und prallen Brüsten. Lachend tanzte er mit ihr und danach leerten sie gemeinsam einen Becher Wein. Man sollte nicht zu viel Zeit mit einer einzigen Frau verbringen, überlegte er. Das musste er Kyra klarmachen. Als er sich umblickte, war sie verschwunden. Er folgte ihr nicht.

In seinem Kopf begann es schmerzhaft zu pochen. Plötzlich zerrte das schrille Wimmern des Dudelsacks an seinen Nerven, klang grässlich und disharmonisch. Er wollte der Musik Einhalt gebieten. Doch er tat es nicht. Seine Männer brauchten diese fröhliche Nacht, eine Ablenkung von den Kämpfen, die ihnen bevorstanden.

Schließlich stieg er die Treppe hinauf und betrat das

Turmzimmer. Kyra lag vor dem Kamin und beobachtete die Flammen. An diesem Abend trug sie ein goldfarbenes Kleid, der Feuerschein spiegelte sich in ihrem glänzenden, immer noch zerzausten Haar. So jung, vital und verführerisch sah sie aus. Ganz anders als Alesandra. So leidenschaftlich, so temperamentvoll, stets bereit, ihren Gefühlen nachzugeben, ihrem Zorn und ihrer Freude, immer auszusprechen, was sie dachte, während Alesandra ... Sanft, still und zurückhaltend, mit einem zärtlichen Lächeln, unentwegt um sein Wohl besorgt ... Wieder einmal quälte ihn die Vergangenheit.

Obwohl Kyra seine Schritte hörte, drehte sie sich nicht um. Nach einer Weile fragte sie brüsk: »Kinsey und seine Männer sind weitergeritten, nicht wahr?«

Natürlich wusste sie, dass Arryns Feinde die Klippen im Wald verlassen hatten. Das dürfte sie ebenso bemerkt haben wie seine Soldaten.

»Also wirst du mit deiner Truppe in den Krieg ziehen«, fuhr sie fort, ohne eine Antwort abzuwarten. Jetzt wandte sie sich ihm zu. »Wenn du fortgehst, kann ich nicht hier bleiben, Arryn. Nordwestlich von Stirling, am Rand des Hochlands, wohnen meine Verwandten, der Clan meiner Mutter. Ein paar Onkeln und Tanten. Ich möchte mich in ihre Obhut begeben. Noch heute Nacht.«

»Heute Nacht? Mach dich nicht lächerlich, Lady! Dafür ist es viel zu spät.«

»Ich würde gern im Schutz der Dunkelheit reiten. Mit ein oder zwei Dienern, als Pilger verkleidet ...«

»Du glaubst, dir würde nichts zustoßen – während unzählige Soldaten die umliegenden Städte, Dörfer und Wälder durchstreifen?«

Anmutig erhob sie sich und faltete ihre Hände vor der Brust. »Seit wann kümmert dich das? Ich bedeute dir nichts. Also sollte dir mein Wohlergehen keine übertriebenen Sorgen bereiten.«

»Oder die Frage, wo du dich aufhalten wirst.«

»Was heißt das? Ach ja – du misstraust mir. Du

glaubst, ich würde dich, Wallace, de Moray und sämtliche Rebellen an die Engländer verraten!«

Ungeduldig winkte er ab. »Wenn es an der Zeit ist, werde ich Vorkehrungen treffen, was dich betrifft.«

»Warum? Was kümmert dich meine Zukunft?«

»Wie du sagst, du könntest uns verraten, Lady.«

»Das habe ich nicht vor. Ich will einfach nur überleben.«

»Bisher habe ich dich am Leben erhalten. Und ich werde verhindern, dass du die Festung verlässt und von Männern ermordet wirst, die zum Schlachtfeld reiten.«

»Wer würde eine einsame Frau töten?«

»Viele Männer, fern von zu Hause, trunken von ihrer Macht. Insbesondere, weil Edward betont hat, die Schotten dürften sich nicht mehr vermehren.«

Entschlossen ignorierte sie die Spitze gegen den König. »Mag es auch ein Risiko sein – es ist *mein* Risiko und ganz allein *meine* Sache.«

»Nein«, entgegnete er entschieden.

»Arryn, ich muss …«

»Du irrst dich, es ist nicht nur *deine* Sache. Wie ich bereits erwähnt habe, werde ich für dich sorgen.«

»Tatsächlich? Du wirst in einer wichtigen Schlacht kämpfen, gewinnen oder verlieren – oder womöglich sterben.« Von wachsendem Zorn erfüllt trat sie zu ihm. »Du wolltest mir wehtun, um deine Frau zu rächen, die ich nicht kannte, der ich nichts antat. Nun, es ist dir gelungen, mich zu verletzen. Bist du jetzt zufrieden? Hast du der Gerechtigkeit zum Sieg verholfen? Kannst du mit stolzgeschwellter Brust davonreiten?«

Beschämt erwiderte er ihren vorwurfsvollen Blick. Wieder einmal weckte sie seine Schuldgefühle – und seine Wut. Am liebsten hätte er sie geschüttelt und ihr erklärt, sie würde nicht einmal ahnen, was wahres Leid bedeutete. Aber er umfasste nur ihre Schultern, biss die Zähne zusammen und rang um seine Selbstbeherrschung. Dann stieß er sie von sich, weil er wusste, dass er sie nicht mehr berühren durfte. Atemlos und verblüfft, aber unversehrt landete sie auf dem Bett. »Ein Sieg der Gerechtigkeit, Lady? Niemals. Meine Frau ist zu Asche zerfallen. Bei einem solchen Verlust gibt es keine ausgleichende Gerechtigkeit. Was dich angeht – du wirst das Schloss verlassen, wenn ich es dir befehle, und auf deinen Reisen meinen Schutz genießen.« Ohne ein weiteres Wort eilte er aus dem Zimmer und warf die Tür hinter sich zu.

Der Morgen graute und Arryn war nicht zurückgekehrt.

Wann Kyra zu weinen begonnen hatte, wusste sie nicht. Nun flossen die Tränen unaufhörlich. Erbost sagte sie sich, seinetwegen dürfe sie nicht weinen. Hatte er nicht oft genug erklärt, sie solle ihn nicht zu sehr lieben? Warum liebte sie ihn trotzdem? In absehbarer Zukunft würde er auf dem Schlachtfeld sterben oder den Tod eines Verräters erleiden. Und sie würde sich nach ihm sehnen, nach seiner Stimme, nach seiner Berührung …

Um ihn herauszufordern, hatte sie mit anderen Männern getanzt und geflirtet – und sich etwas gewünscht, was er ihr nicht geben konnte. Und nachdem er ins Turmzimmer gekommen war, hatte sie ihre Gefühle bezwungen, ihre Absichten ruhig und vernünftig erklärt. Die Zeit wurde knapp. Für sie war es besser, sofort abzureisen, statt ihn gehen zu sehen. Doch das wollte er ihr nicht erlauben.

Sie entsann sich, wie er mit der hübschen kleinen Elizabeth getanzt hatte. Vielleicht war er in dieser Nacht zu dem Mädchen gegangen … Nein, sie musste aufhören, an ihn zu denken, sich zu quälen. Aber sie konnte ihren Gedanken nicht Einhalt gebieten.

Vergnügt er sich mit Elizabeth, um mir zu beweisen, dass ich ihm nichts bedeute?, überlegte sie. Aber wenn ich ihm gleichgültig bin – warum muss er mir irgendwas beweisen?

Während sie sich rastlos auf dem Bett umherwarf,

klopfte es an der Tür. Hoffnungsvoll richtete sie sich auf. Wie dumm von ihr – *er* würde niemals anklopfen. Inzwischen hatte sie ihre Kleidung mit einem weichen, anschmiegsamen Nachthemd vertauscht, das sie vor ihren Brüsten zusammenzog. »Wer ist da?«

»Ingrid.«

Natürlich. Ingrid.

»Seid Ihr allein, Mylady?«

»Ja, komm herein!« Aufgeregt eilte Ingrid ins Zimmer. Mit zitternden Fingern umklammerte sie einen ihrer Zöpfe. »Mylady!«

Bestürzt starrte Kyra in die angstvollen hellblauen Augen. War irgendetwas Schlimmes geschehen? »Was gibt's?« Ingrid erbleichte, dann wurde sie feuerrot. »Sprich doch endlich!« Ungeduldig sprang Kyra aus dem Bett und ergriff die Schultern des Mädchens.

»Swen«, würgte die Zofe hervor.

»Swen?«, wiederholte Kyra und hob verständnislos die Brauen.

»Swen ...«

»Ach ja ...« Einer von Arryns Männern, der große Krieger, der mit Ingrid getanzt hatte. Jetzt bemerkte Kyra, dass die Zofe immer noch ihr Kleid trug. Ein Strohhalm hing daran, ein zweiter in einem ihrer Zöpfe. »O mein Gott, es tut mir so Leid, Ingrid. Hat er ... Ja, offensichtlich! Pater Corrigan wird diesem verdammten Bastard die Meinung geigen!«

»O nein, Mylady!«, jammerte Ingrid.

»Also hat er nicht ...«

»Doch, aber – ich wollte es.«

»Oh ...«, flüsterte Kyra.

»Und er hat mich gebeten, ihn zu heiraten. Ist das nicht wundervoll?«

»Nun, ich ...«

»Werdet Ihr's erlauben, Mylady? Bitte!«

»Eh – du kennst ihn kaum ...«

»Seit seiner Ankunft habe ich ihn beobachtet. Ein paar

Mal sprach er mit mir, und er half mir, die Schmutzwäsche in die Waschküche zu tragen. Gestern Abend, während wir tanzten …«

»Da hat er dir einen Heiratsantrag gemacht?«

»Ja, Mylady, und ich flehe Euch an – Ihr *müsst* es gestatten!«

»Niemals würde ich dir einen solchen Wunsch abschlagen, Ingrid. Andererseits – nach einer einzigen Nacht …«

»Vielen Mädchen ist nur eine einzige Nacht vergönnt.«

»Aye, aber …«

»Die reichen jungen Damen werden schon als Kinder verheiratet und kennen ihren Bräutigam oft gar nicht.«

»Gewiss, und das finde ich sehr traurig.«

»So ist es nun mal, Mylady.« Ingrid holte tief Atem. »Glaubt mir, ich liebe ihn.«

»Bist du sicher?«

»Werde ich je wieder so eine Chance bekommen? Ich bin keine Schönheit. Und das ist er auch nicht. Also passt mein Swen sehr gut zu mir.«

Kyra schenkte ihrer Zofe ein Lächeln, das sofort wieder erstarb, denn Ingrid hatte die Tür offen gelassen – und jetzt stand Arryn auf der Schwelle. Wie lange schon?

»Was ist los, Ingrid?«, fragte er und betrat das Zimmer.

Errötend drehte sie sich zu ihm um. Aber jetzt schien sie den Gesetzlosen nicht mehr zu fürchten. »Sir Arryn, ich wollte mit meiner Herrin reden …«

»Swens wegen?«

Schüchtern nickte sie. »Werdet Ihr ihm erlauben, mich zu heiraten?«

»Swen ist nicht mein Diener und er reitet freiwillig mit uns – für Schottland. Jedenfalls hat er meinen Segen.«

»Und was sagt Ihr, Mylady?«, fragte Ingrid angstvoll.

»Er wird in den Krieg ziehen.«

»Und ich werde auf ihn warten, weil ich ihn liebe.«

»Obwohl du ihn kaum kennst?«

»Die beiden wollen offenbar aus stichhaltigeren Gründen heiraten als die meisten Paare, Lady«, betonte Arryn.

Anscheinend will er mich als lächerliche Schwarzseherin hinstellen, dachte Kyra und hob seufzend die Hände. »Tu, was du für richtig hältst, Ingrid. Meinen Segen hast du.«

»Vielen Dank, Mylady!« Ingrid schlang beide Arme um den Hals ihrer Herrin und küsste sie. »Was soll ich anziehen? Wir müssen möglichst bald heiraten …«

»Nimm dir eins von meinen Kleidern«, schlug Kyra vor, worauf die Zofe in schallendes Gelächter ausbrach.

»Oh, Mylady, hänselt mich nicht! In Eure Kleider würde ich niemals hineinpassen … Auch Euch muss ich danken, Sir Arryn.«

Lächelnd zog er sie an sich und küsste ihre Stirn. »Sagt Swen, er soll zu Pater Corrigan gehen. Heute Abend, vor dem Essen, soll die Hochzeit stattfinden. Und danach feiern wir wieder.«

»Gott segne Euch, Sir Arryn!«, jubelte Ingrid und rannte aus dem Zimmer.

Arryn schloss die Tür hinter ihr und rieb seine schmerzenden Schläfen. Ohne Kyra zu beachten, schürte er das Kaminfeuer und kleidete sich aus.

»Was machst du?«, fragte sie.

Erstaunt wandte er sich zu ihr um. »Was ich mache? Ich gehe ins Bett, weil ich meinen Schlaf brauche.« Gähnend kroch er unter die Felldecken. »Das bequemste Bett im ganzen Schloss …«

Als hätte er schon ein paar andere ausprobiert … Unglücklich ging sie zu einer Truhe und nahm die Kleider heraus, die sie an diesem Tag anziehen wollte.

»Mein Kissen ist nass«, verkündete Arryn und wurde ignoriert. »Hast du meinetwegen geweint, Kyra?«

»Sei nicht albern.«

»Komm her.«

»Nein.«

»Das solltest du dir gründlich überlegen. Wenn du nicht zu mir kommst, hole ich dich.«

»Da würdest du dich umsonst bemühen!«

»Umsonst, Lady? Keineswegs. Ich werde dich einfach zum Bett tragen.«

Empört richtete sie sich auf und wollte protestieren. Doch er ging bereits zu ihr und hob sie hoch. Durch das dünne weiße Nachthemd spürte sie seine kraftvollen Muskeln viel zu intensiv. Er legte sie aufs Bett, strich über ihre Brüste, und seine Finger spielten durch den weichen Stoff hindurch mit einer Knospe, beschworen süße Qualen herauf. Vergeblich versuchte sie, von ihm wegzurücken.

»Habe ich dir nicht gesagt, du sollst mich nicht zu sehr lieben, Lady?«

»Ich liebe dich nicht.«

»Und warum hast du dann geweint?«

»Keine Ahnung, wovon du redest ...«

»Natürlich hast du geweint.«

»Wieso glaubst du, ich hätte deinetwegen Tränen vergossen?« Wütend stemmte sie ihre Hände gegen seine Brust. »Warum sollte ich? Du misstraust mir. Und viele Männer wollen dich töten! Um zu überleben, muss ich mein Heim verlassen – alles, was mir gehört, alles, was ich kenne! Und wenn ich geweint habe, dann gewiss nicht um dich!«

»Warum weist du mich jetzt ab?«

Ungläubig starrte sie ihn an. »Und warum versuchst du mich zu verführen, obwohl du mir nicht traust und vermutlich ... irgendwo anders warst?«

»Gefangene Frauen dürfen keine Fragen stellen. Stattdessen müssen sie ihrem Herrn gehorchen. Aber da ich mich in gutmütiger Stimmung befinde, erzähle ich dir, wo ich war. Ich habe die ganze Nacht mit Ragnor und Jay verbracht.«

»Nicht mit einer anderen Frau?« Am liebsten hätte sie sich die Zunge abgebissen.

»Daran habe ich gedacht«, entgegnete er. »Du solltest nicht vergessen, wer ich bin – und was.«

»Wer und was bist du?«

»Der barbarische Heide, der dieses Schloss und dich erobert hat.«

»Hättest du mich letzte Nacht gehen lassen!«

»Das wollte ich nicht. Was hier geschieht, entscheide *ich*.«

»Da ich dir überhaupt nichts bedeute, hättest du mich wegschicken und dich mit einer anderen amüsieren sollen.«

»Wie gesagt, das zog ich in Erwägung.«

»Vielleicht dürftest du mich nicht lieben!«

»Das tue ich nicht«, versicherte er lächelnd.

»Dann ...«

»Wenn ich mit meinen Männern im Wald lagere, esse ich altbackenes Brot, solange ich nichts Besseres finde. Und wann immer es möglich ist, verspeise ich einen saftigen Braten und trinke edlen Wein dazu.«

»Was heißt das?«

»Es wäre albern, einen köstlichen Wein stehen zu lassen, um altbackenes Brot zu essen.«

»O Gott, lass mich aufstehen ...«

»Nein«, widersprach er, senkte den Kopf, und seine Lippen umschlossen eine ihrer Brustwarzen, durch den dünnen Stoff des Nachthemds hindurch. Gegen ihren Willen begann sie zu beben und verriet unmissverständlich, was sie empfand. Er ließ sich sehr viel Zeit, während er sie erregte, mit seinem Mund und seiner heißen Zunge. »So wie edler Wein darfst auch du meine Sinne reizen, Kyra.«

»Da du der Eroberer bist und ich deine vergewaltigte Gefangene – wäre es nicht meine Rolle, zu schreien und zu kämpfen?«

»Vielleicht sollte ich dich an die Tränen auf dem Kissen erinnern«, erwiderte er und schaute eindringlich in ihre Augen.

»Aber ich habe um unsere traurige Welt geweint!« Erbost presste sie ihre Hände gegen seine Schultern und versuchte, ihn wegzuschieben.

»In der Tat, eine beklagenswerte Welt«, stimmte er zu, streichelte betörend ihre Brüste und sie spürte sein wachsendes Verlangen an ihrem Schenkel. »Gib deinen Widerstand auf, Kyra. Gestern Abend sah ich dich tanzen und flirten, und die Männer zitterten vor lauter Sehnsucht, wenigstens deine Hand zu berühren. Wolltest du mich herausfordern? Wenn ja, ging ich dir in die Falle, und ich dachte, wir müssten das Spiel zu Ende spielen.«

»Nein, das war keine Falle«, wisperte sie. »Du hast die Halle verlassen ...«

»Und ich bin zurückgekehrt.«

»Um mit einer anderen zu tanzen und einen Becher Wein mit ihr zu teilen. Dann warst du hier oben bei mir – und bist wieder gegangen.«

»Ich begehre nur dich«, beteuerte er mit heiserer Stimme, »sonst keine.«

»Was du wolltest, hast du längst bekommen.«

»So? Und was willst du von mir?«

»Nichts!«

»Lügst du, Lady? Oder möchtest du mir eine Zusicherung entlocken, die ich dir nicht geben kann? Ich hatte bereits eine Frau!«, erinnerte er sie in plötzlichem Zorn.

»Das weiß ich!«, fauchte sie und fragte sich, ob er *ihr* grollte – oder vielmehr sich selbst. Weil er sie nicht nur begehrte, sondern mehr für sie empfand? »Was geschehen ist, lässt du mich niemals vergessen. Und du wirst immer glauben, ich wäre daran ebenso schuldig wie Kinsey.«

»Du bist meine Feindin.«

Nein, hätte sie beinahe protestiert. Doch dazu fand sie

keine Gelegenheit. Stöhnend presste er seinen Mund auf ihren. Aus ihrer Kehle entrang sich ein Schluchzen. Mit beiden Fäusten trommelte sie gegen seine Brust – und dann schlang sie ihre Finger in das dunkle Kraushaar. Ungeduldig zerrte er ihr Nachthemd nach oben, sein nackter Körper glitt an ihrem hinab, und er schob seinen Brustkorb zwischen ihre Schenkel. Seine Finger liebkosten sie immer intimer, seine Zunge spielte mit ihr, bis sie vor Begierde zu brennen schien.

Schreiend versuchte sie, ihn abzuwehren, grub ihre Fingernägel in seine Schultern, bäumte sich auf, spürte die heiße Sehnsucht in ihrem Innern. Und dann neigte er sich über sie und verschloss ihr den Mund mit einem glühenden Kuss. Das Verlangen wuchs. Ebenso behutsam und verführerisch wie seine Zunge, die zwischen ihre Zähne glitt, drang er in sie ein, wich zurück, verschmolz erneut mit ihr, immer wieder, immer schneller. Mit jeder Bewegung steigerte er die süße Qual. Nach einer Weile hob er den Kopf. Sie begegnete seinem Blick, dann schloss sie die Augen, schlang die Arme um seinen Hals und zog ihn zu sich herab. So tief wie nur möglich drang er in sie ein. Ihren ganzen Körper durchfuhr ein wildes Zucken, und sie glaubte zu bersten, zu sterben … *Langsamer – bitte …*

Aber er glich einem unaufhaltsamen Sturm, riss sie mit sich, und sie spürte sein Beben, die Anspannung in seiner Brust, den harten Rhythmus seiner Hüften, seine überwältigende, vitale Kraft … Gleichzeitig erreichten sie den Höhepunkt in einem Wirbelwind aus flüssigem Feuer. In heißer Ekstase klammerte sie sich an ihn, fühlte die Erschütterung, die seinen ganzen Körper erfasste …

Wie sollte sie ohne ihn leben, nachdem er ihr Leben mit aller Macht in seine Hände genommen hatte?

Danach lag er neben ihr, hielt sie in den Armen, so fest, als wollte er sie nie wieder loslassen.

»Liebe mich nicht zu sehr, Arryn!«, wisperte sie.

»Ich liebe dich überhaupt nicht«, entgegnete er und strich mit einem Finger über ihr Gesicht. »Aber du wirst bei mir bleiben, bis ...«

»Bis?«

»Bis ich mich von dir trenne.«

»Das ist unfair!«, protestierte sie.

»Warum sollte ich fair sein? Ich bin der Eroberer.«

»Bastard!«, wisperte sie.

»Wahrscheinlich. Trotzdem – der Eroberer. Schlaf jetzt, wir brauchen beide ein bisschen Ruhe.«

Während sie schlief, lauschte er ihren tiefen Atemzügen und betrachtete ihr Profil. Schließlich stieg er aus dem Bett, ergriff den Wasserkrug, der auf dem Waschtisch stand, und nahm einen Schluck; dann ging er zum Kamin und starrte in die Flammen.

»Aye, ich hatte eine Frau«, flüsterte er bitter. »Aber der Allmächtige möge mir helfen und verzeihen – niemals liebte ich sie so sehr, wie ich dich jetzt liebe.« Er kniete neben dem Bett nieder, schlang seine Finger in Kyras rotgoldenes Haar. »Und doch – ich kann nicht vergessen, wie sie starb.«

Als sie die Berührung spürte, bewegte sie sich. Vertrauensvoll rückte sie zu ihm.

Edler Wein ...

Er legte sich wieder zu ihr. Am Horizont leuchtete die Morgensonne. Das spielte keine Rolle. Jetzt musste er Kyra festhalten.

Solche Nächte würde er vielleicht nie wieder erleben.

17

Wieder einmal ertönte Dudelsackmusik. An diesem Abend stand das Tor der Halle weit offen. Zahlreiche Dorfbewohner waren erschienen, um zu feiern, Wein und Ale zu trinken, zu tanzen und den Jungvermählten Glück zu wünschen.

Swen hatte Ingrid geheiratet, und sie passten großartig zusammen – zwei Nachkommen von Wikinger-Eindringlingen, die im Land geblieben und gute Schotten geworden waren. Darauf wies Arryn die Herrin der Braut hin. In den Adern der meisten guten Schotten floss Wikingerblut. Zunächst hatten die Nordländer Angst und Grauen in Schottland verbreitet, sich dann eingelebt und mitgeholfen, die Nation zu formen.

»Also stammst auch du von Wikingern ab?«, hänselte sie ihn.

»Natürlich, von besonders wilden, barbarischen.«

»Ja, natürlich ...«

»Mein Ururururgroßvater war ein Jarl, der auf einer Insel herrschte. Dort leben immer noch einige meiner Verwandten.«

»Angeblich sind die Clans sehr stark.«

»*Wie* stark, ahnst du gar nicht. Vielleicht ist das unsere Rettung – und deine.« Arryn stellte seinen Weinkelch auf den Tisch. »Gestern Abend hast du alle Männer betört. Wirst du heute mit *mir* tanzen?«

»Darf die besiegte Feindin dem Eroberer einen Wunsch abschlagen?«

»Wenn sie eine harte Strafe riskieren will ...«

»Und die wäre?«

»Das würde ich dir in einem dunklen Verlies zeigen.«

»Soll ich mit dir tanzen oder meine Neugier auf deine Rache befriedigen? Wie ich gestehen muss, fällt mir die Wahl schwer.«

»So leicht lässt du dich nicht einschüchtern, was?«

»Doch, Arryn. Tanzen wir?«

»Mit Vergnügen. Nimm meine Hand.«

Sie gesellten sich zu den fröhlichen Menschen, die im Hof unter dem Mond tanzten und die milde Nacht genossen, wechselten ihre Partner, kehrten zueinander zurück, lachten und amüsierten sich. Trotz seiner riesenhaften Gestalt war Swen erstaunlich leichtfüßig, er zog alle verfügbaren Mädchen an sich und wirbelte sie umher.

Bei einem der traditionellen Tänze trippelte Kyra an applaudierenden Männern vorbei und wurde von jedem einmal herumgedreht. Am Ende der Reihe hielt sie erschrocken inne. Soeben war John Graham mit einigen Männern ins Schloss zurückgekehrt. Sie beobachtete, wie sie abstiegen, dann wandte sie sich zu Arryn, der ihre Hand umfasste.

»Bringen wir's zu Ende.« Er meinte den nächsten Tanz. Aber die Worte hatten eine noch tiefere Bedeutung.

Kyra wiegte sich in seinen Armen, lauschte der Dudelsackmusik, die heiter und zugleich wehmütig klang. Bald verhallten die letzten Töne. Die Menschen lachten und plauderten. Falls sie wussten, dass ihre Welt sich verändern würde, so war ihnen nichts anzumerken.

Geistesabwesend griff Arryn nach Kyras Arm und führte sie zu Jay. Aye, es ist an der Zeit, dachte sie. Jetzt zählte sie nicht mehr. Wäre John doch in irgendeinen Burggraben gefallen, weit weg von Seacairn ... Aber was hätte ihr das gebracht? Arryn würde so oder so in den Krieg ziehen.

Als Ragnor wieder auf seinem Dudelsack spielte, kehrte Kyra in die Halle zurück. Jetzt bereitete ihr Ingrids Hochzeitsfest keine Freude mehr. Gaston, der gerade Schüsseln mit frischem Obst auf den Tisch stellte, nickte ihr zu. »Bald werden die Schotten abreisen«, erklärte sie ihm. »Vor kurzem ist ein Bote eingetroffen.« Auch sie würde die Festung verlassen und nur zurückkehren, wenn die Rebellen den Sieg errangen – was unwahrscheinlich war. Andernfalls würde sie ihre treue Dienerschaft nie wieder sehen.

»Aye, Mylady.«

»Geht in den Hof, Gaston, tanzt unter den Sternen und genießt das Fest.«

Traurig erwiderte er ihren Blick. »Das werde ich tun, Mylady. Sorgt Euch nicht um uns …« Als er die Frage in ihren Augen las, lächelte er. »Für uns gewöhnliche Sterbliche geht das Leben einfach weiter. Nur die Großen und Mächtigen schlagen Schlachten und führen Veränderungen herbei. Und manche Herren sind gütiger als andere, das ist alles.«

Kyra schüttelte den Kopf. »Nur der Allmächtige mag wissen, was Edward tun wird, wenn er in Wut gerät. Und wer das Schwert für ihn schwingt, kennt kein Erbarmen.«

»Genauso unerbittlich werden die Schotten kämpfen, Mylady. Aber uns wird nichts zustoßen. Wenn Lord Darrow zurückkommt, wird er uns wohl kaum alle niedermetzeln. Wer würde ihn denn bedienen, für ihn kochen und sauber machen? Und da er ein habgieriger Mann ist, eifrig bedacht auf üppige Felder und reiche Ernte, wird er auch die Pächter am Leben lassen.« Nach kurzem Zögern fuhr er fort: »Nur *Ihr* müsst gehen, Mylady.« Nun eilte er zu Kyra und drückte ihre Hand. »Gott schütze Euch.«

Gerührt umarmte sie ihn. »Ihr seid ein guter Mann, Gaston. Was immer hier geschieht – verhaltet Euch so, wie es die Umstände erfordern. Wenn Lord Darrow im Schloss eintrifft, erweckt den Anschein, ihr würdet Euch freuen und die elenden schottischen Eindringlinge hassen. Rettet Euer Leben, erzürnt ihn nicht.«

»Aye, Mylady, ich werde weiterleben und das bisschen Heiterkeit auskosten, das mir vergönnt ist. So wie Ingrids Hochzeit. Jetzt werde ich tanzen und singen und der Braut gratulieren. Und den Neuankömmlingen muss ich kalten Braten, Brot und Fleisch bringen. Bis spät in die Nacht hinein werden sie an der Tafel sitzen und davon reden, bald würde die Mutter aller Schlachten beginnen, von ihrem Zorn und ihren Hoffnungen sprechen …« Kyra nickte und küsste seine Wange. Als sie zur Treppe ging, rief er: »Mylady!«

Verwundert drehte sie sich um. »Aye?«

»Ich dürfte es nicht sagen ...«

»Bitte, verratet mir, was Ihr denkt.«

Immer noch zaudernd, erklärte er: »Nun – ich hatte befürchtet, diese Schotten wären genauso wild wie dieses bemalte alte Volk, die Pikten. Aber dann erkannte ich Sir Arryn, der vor vielen Jahren manchmal nach Seacairn kam. Da wusste ich, dass Euch keine Gefahr drohen würde. Ich und meinesgleichen – wir wissen sehr viel über die Herrschaft, der wir dienen. Glaubt mir, Mylady – es ist besser, einen ehrbaren Gesetzlosen zu lieben, als einen grausamen rechtmäßigen Lord zu heiraten.«

»Danke, Gaston ...« Unglücklich eilte sie die Stufen zum Turmzimmer hinauf – zu ihrem Gefängnis. Aber es war niemals ein Gefängnis gewesen. Sie schürte das Feuer, setzte sich auf das Bärenfell vor dem Kamin und wartete.

Nun stand der Kampf kurz bevor. John war nach Seacairn gekommen, um seinen Vetter und seine Freunde in Kenntnis zu setzen.

Am nächsten Tag würden sie ihre Vorbereitungen treffen, Lebensmittel, Waffen und Decken einpacken – alles, was sie für die Schlacht brauchten und was sich leicht transportieren ließ. Sie würden Wallace und de Moray treffen, Adelige und freie Bürger, Geistliche, Bauern und Schreiber, tapfere Männer, die ihr Leben für Schottlands Freiheit aufs Spiel setzen wollten.

Während im Hof das Hochzeitsfest fortgesetzt wurde, saß Arryn mit Jay, Ragnor, Patrick, Roger und einigen anderen Männern in der Halle. Sein Vetter markierte verschiedene Standorte auf dem Tisch mit Hilfe von Bechern und Krügen. »Hier treffen wir uns, außerhalb von Stirling. Auf dem Weg dorthin müssen wir uns in Acht nehmen, denn die Krieger des Königs reiten ungefähr hier ...« Johns Finger berührte eine Stelle, die im Westen seiner provisorischen Landkarte lag. »Und hier.

Da ist Cressingham – dort dürfte Warenne sein. Percys Trupp hat sich aufgelöst. Aber vielleicht ziehen seine Leute immer noch durchs Land – in vereinzelten, mörderischen Gruppen.«

»Warum hat sich Percys Truppe aufgelöst?«, fragte Arryn und runzelte die Stirn.

»Offenbar glaubt Warenne, seine Streitkräfte wären stark genug, um ein paar Bauern zu schlagen, die mit Piken aufs Schlachtfeld ziehen«, antwortete John.

»Diesen Vorteil sollten wir nutzen.«

»Der König bildete sich wahrscheinlich ein, wir wären keine größere Anstrengung wert«, meinte Patrick.

»Wir müssen *jeden* Vorteil suchen«, betonte Arryn. »Für den König kämpfen ausgebildete Krieger, Kavalleristen, Bogenschützen, Söldner vom Kontinent, außerdem mittellose Ritter, die ihren Lebensunterhalt nicht auf Turnieren verdienen können. Aber wir setzen Waffen ein, die sie nicht besitzen.«

»Und die wären, mein Vetter?«, fragte John.

»Leidenschaft, Verzweiflung ... Immerhin kämpfen wir für unser Land, unser Leben.«

»Aye«, stimmte John zu.

»Werden uns die Freiherrn unterstützen? Wurden sie aufgerufen?«

»Angeblich wollen ein paar zum Schlachtfeld kommen – und zuschauen. Falls sich ein Sieg unserer Truppen abzeichnet, werden sie eingreifen. Und wenn der Feind die Oberhand gewinnt ...«

»... werden sie ihm helfen, uns in Stücke zu reißen«, ergänzte Ragnor.

»Dieses Problem können wir lösen«, bemerkte Arryn.

Erstaunt hob Ragnor die Brauen. »Wie denn?«

»Indem wir gewinnen. Morgen liegt ein schwerer Tag vor uns. Meine Freunde, ich gehe schlafen.«

»Einen Augenblick!«, rief John. Arryn war bereits am Fuß der Treppe angelangt. Nun wandte er sich seinem Vetter zu, der mit leiser Stimme erklärte: »Du willst den

Priester und einige Soldaten aus Seacairn mitnehmen auch Lady Kyra.«

»Aye.«

»So oft ist sie dir schon davongelaufen.«

»Und ich habe sie immer wieder eingefangen. Sie wollte Seacairn verlassen …«

»Als Darrow mit seinen Kriegern im Wald lagerte.«

»Seine Männer versuchten sie zu töten. Das habe ich mit eigenen Augen gesehen.« Als John skeptisch seufzte, fügte Arryn in entschiedenem Ton hinzu: »Zweifle nicht an meinem Urteilsvermögen! Ich weiß, was ich tue. Wenn Darrow seine Braut hier antrifft, wird er sie ermorden. Also muss sie mich begleiten.«

»Wenn du ihr tatsächlich traust, will ich dir nicht widersprechen. Was wirst du mit ihr machen?«

»Ich bringe sie ins Dorf am Fuß der Berge, wo viele Familien von Gesetzlosen leben. Dorthin würden wir auch reiten, wenn Kyra nicht mit uns käme. Vor der Schlacht möchten einige unserer Krieger ihre Frauen und Kinder wieder sehen.«

»Und du wagst es, die Lady in diesem Dorf zurückzulassen?«

»Aye. Warum nicht?«

»Sie würde den Überlebenden von Hawk's Cairn begegnen.«

»An jenem Gemetzel trägt sie keine Schuld.«

»Also gut.« John zuckte die Achseln. »Ich beuge mich deiner Überzeugung. Hoffentlich sehen andere das auch so.«

»Wie auch immer, ich habe keine Wahl.«

John nickte. »Gute Nacht, mein Vetter. Schlaf gut. Nein – schlaf überhaupt nicht! Wie unsere Wikinger-Ahnen zu bemerken pflegten: Wenn wir tot sind, können wir lange genug schlafen. Nutz die Nacht. An diesem Abend beneide ich dich.« Grinsend kehrte er zum Tisch zurück, wo die Krieger immer noch lebhaft diskutierten.

Nutz die Nacht … Genau das hatte Arryn vor. Er stieg

die Treppe hinauf. Zögernd blieb er vor der Tür des Turmzimmers stehen. Dann trat er ein. Kyra saß vor dem Feuer, in einem weißen Kleid. Wehmütig blickte sie in die Flammen. In der Mondnacht wisperte eine sanfte Brise und bewegte die Flammen. Schatten tanzten an den Wänden. Von rötlichem Licht umhüllt, bot Kyra ein unglaublich schönes Bild.

Als sie Arryns Schritte hörte, drehte sie sich um und wollte aufstehen. Aber er schüttelte den Kopf und setzte sich zu ihr, nahm sie in die Arme und lehnte ihren Rücken an seine Brust. »Morgen reiten wir. Sobald die Pferde bereit stehen und die Vorräte eingepackt sind.«

»Wohin?«

»Nach Norden. Du wirst uns begleiten.«

Lächelnd wandte sie den Kopf zu ihm. »Obwohl du mir misstraust?«

»Kyra ...«

»Schon gut, ich verstehe deinen Argwohn. Immerhin bin ich die Tochter eines englischen Lords.«

»In der Nähe von Stirling liegt ein Dorf.«

»Werden die Rebellen versuchen, Stirling einzunehmen?«

Darauf gab er keine Antwort. »Es ist ein abgeschiedener kleiner Ort, in den Ausläufern der Berge. Um die Bewohner kümmern sich die Engländer nicht, weil das Gebiet karg und fast unfruchtbar ist. Die Rinder bestehen nur aus Haut und Knochen. Und die Schafe geben wenig Wolle. Das Dorf gehört dem Bischof von Glasgow, einem wohlbekannten Rebellen. Aber bisher hat der König ihm alles verziehen. Dort bist du sicher.«

»Danke. Aber vielleicht sollte ich besser zu den Verwandten meiner Mutter reiten – den MacLeods.«

»In diesem Dorf bist du am besten aufgehoben. Falls wir die Schlacht verlieren, wird Darrow nach dir suchen. Und die Familie deiner Mutter könnte schweren Schaden erleiden, wenn sie dich beherbergt hätte.«

»Und die Dorfbewohner? *Deine* Leute? Bringe ich sie nicht in Gefahr, wenn die Engländer den Sieg erringen?«

»Nein. Dann wissen sie, was zu tun ist. Die Engländer können nicht alle Schotten töten und die Überlebenden werden unsere Familien ins Hochland schicken. Dort hausen die starken, kampflustigen Oberhäupter der Clans, über die nicht einmal die Römer herfielen. An die wagen sich die Engländer ebenso wenig heran. Stattdessen werden sie die Festungen im Norden und Osten zurückerobern, die Wallace und de Moray im letzten Jahr eingenommen haben.«

»Und wenn die Engländer verlieren?«

»Dann gibt es nichts zu befürchten.«

»Wie wird die Zukunft aussehen?«

»Das weiß nur Gott. Sollten wir die Schlacht gewinnen, wird Edward natürlich in hellen Zorn geraten und uns selbst entgegen treten, an der Spitze eines gewaltigen Heeres. Du kennst ihn besser als ich. Dazu wird er sich doch entschließen, nicht wahr?«

»Aye.«

»Was Schottland betrifft ... Baliol bleibt entmachtet, und seine Comyn-Verwandten wären ebenso Thronanwärter wie der junge Robert de Bruce, der Earl of Carrick. Allerdings bezweifle ich, dass er mit Edward gegen uns kämpfen will. Vielleicht wird ein schottischer Regentschaftsrat eingesetzt.«

»Und du? Wirst du nach Hause zurückkehren?«

»Mein Heim liegt in Schutt und Asche.«

»Aber du könntest es wieder aufbauen.«

»Vielleicht. Das weiß ich noch nicht.«

»Diese Festung gehört dir.«

»Gewiss, nur – sie liegt im Grenzgebiet. Hier wird niemals Frieden herrschen. Und ich werde keine Zeit finden, ein anderes Zuhause aufzubauen. Edward wird uns sehr schnell angreifen. All diese Überlegungen sind jedoch müßig. Nur die Zeit wird alle Fragen beantworten.«

Kyra nickte und legte den Kopf an seine Schulter. »Arryn?«

»Aye?«

»Wirf mir nicht vor, ich würde dich zu sehr lieben – aber ich werde den Allmächtigen anflehen, dich auf dem Schlachtfeld zu beschützen. Am liebsten würde ich darum beten, dass du gar nicht kämpfst. Doch das wäre sinnlos. Und so bete ich nur um dein Überleben.«

»Danke, Lady.« Arryn legte sein Kinn auf ihren Scheitel. »Welch gütige Worte aus dem Mund einer Gefangenen, die so grausam missbraucht wurde ...« Mit bebenden Fingern berührte sie seine Arme, die ihre Taille umschlangen. »Keine Bange, ich werde am Leben bleiben«, versprach er. »Und dir wird nichts zustoßen.«

»Um mich habe ich keine Angst. Schon neulich wollte ich ins Hochland reiten – als ich in den Wald floh.«

»Nicht nach England?«

»Das hatte ich ursprünglich vor. Aber diesen Gedanken verwarf ich sofort. Wäre ich nach London geflüchtet, hätte Edward mich mit einem anderen abscheulichen Ritter verlobt.«

Arryn lachte leise. »So sieht das Los der Frauen nun einmal aus.«

»Natürlich, du amüsierst dich darüber, weil man niemals um dich feilschen wird. Kein Preis, den man verkaufen oder verschenken kann, zum Lohn für irgendwelche Gräueltaten.« Eine Zeit lang schwieg sie, dann fragte sie zögernd: »Hast du dir deine Frau selbst ausgesucht? Wurde sie dir schon als Kleinkind versprochen? Neulich hat Jay mir erzählt, sie sei seine Kusine gewesen.« Sie spürte seine innere Anspannung. Über Alesandra wollte er nicht sprechen. Nicht mit *ihr*. »Tut mir Leid«, flüsterte sie. »Nun habe ich geheiligtes Terrain betreten. Verzeih mir.« Sie wollte aufstehen. Aber er hielt sie fest.

»Aye, sie war Jays Kusine. Schon in der Kindheit kannten wir uns. Zur Heirat wurden wir nicht gezwungen. Diese Entscheidung trafen wir, weil sie uns gut und richtig erschien.«

»Das klingt wundervoll.«

»O ja, und es *war* auch wundervoll. Bis sie ermordet wurde.«

Angstvoll wandte sie sich zu ihm. »Kinsey wird aufs Schlachtfeld reiten. Bitte, Arryn, du darfst ihn nicht suchen – zwischen all den vielen Kriegern. Wenn du Jagd auf ihn machst, um sein Blut zu vergießen, wirst du womöglich selber sterben.«

»Ich muss ihn finden.«

»Dafür wird dir genug Zeit bleiben – falls die Schotten den Sieg davontragen. Die Engländer werden nur ihre Stellungen im Grenzland halten – und Berwick, wenn überhaupt. Setz nicht dein Leben aufs Spiel, nur um Darrow aufzuspüren. Das wäre sein Tod nicht wert.«

Nachdenklich schaute er in ihre ernsthaften Augen. »Für seinen Tod würde ich mein Leben hingeben.«

»Weil du dich schuldig fühlst. Du hast Darrows Verwandten getötet und er hat sich gerächt. Mit einer so grausamen Rache hast du nicht gerechnet. Und du warst nicht zur Stelle, um für deine Frau zu sterben. Doch du konntest nicht ahnen, wie viel Blut fließen würde. Damit solltest du dein Gewissen nicht belasten.«

Er streichelte ihr Haar, schob sie sanft von sich und stand auf. »Dennoch werden die Gewissensqualen mich bis zum Ende meiner Tage verfolgen.« Den Rücken zu Kyra gewandt, trat er vor den Kamin und stützte beide Hände auf das Sims.

Und dann spürte er ihre Arme, die ihn umfingen, ihre Wange an seiner Schulter. »Unsere letzte Nacht in diesem Schloss, nicht wahr?«

Er hörte ihre Schritte, die sich entfernten. Als er sich umdrehte, fiel ihr Überkleid zu Boden, und das Unterkleid aus feinem dünnen Leinen schwebte hinab, wie eine weiße Wolke. Ein rötlicher Feuerschein ließ ihre Brüste schimmern, die sanft geschwungenen Hüfen, die wohlgeformten langen Beine. Und ihr Haar glich gesponnenem Gold, vermischt mit Kupfer. Im Smaragdgrün ihrer Augen tanzten funkelnde Pünktchen.

Langsam ging sie zum Bett. Aye, die letzte gemeinsame Nacht im Turmzimmer … Arryns Kleidung landete auf ihrer und er folgte ihr. Um ihn zu empfangen, erhob sie sich auf die Knie. Ihre Fingerspitzen wanderten über seinen nackten Körper, ihr Mund suchte seinen. Von heißem Verlangen erfüllt, presste er sie an sich und erwiderte ihren Kuss. Doch sie löste ihre Lippen von seinen, ließ sie über seine Schultern gleiten, seinen Hals, seine Brust. Inzwischen hatte sie viel gelernt. In vollen Zügen genoss sie jede einzelne Liebkosung und stöhnte leise, dann sank er mit ihr auf die Felle. Das Feuer knisterte, die Nacht verstrich. Wieder und wieder liebten sie sich …

Als sie erwachte, lag sie allein im Bett. Aus dem Hof drangen Männerstimmen herauf, Harnische klirrten, Pferdehufe klapperten.

Hastig stand sie auf und wusch sich. In eine Felldecke gewickelt, suchte sie in ihrer Truhe nach passenden Reisekleidern.

Es klopfte an der Tür. »Mylady, ich bin's!«, rief Ingrid.

»Komm herein!«

Die Wangen hochrot, eilte Ingrid ins Zimmer. »Oh, Mylady, das solltet Ihr sehen – die Vorratswagen, die Waffen … Natürlich, bald werdet Ihr alles bewundern. Ihr dürft nicht zu viel einpacken, sagt Sir Arryn. Wenn irgendetwas eine besondere Bedeutung für Euch hat, müsst Ihr Euch nicht davon trennen, weil völlig ungewiss ist, wann – nun ja … Also, was nehmen wir mit? Auf jeden Fall Euren wärmsten Mantel. Jetzt ist zwar Sommer, aber vielleicht sind wir im Hochland, wenn der Winter beginnt …« Unbehaglich verstummte die Zofe und bekreuzigte sich.

»Wirst du etwa mit den Heiden reiten, Ingrid?«, fragte Kyra lächelnd.

Nun färbten sich Ingrids Wangen noch dunkler. »Hänselt mich nicht, Mylady! Wohin immer mein Swen geht, ich werde ihm folgen. Und Euch würde ich auch nicht allein reisen lassen.«

»Dann bin ich froh, dass wir beisammen bleiben.«

»Oh – Pater Corrigan kommt auch mit. Und Tyler Miller und viele andere. Mylady, stellt Euch das nur vor! Wir beide – an der Seite der Rebellen!«

Jetzt waren die Eindringlinge *Rebellen* – keine *Gesetzlosen* mehr. »Aye, an der Seite der Rebellen«, stimmte Kyra leise zu.

Ein paar Stunden später waren alle zum Aufbruch bereit. Weinend verabschiedete sich Ingrid von Gaston, der zurückblieb, um die Festung zu verwalten. Hamlin Anderson, einer der Pächter, sollte als eine Art Sheriff fungieren. Inständig hoffte Kyra, keiner der beiden würde den Siegern missfallen, die auf Seacairn eintreffen würden – mochten es Schotten oder Engländer sein.

Zu Arryns Truppe zählten viele Männer, die sich mit den Pächtern und Dorfbewohnern angefreundet hatten, und einige Soldaten waren in Bauerntöchter verliebt. Bei den innigen Umarmungen flossen Tränen, heiße Schwüre wurden abgelegt, Sommerblumen vor die tänzelnden Pferdehufe geworfen.

Kurz bevor sie das Schloss verließen, eilte Kyra in die Gruft. Die feuchtkalte Luft in den unterirdischen Räumen hatte sie stets gehasst. Aber sie stieg die dunklen Stufen hinab, eine Fackel in der Hand, weil sie sich dazu verpflichtet fühlte. Statt ihres eigenen Mantels nahm sie den Umhang ihres Vaters mit, seine Broschen, seine Ringe, einen kleinen, mit Juwelen besetzten Dolch, den er zu festlichen Anlässen getragen hatte. Aber *ihn* musste sie zurücklassen, ebenso sein Heim, ihr Erbe. Und obwohl sie wusste, dass die Abreise unvermeidlich war, spürte sie einen brennenden Schmerz in ihrem Herzen.

Sie kniete vor seiner Leiche nieder. »Bete für mich!«, wisperte sie.

»Kyra!« Verwirrt drehte sie sich um. Arryn kam zu ihr und zog sie auf die Beine. »Es ist an der Zeit, wir müssen aufbrechen. Komm mit mir! Dein Vater wird in Frieden ruhen, sein Schwert an der Seite.«

»Aye«, flüsterte sie, die Augen voller Tränen.

Er nahm ihr die Fackel aus der Hand und führte sie die Stufen hinauf.

Am Eingang zur Halle stand Gaston, den sie liebevoll umarmte.

»Mit Gottes Willen werden wir uns wieder sehen, Mylady.«

»Möge der Allmächtige dich schützen, Gaston.«

Im Hof wartete Jay neben ihrer Stute. Sie stieg auf und nahm ihren Platz in der langen Reihe der Reiter, Gepäckwagen und Fußsoldaten ein. Nachdem Arryn sich in den Sattel seines Schlachtrosses geschwungen hatte, hob er eine Hand und die Prozession setzte sich in Bewegung.

Unverwandt blickte Kyra geradeaus, als sie unter dem Fallgitter hindurchritt. Erst auf dem Gipfel eines Hügels schaute sie zu ihrer Festung zurück, die im rotgoldenen Licht der sinkenden Sonne strahlte und sich im Wasser des Flusses spiegelte. Rasch senkte Kyra die Lider, weil sie fürchtete, in Tränen auszubrechen.

»Nur steinerne Mauern, Lady«, meinte Arryn, der unbemerkt zu ihr geritten war. »Lebloser Stein, den du zurücklässt, um dich mit der Seele eines Volkes zu verbinden.«

Als sie den Weg fortsetzten, gesellte sich Pater Corrigan zu ihr.

»Werde ich die Seele eines Volkes finden?«, fragte sie ihn, denn sie wusste, dass er Arryns Worte gehört hatte.

»Zumindest Eure eigene Seele, Mylady«, entgegnete er lächelnd. »Kein schlechter Preis für ein steinernes Gemäuer.« Er griff nach ihrer Hand und drückte sie. »Gott segne Euch, Kyra.«

»Uns alle!«
Nun vertiefte sich sein Lächeln. »Ah, wie ich immer sage, Mylady …«
»Der Herr hilft denen, die sich selbst helfen?«
»Und es gibt noch ein Sprichwort.«
»Aye?«
»Gottes Wege sind seltsam.«
»Amen, Pater.«
Ein letztes Mal betrachtete sie ihre Festung. Dann ritt sie weiter und schaute nicht mehr zurück.

18

Es war ein beschwerlicher Ritt. Mit ihrem Vater hatte Kyra etliche Reisen unternommen, zwischen Seacairn und London oder zu den MacLeods, im Winter oft auf fast unpassierbaren Straßen, wo die Gepäckwagen langwierige Verzögerungen verursacht hatten.

Aber sie war noch nie mit einem Heer geritten, das möglichst schnell vorankommen wollte, ohne die Aufmerksamkeit der englischen Streitkräfte zu erregen.

Was sie von den Übernachtungen erwarten sollte, wusste sie nicht. Auf den Reisen nach London mit ihrem Vater war sie stets in den Herrschaftshäusern befreundeter Familien abgestiegen. Hin und wieder hatten sie in komfortablen Zelten neben einem Lagerfeuer geschlafen, auf weichen Matratzen, von mehreren Dienstboten betreut.

Und jetzt übernachteten sie im Freien, auf dem Waldboden, ohne wärmende Flammen. Irgendjemand hielt immer Wache. In der ersten Nacht lag sie neben Pater Corrigan, den Kopf auf ihrem Sattel. Mitten in der Nacht kam Arryn zu ihr, ergriff ihre Hand und führte sie zu einem schmalen Bach in der Nähe des Lagers. Wortlos liebten sie sich zwischen Felsen und plätschernden Wellen. Dann badeten sie, und Kyra schlief neben ihm ein, die Wange an seiner Brust.

Auch in der zweiten Nacht ging er mit ihr zum Bach.

Das Essen war kalt und spartanisch. Aber es gab genug Wasser. Stundenlang ritten sie durch die Wälder. Kyra beklagte sich nicht. Als sie in der zweiten Nacht beisammen lagen, fragte Arryn: »Vermisst du dein weiches Daunenkissen?«

»Nein, ich finde den Sternenhimmel wundervoll.« *Und ich bin bei dir* … Doch das sprach sie nicht aus.

»Allmählich entwickelst du dich zu einer echten Gesetzlosen, Lady.«

Tagsüber suchte sie meistens Pater Corrigans Gesellschaft. Arryn und seine Berater ritten voraus, um die Lage zu sondieren. In dieser Gegend trieben sich die Engländer zu Tausenden herum.

Außer Kyra und ihrer Zofe begleiteten weitere Frauen den schottischen Trupp, Wäscherinnen und Köchinnen und mehrere Mädchen, die sich einfach nur um die Soldaten kümmerten. Kyra wies Arryn auf diese erstaunlich große Schar hin und erklärte: »Ehefrauen und Töchter.«

»Nicht alle …«

»Wo sich Männer aufhalten, wird es immer Frauen geben«, entgegnete er schlicht.

In dieser Nacht schlief sie nicht so gut. Obwohl sie gewarnt worden war, hatte sie sich in Arryn verliebt. Jetzt folgte sie ihm – und unterschied sich nicht von den anderen Frauen, die ihre Liebhaber begleiteten.

Zuweilen tauchten Hindernisse auf, die den Ritt erschwerten. Ein heftiger Sommerregen hatte einen der Wege weggespült, und sie mussten umkehren, eine andere Route suchen. Einmal blieben zwei Gepäckwagen in einem seichten Fluss stecken, und die Krieger brauchten einen ganzen Nachmittag, um die Räder aus dem Schlamm zu ziehen.

Die sanft gewellten Hügel gingen in zerklüftete, steile

Klippen zwischen dicht bewaldeten Schluchten über – in Kyras Augen eine fremdartige, aber reizvolle Landschaft. An den Ufern der Bäche wuchsen wilde Blumen in Hülle und Fülle.

Eines Morgens ritten Späher voraus, kehrten im Galopp zur Truppe zurück und berichteten, sie seien Cressinghams Kriegern nur mit knapper Not ausgewichen. Vor den Engländern war Wallace postiert, de Moray dahinter. Arryn verließ den Konvoi für ein paar Tage. In seiner Abwesenheit fühlte sich Kyra sehr unbehaglich. Seine Männer begegneten ihr freundlich und respektvoll – aber sie spürte ständig den wachsamen, prüfenden Blick seines Vetters.

Da Jay und Swen mit Arryn geritten waren, leistete Ingrid ihr Gesellschaft. In der Ehe blühte das einst so prüde, frömmlerische Mädchen sichtlich auf, und Kyra freute sich über das Glück ihrer Zofe. Leider war es unmöglich, neben ihr zu schlafen, weil Ingrid geräuschvoll schnarchte. Eines Nachts erhob sich Kyra entnervt von ihrer Decke und wanderte zum nahen Bach. Plötzlich wurde ihr übel und sie musste sich übergeben. Mit zitternden Händen wusch sie ihr Gesicht. Danach fühlte sie sich etwas besser. Der Nachtwind kühlte ihre Wangen.

Als sie ein Geräusch im Dunkel hörte, drehte sie sich erschrocken um und sah John Graham unter einem Baum stehen. »Ich laufe nicht zu den Engländern über«, beteuerte sie.

»Das wollte ich Euch auch gar nicht vorwerfen. Ich bin Euch nur gefolgt, um Euch vor etwaigen Gefahren zu schützen.«

»Oh …« Skeptisch runzelte sie die Stirn. »Ihr misstraut mir und mögt mich nicht. Nach Eurer Ansicht dürfte ich nicht hier sein.«

Er ging zu ihr, berührte ihren Arm, und sie musste sich sehr beherrschen, um nicht zurückzuweichen. »Wenn Ihr glaubt, ich würde Euch nicht mögen, irrt Ihr Euch, Lady. Ganz im Gegenteil, ich bewundere Euch.«

»Aber Ihr traut mir nicht über den Weg ...«

»... was einzig und allein an Eurer Herkunft liegt.«

»Ihr braucht Euch nicht zu sorgen. Vorerst werde ich weder Lord Darrow noch irgendwelche anderen Engländer aufsuchen. Dazu wäre ich viel zu schwach.«

»Aye, das habe ich bemerkt.«

»Tatsächlich? Habt Ihr Euch an meiner Übelkeit geweidet?«

»Wie gesagt, ich wollte Euch beschützen.«

»Wahrscheinlich habe ich irgendwas Verdorbenes gegessen.«

»Glaubt Ihr das wirklich?«

»Was denn sonst?«

Lächelnd zuckte er die Achseln. »Da gibt's andere Möglichkeiten.«

Zweifellos ... Sie spürte, wie sie errötete. Und dann staunte über das heiße Glücksgefühl, das in ihr aufstieg – allein schon bei dem Gedanken, sie könnte ein Kind erwarten. Verlegen wich sie Johns Blick aus. »Das lässt sich noch nicht feststellen. Es ist zu früh.« Nach Johns Meinung vielleicht nicht.

Er würde Darrow für den Vater des Kindes halten. Doch sie wollte nicht mit ihm streiten oder auf ihre Unschuld hinweisen, die sie erst vor kurzem verloren hatte. Arryn würde Bescheid wissen. Nur darauf kam es an. Aber er durfte es nicht erfahren, ehe sie sich Gewissheit verschafft hatte. Und selbst dann ... Sein ungeborenes Kind war im Mutterleib verbrannt. Und nun zog er mit seinen Soldaten in den Krieg, einer unsicheren Zukunft entgegen.

»Jetzt solltet Ihr aber schlafen«, unterbrach John ihre Überlegungen. »Darf ich Euch ins Lager zurückführen?«

»Ja, bitte.«

Während der nächsten Tage blieb er stets in ihrer Nähe. Höflich und aufmerksam kümmerte er sich um ihre Bedürfnisse. Abends brachte er ihr frische Waldbeeren oder Käse von einem nahen Bauernhof.

»Eure Fürsorge ist übertrieben, John«, mahnte sie. »Noch steht nichts fest.«

»Auf dieser Welt ist nichts sicher.«

»Und Ihr haltet mich immer noch für eine Gefahr.«

»Allerdings, Lady.«

»Wenn Ihr Kinsey kennen würdet …«

»Ich weiß einiges über ihn. Und das genügt. Arryn glaubt, Darrow würde Euch nach dem Leben trachten. Angeblich ist er verrückt und kennt keine Gnade. Doch was haltet Ihr von König Edward? Von den anderen Engländern, die Euch im Lauf Eures Lebens begegnet sind? Würdet Ihr in diesem Blutbad die Seiten wechseln?«

»Hättet Ihr bloß Ingrid reden hören, als Arryn und seine Männer die Festung überfielen! Sie nannte alle Schotten Heiden, Barbaren, wilde Bastarde. Und schaut sie jetzt an! Sie reitet mit uns, hilft den Schotten, wo sie nur kann, und neulich brachte sie sogar einen Ackergaul dazu, einen Wagen aus dem Schlamm zu ziehen. Mittlerweile hat sie sich in eine eingefleischte Rebellin verwandelt. Sie liebt ihren Swen und ist ihm treu ergeben. Meiner Zofe vertraut Ihr, John. Warum nicht *mir?*«

»Aye, sie liebt ihren Swen«, bestätigte er lächelnd. »Und Ihr? Liebt Ihr Arryn?«

»Das wurde mir verboten«, erwiderte sie hastig.

»Und befolgt Ihr die Befehle meines Vetters?«

»Natürlich benehme ich mich so, wie es einer Gefangenen geziemt.«

Er lachte leise. »Keineswegs, Lady.«

»Weil ich möglicherweise ein Kind erwarte?«

John schwieg eine Weile. »Bald werden wir gegen ein Heer kämpfen, das dem englischen König dient. Gegen die besten Bogenschützen der Welt. Und Schwertfechter, die in Frankreich und Wales Erfahrungen gesammelt haben. Vielleicht müssen wir alle sterben.«

»Ja«, stimmte sie unglücklich zu.

»An Eurer Stelle könnte ich einen Mann nicht diesem Schicksal ausliefern, ohne ihm zu erzählen, seine Dynastie würde weiterleben. In einem Kind sieht jeder Mann seine Unsterblichkeit.«

»O John ...« Sie zögerte. Jetzt erschien ihr dieses Gespräch etwas zu persönlich. »Er hat seine Frau sehr geliebt.«

»Zweifellos.«

»Sie ist gestorben, gemeinsam mit ihrem ungeborenen Kind. Und – er will keine andere. Damit habe ich mich abgefunden. Vielleicht will er auch kein anderes Kind. Außerdem bin ich mir noch gar nicht sicher, ob ich wirklich eines erwarte. Ich brauche etwas mehr Zeit.«

»Seit jener Nacht am Ufer des Bachs habt Ihr nachgedacht und die Tage gezählt, Lady. Inzwischen wisst Ihr Bescheid.«

»Selbst wenn es so wäre ...«

»Sagt es meinem Vetter. Oder ich muss mit ihm reden.« Ohne auf eine Antwort zu warten, ging er davon.

Schweren Herzens ritt sie am nächsten Tag durch den Wald und erinnerte sich an Johns Drohung. Wie langsam sie vorankamen ... Wegen der hinderlichen Gepäckwagen schien die Reise eine Ewigkeit zu dauern, und Kyra konnte ihre innere Anspannung, die mit jedem Tag wuchs, kaum noch ertragen.

Und dann kehrte Arryn zurück.

Zunächst sah sie ihn nicht. Auf einer abgeschiedenen Lichtung traf er sich mit seinen engsten Freunden und Beratern. Erst danach wollte er Kyra aufsuchen. Doch sie hatte das Lager verlassen, saß am Ufer eines Bachs, und ihre nackten Füße baumelten im Wasser. Als er sie fand, zog er sie wortlos auf die Beine und umarmte sie. Eine Zeit lang schmiegte sie sich an ihn, dann rückte sie ein wenig von ihm ab und fragte: »Wo warst du?«

Darauf gab er keine Antwort. »Leider fehlt mir die

Zeit, um dich in jenes Dorf zu bringen. Morgen werden Freunde hier eintreffen. Sie sollen dich und andere begleiten.«

Trotz des milden Wetters fröstelte sie. Wo er doch eben erst zu ihr zurückgekehrt war … Nein – zu seinen Männern. Und sie ritt einfach nur mit ihnen. »Also wird die Schlacht beginnen.«

»Aye. Zieh deine Schuhe an, Lady.«

Sie gehorchte und er ergriff ihre Hand. Auf einem gewundenen Waldweg gingen sie zu einem zerklüfteten Felsen, und er half ihr, nach oben zu klettern. Die Spitze der Klippe bot einen ungehinderten Ausblick. In der klaren Nacht sah sie Lagerfeuer. »Dort in der Nähe liegt Abbey Craig«, erklärte Arryn. »Im Morgengrauen reiten wir hin, um den Feind zu treffen.«

In der Dunkelheit leuchteten die Lagerfeuer wie unzählige Glühwürmchen. »So viele Krieger …«, flüsterte Kyra bestürzt.

»Zehntausende, auf beiden Seiten. Aber ich glaube, die Engländer sind bei weitem in der Überzahl.«

»O Arryn, ihr solltet nicht kämpfen. Gewöhnlich schicken Kommandanten vor so großen Schlachten Unterhändler zu den Gegnern. Und manchmal zeigt sich Edward barmherzig. Schon vielen Männern hat er verziehen, obwohl sie immer wieder die Seiten wechselten, und …«

»Nein, Kyra, Verhandlungen sind sinnlos«, unterbrach er sie. »Es gibt keinen Frieden.«

Plötzlich klammerte sie sich an ihn und legte den Kopf an seine Brust. »Ich möchte nicht, dass du stirbst!«

»Natürlich will ich mein Bestes tun, um deinen Wunsch zu erfüllen.«

Jetzt *musste* sie ihm von ihrem Baby erzählen …

»Arryn …«, begann sie und blickte auf.

»Aye?«

Doch die Worte erstarben in ihrer Kehle. Nein, noch war der richtige Zeitpunkt nicht gekommen. Sie hatte ihn eben erst wieder gesehen, und ihr Geständnis sollte ihn nicht veranlassen, davonzugehen und nachzudenken. »Ich – will einfach nur bei dir sein«, wisperte sie.

Lächelnd hob er ihr Kinn und küsste ihre Lippen. »Kehren wir zum Bach zurück.«

Sie kletterten den Felshang hinab und am Ufer half er ihr aus den Kleidern. Dann legte er seinen Tartan ab, das Leinenhemd, die Schuhe, die Wollhose. Fröstelnd lauschte Kyra den plätschernden Wellen, die über Steine tanzten. In der sanften Brise flatterte ihr Haar. Sie schmiegte sich an Arryn, streichelte seine Wangen, seine Brust. Nun schien das Wasser lauter zu rauschen, der Wind heftiger zu wehen. Im klaren Bach spiegelte sich ein silberner Mond, verströmte ein unwirkliches Licht und spendete violette Schatten.

Arryn breitete seinen Tartan im Gras aus und sank mit ihr hinab. Eine Zeit lang schaute er sie nur an. In der Dunkelheit schimmerten seine blauen Augen schwarz – und so intensiv, dass sein Blick wie eine Berührung wirkte. Und dann streichelte er sie, mit betörender Zärtlichkeit. Voller Verlangen presste sie sich an ihn und der Wind schwoll zu einem Sturm an. So sehr begehrte sie ihn – alles von ihm, seine nackte Haut, seinen Geschmack. Er bedeckte ihren ganzen Körper mit Küssen. Die Nachtluft kühlte die feuchten Spuren seiner Lippen, und Arryn erhitzte Kyras Blut erneut mit Küssen, die alles liebkosten – nur nicht das Zentrum ihrer Lust. Endlich fand sein Mund auch diese bebende Perle.

Nach einer Weile richtete er sich auf. Mondstrahlen schienen sie zu durchdringen. Unter ihrem Rücken spürte sie den duftenden Waldboden, lauschte Arryns leiser Stimme, die sich mit dem Flüstern der Brise mischte, mit dem Lied der Wellen. Bald steigerte sich der Wind wieder zu einem Sturm, begleitet von einem Donner, der dem Rhythmus beider Herzschläge folgte. Begierig genoss Kyra das Gewicht seines Körpers, fühlte seine Kraft, atmete den Geruch seiner Hitze ein …

Verwirrt fuhr sie aus dem Schlaf hoch – wieder allein am Ufer des Bachs, unter einer mächtigen Eiche. Neben ihr lagen ihre sorgsam gefalteten Kleider, der Mantel ihres Vaters bedeckte ihren nackten Körper.

Eine Brise regte sich, das Wasser rauschte.

Mit einem leisen Schrei sprang sie auf. Dann sank sie schluchzend auf den Mantel hinab. O Gott – Arryn hatte sie verlassen, um in den Krieg zu ziehen.

Er hatte geglaubt, es wäre am besten, ohne Abschied davonzugehen. Aber es fiel ihm unendlich schwer. Noch nie hatte er Kyra so schön und verführerisch gefunden wie in diesem Augenblick, friedlich schlafend im Gras unter der hohen Eiche, zwischen wilden Blumen. Die Farben des Sommers konnten nicht mit ihrem rotgoldenen Haar wetteifern, die Wärme des Sonnenaufgangs nicht mit ihrem heißen Fleisch.

Trotzdem musste er sich von ihr trennen. Und nur Gott mochte wissen, was die Zukunft bringen würde.

Die Männer wurden zu ihren Pferden gerufen, zu ihren Waffen, die Fußsoldaten formierten sich. In wenigen Stunden würden sie Abbey Craig erreichen. Arryn würde mit John, Jay, Ragnor, Pater Corrigan und einigen anderen vorausreiten, dicht gefolgt von den Reitern und etwas langsamer von den Gepäckwagen.

Nach Wallaces Ansicht würde die Schlacht am nächsten Morgen beginnen. Während der letzten Nächte hatten seine Späher die Lage sondiert, Unterhändler waren von de Warenne zu Wallace geschickt worden und umgekehrt. Nun gingen die Heere in Stellung. Schotten und Engländer.

Die Nacht vor dem Kampf würden Arryn und seine Männer in Abbey Craig verbringen. Nachdem er Kyra verlassen hatte, fürsorglich in den Mantel ihres Vaters gehüllt, kehrte er ins Lager zurück und traf Harry MacTavish, den ehemaligen Verwalter von Hawk's Cairn, Thomas Riley und Ioin Ferguson. Diese Männer aus seiner Heimat hatten die Überlebenden des Gemetzels in ein sicheres Versteck im Wald am Fuß des Hochlands geführt und sich dann immer wieder hervorgewagt, um sie mit Neuigkeiten zu versorgen.

Zuerst begrüßte er Harry, dann Thomas, der ihn über die Bewegungen der Engländer in der vergangenen Nacht informierte. Schließlich schüttelte er Ioins Hand und erfuhr, in dem kleinen Dorf sei alles in Ordnung, die Leute würden ein einfaches, aber ungefährdetes Leben führen und sich notfalls ins Hochland zurückziehen.

Jays Schwester Katherine hatte die Männer begleitet, eine schöne junge Frau mit himmelblauen Augen und weißblondem Haar. Erfreut hob Arryn sie aus dem Sattel ihres Pferdes. »Wie schön, dich wieder zu sehen, Mädchen! Dass ich diesen Tag erleben würde, hätte ich nicht gedacht.«

»Arryn!« Lächelnd umarmte sie ihn, dann begrüßte sie ihren Bruder, John, Ragnor, Patrick und die anderen.

»Nun wollen wir euch die Frauen und Dienstboten anvertrauen, Harry«, erklärte Arryn. »Wenn die Schlacht ein schlimmes Ende nimmt …«

»Bringe ich sie alle ins Hochland. Aber ich glaube an unseren Sieg, Arryn, und dann treffen wir uns alle in Stirling.«

»Natürlich wollen wir nicht verlieren. Und selbst wenn wir eine Niederlage erleiden, werden wir Edward nicht gestatten, uns alle zu töten. Wie auch immer, der nächste Tag wird über unser Schicksal entscheiden. Wenigstens vorerst … Falls wir gewinnen, wird es der englische König nicht dabei bewenden lassen.«

»Da hast du wohl Recht, Arryn«, stimmte Harry wehmütig zu.

»Auf Lady Kyra müsst Ihr besonders achten«, mahnte John, bevor er sich in den Sattel schwang, und Arryn warf ihm einen scharfen Blick zu. »Ihr Leben könnte bedroht werden«, meinte sein Vetter.

»Lady Kyra?«, stieß Katherine hervor. »Kinsey Darrows Verlobte ist *hier?*«

»Aye«, antwortete Arryn, »sie wird euch begleiten.«

»O nein!«

»Doch, Katherine.«

»Warum?«

»Für langwierige Erklärungen fehlt uns die Zeit.«

»Bitte, Arryn! Hast du vergessen, was Darrow uns antat? *Warum* ist sie hier?«

»Weil ich sie nicht auf Seacairn zurücklassen konnte. Dort wäre sie in Gefahr gewesen.«

»In *Gefahr?*«, wiederholte Katherine ungläubig. In ihren Augen glänzten Tränen.

Ungeduldig stieg er auf sein Schlachtross. Es drängte ihn, endlich aufzubrechen. Aber Katherine hatte viel erlitten, und so zwang er sich, in ruhigem Ton zu erwidern: »Aye, in ernsthafter Gefahr. Du verstehst nicht ...«

»*Was* verstehe ich nicht? Mit eigenen Augen sah ich das Blutbad, das Darrow auf Hawk's Cairn anrichtete, ich hörte die Sterbenden schreien, roch das brennende Fleisch ... Wie kannst du diese Frau zu uns bringen?«

»Sei still, Katherine!«, befahl Jay.

»Nein! Niemals!«

»Finde dich damit ab, Katherine«, bat Arryn. »Ich tat, was ich tun musste.«

»Sicher wird sie uns verraten.«

»Wie sollte ihr das gelingen?«, entgegnete er ärgerlich. »Wir sind kein kleiner Trupp, der sich im Wald versteckt, um ein paar Engländern aufzulauern und nach einem erfolgreichen Angriff zu verschwinden. Jetzt versammeln wir uns zu tausenden, gemeinsam mit Wallace und de Moray werden wir aufs Schlachtfeld reiten. Glaubst du, Kyra wird zu den Engländern fliehen und ihnen erzählen, unser Heer würde sie erwarten? Das wissen sie bereits, meine Liebe.«

»Trotzdem – sie dürfte nicht bei uns bleiben.«

»Wenn dir das so großen Kummer bereitet, tut es mir

Leid. Aber ich hatte keine Wahl. Darrow würde sie töten.«

»Und wenn schon!«

»Katherine!«, mahnte Jay.

»Oh, ich wünschte, beide wären tot!«

Seufzend ging Jay zu ihr und umfasste ihre Schultern. »Nimm dich zusammen, Katherine! Wenn dir die Situation auch missfällt, du musst sie akzeptieren. Und ich bitte dich, Lady Kyra höflich zu begegnen.«

»Höflich?«, fauchte sie. »Arryn! Ich sah deine Gemahlin sterben!«

»Darüber werden wir jetzt nicht diskutieren«, erwiderte er tonlos.

»Mit dieser Frau werde ich keine Mahlzeit teilen, niemals in ihrer Nähe schlafen …«

»Das bleibt dir unbenommen.«

»Hast du dein Volk vergessen?«, flüsterte sie ungläubig.

»Unsinn … Und ich werde keine weiteren Fragen beantworten. Halt dich einfach von Kyra fern, sie geht dich nichts an.« Unbehaglich schwang er seinen Hengst herum. Er wusste, dass er ihr ausführlichere Erklärungen schuldig war. Aber die Zeit drängte. »Gott mit euch allen!«

»Und mit dir, Arryn!«, rief Thomas. »Wir werden auf euch warten.«

Eigensinnig blieb Katherine stehen und ignorierte ihren Bruder, der auf sein Pferd stieg. Dann rannte sie plötzlich zu ihm und umklammerte sein Bein. »Jay, du verdammter Narr! Pass gut auf dich auf!«

»Aye, so wie immer, Schwesterchen.« Liebevoll streichelte er ihren Scheitel.

»In Stirling sehen wir uns wieder. Und wir werden tanzen, um den Sieg zu feiern.« Unsicher wandte sie sich zu Arryn. »Möge der Allmächtige dir beistehen.«

»Danke, Mädchen.«

»Aber ich werde nicht nett zu ihr sein!«, drohte sie.

»Als hätte man ihr jemals vorgeworfen, sie wäre *nett!*«, bemerkte Jay trocken.

Lächelnd lenkte Arryn sein Streitross zu Katherine und beugte sich aus dem Sattel herab, ergriff ihre Hände und küsste ihre Wange. »Alles Gute.«

Sie nickte, biss auf ihre Lippen und trat zurück.

In fieberhafter Ungeduld spornte er Pict an und die Männer folgten ihm.

Langsam erhob sich Kyra vom Mantel ihres Vaters und fühlte sich wie eine uralte Frau. Hätte er sie doch geweckt und sich von ihr verabschiedet … O Gott, warum musste diese schreckliche Schlacht stattfinden? Gnadenlos würden die Sieger die Verlierer niederstrecken.

So viel Blut würde fließen. Fröstelnd wickelte sie sich in den Umhang ihres Vaters und ging zum Bach. Sie durfte nicht an den Krieg denken. Irgendwie musste sie die Wartezeit überstehen. Sie kniete nieder, wusch ihr Gesicht mit kaltem Wasser und spülte die sinnlosen Tränen weg. Dann setzte sie sich ans Ufer. Als sie einen Zweig knacken hörte, drehte sie sich um. Ein schlankes, blondes Mädchen, das einem Engel glich, lehnte an einem Eichenstamm. Verwirrt sprang Kyra auf und zog den Mantel eng um ihre Schultern. »Hallo …«

»Ihr seid also Lady Kyra.«

»Ja, und Ihr?«

»Mein Name spielt keine Rolle. Aus Eurem Mund will ich ihn nicht hören.«

»Und warum seid Ihr dann hierher gekommen und sprecht mit mir?«

»Weil ich herausfinden wollte, wie eine englische Hure aussieht.«

Was sollte Kyra darauf antworten? Sie wusste es nicht. Zitternd krallte sie ihre Finger in den Stoff des Mantels. Dieser feindseligen jungen Frau würde sie ihre Bestürzung nicht zeigen. Wer mochte sie sein? Spielte sie eine Rolle in Arryns Leben? Mühsam zwang sich Kyra zur

Ruhe. »Nun, jetzt habt Ihr's gesehen. Offenbar wolltet Ihr mich beleidigen. Dieses Ziel habt Ihr erreicht. Also geht und lasst mich allein.«

Zu ihrer Verblüffung gehorchte die blonde Frau. Aber nach ein paar Schritten blieb sie stehen und drehte sich um. »Die Männer mögt Ihr betören, Lady. Aber ich bin nicht so leicht zu umgarnen. Nehmt Euch vor mir in Acht, denn ich weiß, wer und was Ihr seid! Mit meinem Schwert kann ich genauso gut umgehen wie mit meinem Messer. Hütet Euch! Eine falsche Bewegung und ich werde Euch töten. Versteht Ihr?«

Verwirrt runzelte Kyra die Stirn. »Keine Ahnung, was Ihr von mir wisst … Jedenfalls habe ich Euch nichts zuleide getan.«

»Nicht einmal in Euren schlimmsten Träumen würdet Ihr Euch ausmalen …«

»Was immer Euch widerfahren ist, ich trage keine Schuld daran. Auch ich weiß ein Schwert und ein Messer zu führen. Also sollten wir in Zukunft getrennte Wege gehen. Einverstanden?«

»Erst wenn Ihr in der Hölle landet, Lady Kyra, sind wir weit genug voneinander entfernt.« Mit diesen Worten eilte die junge Frau davon.

Schweren Herzens wandte sich Kyra zum Wasser. Die Männer ritten zum Schlachtfeld. Was mochte der nächste Tag bringen? Würde sie Arryn jemals wieder sehen?

Zwischen den Bäumen erklang ein Geräusch. Hastig drehte sie sich um. Niemand ließ sich blicken. Und doch … Ein seltsames Wispern im Unterholz jagte einen Schauer durch ihren Körper. Als wäre jemand hier gewesen und hätte sie beobachtet …

War die blonde Frau zurückgekehrt, um sie zu belauern? Nein, sie hatte ihren Hass gegen Kyra freimütig bekundet und würde ihr nicht heimlich nachspionieren. Blätter raschelten im Wind. Natürlich – dieses Geräusch hatte ihr Angst gemacht. Oder ein kleines Tier, das durchs Gestrüpp gelaufen war. Wie lächerlich …

Und dann vernahm sie leisen Gesang. Ingrid trat auf die Lichtung. »Da seid Ihr ja, Mylady! Sir Arryn sagte, Ihr würdet schlafen. Vorerst sollte ich Euch nicht stören. Und es sei besser, er würde in den Krieg ziehen, ohne Euch zu wecken. Keine Bange, Mylady, sicher werden die Schotten siegen.« Ingrid lächelte strahlend und dann brach sie in Tränen aus.

»O Ingrid!« Kyra lief zu ihr und nahm sie in die Arme. »Du hast Recht, sie werden siegen.«

»Inzwischen sind seine Leute angekommen, die uns schützen werden. Harry MacTavish – der ehemalige Verwalter von Hawk's Cairn, ein sehr freundlicher Mann – hat erklärt, wir müssten noch eine Weile warten, bevor wir aufbrechen. Sonst würden wir womöglich den Engländern in die Arme laufen. O Mylady, wenn mein Swen stirbt, wär's mir gleichgültig, in welche Gefahr ich geraten würde – er ist mein Leben!«

»Diesem Hünen wird gewiss nichts zustoßen.«

»Oh, das stimmt – er ist wirklich sehr groß.« Obwohl Ingrid immer noch schnüffelte, war sie sichtlich stolz auf ihren Ehemann. »Und Sir Arryn ist ein tüchtiger Krieger. Sie werden die Schlacht gewinnen!«

Jetzt schluchzte die Zofe noch lauter und Kyra versuchte sie zu trösten. Aber als sie an ihr vorbeispähte, gewann sie wieder den Eindruck, die Bäume würden sie beobachten. Und im Flüstern des Windes schien sich etwas Böses zu verbergen. *Augen im Schatten und im Licht, in sanft bewegten Zweigen, im raschelnden Laub* ... Wer verbarg sich da drüben im Dickicht? Und warum?

Aye, es war an der Zeit. Triumphierend spürte er ihr Unbehagen. Sie *wusste,* dass sie beobachtet wurde.

So geduldig hatte er gewartet und den unterwürfigen Überläufer gespielt. Diese Narren!

Die Engländer würden siegen, die Schotten im Staub liegen. Und Blut würde fließen. Denn die Verräter, die den Kampf überlebten, würden ihr gerechtes Schicksal erleiden. Das Gesetz bestimmte, welche Strafe einem Verräter drohte. Das englische Gesetz! Das Gesetz des englischen Königs. Und alle, die dem englischen Ruhm dienten, würden die Früchte ihrer Mühe ernten.

Soeben waren die Schotten davongeritten. Was er wissen musste, hatte er erfahren. Jetzt würde er zu seinesgleichen zurückkehren, zu den künftigen Siegern. Lautlos schlich er aus dem Wald und bereitete seine einsame Reise vor.

Aus vielen Landesteilen waren die Schotten nach Abbey Craig geritten – tage- oder wochenlang –, arme Pächter, reiche und mächtige Männer, Hoch- und Tiefländer, Pikten, Skoten, Britannier, Angelsachsen, Nordländer. Die Abkömmlinge all der Stämme, die das schottische Volk bildeten. Aber zahlreiche Lords, die Edward ihre Treue geschworen hatten, waren nicht erschienen.

Nur einige ihrer Vasallen, die Schwerter schwingen, starke Streitrosse aufs Schlachtfeld lenken und Feinde vernichten konnten.

In dieser Sommernacht lagerten sie auf den Höhen von Abbey Craig. Alte Freunde begrüßten einander, tauschten Erinnerungen an gemeinsame Kriege gegen die Engländer aus. Auch neue Gesichter waren Wallaces Ruf gefolgt. Unter dem Kommando eines Mannes vereint, der keinen Ruhm, sondern nur die Freiheit Schottlands suchte, würden sie gemeinsam kämpfen.

In Abbey Craig versammelt, betrachteten sie die Lagerfeuer der Engländer. Tausende. Vielleicht zehntausende.

Wie so viele andere stand Arryn auf den Klippen und sah die zuckenden Flammen. Allmählich verstummten das Stimmengewirr und das Gelächter, die derben Scherze, die den Kriegern Mut machten. Entschlossen hatten sie einander in ihrer Leidenschaft bestärkt, in der verzweifelten Sorge um die Heimat. So mächtige Waffen wie all die tapferen Herzen und kühnen Seelen würden die Engländer nicht besitzen.

Sie tranken, aber nur in Maßen, lachten etwas leiser, beklagten verstorbene Freunde und Verwandte, Männer, die in England gefangen saßen und wegen Hochverrats hingerichtet werden sollten. Nachdenklich ließ Arryn seinen Blick über die Männer schweifen. Den Priester sah er nicht. Vielleicht kniete Pater Corrigan irgendwo im Schatten und betete. John gesellte sich zu seinem Vetter, der ihm beeindruckt zunickte. »Ein gewaltiges Heer! Schon vor langer Zeit hast du dich Wallaces Truppe angeschlossen. Und jetzt hat er uns alle vereint.«

»Dazu brauchte er Andrew de Moray, einen reichen Großgrundbesitzer von edler Herkunft. Zum Glück besitzt er noch andere Vorzüge. Er weiß zu kämpfen, hat sich niemals einem fremden König gebeugt und die Engländer noch erfolgreicher attackiert als Wallace.«

»Zwei große Rebellen haben uns zusammengeführt.«

»Aye.« Nach kurzem Zögern fragte John: »Hast du vor der Abreise mit deiner Lady gesprochen?«

»Mit meiner Lady?«

»Kyra.«

»Ach! Ist sie plötzlich meine Lady? Ich dachte, du magst sie nicht und misstraust ihr.«

»Nun ja – ihre Augen sind ehrlich.«

»Nein – vor unserem Aufbruch habe ich sie nicht geweckt. Warum interessiert dich das?«

»Vorerst spielt es keine Rolle. Hast du die unzähligen Lagerfeuer der Engländer gesehen?«

»Natürlich.«

»Was glaubst du? Werden wir sterben?«

Arryn zuckte die Schultern, dann grinste er. »Nein – das habe ich ihr versprochen.«

»Jedenfalls wird der Clan weiterleben.«

»Gewiss, er ist weit verbreitet, in allen Landesteilen.«

»Aye, wenn wir den Tod finden, werden viele am

Leben bleiben – und dieses Land lieben, das wir hoffentlich für sie gewinnen.«

»Wolltest du mir noch mehr sagen, John?«

»Nein …«, erwiderte John stockend. »Es sei denn, du wirst tödlich verwundet … Auf dem Schlachtfeld werde ich mich stets in deiner Nähe aufhalten und notfalls musst du nach mir rufen.«

»John …«

»Entschuldige mich jetzt. Da drüben sehe ich einen Mann, mit dem ich reden möchte.«

Verwundert starrte Arryn seinem Vetter nach. Warum hätte er mit Kyra sprechen sollen? Warum war sie plötzlich *seine* Lady? Wie auch immer, ihr würde nichts zustoßen. Harry würde auf Neuigkeiten vom Verlauf der Schlacht warten. Sobald dem Dorf Gefahren drohten, würde er Kyra und alle anderen ins Hochland führen, zu den streitbarsten Mitgliedern des Clans. Zweifellos würden sie alle Menschen schützen, die ihnen anvertraut wurden.

Und wenn er die Schlacht überlebte … Er musste John zu einer Erklärung zwingen. Aber der Vetter kehrte nicht zu ihm zurück. Arryn blieb abseits stehen. Als Freunde ihn zu sich baten, weigerte er sich höflich. Diese einsame Nachtwache war ihm wichtig. Der nächste Tag würde so viel bedeuten. Rache. Freiheit.

Allmählich brannten die Feuer herab. Ein Dudelsackpfeifer begann ein Lied zu spielen, eine Hymne der Gesetzlosen. Bald stimmten andere Musiker ein und die klagenden Klänge erhoben sich in den Nachthimmel. Oder sie sanken in die Hölle hinab. Schließlich mischte sich ein Schlachtruf in die Melodie und tausende Krieger wiederholten ihn. Mut und Entschlossenheit, Zorn und Leidenschaft erfüllten die Nachtluft.

Im Morgengrauen mussten sie ihre Kampfkraft beweisen.

19

Er ritt allein. Sorgsam achtete er auf seinen Weg. Aber es fiel ihm nicht schwer, Arryns großem Kontingent auszuweichen.

Als er sich Stirling näherte, sah er überall die Spuren der englischen Truppenbewegungen – auf den Straßen die Furchen von Rädern schwerer Transportwagen, flach gedrücktes Gestrüpp, gefällte Bäume, zerbrochene Harnische, Pferdemist.

Nach Einbruch der Dunkelheit flackerten zahllose Lagerfeuer, die man nicht verbergen musste. Die Heere befanden sich im Stadium der Verhandlung. Kriegsmüde und krank, wollte der Earl of Surrey die Schlacht vermeiden. Deshalb strebte er die Kapitulation der Schotten an. Oft genug hatten sie sich schon ergeben. Neben den englischen erkannte er auch schottische Banner. Sobald er das Lager der Engländer erblickte, spornte er sein Pferd zum Galopp an. Sekundenlang fühlte er sich unsicher. Viele tausend Soldaten hatten sich eingefunden – Krieger, die nordwärts gezogen waren, Söldner, schottische Lords, die Ländereien in England besaßen und für Edward kämpfen würden.

Kurz vor dem Lager wurde er von englischen Wachtposten aufgehalten. Blitzschnell umzingelten sie ihn, fragten nach seinem Namen und seinem Anliegen. Nachdem er sich vorgestellt hatte, erklärte er: »Ich bin Lord Kinsey Darrows Lehnsmann und ich muss ihn unbedingt sprechen.«

»Aye, Lord Darrow ist hier«, erwiderte einer der Männer. »Soeben hat er sich mit seiner Truppe dem Earl of Surrey angeschlossen, um seine Feudalpflicht gegenüber dem König zu erfüllen. Ihr findet ihn da drüben. Folgt einfach diesem Weg.«

Zwischen den luxuriösen Zelten der reichen Lords und den schlichten Quartieren der armen Krieger ritt er weiter. Bis zum Horizont schienen sich die Zelte zu erstrecken. Die Ritter tranken, unterhielten sich oder würfelten, ihre Knappen polierten Schwerter, Schilde und Harnische und versorgten die Pferde.

Und dann entdeckte er Darrows Banner. Vor dem Zelt wurde er erneut aufgehalten. »Wer seid Ihr? Was wollt Ihr von Lord Darrow?«

»Sir Richard, ich bin's ...«

Ehe er eine Erklärung abgeben konnte, wurde er aus dem Sattel gezerrt, zu Boden geschleudert, und Darrows stellvertretender Kommandant begann ihn zu würgen.

»So wartet doch, Sir ...«

»Armseliger, feiger Bastard!«

»Wartet – ich habe Neuigkeiten ...«

»Lass ihn los, Richard!« Die Geräusche des Kampfs hatten Darrow aus dem Zelt gelockt. Angewidert starrte Sir Richard Egin sein Opfer an. Aber er gehorchte und richtete sich auf.

»Glaubt mir, Lord Darrow, ich war kein untreuer Feigling«, beteuerte der Neuankömmling, erhob sich und wischte erbost den Staub von seiner Kleidung. »Bei diesem Spiel habe ich nur so lange mitgemacht, bis der rechte Augenblick kam – bis ich Euch von Nutzen sein konnte.«

»Oh ...« Kinsey strich über sein Kinn. »Am Vorabend der Schlacht kommt Ihr zu mir?«

»Früher war es nicht möglich.«

»Diesen elenden Hund sollten wir auf der Stelle töten!«, stieß Sir Richard hervor.

»Aber ich habe Informationen ...« Abrupt verstummte der Mann, als Sir Richard sein Schwert zog.

Kinsey hob eine Hand, um seinem Freund Einhalt zu gebieten. »Welche Informationen?«

Unbehaglich wich der Mann vor der Waffe zurück. »Mylord, ich habe Euch stets treu gedient. Nachdem die Heiden das Schloss erobert hatten, wartete ich ab und beobachtete sie. Jetzt kann ich Euch etwas geben, das Ihr haben wollt.«

»Was?«

»Lady Kyra.«

Misstrauisch hob Kinsey die Brauen. »Ist sie bei Euch?«

»Nein …«

»Ich habe es doch gesagt!«, fauchte Sir Richard. »Töten wir ihn!«

»Aber sie ist nur wenige Reitstunden entfernt«, fügte der Mann hastig hinzu. »Da ich mich außerstande sah, sie zu beschützen, wollte ich sie nicht mitnehmen. Und Ihr wollt sie doch lebend wiederhaben, Sir Darrow.«

»Allerdings.«

»Wo ist sie?«, fragte Sir Richard, immer noch wütend.

»In der Nähe, nur von ein paar Männern bewacht. Ich kann Euch hinbringen.«

»Hm – ein paar Reitstunden …« Darrow wechselte einen Blick mit Sir Richard. »Und wo steckt Sir Arryn?«

»Der hat sich bereits dem Heer der Gesetzlosen angeschlossen.«

»Sei vorsichtig, Kinsey«, mahnte Egin. »Der Kerl lügt, um seine Haut zu retten.«

»Warum sollte er? Niemand zwang ihn, hierher zu kommen.«

»Wahrscheinlich will er dich in eine Falle locken.«

»Daran zweifle ich.« Kinsey wandte sich wieder dem Mann zu. »Also planen die Schotten ihren grandiosen Sieg«, spottete er und spuckte in den Staub.

»Aye. Heute Morgen ritt Sir Arryn mit seinen Männern zu Wallaces Heer, und ich blieb zurück, um herauszufinden, was mit Lady Kyra geschehen würde. Er beorderte ein paar Leute von Hawk's Cairn in sein Lager und beauftragte sie, die Lady in ein Dorf am Fuß der Berge zu bringen. Sobald sie erfahren, dass die Engländer die Schlacht gewonnen haben, sollen sie mit ihr ins Hochland fliehen.«

»Dann ist es ganz einfach«, meinte Sir Richard. »Sobald wir die schottischen Hunde geschlagen haben, müssen wir das Dorf *vor* ihrem Boten erreichen.«

Nachdenklich runzelte Kinsey die Stirn, dann schüttelte er den Kopf. »Wir dürfen nicht warten. Sonst könnte sie uns entkommen. Wir reiten sofort los. Im Morgengrauen sind wir zurück.«

»Und wie willst du Lady Kyras Anwesenheit im Lager erklären?«

»Erklären?«, wiederholte Darrow ungehalten.

»Der Earl of Surrey ist nicht in der Stimmung, irgendwelche Schwierigkeiten hinzunehmen.«

»Hier laufen genug Huren herum, Richard. Wäscherinnen, Köchinnen und so weiter. Kyra ist meine Gefangene – und dem englischen König untertan. Außerdem weiß der Earl Bescheid über meine Verlobung, die von Edward arrangiert wurde. Keine Bange, ich komme schon mit der Lady zurecht.« Kinsey wandte sich wieder zu dem Mann. »Hoffentlich sagt Ihr die Wahrheit. Wenn Ihr lügt und mir eine Falle stellt, töte ich Euch.«

»Und wenn ich die Wahrheit sage? Wenn Ihr die Lady in Eure Gewalt bringt?«

»Dann nehme ich Euch wieder in meine Dienste und werde Euch reich belohnen.«

Voller Genugtuung lächelte der Mann.

»Richard – wir nehmen drei Männer mit«, verkündete Kinsey. »Such meine schnellsten Reiter und besten Schwertfechter aus. Keine Rüstungen! Seine schwer bewaffneten Ritter hat Sir Arryn wohl kaum zurückgelassen. In ihrer Verzweiflung sind die Schotten auf jeden einzelnen Krieger angewiesen. In wenigen Minuten brechen wir auf.«

Wie Kyra bald feststellte, begegneten ihr die Männer aus Hawk's Cairn mit Vorsicht, aber nicht so unhöflich wie die blonde Frau. Sie hieß Katherine und war Jays Schwester – und sehr besitzergreifend, was ihren Bruder betraf. Für Arryn schien das Gleiche zu gelten. Dies alles hatte Kyra von Ingrid erfahren, der sie von der einsamen Lichtung zum Lager gefolgt war.

Harry MacTavish, ein großer, hagerer Mann mit braunem Haar und seelenvollen dunklen Augen, nickte ihr ernsthaft zu. Zusammen mit zwei anderen Männern saß er an einem kleinen Feuer. Er stand auf und nannte seinen Namen, dann stellte er ihr Ioin Ferguson vor, einen grauhaarigen Mann mit zerfurchtem Gesicht, und den jungen Thomas Riley, der auf den ersten Blick kräftig und kerngesund wirkte. Aber dann erhob er sich, und sie sah, dass sein rechter Unterarm fehlte.

Sie fand es herzlos, das Gebrechen eines ihrer Beschützer zu ignorieren. »Wurdet Ihr bei Lord Darrows Angriff auf Hawk's Cairn verletzt?«, fragte sie leise.

»Meinen Sie das Massaker, Lady?«

»Ja.«

Da lächelte der attraktive junge Mann mit dem dichten kastanienroten Haar. »So wurde ich geboren, Lady, und ich komme sehr gut zurecht. Aber ich danke für Eure Anteilnahme.«

In diesem Augenblick tauchte Katherine aus dem Wald auf. Als sie Kyra neben dem Lagerfeuer stehen sah, zuckte sie zusammen. Dann trat sie langsam näher. »Ah, Darrows Hure hat sich zu uns gesellt!«

Ingrid, die hinter ihrer Herrin stand, stieß einen schrillen Schrei aus, der Kyra beinahe zum Lachen brachte.

»Katherine!«, mahnte Thomas Riley.

»Wenigstens hat sie sich inzwischen angezogen«, murmelte sie.

»Sei höflich!«, befahl Harry. »In diesen schweren Zeiten haben wir alle unsere Pflicht zu erfüllen.«

»Aye – und was glaubt ihr wohl, wem sie den Sieg gönnt? Dem Bastard, der unsere Freunde und Verwandten ermordet hat!«

»Katherine«, seufzte Ioin Ferguson, »seit deiner frühen Kindheit kenne ich dich. Du hattest schon immer ein loses Mundwerk. Aber diesmal solltest du dich beherrschen.«

»Wie kannst du nur …«

»Arryn hat uns beauftragt, die Lady vor allen Gefahren zu schützen«, unterbrach er sie energisch, »und das werden wir tun. Wenn's dir nicht passt, setz dich dort hinten zwischen die Bäume, Mädchen. Uns allen fällt's schwer zu warten, bis wir aufbrechen können. Mach's nicht noch schlimmer!«

Mit schmalen blauen Augen starrte Katherine ihre Feindin an. »Falls Ihr Arryn zu umgarnen versucht – er liebt seine Frau noch immer. Ihr seid nur seine Hure. Und bildet Euch bloß nicht ein, eines Tages würdet Ihr ihm mehr bedeuten.«

Immerhin bin ich die Hure, die sein Kind unter dem Herzen trägt, dachte Kyra. »Tut mir Leid, dass meine Anwesenheit Euch so viel Kummer bereitet«, entgegnete sie sanft und würdevoll.

»Verräterin!«, zischte Katherine.

»Wen verrate ich denn?«

Katherine hob eine Hand, als wollte sie Kyra schlagen.

Empört eilte Ingrid herbei und stellte sich schützend vor ihre Herrin. »Verdammte Hexe! Wenn Ihr noch einmal wagt, so mit meiner Lady zu reden …«

»Schon gut, Ingrid«, fiel Kyra ihr ins Wort. »Ich weiß mich selbst zu wehren. Und nun möchte ich mich entschuldigen und auf die Lichtung zurückkehren.«

»Um zu beten?«, fragte Katherine. »Für wen, Lady?«

»Für die Rechtschaffenen.« Von Ingrid gefolgt, verließ Kyra das Lager.

Wütend fluchte die Zofe vor sich hin. Um sie zu beschäftigen, gab Kyra ihr ein paar Kleidungsstücke, die sie im Bach waschen sollte. Eifrig ging Ingrid ans Werk, dankbar für die Arbeit, die ihre Gedanken von Swen ablenkte.

Etwas später kam Thomas zu Kyra und brachte ihr ein Holzbrett mit gebratenem Fleisch. Ungläubig starrte sie ihn an und er zuckte die Achseln. »Heute können wir getrost Feuer machen, Mylady. Die Engländer sind weit weg, im Lager des Earls of Surrey.«

»Was ist das?«

»Frisches Wildbret. Lasst Euch's schmecken.« Lächelnd ging er davon. Das Fleisch roch köstlich. So eine gute Mahlzeit war ihr schon lange nicht mehr zuteil geworden. Als sie in das knusprige Fleisch beißen wollte, kam Katherine zwischen den Bäumen hervor. »Guten Appetit, Lady! Ein saftiger Braten, im Feuer geröstet … Riecht er wie verbranntes Menschenfleisch? Wie die Leute von Hawk's Cairn – wie Alesandra, Arryns Frau!«

Sofort legte Kyra das Fleisch auf das Holzbrett zurück. Von einer heftigen Übelkeit erfasst, sprang sie auf, rannte zum Bach und spritzte kaltes Wasser in ihr Gesicht. Katherine war ihr nachgegangen. Vermutlich, um sich an meinem Elend zu weiden, dachte Kyra.

Aber plötzlich schien sich die junge Frau unbehaglich zu fühlen. »Ihr würdet es verdienen, dass es Euch schlecht geht«, murmelte sie. Trotzdem musterte sie Kyra besorgt.

Vielleicht fürchtete sie, ihr Bruder oder Arryn würden ihr bittere Vorwürfe machen, wenn Kyra erkrankte. Falls die beiden jemals zurückkamen … Katherine setzte sich ans Ufer und starrte in die glitzernden Wellen. »An jenem Tag war ich dabei. Wisst Ihr, was Euer Lord Darrow tat?«

»Das kann ich mir vorstellen«, erwiderte Kyra leise.

»Wohl kaum. Sie schrie und schrie – es war grauenvoll. Dann kamen die anderen Männer an die Reihe. Da schrie sie nicht mehr. Aber sie *lebte* noch. Ich sah ihre Augen – danach. Das Feuer brach aus und …« Katherines Stimme erstarb.

»Wo wart Ihr?«, fragte Kyra teilnahmsvoll. »Wie konntet Ihr Alesandra sehen – und selbst entkommen?«

Katherine starrte sie an; sie zitterte am ganzen Körper. Voller Mitgefühl wollte Kyra ihre Hand ergreifen. Diese

Geste wäre sicher zurückgewiesen worden. »Oh – ich – ich …«

»Schon gut, ich wollte Euch nicht aufregen.«

»In der Küche!« Katherine schlug die Hände vors Gesicht. »Ich versteckte mich unter dem Tisch. Weil ich ihr ohnehin nicht helfen konnte … Da waren so viele Männer … Aber ich sah Alesandra – auf der Treppe …«

»Natürlich konntet Ihr nichts tun«, stimmte Kyra zu.

»Ich dürfte nicht mehr leben …«, flüsterte Katherine, streckte ihre Hände aus und betrachtete sie, als würde sie über das Blut staunen, das darin floss.

»Doch, Ihr müsst leben, um diese Geschichte zu erzählen.«

Abrupt sprang Katherine auf. »Ihr bedeutet ihm nichts! Was immer er sagt, Ihr seid eine Engländerin – und Darrows Braut! Den Namen, den ich Euch gab, verdient Ihr …« Ohne ein weiteres Wort ergriff sie die Flucht.

Am späten Abend kam Thomas zu Kyra und brachte ihr ein Stück Brot. »Katherine erzählte mir, sie hätte mit Euch gesprochen – und den Wildbraten mit verbranntem Menschenfleisch verglichen«, sagte er verlegen. »Vielleicht schmeckt Euch das hier besser.«

Lächelnd bedankte sie sich und ergriff das Brot. »Wart Ihr auch dabei, als Darrows Männer Hawk's Cairn angriffen?«

»Aye«, erwiderte er leise und beobachtete die Wellen des Bachs, die im Mondlicht schimmerten.

»Und Ihr habt überlebt …«

»Einige Männer wurden niedergeschlagen – und für tot gehalten. Zum Beispiel Brendan – ein Vetter Arryns, der jetzt bei Stirling kämpft. Er versuchte die Engländer an der Haustür aufzuhalten. Da wurde er so brutal zusammengeschlagen, dass wir ihn später fast begraben hätten. Mir erging es etwas besser. Ich kam mit einem leichteren Schlag davon. Wahrscheinlich hielten sie einen einarmigen Mann für ungefährlich. Ich kann sehr gut mit meiner Waffe umgehen. Aber da waren so viele … Eine Streitaxt traf meine Schläfe. Als ich aus meiner Ohnmacht erwachte, roch ich den Rauch. Da ritten Darrows Männer schon davon.«

»Unglaublich, dass er immer noch lebt«, flüsterte Kyra, »dass Gott dieses Ungeheuer nicht längst mit einem Blitz erschlagen hat …«

Thomas lachte freudlos. »Wäre der Allmächtige wirklich barmherzig, würde König Edward von seinem Pferd fallen, sich alle Knochen brechen, und dann müssten ihn die Hufe zertrampeln, bis seine Eingeweide hervorquellen …«

Inzwischen hatte Kyra das Stück Brot fast aufgegessen. Nun ließ sie den Rest mit zitternden Fingern sinken.

»Tut mir Leid, Lady«, entschuldigte sich Thomas zerknirscht.

»Schon gut. Eigentlich müsste *ich* Euch um Verzeihung bitten. Weil man auch mich für Darrows Gräueltaten verantwortlich macht.«

»Jetzt sind alle unsere Krieger in Abbey Craig versammelt.« Thomas schaute zwischen den Ästen zu den Sternen empor. »Heute Nacht werden nur wenige Schlaf finden.«

Kyra erschauerte. »Steht es schon fest, dass sie morgen kämpfen werden?« Plötzlich spähte sie über ihre Schulter. Da war ein sonderbares Geräusch.

»Was gibt's?«

»Augen«, flüsterte sie. »Ich glaube, wir werden beobachtet …«

Jetzt knackte ein Zweig, hinter einer Eiche sah sie einen Schatten, der sich bewegte. »Wer ist da?«, fragte sie mit scharfer Stimme, stand auf und lief zwischen die Bäume. Sie musste herausfinden, wem diese unsichtbaren, beängstigenden Augen gehörten.

»Mylady!«, rief Thomas beunruhigt.

Als ein Mann hinter dem Eichenstamm hervortrat

und befangen grinste, blieb Kyra wie angewurzelt stehen. »Tyler? Tyler Miller! Was macht Ihr hier? Ich dachte, Ihr wärt heute Morgen mit Arryn nach Abbey Craig geritten. O Gott! Ist ihm etwas zugestoßen? Was …«

Ein gellender Schrei unterbrach sie. Erschrocken drehte sie sich um, wollte zum Bach zurückkehren, aber Tyler umklammerte ihren Arm.

»O nein, Mylady.«

Warum hatte sie ihm jemals vertraut? Ungläubig betrachtete sie sein verzerrtes Gesicht im Mondschein, dann rammte sie mit aller Kraft ihr Knie zwischen seine Beine. Als er sich stöhnend zusammenkrümmte, lockerte er seinen Griff, und sie riss sich los. Sie beobachtete, wie er zu Boden sank, und eilte zu Thomas, der ihre Hand umfasste. So schnell wie möglich wollten sie zu den anderen zurückkehren. Doch sie hielten schon nach wenigen Schritten bestürzt inne, immer noch im schützenden Schatten der Bäume.

Lord Kinsey und Sir Richard standen in der Mitte des Lagers. Schreiend stoben Ehefrauen, Wäscherinnen und Köchinnen auseinander, verfolgt von drei Männern in Kinseys Farben. Das Gesicht nach unten, lag Ioin Ferguson auf Harry MacTavishs regloser Gestalt. Richard und Kinsey spielten Fangen – mit Katherine.

»Lauft weg, Mylady!«, flüsterte Thomas. »Ich will versuchen, Katherine zu helfen.«

Welches Schicksal ihn erwartete, wenn er – ein einarmiger Mann – gegen fünf erfahrene Krieger kämpfte, musste er wissen. Aber bevor er selber starb, würde es ihm vielleicht gelingen, Katherine zu töten und ihr ein schlimmeres Leid zu ersparen.

»Nein!«, protestierte Kyra, und ihre Gedanken überschlugen sich. Was sollte sie tun?

Katherine wurde hin und her geschleudert, ihr Kleid zerrissen. Lachend weideten sich die beiden Männer an ihrer Todesangst.

»Komm zu mir, Kyra!«, rief Kinsey. »Mit diesem hübschen Mädchen würden wir gern noch etwas langer spielen. Aber in wenigen Stunden beginnt der Krieg. Komm hervor – bevor wir sie umbringen!«

Wie groß war die Versuchung, ins Hochland zu fliehen, zu den kleinen Königreichen inmitten der Felsen, wo die Oberhäupter der Clans regierten, wohin sich die Engländer nicht wagten … Und Katherine war ihr immer nur verständnislos und grausam begegnet.

Sir Richards Messer funkelte, in Katherines Kleid klaffte ein langer Riss.

Wenn ich sie zu retten versuche, werden die Schurken uns beide töten, dachte Kyra. Als Thomas zwischen den Bäumen hervortreten wollte, berührte sie seinen Arm. »Nein, *ich* gehe …«

»Nur über meine Leiche, Lady.«

»Bitte – Ihr dürft Euer Leben nicht riskieren! Euch würde Darrow ganz sicher töten. Mich lässt er vielleicht am Leben. Ich muss Katherine helfen. Reitet zu Arryn und erzählt ihm, was geschehen ist!«

»Mylady«, erwiderte er verzweifelt, »unsere Pferde wurden auseinander getrieben …«

»Dann geht zu Fuß! Holt Hilfe, Thomas! Lauft zu Arryn! Ich erwarte sein Kind!«

Entgeistert starrte er sie an.

»Kyra!«, schrie Kinsey. »Jetzt hat dieses hübsche Mädchen nur mehr wenige Minuten zu leben!«

Hinter ihnen, am Ufer des Bachs, kam Tyler Miller mühsam auf die Beine. »Kümmert Euch um ihn, Thomas!«, befahl Kyra. »Um Himmels willen, rettet Euer und Katherines Leben! Und gemeinsam müsst Ihr meines retten!« Ehe Thomas sie zurückhalten konnte, näherte sie sich der Lichtung.

Als sie ein zischendes Geräusch hörte, wich sie verwirrt zurück. Zwischen den Bäumen entdeckte sie Ingrids Gesicht und bedeutete ihr, in ihrem Versteck zu bleiben. Verzweifelt schüttelte Ingrid den Kopf und Kyra setzte ihren Weg fort.

»Nein, Mylady!«, wisperte die Zofe und schlich ihr nach. »Euer Schwert!«

Dankbar ergriff Kyra die leichte Waffe, mit der sie so gut umzugehen wusste, und scheuchte Ingrid mit einer knappen Geste tiefer in den Wald hinein.

»Kyra!«, donnerte Kinsey.

Das Schwert hinter ihrem Rücken verborgen, ging sie langsam zu ihm.

»Ah, da ist sie ja! Warum hast du dir so lange Zeit gelassen, meine Liebe?«, fragte Kinsey und stieß Katherine zu seinem Freund hinüber. Lachend fing Sir Richard sie auf, presste sie an seine Brust und hielt ihr sein Messer an die Kehle. Katherine schaute Kyra mit großen, angstvollen Augen an. Als die Klinge ihre Haut aufritzte, zuckte sie gequält zusammen.

»Lasst sie los, Sir Richard!«, befahl Kyra.

»Tut mir Leid, ihr Tod wird auf deinem Gewissen lasten«, erklärte Kinsey.

»Nein, Kinsey, Sir Richard wird meinen Wunsch erfüllen.« Blitzschnell stürzte sie sich auf Kinsey. Damit hätte er rechnen müssen. Oft genug hatte Edward ihn gehänselt und behauptet, die Braut wisse das Schwert besser zu nutzen als der Bräutigam. Darüber hatte Kinsey stets gelacht.

Jetzt lachte er nicht. Sein Schwert steckte in der Scheide, und er fand keine Zeit, um danach zu greifen. Mit einem kraftvollen Streich warf sie ihn zu Boden. Dann stand sie über ihm, einen Fuß auf seiner Brust, die stählerne Spitze an seinem Hals. »Lasst sie los, Sir Richard!«

»Nein!«, schrie Kinsey wütend, »Kyra wird nicht …«

»Was wird Kyra nicht?« Das Schwert bewegte sich, ein Blutstropfen quoll hervor.

»Jetzt töte ich diese Frau!«, fauchte Richard. »Drei Männer haben uns begleitet, Kyra. Zweifellos werden sie Euch überwältigen …«

»Aber Lord Darrow wird sterben. Das wäre ihm gar nicht recht. Oder, Kinsey? Morgen willst du doch die

Schotten abschlachten, nicht wahr?« Die Spitze des Schwerts glitt über Kinseys Adamsapfel. »Lasst sie gehen, Sir Richard!«

Fluchend schob er das Mädchen von sich. Wie betäubt stand Katherine da.

»Lauft weg, Katherine!«, drängte Kyra.

»Lass mich aufstehen«, befahl Kinsey.

»Lauft, Katherine!«

»Mylady …«, würgte das blonde Mädchen hervor.

»Lauft!«

Endlich gehorchte Katherine.

»Verdammt, lass mich aufstehen, Kyra!«, verlangte Kinsey.

»Gleich …«

»Meine Männer werden dich packen …«

»Wenn mir auch nur einer zu nahe tritt, bist du tot.«

Eine Frau gegen fünf starke Krieger … In wenigen Minuten würden sie über Kyra herfallen. Und wenn sie Kinsey tötete, war ihr Leben verwirkt. Richard würde nicht zögern und sie auf der Stelle erstechen. Kinseys Tod wäre es vielleicht wert …

Nein. Unter ihrem Herzen wuchs Arryns Baby. Deshalb musste sie am Leben bleiben.

»Kyra!«

»Noch eine Minute«, erwiderte sie leise.

Kinseys Blick glitt zu Sir Richard hinüber. Im selben Moment stürmte einer der anderen Engländer zu ihr und sie wich zurück. Sofort sprang Kinsey auf, entwand ihr das Schwert und warf es in den Wald. Dann packte er ihr Haar und riss sie an sich. »Wenn ich mit dir fertig bin, Kyra …«, begann er.

»Lord Darrow, Ihr habt sie gefangen!« Tyler taumelte auf die Lichtung. »Seht Ihr, ich habe nicht gelogen – und Euch nicht verraten …«

Verächtlich starrte Kyra ihn an – den Mann, dem Arryn auf Seacairn Gnade gewährt hatte. »Was für eine heimtückische Ratte Ihr seid, Tyler …«

»Aber ich werde meinen Lohn erhalten.«

»Aye, natürlich«, stimmte Kinsey zu. »Richard, belohne ihn!«

Als Sir Richard vortrat, richtete sich Tyler erwartungsvoll auf.

»Da habt Ihr Euren Lohn, junger Mann!«, rief Sir Richard grinsend und stieß ihm sein Messer in den Bauch.

Tyler blinzelte verwundert. Dann wurden seine Augen glasig, seine bebende Hand tastete nach der tödlichen Waffe. Bevor er zu Boden stürzte, zog Sir Richard seine Klinge aus der Wunde.

»Eine Belohnung!«, murmelte Kinsey angewidert. »Nachdem er diesen simplen Überfall fast vereitelt hätte!«

Fassungslos starrte Kyra die Leiche an.

»Aye, eine gerechte Belohnung«, fügte Kinsey hinzu. Vorsichtig betastete er mit seiner freien Hand seinen misshandelten Hals. Dann betrachtete er ungläubig das Blut an seinen Fingern. »Du hast mich verletzt, Kyra!«

Wütend ballte er seine Faust, ein brutaler Hieb streckte Kyra nieder.

Erde und Himmel schienen sich zu drehen – und dann sah sie nur noch ein undurchdringliches Dunkel, obwohl ihre Augen weit geöffnet waren.

Flatternd schlossen sich ihre Lider und sie sank in eine barmherzige Ohnmacht …

20

Die Sonne ging auf. Man schrieb den 11. September 1297.

Die englischen Kommandanten de Warenne und Cressingham bezogen an der Südseite des Forth Stellung. Von hier aus konnten sie über den Fluss hinweg bis zu dem erstaunlich großen schottischen Heer blicken.

In schimmernden Rüstungen ritten die englischen Soldaten durch den Morgensonnenschein, mit flatternden Bannern. An zahlreichen Helmen wippten üppige Federn. Viele Pferde trugen kostbare Schabracken in den Farben des Königs oder bedeutsamer Dynastien. Schnaubend, mit klirrenden Harnischen, trabten sie in einer scheinbar endlosen Kolonne dahin.

Die Schotten versammelten sich an den Hängen der Ochils, ebenfalls eine farbenfrohe Schar. Aber die meisten waren nicht so grandios gerüstet. Auf manchen Gesichtern prangten die aufgemalten Farben pikitischer Ahnen. Die Rebellen befanden sich in einer ausgezeichneten Position. Auf den Hängen vermochten die englischen Reiter wenig auszurichten, und hinter den Schotten lagen Hügel, dichte Wälder und Sümpfe. In dieses Gebiet konnten sie sich notfalls schnell zurückziehen. Zur Linken wurden sie vom Forth geschützt, von einer Biegung des Flusses zur Rechten. Vor ihnen erstreckte sich eine sumpfige Wiese bis zur Stirling Bridge. Und jenseits der Brücke warteten die Feinde – mindestens zweitausend schwer bewaffnete Kavalleristen in Rüstungen, dazu einige zehntausend Infanteristen. Das gesamte schottische Heer bestand aus etwa zehntausend Mann.

Aber die Situation bietet uns durchaus einige Vorteile, dachte Arryn. Edward kämpfte in Frankreich. Und sein Oberbefehlshaber John de Warenne, der Earl of Surrey, war alt, krank und müde. Angeblich verstand er sich nicht gut mit Hugh Cressingham, dem verhassten Schatzmeister und Steuereinnehmer. Cressingham war eitel, rechthaberisch – und ein Dieb. Viele schottische Lords verabscheuten ihn und glaubten, er hätte Steuergelder gestohlen, um Berwick wieder aufzubauen.

In der Morgendämmerung ritt Arryn mit Wallace, de Moray, John und anderen Kommandanten an der Spitze der Rebellentruppen ein Stück den Hang hinab und beide Heere begutachteten einander. Neben Arryn saßen Jay, Ragnor, Patrick und Thane in den Sätteln, mit grimmigen Mienen, hinter ihm Krieger, die auf seinen Reisen zu seinem Kontingent gestoßen waren, und mehrere Männer aus Seacairn. So viele Gesichter, angespannt und sorgenvoll – und doch zum Kampf bereit … Ein vages Unbehagen erfasste ihn – als würde er jemanden vermissen, wüsste jedoch nicht, wen.

Während er die kleine schottische Kavallerie anführte, kommandierte John die Fußsoldaten, die in ihren fest gefügten Kriegsformationen die feindlichen Reiter angreifen würden.

Wieder einmal bewunderte Arryn die günstige Position der Rebellen – eine Strategie, die Andrew de Moray und William Wallace vermutlich gemeinsam geplant hatten. Wallaces Kriegskunst basierte auf einem untrüglichen Instinkt und reichen Erfahrungen. Bei seinen plötzlichen Attacken auf englische Lager im letzten Frühling hatte er den Fluss immer wieder überquert. Und de Moray besaß die Gabe, stets das richtige Terrain für seine Kämpfe zu wählen.

Trotzdem boten die Feinde einen Furcht erregenden Anblick. Die Engländer waren zuversichtlich – die Schotten kampflustig, von Andrew de Morays Erfolgen ermutigt. Im ganzen Land, vom Beauly bis zum Tay, hatten die Aufständischen zu den Waffen gegriffen, um sich in den Ochils einzufinden.

»Männer, wir werden weder wanken noch weichen!«, rief Arryn seinem Trupp zu. »Denkt an Hawk's Cairn!«

»Und an Berwick!«, schrie jemand.

In allen Reihen erhoben sich ähnliche Schlachtrufe, die der Feind zweifellos hören würde.

Sie warteten, um den Brauch zu beherzigen, dass jedes Heer eine Gelegenheit zum Rückzug erhalten musste. Am letzten Abend waren James Stewart, Earl Malcolm of Lennox und andere Freiherren zu de Warenne geritten und hatten erklärt, sie würden in seinem Namen mit Wallace verhandeln. Zuvor hatten sie ihm Soldaten versprochen und verkündet, sie würden zu den Engländern überlaufen. Bei einer zweiten Unterredung erklärten sie, Wallace lasse sich nicht vom Kampf abbringen. Inzwischen hatten sich die beiden Freiherren den Kommandanten de Moray und Wallace verpflichtet. Andere konnten sich nicht entscheiden, und Arryn vermutete, sie wollten sich alle Möglichkeiten offen halten und erst einmal abwarten, wie sich die Schlacht entwickeln würde.

Wallace ließ de Warenne mitteilen, er sei nicht hierher gekommen, um Frieden zu schließen, sondern um Schottland zu befreien. Daraufhin erschienen zwei Mönche im schottischen Lager und erklärten, wenn die Rebellen zur Kapitulation bereit seien, würde man ihnen alle früheren Verfehlungen verzeihen. Unverrichteter Dinge waren sie zu den Engländern zurückgekehrt.

»Wir kämpfen!«, rief Arryn.

Wenig später rückten die Engländer vor.

Als sie die Augen öffnete, blinzelte sie in helles Morgenlicht.

Ihr Kinn schmerzte, ihr ganzer Kopf drohte zu zerbersten. Verwirrt starrte sie eine Zeltplane an, auf welche die Sonnenstrahlen ein gelbes Licht warfen, und da merkte sie, dass sie sich in einem englischen Lager befand. Erfolglos versuchte sie die Arme zu bewegen. Ihre Hände waren auf dem Rücken gefesselt.

»Ah, Kyra, du bist erwacht!« Hinter ihr erklang Kinseys Stimme.

Hatten Ingrid, Katherine und Thomas die Flucht ergriffen? Durfte sie hoffen, Arryn wäre inzwischen verständigt worden?

Und wohin hatte Kinsey sie gebracht? Hinter die englischen Linien, in die Nähe von Stirling? O Gott, was würde ihr zustoßen?

Er trat vor sie hin, in voller Rüstung, einen Überwurf in seinen Farben um die Schultern. »Obwohl dein Gesicht geschwollen und dein Haar wild zerzaust ist, siehst du so unglaublich schön aus wie eh und je, Lady. Eine trügerische Schönheit – da du eine Verräterin bist. Was mit Verrätern geschieht, wissen wir alle. Aber vorher sollst du die Schotten sterben sehen. Komm mit mir! Ich habe mir eine Position in den hinteren Reihen der Vorhut verschafft. Vielleicht sind die Rebellen schon alle tot, wenn ich meine Truppe zur Brücke führe. Nun, auf die Genugtuung, persönlich ein paar Bastarde abzuschlachten, verzichte ich sehr gern, wenn mir dafür die Freude vergönnt ist, während des Gemetzels dein Mienenspiel zu beobachten.«

Unsanft zerrte er sie auf die Beine. In ihrem Kopf pochte ein heftiger Schmerz. Als sie taumelte, hielt er sie fest. Was er in ihren Augen las, wusste sie nicht. Jedenfalls geriet er in hellen Zorn.

»Meine Gefühle kannst du nicht mehr verletzen, Lady. Komm jetzt, wir wollen die Schlacht nicht versäumen. Du darfst auf deiner eigenen Stute reiten. Dafür solltest du mir dankbar sein.«

»Die Schotten werden dich töten, Kinsey.«

»Meine liebe Kyra, Leichen können niemanden töten. Bevor du deine Strafe erleidest, wirst du schottisches Blut fließen sehen – in Strömen.«

»Wer führt hier das Kommando?«

»Hoffst du mir zu entrinnen, indem du vor einem ranghöheren Herrn niederkniest? Das wird dir nicht gelingen. John de Warenne fühlt sich krank, Cressingham ist ein Narr – ein Idiot! Er hat noch weniger Geduld mit den Rebellen als sonst jemand. Also wird er dir wohl kaum helfen.« Erbost umklammerte er ihren Arm und zog sie aus seinem Zelt.

Wie Kyra feststellte, saßen viele Ritter bereits auf ihren Pferden. Manche rannten geschäftig umher. Schwerter wurden geschärft, Harnische instand gesetzt, Banner geschwenkt. Mit durchdringender Stimme rief Kinsey nach Richard, der Kyras Stute herbeiführte.

Hastig hob Kinsey seine Gefangene in den Sattel.

Dann blickte er lächelnd zu ihr auf. »Trotz allem wird unsere Hochzeit stattfinden, meine Liebe.«

Die Hände immer noch auf dem Rücken gefesselt, fiel es ihr schwer, das Gleichgewicht auf dem Pferderücken zu halten. Verächtlich warf sie den Kopf in den Nacken. »Niemals werde ich dich heiraten, Kinsey! Von Anfang an habe ich dich verabscheut. Und jetzt hasse ich dich leidenschaftlicher denn je.«

»Oh, die vornehme, hochmütige Lady! Glaubst du etwa, ich würde dich als Ehefrau behalten?«

»Wenn ich mich weigere, kannst du mich nicht heiraten.«

»Da irrst du dich. Ich werde Mittel und Wege finden, um dich zu zwingen.«

»Und wenn ich vor der Trauung sterbe? Das würde dir nicht in den Kram passen, was, Kinsey?«

»Falls du dir einbildest, du würdest die Gelegenheit erhalten, einen edelmütigen Selbstmord zu verüben ...«

»Darum muss ich mich gar nicht bemühen. Meine Stute ist kein Streitross. Vermutlich geht sie mit mir durch, während mir die Hände gebunden sind, wirft mich ab, und ich breche mir das Genick. So einfach ist das.«

Kinsey zögerte und starrte sie unsicher an.

»Hör nicht auf sie!«, mahnte Richard. »Sie wartet nur auf eine Chance zur Flucht – weil sie zu ihrem gesetzlosen Liebhaber zurückkehren will.«

»Wie könnte sie entkommen?«, fragte Kinsey irritiert.

»Ja – wie denn?«, wandte sie sich honigsüß an Sir Richard. »Wo Ihr doch so fest überzeugt seid, Ihr würdet die Rebellen schlagen!«

Kinsey zog ein Messer aus der Scheide an seinem Schienbein. Sekundenlang glaubte sie, er würde die Klinge in ihr Herz stoßen. Stattdessen durchschnitt er ihre Fesseln und sie rieb ihre schmerzenden Handgelenke. »Nun solltest du mir danken, Kyra.« Wortlos erwiderte sie seinen Blick und er lächelte. »Eine Bewegung in die falsche Richtung – und ich peitsche dich zu Tode. Mein Pferd, Richard! Ruf unsere Männer zusammen! Bald beginnt die Schlacht.«

Wie Arryn wusste, kämpfte Richard de Lundy mittlerweile für die Engländer. Und de Lundy müsste sie daran hindern, die Brücke zu überqueren. Im Sumpf würden die Kavalleristen unweigerlich versinken.

Aber vielleicht waren die englischen Kommandanten zu zuversichtlich, zu wütend auf den ›Pöbel‹, der sie herauszufordern wagte. Oder sie misstrauten de Lundy, da er eben erst zu ihnen übergelaufen war.

Zum Glück für die Schotten sahen sich die beiden englischen Oberbefehlshaber mit ernsthaften Problemen konfrontiert. Da de Warennes Gesundheit zu wünschen übrig ließ, hatte er Edward gebeten, ihn des Kommandos zu entheben, doch ohne Erfolg. Und Cressingham, Edwards Steuereinnehmer, war bei seinen eigenen Leuten so verhasst, dass sie ihm nur widerstrebend gehorchten.

Eine schmale Brücke überspannte den Forth. In Zweierreihen rückte die englische Kavallerie vor.

»Reiten wir los?«, fragten ein paar schottische Krieger.

»Nein, wir warten noch!«, erwiderte Arryn. Die Disziplin, die er seinen Leuten beigebracht hatte, zeigte jetzt Früchte – alle warteten geduldig.

Langsam kamen die Engländer näher. Eine halbe Stunde verstrich.

»Arryn …«, begann Patrick nervös und lenkte sein Schlachtross ein paar Schritte vor.

»Wir warten.«

Geduld – Disziplin. Eine Pferdebremse umschwirrte Picts Nüstern. Unruhig stampfte er mit den Vorderhufen auf und schwenkte seinen Schweif umher.

»Ganz ruhig«, ermahnte Arryn sein Schlachtross mit sanfter Stimme.

Würde ihn an diesem Tag der Tod ereilen? Und wenn

nicht? Wäre seiner Rache Genüge getan? Ein Jahr lang von Gewissensqualen gepeinigt, hatte er seinen Zorn benutzt, um den Schmerz zu verdrängen. Wenn er diesen Tag überlebte …

Noch eine halbe Stunde.

Wenn er die Schlacht überstand – vielleicht könnte er die Toten endgültig begraben und sich von der Vergangenheit befreien, unabhängig werden – so wie sich Schottland zu einer unabhängigen Nation entwickeln sollte.

Er wollte sich nicht quälen, und er hatte beschlossen, nicht an Kyra zu denken. Doch die Zeit schleppte sich dahin, Leben und Tod hielten einander die Waage. Und die Erinnerung an jene letzte Begegnung im Wald konnte er nicht verdrängen. Wortlos hatte er sie verlassen. Niemals würde er sie heiraten, hatte er erklärt, und er würde sie nicht lieben.

Und doch: Er liebte sie, er brauchte sie. Um seine Gewissensbisse zu bekämpfen, hatte er sich gegen Kyra gewandt. Seine Schuldgefühle verfolgten ihn noch immer. Ja, er war schuldig an den Toten von Hawk's Cairn, an Alesandra, der sanften süßen Liebsten aus Kindertagen, der Frau seines Herzens, seiner Seele, die von Schottlands Freiheit geträumt hatte, um *ihn* in diesem schicksalhaften Traum zu bestärken. An jenem grausigen Tag hatte er sie im Stich gelassen. Und heute werde ich diese Schuld begleichen, dachte er.

Und er würde sein eigenes Leben führen – wenn es ihm vergönnt war.

Eine weitere halbe Stunde …

Immer mehr Engländer zogen über die Brücke. An die Vergangenheit wollte er nicht denken. Und plötzlich wagte er nicht, um eine Zukunft zu beten.

Während die Schotten warteten, schaute Arryn zu Abbey Craig hinüber. Dort saß Wallace auf seinem Streitross, beobachtete beide Heere, ging in Gedanken noch einmal seine Strategie durch …

Fast zwei Stunden. Das schottische Heer stand bereit, die Engländer überquerten die Brücke – Lords, Kavalleristen, Ritter mit ihren Knappen, die ihre Banner hochhielten.

Tänzelnde Pferde, klirrende Harnische, flatternde Farben …

Und dann erklang ein Horn. Das Signal. Aus zahllosen Kehlen ertönte ein Schrei.

»Auf in den Kampf!«

»Die Soldaten mit den Piken! Zur Flanke, zur Brücke! Haltet die Brücke!«

Arryn schwang sein Schwert empor. Ringsum ertönten Schlachtrufe, die gellenden Losungsworte verschiedener Clans. Von seiner Kavallerie und Infanterie gefolgt, galoppierte Arryn den Hang hinab, mitten hinein ins Getümmel.

Am Ende der Brücke bildeten die Schotten einen Engpass. Die englische Kavallerie, die den Fluss bereits überquert hatte, wurde vom Rest ihres Heeres abgeschnitten, und das Gewicht ihrer Rüstungen zog sie in die Tiefe – in den Sumpf.

Nur einige Fußsoldaten und Bogenschützen hatten die Brücke passiert. Jetzt wollten sie umkehren. Doch die Schotten fielen mit aller Macht über den Feind her.

Ein englischer Kommandant bahnte sich entschlossen den Weg zur Brücke, einen Verwundeten in den Armen. Nur wenige Kameraden schafften es, ihn zu begleiten.

Auf der Brücke wurden die Soldaten niedergetrampelt. Pferde stürzten in den Fluss. In einem wilden Nahkampf klirrte Stahl auf Stahl, schrilles Schmerzensgeschrei ertönte, sterbende Pferde wieherten. Englische Fußsoldaten versuchten schottische Ritter aus den Sätteln zu zerren und brachen zusammen, von Streitäxten getroffen.

Als einer der Ersten, die sich in den Kampf gestürzt hatten, focht Arryn auf dem Rücken seines Schlachtrosses mit Schwert und Schild. Immer wieder warf er

Kavalleristen von ihren Pferden, schwenkte Pict herum, um mit neuen Gegnern zu fechten. In seiner Nähe entdeckte er Cressingham, den verhassten englischen Kommandanten, der mit einer Kapitulation der Schotten gerechnet hatte und jetzt im Staub lag. Dutzende Schwerter stachen auf ihn ein. So leidenschaftlich, wie man ihn gehasst hatte, wurde er jetzt getötet. Innerhalb weniger Sekunden war er tot. Vielleicht eine unbeabsichtigte Gnade.

Ein Schwerthieb traf Arryns Kettenhemd von hinten und lenkte ihn von Cressingham ab. An diesen Mann musste er keinen Gedanken mehr verschwenden. Während er die erbitterten Angriffe der Engländer geschickt parierte, hielt er vergeblich nach Kinsey Darrow Ausschau. Und so verwandelte sich jeder Mann, den er bekämpfte, in Darrow. Nicht nur er wurde von wilder Rachsucht beflügelt. An seiner Seite hörte er wütende Stimmen.

»Für Berwick!«

»Für Dunbar!«

»Für meinen Vater!«

»Für meinen Bruder!«

Für meine Frau!

»Für Schottland. Zum Ruhm des Allmächtigen – und zur Ehre Schottlands!«

Männer und Pferde wälzten sich im Schlamm. Mit dem Mut der Verzweiflung kämpften die Engländer um ihr Leben. Manchmal fiel es Arryn schwer, im dichten Gedränge sein Schwert zu heben.

Hinter ihm focht John, zu seiner Linken Jay, vor ihm Thane, zu seiner Rechten Patrick. Und Pater Corrigan, der irische Priester, schwang unermüdlich sein Schwert und segnete die Männer, die er tötete. Brendan – zu jung für diese Schlacht – nahm es mit einem behelmten Krieger in schwerer Rüstung auf, der ein verwundetes Pferd ritt.

Als ihn ein Zweiter mit erhobener Waffe attackierte

und sich seitwärts neigte, schrie Arryn: »Pass auf, Brendan!« Von Feinden umringt, konnte er seinen Vetter nicht erreichen.

Jay hörte den Ruf. Auch er warnte Brendan, der sich blitzschnell duckte. Der Angreifer verlor sein Gleichgewicht, fiel aus dem Sattel und wurde von wirbelnden Hufen tödlich getroffen. Sofort richtete sich Brendan wieder auf, und sein Stahl bohrte sich in den Hals des Feindes, der auf dem Rücken des verwundeten Pferdes saß.

Arryn bemerkte ein Surren in der Luft. Gerade noch rechtzeitig wehrte er den Schwertstreich eines Reiters ab und schleuderte ihn zu Boden.

In panischer Angst, vom Blutgeruch verwirrt, bäumte sich das Pferd des Engländers auf und zertrampelte ihn.

An Arryns Schwert klebte Blut, der grüne Sumpf hatte sich rot gefärbt. Von der Brücke fielen mehrere englische Krieger ins kalte Wasser, schwere Rüstungen zogen sie in die Tiefe hinab.

Eben noch vom Kampfgetümmel umgeben, stellte Arryn plötzlich fest, dass er keine Gegner mehr hatte. Jetzt sah er nur noch Leichen – manche lagen mit dem Gesicht im Schlamm, andere starrten blicklos zum Himmel hinauf.

»Wir haben sie geschlagen!«, schrie ein Schotte.

»Ihnen nach!«, rief ein anderer.

Und so wurden die Engländer über den Fluss hinweg verfolgt, bis nach Stirling.

Als Arryn einen wilden Aufruhr unter den Schotten bemerkte und hektische Stimmen hörte, sprengte er über die Toten hinweg zum Schauplatz des Geschehens. Andrew de Moray lag verletzt am Boden.

»Bringt ihn in Sicherheit!«, befahl Arryn. »Vorsicht!« Er sprang aus dem Sattel und kniete neben dem Kommandanten nieder, der so rastlos und unerschrocken für Schottlands Freiheit gekämpft hatte. Der reiche Erbe von Bothwell, dessen Vater seit der Schlacht von Dunbar von den Engländern gefangen gehalten wurde, hatte alles aufs Spiel gesetzt, was einem Mann lieb und teuer sein konnte.

Während er von seinen Knappen umsorgt wurde, ergriff er Arryns Hand. »Bei Gott, wir haben es geschafft!«

»Überanstreng dich nicht …«

»Reite den Bastarden nach, Arryn. Wallace … Ist er gefallen?«

»Nein. An der Spitze seiner Männer hat er wie ein Dämon gefochten.«

Da de Morays Körper in der von Schlamm und Blut befleckten Rüstung steckte, ließ sich nicht feststellen, wie schwer er verletzt war. »Die edle Herkunft macht keinen Kommandanten aus«, würgte er hervor. »Das hat William bewiesen. Und die Seele eines Volkes bewirkt mehr als eine hervorragende Kavallerie und herzlose Söldner.«

»Bei Gott, unser Ziel ist erreicht …«

»Folge den Engländern, Graham!«, bat de Moray.

»Aye, wir jagen sie bis in die Hölle«, gelobte Arryn.

Andrew de Moray wurde davon getragen und Arryn rief nach seinem Pferd. Als er aufstieg, schwankte er ein wenig. Ja, sie hatten es geschafft. Die Engländer rannten davon und die Schotten blieben ihnen unbarmherzig auf den Fersen.

Darrows Truppe hatte die Brücke nicht überquert. Ungläubig und fluchend beobachtete er, wie die englische Kavallerie eine vernichtende Niederlage erlitt.

Am anderen Ufer häuften sich die Leichen. Und mitten in diesem Chaos aus Schlamm und Blut lag Cressingham – der Kommandant, der Sir Richard de Lundys Warnung vor der Brücke missachtet hatte.

Während Kinsey hin und her ritt, um sich eine bessere Übersicht zu verschaffen, blieb Kyra nichts anderes übrig, als auf ihrer Stute zu sitzen und das grausige Spektakel zu verfolgen. Immer wieder schloss sie die

Augen. Aber wenn das Geschrei anschwoll, hob sie die Lider und schaute über den Fluss hinweg, voller Angst, das Glück könnte die Schotten verlassen haben.

Unfassbar – der gesetzlose ›Pöbel‹ besiegte die haushoch überlegenen englischen Streitkräfte.

Und jetzt überquerten die Rebellen den Fluss, trotz der eingestürzten Brücke. Tapfer schwammen die Pferde durch die Wellen. John de Warenne gab das Zeichen zum Rückzug, ein schrilles Horn ertönte. Doch dieses Signal war überflüssig. In wildem Durcheinander ergriffen die Engländer die Flucht, wie von Furien gejagt. Bald wurden sie von den Schotten eingeholt und niedergestreckt. Manche versuchten davonzukriechen und flehten schluchzend um ihr Leben.

»Lord Darrow!«, rief ein Krieger.

Trotz des Befehls zum Rückzug rührte sich Kinsey nicht von der Stelle – er wollte die Niederlage nicht wahrhaben.

»Kinsey!«, mahnte Sir Richard.

»Aye, treten wir den Rückzug an!«, stieß Darrow hervor.

Der Rückzug – Kyras Chance zu fliehen, die Schotten zu erreichen … das Schlachtfeld abzusuchen, zu hoffen, Arryn würde nicht zwischen den Leichen liegen …

»Elende Hexe!« Plötzlich lenkte Kinsey sein Pferd zu ihrer Stute. In seinen Augen glitzerte ein Fieber, das an Wahnsinn grenzte.

»Verdammtes Biest!«, fauchte er, als hätte sie den Rebellen zum Sieg verholfen. Wütend griff er nach ihr, und sie schrie auf, wollte die Stute anspornen, wurde aber von seinen Männern umzingelt. Darrow war ein hervorragender Reiter, er zerrte sie auf sein Pferd herüber. Schmerzhaft schlangen sich seine Finger in ihr Haar. »Triumphierst du jetzt, Lady? Willst du vielleicht auf den Leichen der Engländer tanzen? Freu dich nicht zu früh!«

Kraftvoll drückte er seine Fersen in die Flanken seines

großen Schlachtrosses, dem das zusätzliche Gewicht nichts ausmachte. Schnell wie der Wind stob es dahin, zwischen zahllosen flüchtenden Engländern.

Jubelnd sprengten die Sieger nach Stirling – zur Grenze.

Da Andrew de Moray lebensgefährlich verletzt war, übernahm Wallace das alleinige Kommando. Einige seiner Krieger drängten ihn, das flüchtige englische Heer auf der ganzen Linie anzugreifen. Doch das wollte er nicht wagen, weil die Schotten nach der anstrengenden Schlacht erschöpft waren. Stattdessen nahmen sie mehrere Verwundete – lauter reiche Aristokraten – als Geiseln. Die Verwandten vieler Rebellen saßen in England gefangen und die Geiseln konnten ausgetauscht werden. Zudem mussten sich die Rebellen um ihre eigenen Toten und Verletzten kümmern.

Auch Thane MacFadden war verwundet. Wie schwer, wusste Arryn nicht. Aber seine Männer legten ihn auf eine Bahre. Inzwischen waren Frauen und Heilkundige aufs Schlachtfeld gekommen, umsorgten die Verwundeten und halfen den Soldaten, den toten Engländern alle Wertsachen abzunehmen.

Arryn kniete mit Jay, Ragnor und Pater Corrigan bei den Verletzten, als Roger Comyn zu ihm kam. Unter den Gefallenen hatten sie Hayden MacTiegues Leiche gefunden. Dieser Mann stammte aus Hawk's Cairn und er hatte seit dem Gemetzel an Arryns Seite gekämpft – ein guter Freund, ein tüchtiger Krieger. So wehmütig Arryn den Verlust auch beklagte – im Gegensatz zu den englischen Kommandanten durfte er sich glücklich schätzen, denn er hatte nur wenige Männer verloren.

Umso schlimmere Verluste hatten die Schotten früher erlitten …

Während er neben Hayden kniete, hörte er gellendes Triumphgeschrei, stand auf und beobachtete, wie Cressinghams Leiche an einen Ast gehängt wurde. Lachend und singend tanzten die Gesetzlosen um den Toten herum. Zu Arryns Entsetzen begannen sie ihm die Haut abzuziehen.

»Großer Gott!«, flüsterte Pater Corrigan. »Jetzt stehen wir den Widersachern, die wir verabscheuen, in nichts mehr nach.« Hastig wandte er seinen Blick von der schrecklichen Szene ab und bekreuzigte sich.

Arryn betrachtete nachdenklich die zahllosen Gefallenen. Wenigstens waren es mehr Feinde als Freunde ... Ein grandioser Sieg ... Trotzdem empfand er ein seltsames Unbehagen.

Nachdem der Priester den toten Hayden gesegnet hatte, fragte er leise: »Was bedrückt Euch, Sir Arryn?«

»Nichts – nun ja, die Engländer werden wiederkommen. Sobald Edward aus Frankreich zurückkehrt, wird uns sein Heer erneut angreifen – diesmal unter dem Kommando des Königs.«

»Aye, aber vorerst gehört Schottland uns. Genießen wir unsere Freiheit, Sir Arryn.«

Sekundenlang schloss Arryn die Augen. Freiheit! Und doch ...

»Spürt Ihr's denn nicht? Schmeckt Ihr's nicht?«

»Im Augenblick rieche ich nur Blut, Pater.«

Seufzend runzelte der Priester die Stirn. Plötzlich lachte Arryn. Erst jetzt stieg ein Schwindel erregendes Triumphgefühl in ihm auf. In überschwänglicher Freude umarmte er den Priester und schlug ihn auf den Rücken. »Freiheit! Bei Gott, Ihr habt Recht! Wir sind am Ziel!«

21

Wieder einmal dämmerte ein neuer Morgen herauf. Der Geruch des Blutes war nicht verflogen. Als Arryn in einem Lager unweit des Schlachtfelds erwachte, fragte er sich, ob er es in Zukunft bei jedem Atemzug riechen würde.

Er hörte Vögel zwitschern, eine frische Brise streifte sein Gesicht und verscheuchte kurzfristig den Gestank des Blutes. So viel gab es noch zu tun. Das Schloss Stirling musste eingenommen, das Heer neu formiert werden.

In schnellem Galopp ritten Boten kreuz und quer durchs Land, denn die Freiherren, die dem englischen König ihre Treue geschworen hatten, beeilten sich nun, den Sieg der tapferen jungen Kommandanten Wallace und de Moray zu verkünden. Manche Krieger fürchteten, der Lord aus dem Norden wäre tödlich verletzt worden. Aber Wallace war zu weiteren Kämpfen bereit.

Auf der überstürzten Flucht hatten die Engländer alle ihre Stellungen aufgegeben. Die schottischen Kommandanten vermuteten, die Feinde würden Berwick aufsuchen – die Stadt, die sie besetzt hielten, seit sie all ihre Bewohner niedergemetzelt hatten. Oder sie würden sich in York niederlassen, ihrer ersten Domäne hinter der Grenze.

John, der neben seinem Vetter geschlafen hatte, stand auf. »Riechst du das, Arryn?«

»Blut und Tod?«

»O nein, ich meine den Duft unserer befreiten Heimat und des Sieges.«

»Von unserem Leben ganz zu schweigen!«, warf Jay ein.

»Aye, unser Leben«, bestätigte Arryn.

»An diesem Morgen freust du dich nicht so, wie du's solltest.«

»Doch, ich freue mich, Jay. Vielleicht wage ich noch nicht, an unseren Erfolg zu glauben. Mein Gott, wir haben die Schlacht gewonnen! Aber …«

»Du hast Kinseys Leiche nicht gesehen.«

»Da waren so viele Tote«, warf Patrick ein. »Wir konnten sie nicht alle inspizieren.«

Nun gesellte sich Pater Corrigan hinzu. »Darrow war nicht dabei. Einmal sah ich ihn, nur ganz kurz – seine

Männer, seine Farben. Er überquerte die Brücke nicht. Stattdessen ergriff er die Flucht, so wie die anderen elenden Feiglinge.«

Ragnor, der offenbar schon vor längerer Zeit aufgestanden war, ritt heran. »Arryn, Wallace will dich sprechen.«

»Aye, ich will nur rasch baden.«

Nicht im Fluss, in dem tote Soldaten und Pferde lagen. Etwas weiter entfernt plätscherte ein klarer Bach. Arryn zog sich aus und reinigte sich im kalten Wasser von den Spuren des Kampfes. Dann kleidete er sich wieder an und kehrte zum Schlachtfeld zurück.

Zu seiner Verblüffung sah er eine junge Frau inmitten der Toten stehen und sein Herz begann zu rasen. Harry und die anderen Männer aus Hawk's Cairn waren bereits verständigt worden. Bald würden sie hier eintreffen. Wie ein Lauffeuer breitete sich die Nachricht vom triumphalen Sieg der Schotten im ganzen Land aus.

Wer mochte die junge Frau sein, deren Haar im Sonnenlicht wie Gold glänzte?

Kyra?

Letzte Nacht hatten sie die Verwundeten ins Lager gebracht und mit Pater Corrigans Segen ihre Toten beerdigt. Aber da lagen immer noch so viele Leichen. Über den blutigen Körpern schwebten Aasgeier.

Reglos stand die junge Frau da.

»Kyra?« Er eilte zu ihr und sie drehte sich um. »Katherine! Was machst du hier? Das ist nicht der rechte Ort …«

»O Arryn!« Schluchzend und zitternd warf sie sich in seine Arme.

»Gewiss, ein schrecklicher Anblick … Aber wir haben schon Schlimmeres gesehen. Und diesmal konnten wir triumphieren.«

»O nein, Arryn – das ist es nicht! Hast du Thomas noch nicht gesehen?«

Erschrocken starrte er in ihr blasses Gesicht. »Was ist geschehen?«

»Er hat sie entführt ...«

»*Was?*«

»Kinsey Darrow hat Lady Kyra aus unserem Lager entführt. O Gott, Arryn, es war grauenhaft! Plötzlich tauchten sie aus dem Wald auf, verstohlen wie Füchse. Harry und Ioin wurden niedergeschlagen und verwundet. Nachdem die Engländer verschwunden waren, holten wir meine Tante Mauve aus dem Dorf, und sie meint, vielleicht wird der alte Ioin seine Verletzungen nicht überleben ...«

»Und Kyra?«, unterbrach er sie. »Heiliger Himmel, ist sie freiwillig mit ihm geritten?« Hatte sie ihn die ganze Zeit getäuscht? »Ich bringe sie um!«

»Nein, nein ...« In Katherines Augen glänzten neue Tränen. »*Ich* war es, die Lady Kyra töten wollte – weil sie Alesandras Platz nicht einnehmen sollte. Und nachdem sie mir vor Augen führte, dass ich deiner Frau nicht beigestanden hatte, hasste ich sie noch mehr.«

»Du konntest Alesandra nicht helfen. Sonst wärst du auch gestorben. Das musste Kyra wissen.«

»Es spielt keine Rolle mehr. Was ich tat – damit muss ich leben.«

»So wie wir alle. Bitte, erzähl mir, was geschehen ist.«

In diesem Augenblick hörte er Hufschläge. Einige seiner Männer ritten heran, und Thomas – trotz seines Gebrechens ein hervorragender Reiter – sprang von einem geliehenen Streitross. Auch der Priester, Ragnor, Jay, John, Roger, Nathan und Patrick fanden sich ein, gefolgt von Swen und einer schluchzenden Ingrid. Ihr Mann drückte sie an seine breite Brust. »Still, Liebste ...«

»Was genau hat sich ereignet?« In wachsender Sorge musterte Arryn die grimmigen Mienen seiner Krieger, die offenbar schon Bescheid wussten.

»Was hat Katherine dir erzählt?«, fragte Thomas bedrückt.

»Nicht viel.« Mühsam zwang sich Arryn zur Ruhe.

»Darrow kam mit seinen Männern in euer Lager, Harry und Ioin wurden fast ermordet …«

»Mit mir trieben sie ein grausames Spiel«, wisperte Katherine. »Immer wieder warfen sie mich hin und her und zerrissen mein Kleid …«

»Und dann?«

»Darrow rief nach Kyra und verkündete, er würde mich töten, wenn sie sich nicht zeige …«

»Und da zeigte sie sich«, fiel er ihr leise ins Wort.

»Die Schurken hätten mich so oder so umgebracht. Aber sie bedrohte Darrow mit ihrem Schwert …«

»Das konnte ich meiner Herrin gerade noch rechtzeitig geben«, mischte sich Ingrid voller Stolz ein.

»Kyra warf Darrow zu Boden und hielt die Stahlspitze an seine Kehle«, fuhr Katherine fort. »Bis sie mich gehen ließen.«

»Glaub mir, Arryn, ich versuchte die Lady aufzuhalten, als sie die Lichtung betreten wollte«, beteuerte Thomas. »Aber sie behauptete, Darrow würde sie am Leben lassen – und uns nicht.«

»Wie hat er euch gefunden?«

Verächtlich spuckte der Priester auf den Boden. »Tyler Miller hat uns verraten.«

Jetzt wusste Arryn, wen er vor der Schlacht vergeblich in den Reihen seiner Krieger gesucht hatte – den Mann, dem Kyra beim Kampf um Seacairn die Kapitulation befohlen und der sich den Schotten angeschlossen hatte. Offensichtlich wechselte Miller seine Loyalität ebenso mühelos wie ein Hemd. »Diesen Bastard erwürge ich!«

»Nicht nötig. Er verlangte den Lohn für seinen Verrat, und den bekam er von einem der Engländer, der ihm ein Messer in den Bauch rammte.«

»Gestern war Kinsey hier«, murmelte Corrigan.

»Und Lady Kyra muss bei ihm gewesen sein«, meinte Patrick. »Sicher hoffte er, sie würde unsere Niederlage mit ansehen.«

»Nun sind alle Engländer zur Grenze geflohen«, bemerkte Jay. Dann beobachtete er, wie Arryn wortlos davoneilte, und rief ihm nach: »Wohin gehst du?«

»Zu Wallace!«

»Aber – wir müssen der Lady folgen!«, protestierte Thomas.

Ungerührt ging Arryn weiter und John rannte ihm nach. »Du kannst jetzt nicht mit Wallace reden, wir müssen Kyra befreien. Sonst bringt Darrow sie um und …«

»Aye?« Ungeduldig blieb Arryn stehen und drehte sich um.

»Sie erwartet dein Kind.«

Arryns Atem stockte. »Das hat sie dir gesagt?«, fragte er ungläubig.

»Nicht direkt … Ich hab's erraten. Zunächst war sie sich nicht sicher, aber …«

Inzwischen hatte Thomas die beiden Vettern eingeholt. »Arryn, es stimmt! Wenn Darrow sie ermordet, wird auch dein Kind sterben!«

Kalter Schweiß brach auf Arryns Stirn aus, heißer Zorn erfüllte ihn. Schweigend eilte er weiter.

»Arryn!«, schrie John und sein Vetter hielt inne.

»Ob es wahr ist oder nicht, spielt keine Rolle. Natürlich werde ich Kyra nachreiten. Aber vorher muss ich mit Wallace reden. Er will England angreifen. Und wenn wir ihm zuvorkommen, ist es gut zu wissen, dass er uns auf den Fersen folgt.«

Erleichtert seufzte John auf. »Aye, aber wir sollten die Engländer erreichen, bevor …«

»Bevor?«, wiederholte Thomas.

»Bevor Darrow die Lady tötet«, erklärte Arryn.

»Sie hat behauptet, er würde sie am Leben lassen – deshalb müsste sie mit ihm gehen …« Thomas' Stimme erstarb. Nach Englands Niederlage hatte sich die Situation vermutlich geändert.

Schweren Herzens setzte Arryn seinen Weg fort. Endlich hatte er die Freiheit gewonnen – und seine Seele verloren.

Wenig später brachen sie auf. Bei der Unterredung mit Arryn hatte Wallace Verständnis gezeigt, aber betont, er könne nicht allzu viele Streitkräfte entbehren, um ihn bei einer Attacke zu unterstützen, falls sich Darrow in einer starken Festung verschanzte. »Die Männer sind erschöpft und teilweise verwundet. Und sie belagern Schloss Stirling. Außerdem muss ich nach Dunbarton zurückkehren. Bald findet eine Besprechung in Perth statt. Im Augenblick gehört Schottland uns. Aber ich bin kein Narr. Edward wird uns angreifen und wir brauchen ein großes Heer. Demnächst schicken wir Diplomaten ins Ausland, stellen unsere Handelsrechte wieder her, entsenden Bischöfe nach Rom … Natürlich ist mir klar, warum du Darrow sofort angreifen willst, Arryn. Aber du solltest auch Verständnis für meine Situation aufbringen. Sir Harrys Kontingent folgt den flüchtenden Feinden, andere Ritter sind hinter den Verwundeten und verstreuten Truppen her, die sich vom englischen Heer abgesplittert haben und auf eigene Faust ihr Glück versuchen. Aber alle Männer, die du für deinen Feldzug gewinnen kannst, gehören dir, Arryn. Alles Gute!«

Trotz seines brennenden Zorns zwang sich Arryn, der Stimme seiner Vernunft zu gehorchen. Während des Gesprächs mit Wallace hatte er erkannt, dass er Kyra nicht helfen würde, wenn er blindlings drauflos stürmte. Wozu Darrow fähig war, wusste er. Sobald er sich bedroht fühlte, würde er nicht zögern, Kyra zu vergewaltigen, zu foltern, zu ermorden.

Und jetzt trägt sie mein Kind unter dem Herzen, dachte Arryn. Hoffentlich würde sie Stillschweigen bewahren. Ein solches Geständnis könnte Darrow zum Wahnsinn treiben. Aber vielleicht würde er sich darauf besinnen, dass die Königin ihre Patentante gewesen war und Edward das Gedenken seiner Frau ehrte. Also musste Kinsey vorsichtig sein.

Und wenn er Kyras Tod als Unfall hinstellte? Sie mochte unter die Hufe eines galoppierenden Pferdes geraten, von einer Klippe stürzen oder stolpern und mysteriöserweise auf ein Messer fallen, das ihr Herz durchbohren würde …

»Wie wollen wir sie finden, Arryn?«, fragte John auf dem Weg nach Stirling. »Da gibt's so viele Ritter …«

»Keine Bange, wir werden sie aufspüren.«

Glücklicherweise kannten die Engländer auf ihrem Rückzug nur einen einzigen Gedanken – möglichst schnell zu flüchten und nichts anderes zu unternehmen. Und so wurde Kinsey vorerst von der Rache abgelenkt, die er an Kyra nehmen wollte. Tagsüber ritten sie in halsbrecherischem Tempo dahin, nachts schliefen sie im Freien, ohne die Zelte, die sie in der Nähe des Schlachtfelds zurückgelassen hatten.

Um ihr Leben zu retten, bemühte sich Kyra, Kinseys Aufmerksamkeit nicht auf sich zu lenken. Manchmal war sie nahe daran, aus einem nächtlichen Lager zu fliehen. Doch dann würde sie womöglich ein Messer im Rücken spüren und ebenso sterben wie ihr ungeborenes Kind.

Boten kamen und gingen, Reiter sprengten heran, um Neuigkeiten über die Schotten zu berichten, die Stirling belagerten. Unter dem Kommando eines Mannes namens Henry de Haliburton verfolgten sie die fliehenden Engländer und massakrierten alle, die sie aufstöbern konnten.

In der dritten Nacht gesellte sich Sir Reginald Trotter zu Darrows Truppe, ein verwundeter englischer Ritter aus York. Alle seine Krieger waren von der Brücke in den Fluss gestürzt und er hatte befürchtet, ebenfalls zu sterben. Aber eine freundliche Seele zog ihn aus dem Wasser. Seinen Hengst hatte er verloren. Aber da die Schotten nur die Engländer töteten und keine Pferde, hatte er ein hellgraues Streitross gefunden, das mit den Zügeln in einem Gestrüpp hängen geblieben war.

Eines späten Abends trank er Ale mit Kinsey, Sir Richard und ein paar anderen Kriegern. An einen nahen Eichenstamm gefesselt, belauschte Kyra das Gespräch der Männer. So verbrachte sie alle ihre Nächte. Auch tagsüber wurde sie ständig bewacht. Sie durfte auf ihrer eigenen Stute reiten, aber mit gebundenen Händen. Nur hin und wieder ließ man sie ein paar Minuten allein, damit sie sich waschen konnte. Kinsey oder Sir Richard blieben stets in ihrer Nähe. Offenbar misstrauten sie den anderen Kriegern und glaubten, sie würden die Gefangene nicht im Auge behalten.

Nun lauschte sie den grausigen Geschichten, die Sir Reginald den Engländern erzählte. »Wallace muss verrückt sein! Stellt Euch vor, seine Leute hängten Cressinghams Leiche an einen Ast und zogen ihr die Haut ab. Die will Wallace angeblich zu einer Scheide für sein Schwert verarbeiten lassen. Oh, diese verdammten Barbaren!«

»Allzu lange werden sie sich ihres Triumphs nicht freuen«, bemerkte Kinsey übellaunig.

»Aye, wenn Edward zurückkehrt, wird er sein Heer gegen die Schotten führen.« Nach einer kurzen Pause fügte Sir Reginald hinzu: »Lord Darrow, ich habe eine Nachricht für Euch.«

»Für mich?«

»Ich wurde von einer gesetzlosen Bande festgenommen, die gerade südwärts reitet – unter dem Kommando eines gewissen Sir Arryn. Damit ich Euch aufsuchen konnte, schenkte er mir das Leben.«

»Seid Ihr als Verräter zu mir gekommen?«

»Nein, als Bote. Ich soll Euch ausrichten, Ihr hättet etwas in Eurer Gewalt, das ihm gehört.«

»Keineswegs, ich habe nur zurück gewonnen, was er mir *gestohlen* hatte!«

»Sir, ich habe keine Argumente anzuführen, ich überbringe Euch nur diese Nachricht. Und Ihr sollt wissen, dass er die Lady zurückerobern will.«

»Nun, das wird ihm nicht gelingen.«

»Falls ihr ein Leid geschieht, will er sich an Euch rächen und dann sollt Ihr das gleiche Schicksal erleiden wie Cressingham. Aber *Euch* wird er bei lebendigem Leib die Haut abziehen und Eure – verzeiht mir, Sir, dies sind *seine* Worte, nicht meine – Eure Leiche den Hunden zum Fraß vorwerfen.«

Hochrot vor Zorn stieß Kinsey hervor: »Sagt ihm …«

»Bedauerlicherweise kann ich ihm gar nichts sagen. Ich wurde unter der Bedingung frei gelassen, dass ich die Grenze überqueren und nicht zurückkehren werde.« Zögernd fuhr Reginald fort: »Er schlägt Euch vor, ihm einen Boten zu schicken und die Rückkehr der Lady arrangieren zu lassen. Wenn er auch Euren Tod wünscht – er ist bereit, Euch das Leben zu schenken, falls die Lady unbeschadet bei ihm eintrifft.«

Unbehaglich schaute Kinsey zu seiner Gefangenen hinüber, und sie überlegte, ob sie sich schlafend stellen sollte. Zu spät, er sah ihre Augen, und sie erriet, was er sich fragte. Warum war sie Arryn so viel wert, dass er das Leben seines Feindes gegen ihres eintauschen wollte? »Dieser Gesetzlose bedeutet mir nichts!«, fauchte Kinsey.

»Noch etwas soll ich Euch mitteilen. Bedenkt, dass die Königin die Taufpatin der Lady war. Und der König kann großzügig, aber auch grausam sein.«

»Verdammt, dieser Barbar hat kein Recht, uns irgendetwas über Edward zu erzählen!«, warf Sir Richard ärgerlich ein.

Langsam wanderte Kinsey um das Lagerfeuer herum und strich über sein Kinn. »Also will er mich vor der Rache des Königs warnen – falls ich beabsichtige, Kyra sofort zu töten. Aber sie ist eine Verräterin, das werde ich vor Gericht beweisen. *Ich* bin es, dem Unrecht geschah, Sir Reginald! Der Gesetzlose hat mir meine Braut weggenommen. Und die niederträchtige Lady übte Verrat an mir.«

»Da wäre noch etwas …«, begann Sir Reginald.

»Aye?«

»Das schickt er Euch.«

Kinsey nahm ein kleines Leinenpäckchen entgegen, öffnete es und ließ es entsetzt fallen.

»Ein Stück von Cressinghams Haut«, erklärte Sir Reginald. »Sir Arryn gab zu, er würde das barbarische Verhalten der Schotten missbilligen. Andererseits versteht er ihren Hass gegen Cressingham – weil er *Euch* ebenso abgrundtief hasst. Wenn die Lady wohlbehalten zu ihm zurückkehrt, dürft Ihr weiterleben. Und wenn nicht – nun, ich habe bereits erwähnt, was er dann vorhat.«

Angstvoll hielt Kyra den Atem an, als Kinsey mit langen Schritten zu ihr ging. Seine Augen schienen sie wie Dolche zu durchbohren. Abrupt zog er sein Messer, und sie fürchtete, er würde es ihr ins Herz stoßen.

Stattdessen durchschnitt er ihre Fesseln und zog sie auf die Beine. Dann zerrte er sie zwischen den Bäumen zu einer Lichtung, packte ihre Schultern und starrte ihr in die Augen. »Bist du eine Hexe? Was hast du an dir, das die Männer besessen macht? Besitzt du unglaubliche Schätze? Ist es deine Stimme, dein Blick – oder Zauberei? Oder bist du einfach nur fabelhaft im Bett?«

Alles Blut wich aus Kyras Wangen. *Nichts dergleichen*, hätte sie antworten können; Arryn mochte sie. Zumindest glaubte sie das. Aber er hatte Alesandra nicht vergessen. Trotzdem würde er alles tun, um Kyra zu befreien – weil Thomas ihm von ihrer Schwangerschaft erzählt hatte. Und Arryn würde sein zweites ungeborenes Kind nicht von Kinsey ermorden lassen – das verbot ihm sein Stolz. »Ich bin einfach nur ein Teil des Krieges zwischen euch beiden«, erwiderte sie.

»Hast du etwa nicht mit ihm geschlafen?«

Sollte sie lügen? Dazu fand sie keine Gelegenheit, ihre Miene verriet die Wahrheit und Kinsey schüttelte den Kopf.

»Ich wollte dich nicht hassen, Kyra. Bei unserer ersten Begegnung …«

»... hast du die Position meines Vaters erkannt, eines englischen – und schottischen – Lords, den Reichtum meiner Mutter, die Achtung, die ihre Familie im Grenzgebiet genießt.«

»Gewiss«, bestätigte er lächelnd. »Aber ich sah auch dein rotgoldenes Haar und deine Augen. So leuchtend grüne Augen besitzt keine andere Frau – die Augen einer Hexe.«

»Wäre ich eine Hexe, hätte ich meine Fähigkeiten nicht genutzt, um dein Verlangen zu erregen, sondern deinen Tod bewirkt.«

»Obwohl du in meiner Gewalt bist, forderst du mich heraus?« Grimmig verschränkte er die Arme vor der Brust. »Dein Leben liegt in meiner Hand.«

Sobald er sie losgelassen hatte, war sie zurückgewichen. »Wenn ich's verliere, stirbst du auch.«

»Diesen verrückten Rebellen fürchte ich nicht.«

»Auch nicht den König von England?«

»Sagen wir mal – was Edward betrifft, bin ich etwas vorsichtiger. Aber ich werde auf meine Rechte pochen, als Lord of Seacairn.«

»Dieser Titel ist *mein* Erbe, Kinsey.«

»Aye. Und sobald wir verheiratet sind, gehört er mir.«

»Niemals werde ich dich heiraten.«

»Warten wir's ab. Übrigens glaube ich, der König würde mir eine flüchtige Unbesonnenheit verzeihen. Ein Mann von meinem Rang, mit einer schönen reichen Frau verlobt ... Dann muss ich erfahren, dass sie sich einem von Edwards schlimmsten Feinden hingab! Meine Braut! Vor Zorn und Eifersucht verlor ich den Kopf, legte meine Finger um ihren schlanken Hals und brach ihr das Genick.«

»Vielleicht wird auch der König den Kopf verlieren, wenn er von meiner Ermordung hört.«

»In der Tat, es bleibt ein gewisses Risiko, Lady«, erwiderte er grinsend. »Eigentlich wollte ich dich nicht töten – aber in meiner rasenden Wut ...«

»Was willst du von mir, Kinsey?«

»Was du dem Barbaren so großzügig geschenkt hast.«

Schweigend schüttelte sie den Kopf. Dann dachte sie an Alesandra. Trotz der grausamen Vergewaltigung hätte Arryn seine Frau immer noch geliebt – wäre sie am Leben geblieben. *Und jetzt will ich leben – und mein Kind retten …* Das würde Arryn verstehen. Bedrückt biss sie auf ihre Lippen.

»Bald werden wir heiraten, Kyra«, fuhr Kinsey fort. »Aber ich will nicht bis zur Hochzeitsnacht warten. Komm in meine Arme!«

»Freiwillig? Niemals!«

»Welch ein Kampfgeist! Eine bewundernswerte Eigenschaft – hättest du bloß den Wunsch des Königs akzeptiert und mich geliebt …«

»Hätte er mich bloß mit einem liebenswerten Mann verlobt …«

»Schlaf mit mir, Kyra! Oder ich stoße dir diesen Dolch ins Herz und behaupte, du hättest dir lieber das Leben genommen, statt in den Armen deines Bräutigams zu liegen.«

»Wie schnell wirst du eine neue Braut finden, wenn sich mein Selbstmord herumspricht?«, spottete sie.

»Komm zu mir, Kyra – oder stirb!«

Beklommen senkte sie die Wimpern. Irgendwie musste sie überleben. Und so ging sie zögernd zu ihm.

»Küss mich, Liebste – so als würdest du's ernst meinen.«

»Ich verabscheue dich«, wisperte sie.

»Den Hass, den ich *dir* entgegenbringe, kannst du gar nicht empfinden.«

»Warum begehrst du mich dann?«

»Weil ich von dir besessen bin!«, erklärte er und zog sie an sich. »Jetzt will ich herausfinden, was deine Magie ausmacht.«

Sein Mund presste sich auf ihren. Erstaunlicherweise küsste er sie nicht brutal und schmerzhaft – trotzdem empfand sie nur ein wachsendes Unbehagen. Sein Kettenhemd drückte sich an ihren Busen, seine Zunge, die sich zwischen ihre Zähne schob, widerte sie an.

Zwiebelgeschmack. Er hatte Zwiebeln gegessen. Plötzlich schien ihr dieser Gedanke wichtiger als alles andere, und sie nahm seine Hand kaum wahr, die eine ihrer Brüste umfasste.

Unterwegs mussten sie Zwiebeln gefunden und an diesem Abend Hasenbraten gegessen haben …

Als er mit ihr ins Gras sank, versuchte sie seinen Lippen auszuweichen. Was er ihr auch antun mochte, sie würde es hinnehmen. Nur seinen Kuss ertrug sie nicht – seinen Atem …

Hastig öffnete er seine Hose und sein Mund glitt an ihrem Hals hinab. Dann suchte er wieder ihre Lippen.

»Nein, Kinsey, küss mich nicht …«

»Elende Hexe! Jetzt wirst du mich genauso lieben wie *ihn!*«

In wilder Leidenschaft küsste er sie wieder und sie wehrte sich verzweifelt. Mit aller Kraft riss sie an seinen Haaren. Fluchend richtete er sich auf und sie erhob sich ebenfalls. Von einer heftigen Übelkeit erfasst, taumelte sie davon und übergab sich.

»Glaub mir, du wirst mich heiraten!«, hörte sie ihn fauchen. »Und danach wirst du den Tod einer Verräterin sterben – zur Strafe für die Schmach, die du mir soeben zugemutet hast!«

Kraftlos hielt sie sich an einem Baumstamm fest. Eine Schmach? Glaubte er tatsächlich, sie hätte sich nur erbrochen, um ihn zu beleidigen? Beinahe musste sie lächeln.

Sir John Graham hatte ihre Übelkeit mit angesehen und sofort den wahren Grund erraten. Bald würde auch Kinsey herausfinden, was dahinter steckte. Und dann … Würde er sie umbringen, nur um Arryns Kind zu töten? Langsam drehte sie sich um und stellte fest, dass er die Lichtung verlassen hatte. Hoffnungsvoll spähte sie in den Wald. Sollte sie einen Fluchtversuch wagen?

Aber da stand Sir Richard. »Ohne mit der Wimper zu zucken würde ich Euch töten, Lady«, verkündete er lächelnd. »Kommt mit mir! Euer unbequemes Bett wartet, mitsamt Euren Fesseln.«

Ihr fehlte die Kraft, ihn zu bekämpfen. Außerdem wollte sie am Leben bleiben. Und so folgte sie ihm zum Lager.

Im Morgengrauen ritten sie weiter.

22

Am Ufer des Bachs stiegen mehrere Ritter von ihren Pferden. Brendan hatte sie entdeckt, ein wahrer Meister in der Kunst, lautlos zwischen den Bäumen hindurchzuschlüpfen. Zudem besaß er ein ausgezeichnetes Gehör und vernahm Hufschläge, bevor seine Kameraden die Nähe eines Feindes auch nur ahnten.

Beinahe wären Arryn und seine Krieger über die Engländer gestolpert. Nur Brendans besondere Talente hatten sie davor bewahrt. Eine Zeit lang beobachtete er die Kavalleristen, dann wurden sie von den Schotten umzingelt, und Arryn gab den Befehl zum Angriff. Pfeile flogen durch die Luft. Von den etwa dreißig Männern brachen nur acht zusammen, die anderen zogen ihre Waffen. In panischer Angst schauten sie sich um.

Sein Schwert in der Hand, trat Arryn zwischen den Bäumen hervor. Auf der anderen Seite der Lichtung erschien Jay, zur Linken Ragnor, zur Rechten John, der einen Fuß auf einen Felsblock stellte. Auch Patrick zeigte sich mit einigen Kameraden. Durch diese Taktik wirkte Arryns Trupp größer, als es den Tatsachen entsprach.

»Weg mit den Waffen!«, befahl der grauhaarige englische Anführer seinen Leuten. Arryn erkannte die Farben Sir Griffin Percys, eines Lords aus Nordengland, den er mehrmals an König Alexanders Hof getroffen hatte.

»Die verdammten Schotten werden uns bei lebendigem Leib verschlingen!«, protestierte einer von Sir Griffins Kriegern. »Genauso gut können wir mit gezückten Schwertern sterben!«

»Noch haben wir uns nicht in Kannibalen verwandelt!«, rief Jay.

»So was Zähes, Trockenes wie Engländerfleisch würde ich niemals essen!«, verkündete John.

»Elende Barbaren!«, schrie der Mann und hob erneut seine Waffe.

»Halt!«, stieß der Kommandant wütend hervor. Mochte Lord Percy auch ein alter Ritter sein, er strahlte immer noch Autorität aus.

»Hallo, Lord Percy!«, grüßte Arryn.

»Hallo, Sir Arryn!«, erwiderte Percy und wandte sich wieder zu seinen Leuten. »Dieser Mann wird uns nicht die Haut abziehen, geschweige denn verspeisen. Nicht einmal erstechen wird er uns. Oder habt Ihr Euch mittlerweile geändert, Sir?«

»Auf dem Schlachtfeld töten wir genug Feinde.« Mit einem kurzem Blick auf die Leichen fügte Arryn hinzu: »Nur hin und wieder überrumpeln wir unsere Gegner und demonstrieren unsere Kampfkraft. Natürlich will ich wissen, ob Ihr Schottland verlassen wollt.«

»Natürlich.«

»Sobald der König aus Frankreich zurückkehrt, wird er uns mit einem gigantischen Heer angreifen, das wir zu dezimieren suchen. Deshalb lassen wir nur Engländer laufen, die uns schwören, nie wieder hierher zu kommen.«

»Nun, Männer?«, fragte Percy seine Kavalleristen.

»Wie können wir einen solchen Eid ablegen?«, rief einer der Krieger. »Wenn uns der König zu den Waffen ruft ...«

»Für gewisse Argumente hat er Verständnis. Selbstverständlich wird er vor Wut toben, horrende Steuern aus mir herauspressen und verlangen, ich soll seine

Söldner bezahlen. Aber es widerstrebt mir, hier und jetzt zu sterben, und wenn ich einen verdammten Eid leiste, werde ich ihn auch halten.« Durchdringend starrte er seine Leute an. Niemand erhob Einspruch. Schließlich drehte er sich wieder zu Arryn um. »Sir, Ihr habt das Wort meiner gesamten Truppe. Um der alten Zeiten willen würde ich gern hören, wie's Euch geht. Aber wir sollten wohl besser aufbrechen. Dürfen wir unsere Toten mitnehmen?«

»Aye, Lord Percy. Und nun habe ich noch eine Bitte. Falls Ihr Lord Kinsey Darrow seht ...«

»Der müsste uns weit voraus sein. Bei der Schlacht stand er in den hinteren Reihen unserer Vorhut.«

»Das weiß ich. Solltet Ihr ihm begegnen, richtet ihm aus, ich würde ihm folgen. Wenn er Lady Kyra nicht zu mir schickt, werde ich ihn häuten, während ich ihn ganz langsam röste ...«

»Lady Kyra? Meint Ihr Darrows Braut?«

»Sie wurde gegen ihren Willen mit ihm verlobt.«

»Sicher schwebt sie nicht in Gefahr ...« Sir Percy verstummte, weil sich einer seiner Männer räusperte. »Was gibt's, Barnabus?«

»Allzu weit sind uns Darrows Krieger nicht vorausgeeilt, Mylord. Gestern traf ich einen seiner Männer, der gerade Hasenfallen aufstellte. Wir kennen uns von früher, und er meinte, wenn wir uns beeilen, würden wir sie einholen.«

»Wohin reiten sie?«

»Nach Seacairn, zum Schloss der Lady. Es liegt im Grenzgebiet. Offenbar glaubt Darrow, es würde eine Weile dauern, bis die Schotten dorthin kommen, da sie genug andere Dinge zu tun haben.«

Arryn spürte, wie sich all seine Muskeln anspannten. *Aye,* die Mauern vom Seacairn waren instand gesetzt und sogar verstärkt worden, die Ölbehälter und Speisekammern gefüllt, genug Pfeile lagen bereit ... Dort würde Darrow einer Belagerung wochenlang standhalten.

»Und Lady Kyra?«, fragte Lord Percy.

»Nun, ich denke, es geht ihr gut«, antwortete der Mann namens Barnabus. »Mein alter Freund erzählte mir, Darrow würde ihr neuerdings aus dem Weg gehen, denn er hält sie für eine Hexe. Trotzdem will er sie heiraten und dann wegen Hochverrats anklagen, weil sie ihr Schloss den schottischen Gesetzlosen geöffnet hat.« Zögernd fuhr er fort: »Mein Freund ist ein anständiger Mann. Als er von Darrow rekrutiert wurde, ahnte er nicht, was ihm bevorstand, und die Gräueltaten seines Kommandanten jagen ihm Angst und Schrecken ein. An jenem grausamen Angriff auf Euer Hawk's Cairn war er nicht beteiligt, Sir Arryn. Er schützte eine Krankheit vor und blieb zurück. Was damals geschah, konnte er natürlich nicht verhindern. Mit mir sprach er nur so offen, weil er meinte, vielleicht würde Lord Percy nach Seacairn reiten und Darrow herausfordern ...«

»Davon habt Ihr nichts erwähnt«, fiel Percy ihm ins Wort.

»Leider kam ich noch nicht dazu. Die Schotten hielten uns ständig auf Trab.«

»Nun, das stimmt. Sammelt unsere Toten ein, Männer! Inzwischen werde ich mich noch ein wenig mit Sir Arryn unterhalten.«

Arryn nickte, legte einen Arm um die Schultern des alten Mannes und sie wanderten einen Waldweg entlang.

In der Krypta hatte sie sich stets unwohl gefühlt. Das schien Kinsey zu wissen, denn jetzt hielt er sie an diesem unheimlichen Ort gefangen, wo die Leiche ihres Vaters lag.

Am Morgen hatten sie Seacairn erreicht. Seit Kyras Abreise waren nur wenige Wochen verstrichen. Aber sie erschienen ihr wie eine Ewigkeit.

Bei der Ankunft hatte Kinsey die Wachtposten aufgefordert, das Tor zu öffnen. Als sie sich weigerten, drohte er die Mauern zu überwinden und ein Massaker anzurichten, das Berwick in den Schatten stellen würde.

Kyra wusste, dass die wenigen Männer, die Seacairn derzeit bewohnten, der Übermacht hilflos ausgeliefert wären. Und so befahl sie ihnen, das Tor zu öffnen. Im Hof zerrte Kinsey sie sofort aus dem Sattel und führte sie in die Halle.

Dort kam ihnen Gaston entgegen. »Lord Darrow! Mylady ...« Als er die Warnung in ihren Augen las, verneigte er sich hastig vor Kinsey. »Mylord, wir haben um Eure sichere Rückkehr gebetet. Dem Himmel sei Dank, die elenden Barbaren haben die Festung verlassen! Aber wie wir hörten, wurden die Engländer von den Schotten besiegt.«

»Bald wird das englische Heer über Schottland herfallen«, erwiderte Kinsey, »und alle Verräter hinrichten.« Während ihm seine Männer in die Halle folgten, fügte er hinzu: »Serviert ihnen eine Mahlzeit, Gaston, und schenkt den besten Wein ein!« Dann ließ er sich eine Fackel bringen und zog Kyra zu den steinernen Stufen, die in die Gruft hinabführten – ins Reich der Toten.

In pechschwarzer Finsternis ließ er sie allein. Wenig später kamen einige seiner Männer mit Fackeln herab, und sie fürchtete, Kinsey hätte ihnen befohlen, sie zu vergewaltigen und zu ermorden. Aber sie überprüften nur, ob sich das eiserne Gittertor der Krypta in gutem Zustand befand und die Gefangene nicht fliehen konnte.

Langsam schleppten sich die Stunden dahin. Kyra saß auf dem kalten Steinboden. Wann immer sie die Augen schloss, erschien in ihrer Fantasie das Bild der Leichen, die aus den Nischen stiegen und einen makabren Tanz vollführten. Sie roch den Tod, atmete die Verwesung ein und dachte an ihren Vater. Auch er ruhte in dieser finsteren Tiefe. Und wenn die Toten zu tanzen begannen, würde er sie sicher beschützen. Fröstelnd verschränkte sie die Arme vor der Brust.

Als sie beinahe eingeschlafen war, hörte sie eine Flüsterstimme. »Mylady!« Eine kleine Fackel in der Hand, stand Gaston am Gitter. In diesem schwachen Licht wirkte sogar sein vertrautes Gesicht umheimlich.

Kyra sprang auf und lief zu ihm. »O Gaston! Seid vorsichtig! Darrow ist voller Hass und Rachsucht. Wenn er glaubt, Ihr würdet mir helfen …«

»Jetzt ist er betrunken und schläft im Turmzimmer.«

»Aber seine Spione lauern überall!«

»Sir Richard steht an der Brustwehr und die anderen beachten mich nicht. Hier fühlen sie sich sicher. Sie trinken und würfeln … Außerdem hat Lord Darrow mir nicht verboten, Euch eine Mahlzeit und Wasser zu bringen.«

Dankbar nahm sie den Wasserschlauch entgegen, den er ihr zwischen den Gitterstäben hindurch reichte. Dann griff sie nach einem Laib Brot und einem gebratenen Stück Fleisch. Erst jetzt merkte sie, dass sie halb verhungert war. Während sie aß, fragte sie Gaston, ob er irgendwelche Neuigkeiten gehört habe.

»Aye, Mylady. Im ganzen Land wimmelt es von Flüchtlingen und Verfolgern. Bei einer großen Besprechung in Perth wurde William Wallace zum Reichsverwalter ernannt. Diesen Titel erhielt auch Andrew de Moray. Aber der reist angeblich nach Norden zu seiner jungen schwangeren Frau, denn er glaubt, er wäre tödlich verwundet. Das bezweifelt Wallace. Deshalb bestand er darauf, dass Andrew de Morays Name ebenso wie sein eigener in den offiziellen Papieren steht. Aye, und William Wallace wurde zum Ritter geschlagen – von Robert de Bruce, behaupten manche Leute. Das kommt mir seltsam vor, denn Wallace hält John Baliol nach wie vor für den rechtmäßigen schottischen König.«

»Und die Engländer fliehen immer noch?«

»Aye. Jetzt haben sie sogar schon Berwick verlassen.«

»Mein Gott, welch ein Sieg! Und doch – Kinsey hält auf Seacairn die Stellung!«

Nach einer kurzen Pause erwiderte Gaston: »Wenn

Edward von dieser Niederlage erfährt, wird er nach Schottland kommen, Mylady.«

»Aber Edward hat sich verändert. Und wenn er hundert Mal zurückkommt – es wird keine Rolle spielen.«

»Mag sein. Schloss Stirling ist gefallen. Noch bevor de Warenne den Rückzug antrat, ernannte er Sir Marmaduke de Twenge zum Schlossverwalter. Dieser Ritter war als einziger englischer Kommandant vernünftig genug, seine Soldaten bei der Brücke zurückzubeordern und vor einer Katastrophe zu retten. Nun hat der arme Mann die Festung den Schotten übergeben. Was blieb ihm anderes übrig, angesichts einer solchen Übermacht? Sie hätten ihn ausgehungert. Jetzt ist er ihr Gefangener. So viele Engländer wurden festgenommen, und wir hoffen, man wird sie gegen unsere Gefangenen in England austauschen.«

»Ja, das wäre wundervoll.«

Plötzlich stockte Gastons Atem. »Da kommt jemand, Mylady. Ich muss Euch verlassen. Keine Angst, hier unten seid Ihr sicher. Die Toten tun Euch nichts zuleide.«

»Das weiß ich, Gaston.«

»Euer Vater liebte Euch sehr und wird auf Euch aufpassen – ebenso wie der Allmächtige und die Heilige Jungfrau.«

Mit einem wehmütigen Lächeln entsann sich Kyra, wie sie in der Kapelle vor der schönen Marienstatue gekniet hatte. So lange war das her. *Welch eine Ironie!* Aber Gastons Worte trösteten sie ein wenig. Und vielleicht würde ihr die Heilige Jungfrau gerade jetzt Schutz gewähren, weil ein Kind unter ihrem Herzen wuchs. »Vielen Dank, Gaston.«

Zwischen den Gitterstäben drückte er ihre Finger. »Seid guten Mutes, Mylady.« Auf Zehenspitzen schlich er davon und sie blieb in der Dunkelheit zurück.

Der Tag brach an. Das verriet ihr Gastons Rückkehr. Von zwei Wachtposten begleitet, brachte er ihr Waschwasser und ein Frühstück. Auch ein Priester erschien, der eine weite schwarze Kutte mit einer Kapuze trug – den Kopf gesenkt, die Hände zum Gebet gefaltet. Er wollte ihr die Beichte abnehmen und hören, welche Sünden sie begangen habe. »Hexerei, Hochverrat und Wollust?«

Unwillkürlich lachte sie und er warf ihr einen strengen Blick zu.

»Mylady, nur die Beichte kann Euch jetzt noch retten. Tut Buße und Ihr werdet Vergebung erlangen.«

»Wird Kinsey mir verzeihen?«

»Der Allmächtige.«

Lächelnd schüttelte sie den Kopf. »Pater, wenn *Ihr* mich vor Gott vertreten wollt, spreche ich lieber für mich selbst.«

»Ohne die Beichte werdet Ihr in der Hölle schmoren, Mylady.«

»Die Ehe, die Kinsey mir angedroht hat, wäre die Hölle. Nicht, dass er mich danach am Leben lassen würde …«

»Nun, es gibt Mittel und Wege, Eure Beichte zu erzwingen.«

»Zweifellos.«

»Vorerst will ich Euch mit den Toten allein lassen. Denkt über Eure Sünden nach.«

Inzwischen hatte sie sich an die Toten gewöhnt und sie sprach sogar mit ihnen. Meistens mit ihrem Vater. Kinsey hoffte, die Angst vor den Leichen würde ihren Widerstand brechen. Stattdessen waren sie ihre Freunde geworden.

Am nächsten Tag ließ er Kyra in die Halle hinaufzerren. Er saß am Ende der langen Tafel, die Beine auf der Tischkante. Mit schmalen Augen starrte er sie an und bedeutete seinen beiden Kriegern, den Raum zu verlassen. Obwohl durch die Schießscharten nur wenig Licht hereindrang, schmerzte es in Kyras Augen. Sie stand in der

Mitte des kalten Steinbodens und zwang sich, Kinseys Blick zu erwidern.

Wann und wie würde er sie töten? Was immer er ihr auch androhen mochte, sie würde ihn nicht heiraten. Sonst würde er ihr gesamtes Eigentum in seinen Besitz bringen, seine Gemahlin des Hochverrats anklagen und Zeugen bestechen, die vor dem König beeiden würden, sie habe die Seiten gewechselt und mit dem Feind geschlafen. Und dann würde er sie hinrichten …

Seltsam – obwohl sie sich in seiner Gewalt befand, wirkte er weder zufrieden noch glücklich. Schließlich stand er auf, kam zu ihr und ging langsam um sie herum. Welch ein unangenehmes Gefühl, ihn hinter ihrem Rücken zu spüren … »Ah, Kyra!« Mit spitzen Fingern hob er eine ihrer Locken hoch. »Nun könnte ich dir erklären, deine Haare würden immer noch wie Gold schimmern, deine Augen wie Juwelen und du seist wunderschön. Doch das wäre eine Lüge. Bald wirst du einer kleinen Vogelscheuche gleichen. Dein Haar wird seinen Glanz verlieren. Und vielleicht fallen dir sogar die schneeweißen Zähne aus.«

Sie gab ihm keine Antwort.

»Bist du jetzt bereit, mich zu heiraten? Zur Feier des Tages würde ich dir ein Bad erlauben, Lady. Danach bekommst du saubere Kleider und darfst in einem richtigen Bett schlafen.«

»Nicht nötig«, entgegnete sie lächelnd. »Ein Bett hat keinen Reiz mehr für mich. Da unten in der Krypta habe ich eine schöne Nische entdeckt. Dort werde ich meine ewige Ruhe finden.«

»Wenn du zu früh stirbst, wird dein Kopf auf einen Pfahl gesteckt und dein Körper verbrannt.«

»Dann ist's ja gut, dass ich die schöne Nische genieße, solange ich noch lebe.«

Wütend hob er eine Hand, um sie zu schlagen. Aber er hielt inne, weil jemand die Halle betrat. »Lord Darrow!«

Verwirrt drehte sich Kyra um. Warum kam ihr der Mann, den Gaston hereingeführt hatte, bekannt vor? Nachdenklich betrachtete sie das lange weiße Haar, den grauen Bart, die lebhaften blauen Augen. Trotz seines Alters sah er gesund und kräftig aus. Natürlich – sie war ihm an Edwards Hof und in ihrem eigenen Heim begegnet. »Lord Percy!«

»In der Tat, Lord Percy«, bestätigte Kinsey und starrte sie ärgerlich an.

Mit langen Schritten eilte Lord Percy zu Kinsey und ergriff seine Hand. »Einer meiner Männer traf einen von Euren während der Hasenjagd. Deshalb weiß ich, dass ich Euch hier finden würde. Als ich flüchtete, wurde ich beinahe von den Heiden getötet. Einige meiner Krieger sind verwundet. Nun hoffe ich auf Eure Gastfreundschaft. Und vielleicht könnt Ihr meine Soldaten gebrauchen.« Ohne eine Antwort abzuwarten, wandte er sich an Kyra. »Meine Liebe! Wie geht es Euch? Wie schmerzlich ich Euren bärbeißigen alten Vater vermisse! Ein guter Mann, von zwei Königen geschätzt. Fühlt Ihr Euch nicht wohl, Kindchen? Ihr seht sehr blass aus. Nun, kein Wunder in diesen schweren Zeiten …«

»Lady Kyra ist mit gutem Grund erbleicht«, stieß Kinsey hervor. »Gerade sprachen wir über ihren Verrat an mir – und an König Edward.«

»Hat sie Euch verraten, Sir? Ach ja, Ihr wart mit ihr verlobt. Tut mir Leid, Ihr könnt sie nicht heiraten.«

»Und warum nicht?«, fauchte Kinsey, während Kyra den alten Lord verblüfft anstarrte.

»Weil sie das Kind eines anderen erwartet.«

Kyra schluckte krampfhaft und Darrows Gesicht lief feuerrot an. »Wieso glaubt Ihr das?«

Percy räusperte sich. »Nun ja, der Heide, der mich fast umbrachte, war dieser elende Sir Arryn Graham.«

»Also deshalb will er dich mit aller Macht zurückhaben, Kyra«, murmelte Kinsey.

»Aye, er will sie wiederhaben«, bestätigte Percy. »Und

er ließ mich nur unter der Bedingung am Leben, dass ich hierher komme und Euch sage …«

»Ja, ja, ja!«, fiel Kinsey ihm ins Wort. »Er wird mir bei lebendigem Leib die Haut abziehen!«

»Wenn Ihr die Lady nicht sofort zu ihm schickt.«

»Solange ich in dieser starken Festung die Stellung halte, kann mir der Gesetzlose nichts anhaben.«

»Aber er würde Euch bis zu seinem letzten Atemzug verfolgen.«

»Dann wollen wir hoffen, dass er nicht mehr allzu lange lebt.«

»Gewiss, Seacairn ist eine imposante Festung«, stimmte Percy zu. »Aber Schloss Stirling ist gefallen. Sogar Berwick haben die Engländer aufgegeben.«

»Gaston!«, rief Darrow. »Schenk unserem Gast den besten Wein ein!« Dann setzte er sich wieder an den Tisch und bot Lord Percy einen Platz an. »Die Lady wird er nicht kriegen. Sie ist eine Verräterin. Das werdet Ihr vor Gericht bezeugen, Lord Percy. Die Beweise sind unwiderlegbar. Als Sir Arryn Graham – ein weithin bekannter Gesetzloser – nach Seacairn kam, befahl sie ihren Männern zu kapitulieren. Bei meinem Versuch, die Festung zurückzuerobern, verschloss sie mir das Tor. Dann ritt sie mit den Barbaren in die Wälder. Sie wandte sich gegen den König und fügte ihm großen Schaden zu. Nun wird sie ihre gerechte Strafe erleiden. Sicher werdet Ihr mir zustimmen – nachdem Ihr mir soeben mitgeteilt habt, dass sie das Kind eines anderen Mannes erwartet.«

Lord Percy dankte Gaston, der ihm einen gefüllten Weinkelch reichte. Dann schaute er Kyra eindringlich an. »Ist das alles wahr, Mädchen? Habt Ihr Euren Soldaten die Kapitulation befohlen?«

»Weil sie sonst gestorben wären.«

»Und habt Ihr gegen Lord Darrow gekämpft?«

»Ja – nachdem ich erfahren hatte, dass er nicht davor zurückschreckt, Frauen und Kinder niederzumetzeln.«

Nun hoffte sie auf Lord Percys Verständnis, wurde aber enttäuscht. »Offenbar hat sie sich schuldig gemacht, Lord Darrow. Schuldig im Sinn der Anklage. Trotzdem muss eine Gerichtsverhandlung stattfinden.«

»Natürlich.«

»Sie wird als die Ehefrau eines Gesetzlosen sterben.«

»Was?«, flüsterte Kinsey. Beinahe hätte auch Kyra diese Frage gestellt.

»Allem Anschein nach hat die Lady den Barbaren im Wald geheiratet. Die beiden wurden von dem Priester getraut, der auf Seacairn die Messe zu lesen pflegte – bevor er ebenfalls zum Verräter wurde und sich den Rebellen anschloss.«

Von heißem Zorn und unverhohlenem Hass erfüllt, wandte sich Darrow zu Kyra: »Du hast den Bastard *geheiratet?* Obwohl du mit *mir* verlobt warst?«

Natürlich war es eine Lüge, denn Arryn hatte erklärt, er würde sie niemals heiraten. Eine gefährliche Lüge. Da Kinsey sie nicht mehr zur Ehe zwingen konnte, würde er sie so schnell wie möglich ...

»Morgen wird die Gerichtsverhandlung stattfinden«, verkündete er. »Und heute Nachmittag sollen meine Männer das Schafott für Lady Kyras Exekution errichten.«

»Nein, Ihr dürft sie nicht töten.«

»Warum nicht?«

»Weil ihr ungeborenes Kind unschuldig ist.«

Um ein Lächeln zu verbergen, senkte Kyra hastig den Kopf. Guter alter Lord Percy – die ganze Zeit hatte er auf ihrer Seite gestanden. Doch sie freute sich zu früh.

»Das ist nur ein Gerücht«, entgegnete Kinsey. »Vermutlich stimmt es gar nicht. Kyra kannte den Schurken nur kurz. Also kann sie nicht sicher sein, dass sie tatsächlich sein Kind erwartet. Ich glaube, es ist eine dreiste Lüge. Damit will sie sich der gerechten Strafe des Königs entziehen.«

»Dann warten wir eben, bis sich die Wahrheit herausstellt. Kommt schon, Lord Darrow! Wir sind doch alle Christenmenschen.«

»Darüber muss ich nachdenken«, murmelte Kinsey. »Jedenfalls soll sie sich morgen verantworten. Sechs Krieger werden über sie Gericht halten. Sicher stellt Ihr Euch zur Verfügung, Lord Percy. Jetzt lasse ich die Lady in ihr Gefängnis zurückbringen, und wir beide werden eine gute englische Mahlzeit genießen, was, Lord Percy?«

»Immerhin ist sie Hugh Bonifaces Tochter«, gab Percy zu bedenken. »Soll sie bei einem überstürzten Prozess verurteilt werden?«

»Wäre mein Herz nicht so tief verwundet und würde mich ihr Verrat an Edward nicht so schmerzlich erzürnen, hätte ich vielleicht etwas mehr Geduld. Ruft die Wachtposten, Gaston, sie sollen Lady Kyra wieder nach unten bringen!«

Beschwörend schaute Kyra den alten Mann an und fragte sich, warum er nicht gegen ihre entwürdigende Gefangenschaft protestierte. Da stand er auf, kam zu ihr und berührte ihre Wange. »Tut mir Leid, Lady. Seid stark. Der Herr hilft denen, die sich selbst helfen.«

Verblüfft über diese Worte, runzelte sie die Stirn. Aber ehe sie antworten konnte, wurde sie von zwei Kriegern aus der Halle gezerrt.

Kinsey Darrow, sein Gast und die Ritter beider Lords zechten bis in die Nacht hinein. Im Fluss wimmelte es von Fischen, und obwohl der Herbst begonnen hatte, fuhren die Pächter immer noch reiche Ernte ein.

Schweren Herzens bediente Gaston die Engländer. Das übrige Schottland triumphierte. Während hier …

Irgendwie musste er diesem widerwärtigen Treiben ein Ende bereiten. Aber wie? Wenn er die Dorfbewohner zur Revolte aufhetzte, würden sie alle sterben, von Darrows Kriegern niedergestreckt.

Was sollte er tun?

Mit der Lady flüchten. Wie sie aus der Festung gelangen könnten, wusste er. Kein angenehmer Weg – und trotzdem ... Durch das Abwassersystem würden sie den Fluss erreichen – eiskaltes Wasser. Nun, er war ein zäher, hartgesottener kleiner Britannier. Aber wie sollte er das Gittertor der Krypta öffnen?

Während er die Ritter in der Halle bediente, bemühte er sich, nicht zu stolpern, keinen Tropfen Ale oder Wein zu vergießen. Einige von Lord Darrows Kriegern eiferten ihrem grausamen Herrn nach und hatten schon mehreren ungeschickten Dienern die Zähne ausgeschlagen.

»Ihr seid doch Gaston?«, wandte sich Lord Percy an ihn.

Inzwischen war Gaston von Lord Darrow zur Rechenschaft gezogen und mit Vorwürfen überhäuft worden, weil er den Besucher in die Halle geführt hatte, ohne ihn vorher anzumelden. »Aye, ich bin Gaston«, murmelte er und senkte den Blick.

»Wenn Ihr das Leben der Lady retten wollt, lauft heute Nacht in den Wald. Versteht Ihr mich?« Lord Percy drückte ihm ein gefaltetes Pergament in die Hand.

Angstvoll blickte sich Gaston um. Aber die meisten Männer waren betrunken und beachteten ihn nicht. Und Darrow hatte die Halle verlassen. Hastig steckte er die Nachricht in seinen Ärmel. »Aye, Lord Percy.«

»Wenn Ihr die Festung verlassen könnt – würde es Euch gelingen, meine Männer hereinzuholen?«

»Einen größeren Trupp leider nicht.«

»Wir brauchen nur ein paar Krieger.«

»Nun, da gibt's eine Möglichkeit. Am Morgen wird das Tor geöffnet, die Bauern und Händler kommen mit ihren Waren in den Hof, und die Leute kaufen, was sie brauchen.«

Lord Percy nickte. »Bringt diese Nachricht heute Nacht in den Wald.«

»Aber – Sir ...«

»Still! Sir Richard beobachtet uns.« Mit strenger Miene

starrte Lord Percy den Britannier an, der sich unterwürfig verneigte. Offenbar sollte der Eindruck erweckt werden, der Gast hätte ihn wegen einer Verfehlung getadelt.

Als Gaston zum Ausgang der Halle eilte, packte Sir Richard ihn am Kragen. »So was will ein Verwalter sein! Ein unbeholfener Tölpel seid Ihr!«

Ohne zu widersprechen, lief Gaston in die Küche.

Kyra hörte die Schritte. Noch bevor die Fackel das unterirdische Dunkel erhellte, wusste sie, wer zu ihr kam. Nur zu gut kannte sie Kinseys verhasste Schritte.

»Schläfst du mit den Toten, meine Liebe? Bald wirst du ganz zu ihnen gehören.«

Ein Wachtposten öffnete das Gittertor und Darrow betrat die Gruft.

»Würdest du's wirklich wagen, mich zu töten? Obwohl ein angesehener Lord wie Griffin Percy betont hat, vor meiner Hinrichtung müsste ich das Kind gebären?«

»Warum sollte ich warten, wenn du offensichtlich lügst?«

»Ich lüge nicht.«

»Doch. Und das werde ich beweisen. Ein Arzt wird dich untersuchen. Oder eine Hebamme. Und dann kommt deine Lüge ganz sicher ans Licht. Natürlich wirst du starke Schmerzen erleiden, bevor du stirbst. Es sei denn, ich gestatte dem Henker, dich zu erwürgen, bevor dir die Eingeweide aus dem Leib gerissen werden.«

Mühsam schluckte sie und ihre Knie begannen zu zittern.

»Diese Untersuchung kann ich sofort anberaumen, Kyra«, fuhr er fort und trat näher zu ihr. »Oder du unterzeichnest eine schriftliche Erklärung, das Gerücht sei falsch, du würdest kein Kind erwarten und dich der gerechten Strafe des Königs beugen.« Als sie nicht antwortete, seufzte er. »Nun, dann rufe ich meinen Arzt ...«

»Gib mir das Dokument!«

Kinsey winkte einen der Wächter zu sich, die vor dem

Gittertor standen, und der Mann reichte ihm ein Pergament, das er in Kyras Hand legte. Hastig überflog sie den Wortlaut. Da sie keine Wahl hatte, unterschrieb sie die Erklärung, sie würde kein Kind erwarten und sich der Strafe des Königs beugen. »Warum verlangst du kein schriftliches Geständnis meiner Schuld von mir, Kinsey?«

Nachdem er dem Wachtposten das zusammengerollte Dokument anvertraut hatte, wandte er sich lächelnd an Kyra. »Eine Gerichtsverhandlung ist viel dramatischer. Welch ein Glück, dass Lord Percy zu Besuch gekommen ist! Nun kann er bezeugen, dass der Prozess ordnungsgemäß verlaufen ist.« Angewidert runzelte er die Stirn. »Was für eine verdammte kleine Hure du bist! Das Kind eines anderen Mannes! Offenbar hast du dich diesem Rebellen sofort an den Hals geworfen, nachdem er in die Festung eingedrungen ist.«

»O ja, ich flehte ihn an, mit mir zu schlafen, weil ich ein Monstrum heiraten würde, einen ekelhaften Narren. Und bevor ich mich an einen Affen binden müsste, wollte ich gern einen richtigen Mann kennen lernen!«

Mit aller Kraft schlug er in ihr Gesicht, und sie wäre gestürzt, hätte er sie nicht festgehalten. »Seine Frau, die von ihm schwanger war, habe ich vergewaltigt. Und du bist noch nicht tot – hier sind wir von genug Toten umgeben. Wäre das nicht ein ungewöhnliches Erlebnis?« Erfolglos versuchte sie, sich loszureißen. Sie fühlte sich zu schwach. Und sie zitterte in der feuchten Kälte.

»Lord Darrow!«

Als er Lord Percys Stimme erkannte, stieß er sie von sich. Taumelnd prallte sie gegen den Stein der Nische, in der die Leiche ihres Vaters lag. Jetzt fürchtete sie die Toten nicht mehr. Wenn ihre Geister in dieser Finsternis lebten, würden sie ihr Kraft geben.

»Da seid Ihr ja!«, rief Lord Percy und eilte die Stufen herab. »Ich habe Euch gesucht, weil ich Euch in einer dringenden Angelegenheit sprechen muss.«

»Bald komme ich zurück, Kyra!«, drohte Kinsey, bevor er dem alten Mann nach oben folgte.

Zu ihrer Verblüffung warf Lord Percy ihr einen kurzen Blick über die Schulter zu und zwinkerte ihr zu.

Wusste er nicht, dass sie auf der Schwelle des Todes stand?

Gaston fror erbärmlich. Aber er achtete nicht auf die Kälte und rannte zum Wald, so schnell wie möglich. Nachdem er durch die Abwasseranlagen geflohen war, stank er wie ein Misthaufen. Keuchend und ächzend erreichte er die Bäume. Und dann stockte sein Atem. Im Schatten einer alten Eiche schnellte ein Arm hervor, der ihn ins Dunkel zerrte.

23

Trotz seiner Drohung war Kinsey nicht in die Krypta zurückgekehrt. Die ganze Nacht hatte Kyra keinen Schlaf gefunden.

Am Morgen brachte Gaston ihr eine Mahlzeit, Wasser zum Trinken und zum Waschen, saubere Kleidung und eine Haarbürste. Offenbar wollte Kinsey bei dem Scheinprozess den Eindruck erwecken, seine Gefangene sei gut behandelt worden.

Auch Gaston sah so aus, als hätte er nicht geschlafen. Aber sie fand keine Gelegenheit, mit ihm zu reden, weil ihn zwei Wachtposten zur Gruft begleitet hatten. Armer Gaston – treu bist zum bitteren Ende, wie sie schweren Herzens befürchtete.

Als er etwas später zurückkam, um die Essensreste, die leeren Krüge und die schmutzigen Kleider zu holen, berührte er Kyras Wange. »Seid guten Mutes, Lady. Der Priester wird an Eurer Seite stehen.«

Sie nickte und fragte sich, ob er Pater Hemming, Kinseys merkwürdigen neuen Gefolgsmann, inzwischen näher kennen gelernt hatte. Wohl kaum. Bald danach erschien der Geistliche am Gittertor. »Wollt Ihr jetzt die Beichte ablegen, mein Kind?«

»Nur vor Gott.«

»Ich bin ein Werkzeug des Herrn.«

»Trotzdem werde ich Euch nichts anvertrauen, Sir.«

Statt sie erneut vor ewigen Höllenqualen zu warnen, schüttelte er nur den Kopf und ging davon. Als sie allein war, kämpfte sie mit den Tränen. Arryn wusste, wo sie sich befand, und er würde zu ihr kommen. Vielleicht zu spät – nicht vor der Exekution … Und Kinsey würde ihn ein zweites Mal in tiefe Verzweiflung stürzen.

Aber sie wollte leben. Wunderbarerweise hatte die Heilige Jungfrau ihre Gebete erhört und ihr ein erstaunliches Glück geschenkt – heiße Freude über ihr Kind und die inbrünstige Hoffnung auf die Zukunft an der Seite des Mannes, der in ihre Festung, ihr Leben und ihr Herz eingedrungen war. Ja, sie wollte leben – mit ihrem Kind, mit Arryn, mochte er sie lieben oder nicht.

»Jetzt ist es an der Zeit, Lady.« Lord Percy stand mit den Wächtern in der geöffneten Gittertür. »Darf ich Euch nach oben führen?«

»Gewiss, Sir.« Sie nahm seinen Arm und stieg mit ihm die Treppe hinauf, dicht gefolgt von den Wachtposten.

»Kopf hoch, Lady«, flüsterte er.

»Obwohl mir eine Verurteilung wegen Hochverrats droht? Übrigens finde ich, Kinsey dürfte das Gesetz nicht in seine Hand nehmen. Der König sollte über mich richten.«

»Da habt Ihr Recht. Aber Kinsey glaubt dem Gesetz zu entsprechen, wenn er Euch den Prozess macht, mit sechs Richtern …«

»Mit seinen Kriegern.«

»Wer sonst würde ein Urteil fällen, das ihm gefällt?«

Sie warf ihm einen scharfen Blick zu. »Gehört Ihr auch zu den Richtern.«

»O ja, Lady.«

»Habt Ihr Euch schon eine Meinung gebildet?«

»Nun, Ihr seid des Verrats schuldig und habt Euch schriftlich verpflichtet, Eure Strafe hinzunehmen. Trotzdem solltet Ihr Euch nicht fürchten. Nun müsst Ihr stark sein.«

»Stark bis zum Tod, Sir.«

Sie betraten die Halle, wo zahlreiche Männer an der Tafel saßen. Einige kannte sie, andere nicht. Sir Richard verlas die Anklageschrift und verhalf dem Text, den er verfasst hatte, zu dramatischer Wirkung, indem er einzelne Punkte besonders hervorhob. Danach durfte sich Kyra verteidigen und versicherte, sie habe den Gesetzlosen ihre Festung nur notgedrungen übergeben. Als sie gefragt wurde, ob sie ihnen in den Wald gefolgt sei, um sich gegen ihren Verlobten zu stellen, zögerte sie und schaute in Kinseys Augen. »Niemals wollte ich meinen König verraten. Aber Kinsey Darrow ist ein eigenartiger Mann, der sich selbst viel zu wichtig nimmt. Ich wusste, er würde Mittel und Wege finden, um mich zu töten, nachdem ich in die Hände des Gesetzlosen gefallen war – desselben, dem er schweres Leid zugefügt hatte. Dafür musste ich bezahlen. Und nun trachtet mir Lord Darrow nach dem Leben.«

»Lügnerin!«, schrie Kinsey und sprang auf. »Ich habe dich geliebt!«

»Außer dir selbst konntest du noch niemanden lieben.«

Wütend zeigte er mit dem Finger auf Kyra. »Sie hat Hochverrat begangen! Was hält das Gericht davon?«

Als sie das Wort ›schuldig‹ vernahm, war sie nicht überrascht. Hoch aufgerichtet stand sie da. Zwei Krieger ergriffen ihre Arme.

»Jetzt wirst du deine gerechte Strafe erleiden, Lady!«, stieß Kinsey hervor.

Zu ihrer Bestürzung erhob Lord Percy keinen Einspruch. Aber während sie zum Ausgang geführt wurde, folgte er ihr, schob einen der Wächter beiseite und flüsterte: »Lady, Ihr müsst beichten.«

Verwundert starrte sie ihn an. Bangte er um ihre unsterbliche Seele? »Vielen Dank für Eure Fürsorge, Lord Percy, aber …«

»Ich flehe Euch an, legt die Beichte ab und hört auf den Priester!« Ohne eine nähere Erklärung kehrte er ihr den Rücken zu.

Im Hof hatten sich die Bewohner von Seacairn versammelt. Die meisten Frauen schluchzten, einige Männer berührten Kyras Schulter.

»O Gott, Mylady!«

»Mylady! Mylady!«

Kinseys Krieger drängten die Leute zurück. Als eine weinende Frau ihr zu nahe kam, wurde sie mit dem Griff eines Schwerts niedergeschlagen.

Langsam stieg Kyra die Stufen des Schafotts hinauf, das Kinseys Männer an der Innenmauer errichtet hatten, neben dem Tor zum äußeren Hof. Die Richtstätte ragte hoch genug empor, sodass man das Spektakel der Exekution von den umliegenden Hügeln aus mitverfolgen konnte.

Sobald Kyra die oberste Stufe erreichte, wurden ihr die Hände auf den Rücken gebunden. Sir Richard las noch einmal die Anklageschrift vor und verkündete das Urteil, demzufolge die Verräterin gehängt, gestreckt und gevierteilt werden sollte.

»Wollt Ihr ein paar letzte Worte sprechen, Lady?«, fragte Sir Percy.

Lächelnd betrachtete sie die schöne Umgebung. Im Herbst leuchteten die Farben noch intensiver als im Sommer. Eine kühle Brise streichelte ihr Gesicht. »Liebt dieses Land, meine Freunde!«, rief sie. »Ehrt Schottland! Arryn! Wenn du mich hörst, kämpf nicht für mich – kämpf für dieses Land, damit es dir auch in Zukunft gehört! Du musst am Leben bleiben! Um solche Ungeheuer wie Darrow zu vernichten!«

Ehe Kinsey die Stufen des Schafotts heraufsprang, hatte sie erstaunlich viel gesagt. Wütend schlang er die Finger in ihr Haar. »Falls du beichten willst, Lady – tu's jetzt! Deine letzten Worte waren lang genug.«

»Aye, ich möchte beichten. Schick mir deinen Priester.«

Ringsum schwoll das Stimmengewirr an. Kinseys Augen verengten sich. »Eigentlich wollte ich dem Henker befehlen, dich sofort zu strangulieren. Aber nun sollst du ganz langsam vor deinen Schöpfer treten. Meinetwegen leg deine Beichte ab!«

Als er sie in die Arme des Mannes mit der schwarzen Kapuze schleuderte, begann sie am ganzen Körper zu zittern. Niemals würde sie Arryn wieder sehen, niemals die Freiheit seiner kostbaren Heimat genießen, ihr Kind nicht kennen ... Sie wollte nicht sterben. In diesem Augenblick war sie bereit, vor Kinsey niederzuknien, seine Verzeihung zu erbitten ...

Nein. Von diesem Mann durfte sie keine Gnade erwarten. Sie würde dem Tod nicht entrinnen. An der Brustwehr standen Wachen, das Fallgitter war geschlossen. Und die unbewaffneten Dorfbewohner vermochten ihr nicht zu helfen, ohne ihr eigenes Leben aufs Spiel zu setzen. Sie wollte in Würde sterben.

Jetzt schlang der Henker den Strick um ihren Hals. »Der Priester!«, flehte sie. Wenigstens würde sie Lord Percy glücklich machen – und ein paar Minuten Zeit gewinnen. Wertvolle Minuten.

Wortlos trat der Henker beiseite. Den Kopf gesenkt, die Hände gefaltet, stieg Pater Hemming die Stufen herauf. Dicht vor Kyra blieb er stehen und schlug ein Kreuz. »Gott segne dich, mein Kind.«

Dann hob er den Kopf. Tiefblaue Augen erwiderten ihren Blick. Nur mühsam hielt sie sich auf den Beinen. In ihrer Verblüffung hätte sie beinahe seinen Namen gerufen. Hastig legte er einen Finger an seine Lippen und wisperte: »Knie nieder!«

»Aber – der Strick um meinen Hals …«

»Der ist locker genug.«

Da gehorchte sie und er neigte sich zu ihr hinab. »Soll ich beichten?«, flüsterte sie.

»Aye! Warum hast du mir denn das Kind verschwiegen?«

»Das wollte ich nicht …«

»Entschuldige dich später für dieses Vergehen. Jetzt beug dich vor.«

Während sie den Eindruck erweckte, sie würde ihm ihre Sünden ins Ohr flüstern, durchschnitt er die Fesseln an ihren Handgelenken.

»Wenn dich der Strick nach oben zieht, halt dich daran fest.«

»Arryn! Die Schlinge wird mich erwürgen …«

»Nein, John ist der Henker, und er weiß, wie er den richtigen Knoten knüpfen muss.«

»Aber …«

»Hör auf mich! Es ist deine einzige Chance. Du musst den Strick mit beiden Händen umfassen, dann schwingst du dich seitwärts. Da unten wartet ein Reiter.«

Arryn erhob sich. Mit monotoner Stimme murmelte er lateinische Worte, schlug mehrmals das Kreuz, dann trat er zur Seite, den Kopf auf die Brust gesenkt.

»Fangt an!«, befahl Sir Richard dem Henker und der Mann in Schwarz zerrte am Strick.

Mit aller Kraft umklammerte Kyra die Schlinge, die sich allmählich zusammenzog. Der Eichenbalken, an dem der Strick hing, drehte sich nach Osten, zur Seite des Schafotts, und sie flog durch die Luft.

Plötzlich gab der Strick nach, schreiend fiel sie hinab … Wenn sie auf den Boden prallte, würde sie sich alle Knochen brechen – schlimmer noch – ihr Kind verlieren …

Aber sie landete in den Armen des Mannes, der ein schlichtes Leichenhemd und Kniehosen trug. Blaue

Augen, schwarzes Haar – eine jüngere Ausgabe von Arryn. Brendan Graham. »Mylady!«, grüßte er. Blitzschnell hob er sie auf ein Pferd und schwang sich hinter ihr in den Sattel.

Inzwischen tobte ein wilder Tumult im Hof. Kinseys Männer hatten zu kämpfen begonnen. Seltsamerweise schienen sie sich gegenseitig anzugreifen. Das Fallgitter wurde hochgezogen, die Dorfbewohner strömten hinaus.

Von den Hügeln sprengten Reiter herab. Auf dem Schafott hatten Arryn und John ihre Kutten abgeworfen und fochten mit den Kriegern, die ihnen den Weg zu den Stufen versperrten. Einen nach dem anderen streckten sie nieder.

»Nein!« Kinseys gellende Stimme übertönte das Geschrei und die klirrenden Waffen. Und dann sah Kyra, wie Arryn vom Schafott sprang, um seinem schlimmsten Feind zu begegnen.

»Weg von hier, Lady – ich bringe Euch in Sicherheit!« Brendan spornte das Pferd an und lenkte es zum Tor. Ehe er das Ziel erreichte, warf sich ein kräftiger Krieger dem Tier entgegen, Brendan und Kyra wurden abgeworfen und landeten im Staub.

Reglos blieb der junge Bursche liegen.

Kyra erblickte das Schwert – nur wenige Sekunden, bevor es sich in ihre Brust bohren würde. »Endlich werdet Ihr Eure gerechte Strafe erleiden!« Es war Sir Richard, der ihre Flucht verhindert hatte. Im allerletzten Augenblick sprang sie auf und wich der Klinge aus. Sofort eilte er ihr nach, die Waffe erhoben.

»Lady Kyra!« Als sie den Kopf hob, sah sie Jay auf der Brustwehr stehen. Er warf ihr sein Schwert zu, dann rannte er an der Mauer entlang zur Treppe.

Jetzt war sie ihrem Widersacher nicht mehr wehrlos ausgeliefert. Jays Schwert wog schwerer in ihrer Hand als ihr eigenes. Doch sie wusste damit umzugehen. Und sie würde nicht zögern, Sir Richard zu töten. Geschickt parierte sie seine Schwerthiebe, immer wieder, sprang vor und zurück …

Vor dem Schafott hatten die Männer einen Halbkreis gebildet, in dem Kinsey und Arryn kämpften.

Als großer, kräftig gebauter Mann bot Darrow einen formidablen Gegner. Im Gegensatz zu Arryn trug er ein Kettenhemd und seine Klinge verletzte den Feind am Arm. Blut durchtränkte Arryns Leinenärmel.

»Zur Rache für meine Festung!«, fauchte Kinsey.

»*Meine* Festung«, erwiderte Arryn lächelnd.

Erbost griff Kinsey ihn an. Arryn beschloss zu warten, bis die Kräfte des Engländers nachlassen würden, und zählte die Schwertstreiche. Dann traf er ihn in der Achselhöhle, wo sich die Kettenglieder nur locker zusammenfügten, und sah Blut hervorquellen. Leichenblass begann Kinsey zu taumeln.

»Das war für Alesandra!«, rief Arryn. Als Kinsey erneut zum Angriff überging, bohrte sich die scharf geschliffene Stahlspitze in seinen Hals. »Für mein Kind!« So leicht gab Kinsey sich nicht geschlagen. Mit letzter Kraft hob er seine Waffe und die Stahlspitze bohrte sich ein zweites Mal in seine Kehle. »Für Kyra!« Immer wieder stach Arryn zu. »Für Schottland! Für mein Volk! Fahr zur Hölle, elender Bastard!«

»Arryn! Arryn!«

Endlich hielt er inne, rang keuchend nach Luft. Erst jetzt merkte er, dass ihn ein Tränenschleier blendete. John berührte seinen Arm.

»Hör auf, Arryn, er ist tot.«

Durch grauen Nebel sah Arryn seinen Feind am Boden liegen. Aye, Darrow hatte sein Leben ausgehaucht.

Obwohl Sir Richard viel stärker war als Kyra, zweifelte sie nicht an ihrem Sieg. Denn sie kämpfte nicht nur für sich selbst, sondern für ihr ungeborenes Kind.

Während er ihre Attacken abwehrte, grinste er unentwegt. Der Kampf schien ihn zu amüsieren, und er kostete ihn aus, von seinem Triumph überzeugt.

Plötzlich erschien Brendan an ihrer Seite. Er hatte seine Waffe verloren und Sir Richard stürzte sich auf ihn.

»Vorsicht, Brendan!«, warnte Kyra und ihr Stahl traf den Engländer an der Schläfe.

Im selben Augenblick entdeckte Brendan sein Schwert im Staub und griff danach. Stöhnend berührte Richard seinen Kopf. Aber er hielt seine Klinge fest, obwohl Blut aus der Wunde floss.

Jetzt kann er mich nicht mehr töten, dachte Kyra, denn Brendan hatte seine Waffe gefunden. Und Jay stürmte die Stufen von der Brustwehr herab …

Als Sir Richard zu ihr sprang, verzerrte sich sein Gesicht. Langsam – ganz langsam sank er zu Boden.

Hinter ihm stand Katherine MacDonald. Und in seinem Rücken steckte das Messer, das sie nach ihm geschleudert hatte. Eine Zeit lang starrte sie die Leiche an. Dann wandte sie sich Kyra zu. »Gott sei Dank, Lady, Ihr seid unverletzt! Ich dachte, wir würden es nicht rechtzeitig schaffen …«

Als Kyra schnelle Schritte hörte, drehte sie sich um, das Schwert gezückt. Aber es war Arryn, der zu ihr eilte. »Ich weiß, Lady, wann immer wir uns sehen, streiten wir. Aber im Augenblick kann ich keinen Stahl mehr sehen.«

Da ließ sie die Waffe fallen und warf sich in seine Arme. Voller Leidenschaft erwiderte sie seinen Kuss.

Ringsum ertönte Applaus und sie hob verwirrt den Blick. Arryns Männer und die Dorfbewohner drängten sich heran, und in ihrer Mitte stand Lord Percy, der am lautesten klatschte.

»Lord Percy!«, rief sie.

»Pst, Mädchen! Offiziell war ich niemals hier. Übrigens – wo ist dieser unverbesserliche Pater Corrigan? Er kämpft genauso verbissen wie St. Michael gegen den Drachen. Wenn ein irischer Priester im Krieg von Wales fast stirbt, wird er eben nach Schottland geschickt. Pater Corrigan, wo steckt Ihr?«

»Hier, Lord Percy!« Grinsend trat Corrigan vor, als Schäfer verkleidet. Offenbar war er den Dorfbewohnern in den Hof gefolgt. »Darrows Krieger sind tot. Wenigstens die meisten.«

»Gut so«, wisperte Katherine.

»Jetzt ist es vorbei«, erklärte ihr Bruder und legte einen Arm um ihre Schultern.

»Niemals wird es vorbei sein.«

»Leider hast du Recht«, stimmte Arryn zu. »Aber heute …«

»Meine Leute kümmern sich um die Leichen«, fiel Lord Percy ihm ins Wort. »Heute, Sir Arryn, werdet Ihr dafür sorgen, dass das Enkelkind meines alten Freundes legitim geboren wird.«

»Aye, gehen wir in die Halle.« Arryn umfasste Kyras Taille und führte sie zum Eingang.

»Hast du nicht gesagt, du würdest mich niemals heiraten? Und du hast mir mehrfach klargemacht, ich dürfe dich nicht zu sehr lieben …«

»Glücklicherweise wolltest du nicht auf mich hören«, unterbrach er sie, hielt inne und nahm sie in die Arme.

»Wie ich zugeben muss, höre ich nur selten auf Befehle. Und ich liebe dich über alle Maßen.«

Zärtlich küsste er ihre Lippen. »So viel hat sich geändert. Schottland gehört wieder uns – und du mir. Wenn du es willst.«

»Allerdings!«

»Erwartest du wirklich ein Kind?«

»Ja, es ist wahr. Aber als Sir Percy behauptete, ich sei deine Frau, blieb mir fast das Herz stehen. In jenem Augenblick muss Darrow beschlossen haben, mich möglichst schnell zu töten.«

»Tut mir Leid. Ich hatte solche Angst, Lord Percy würde Pater Corrigans Opiumvorrat nicht rechtzeitig finden, um Darrow zu betäuben – und der Bastard könnte letzte Nacht zu dir zurückkehren, in die Krypta …«

»Mein Gott, Lord Percy!«, rief Kyra und wandte sich an den Mann, der hinter ihr stand. »Wie soll ich Euch jemals danken?«

»Indem Ihr bedenkt, dass ich ein loyaler Engländer bin, und meinen Namen verschweigt, wenn Ihr die Ereignisse von Seacairn erzählt.«

Lachend küsste sie seine Wange.

»Auch Eurem treuen Diener Gaston müsst Ihr danken, Lady. Ohne seine Hilfe wäre es mir nicht gelungen, Arryn zu verständigen, und die beiden Vettern Graham hätten nicht ins Schloss eindringen können, um die Rollen des Henkers und des Priesters zu spielen.«

»Gut!«, entschied sie. »Auf der Hochzeitsfeier soll Gaston unser Ehrengast sein.«

Wenig später nahm Pater Corrigan, der eine Kutte über seine Schäferkleidung gezogen hatte, in der Halle die Trauung vor. Lord Percy führte Kyra zu einem behelfsmäßigen Altar, Katherine war ihre Brautjungfer, John der Trauzeuge seines Vetters. Inzwischen hatte sich auch Ingrid in der Festung eingefunden. Auf Swens Wunsch hatte sie im Wald warten müssen, bis keine Gefahr mehr bestand. Jetzt vergoss sie heiße Freudentränen.

Alle schottischen Krieger, die das Schloss so triumphal erobert hatten, waren versammelt, tranken den Wein und das Ale von Seacairn, verspeisten eine köstliche Mahlzeit und tanzten. An Arryns Brust gelehnt, lauschte Kyra den fröhlichen Dudelsackklängen, den Liedern der Gesetzlosen, die keine Gesetzlosen mehr waren.

»Lady?«, murmelte er.

»Ja?«

»Nachdem wir rechtmäßig verheiratet sind …?«

Unbemerkt schlüpften sie aus der Halle. Zumindest glaubten sie das.

Im Turmzimmer duftete es nach Blumen. Das Bett war frisch bezogen, im Kamin loderte ein helles Feuer. Durch die Schießscharten wehte eine sanfte Brise herein und bewegte die Flammen.

Kyra schlang ihre Arme um Arryns Hals. »So glücklich ich auch bin – du hättest mich nicht heiraten müssen. Es würde mir genügen, einfach nur bei dir zu sein …«

Gerührt legte er einen Finger auf ihre Lippen. »Was geschehen ist, werde ich niemals vergessen. Aber jetzt beginnt ein neues Leben. Kinsey Darrow ist tot. Und aus der Asche meiner Rache steigt der Segen meiner Zukunft empor. Weil ich *dich* für mich gewonnen habe.«

»Was für poetische Worte aus dem Mund eines hartgesottenen Kriegers …«, flüsterte sie lächelnd.

In der Hochzeitsnacht liebten sie sich auf dem Bärenfell vor dem Kamin. Goldenes Licht schimmerte auf nackter Haut, zauberte Funken in Kyras Haar, entfachte blaue Flammen in Arryns Augen.

Sehr viel später sagte Kyra leise: »Vielleicht wurde unser Kind hier an dieser Stelle gezeugt.«

»Nicht im weichen Bett?«

»Wo immer ich mit dir schlafe, genieße ich es.«

»Darüber bin ich sehr glücklich, Kyra. Wir haben eine große Schlacht gewonnen – und vor allem die Überzeugung, dass wir für unser freies Schottland kämpfen und siegen können. Aber …«

»Aye?«

»Das englische Heer wird zurückkehren, mit übermächtigen Streitkräften, in wildem Zorn. Vielleicht müssen wir ins Hochland fliehen. Und ich habe dich niemals gefragt, ob du bereit bist, ein solches Leben mit mir zu führen.«

»Nun, du hast mich auch nicht gefragt, ob ich dich heiraten will, und deinen Entschluss einfach nur bekannt gegeben. Ein solches Leben? Natürlich, Arryn! Im Tiefland oder im Hochland, wo immer es uns hinverschlägt – ich bin zu allem bereit. Es sei denn, du befiehlst mir wieder, dich nicht zu sehr zu lieben.«

»O Kyra!«, flüsterte er an ihren Lippen, »du bist mein Leben, meine Seele.«

Leidenschaftlich zog er sie an sich und sie liebten sich.

Das Feuer brannte – und brannte …

Weit unten im Süden stieg Edward I. aus seinem Boot und ging an Land. Wegen seiner langen Beine nannte man ihn ›Long shanks‹. Seine schweren Lider waren ein Erbe seines Vaters und sie verdeckten scharfe blaue Augen. Seit er die Neuigkeiten erfahren hatte, funkelten sie vor Zorn.

»Schottland …«

»Sire, werden wir hier übernachten?«, fragte einer seiner Gefolgsmänner.

»Nein, verdammt!«, fluchte Edward. »Wir reiten sofort nach London. Dort werden wir ein neues Heer aufstellen!«

Zielstrebig schaute er nach Norden. *Aye. Im nächsten Kampf gegen die Schotten würde er selbst das Kommando führen …*

Zeittafel

1249 Nach dem Tod Alexanders II. besteigt der siebenjährige Alexander III. den schottischen Thron. (Er wird Margaret heiraten, die Schwester des englischen Königs. Zu seinen Lebzeiten herrscht Frieden zwischen England und Schottland.)

1270 William Wallaces mutmaßliches Geburtsjahr. Edward I. (Plantagenet) wird König von England.

1277-1284 Edward greift Wales an. Fürst Llywelyn wird getötet, sein Bruder Dafyd gefangen genommen und wegen Hochverrats hingerichtet. 1284 wird Wales von England annektiert.

1283 Alexanders Tochter Margaret heiratet den König von Norwegen.

1284 Die Magnaten sichern Alexander zu, seine Enkelin Margaret, die Maid von Norwegen, als seine Thronerbin anzuerkennen.

1286 Alexander stirbt. Bald danach strebt Edward einen Ehevertrag zwischen seinem Sohn und der Maid von Norwegen an.

1290 Margaret stirbt. Zahlreiche Thronanwärter kämpfen um die Krone und der Bischof von St. Andrews bittet Edward um Rat.

1291 Edward erklärt seinem Kronrat, er wolle sich Schottland aneignen.

1292 Im November bestimmt er in der Halle von Berwick John Baliol zum schottischen König und zu seinem Vasallen.

1296 Baliol weigert sich, Edwards Krieg gegen die Franzosen (alte Verbündete der Schotten) mit zu finanzieren, und bekämpft ihn in Nordengland. Dafür rächt sich der englische König mit dem Blutbad von Berwick. Baliol wird zur Abdankung gezwungen und gefangen genommen. Edward fordert die schottischen Freiherren auf, einen schriftlichen Treueid zu unterzeichnen, die Ragman Rolls. Zu den Unterzeichnern gehören die Bruces, die den schottischen Thron anstreben.

1297 Am 11. September feiern Wallace und de Moray einen spektakulären Sieg gegen die englische Übermacht. Wenig später stirbt de Moray an seinen Wunden. Vorerst ist die Freiheit errungen und Wallace verwaltet Schottland.